馬來西亞留台校友會聯合總會　主編

馬華文學
與現代性

The Modernity
of Malaysian Chinese
Literature

【序】
締造更開放的學術空間

姚迪剛*

　　由馬來西亞留臺校友會聯合總會與星洲日報聯辦，臺灣暨南國際大
學中文系協辦，於二〇〇五年七月九日至十日一連兩日在吉隆坡舉行的
「馬華文學與現代性」國際研討會，結合網羅馬臺十多名優秀學者探討馬
華文學，由於題材明確，對馬華文學現代性勾勒出磅礡的論述，研討會結
束前，也讓與會者多瞭解在地旅臺學者／作家及已返馬的留臺作家交流對
話，故特別安排「臺灣經驗與馬華文學」座談會，他們諸多的經驗分享，
其中不乏擦出未曾有過的璀璨火花。

　　這也是繼本會自一九九七年首次主辦「馬華文學國際學術研討會」以
來，第二次主辦具有規模，且論述圈定在馬華文學與現代性範疇，同時以
在地馬華學者及旅臺學者一起提呈論文，關心馬華文學在邁入新世紀的發
展趨勢，經黃錦樹及許文榮的建議規劃，達到論述範圍宏觀，開創多元觸
角的論述文本，提供了更多的珍貴學術參考文獻。

　　由於經費及其他因素，這本論文集拖延近六年一直無法結集出版，以
供各國研究馬華文學之學術參考用途，廣為流傳，誠屬可惜，本會謹此向
所有論文提呈者致上十二萬分歉意。

　　相隔六年之後，本會理事會咸認出版論文集意義重大，議決交由文教
組負責出版事宜，同時與臺灣秀威資訊科技股份有限公司洽商合作方案，經
評估後決定付梓，這本論文集的出版，若能對欲研究馬華文學現代性發展脈
絡的專家學者有所助益和參照，同時若對架構階段性的馬華文學史觀有微小

---

* 姚迪剛，現任馬來西亞留臺校友會聯合總會會長。

建樹，這本拖延了六載復又能夠面世的論文集，在某種意義上，卻也代表了
對關懷馬華文學的研究的的學者不斷作出探討，以及締造更多，更為廣泛討
論馬華文學，更高層次的文學對話，以及更加開放的學術空間。

　　在此要特別感謝所有論文提呈者，主題演講何乃健先生及總結陳詞溫
任平先生在事隔六年後，以他們最大的耐心修正原文，並全面配合預定的
進度定稿，使得這本論文集能順利出版。

2011年11月20日

目　次

凝眸大自然
──我的文學之路

何乃健

　　古蘭經第二十三章裡，記載了真主用泥土的精華創造人時，先使他變成精液，然後將精液造成血塊，又再把血塊造成肉團和骨骼，讓肌肉附著於骨骼上。造我時所用的泥，我深信源自流經泰國中部平原的湄南昭帕雅沉澱於三角洲的沖積土。由於這條大河曾在萬頃稻田之間蜿蜒而過，造我的那塊黃土或許曾經讓裊裊稻魂依附其上。

　　我生於泰國曼谷唐人區的三聘街。那條古老的舊式街道，兩旁華人商店林立。據說兩百多年前泰王拉瑪一世建都曼谷時，選擇中國人聚居之處興建王宮，於是下旨將中國商人遷移到三聘一帶居住。狹窄的三聘街兩旁的店舖屋簷交接，街道陽光不足。三聘街雖然隘短，許多資本雄厚的大批發商卻聚居於此，所以交易繁忙，市聲喧囂。

　　我的父親在泰國經營土產和出入口生意，公司的倉庫坐落於壯闊的湄南昭帕雅之畔，小時候我常常看見河上的小船運載一包一包白米從鄉下到來泊岸。當年曼谷市郊運河縱橫交錯，處處是水田和阡陌。穿越了超過半個世紀的悲歡歲月，回首遙望如夢幻泡影的童年，仍然依稀感受到翻騰的禾浪和舞踴的燐火對我的召喚。

　　由於在泰國時家境寬裕，許多年齡比我大得多的孩子還在馬路上放風箏、鬥蟋蟀和到處溜達時，母親已將還不到四歲的我送進曼谷一所著名的幼兒園讀書。我在啟蒙教育中最先學習的不是方塊字，而是泰文的四十四個字母。

　　泰國近代史中，政治風暴層出不窮。我五歲時發生於曼谷的曼哈頓事件，就是一場驚天動地的流血政變。我曾經將這場在我生命中留下深刻烙印的武裝衝突記錄於「曼哈頓烽火」這篇散文裡：

一九五一年六月廿九日，泰國國務院院長鑾披汶，在出席美國餽贈
的挖泥船「曼哈頓號」的官方儀式時，突然被一群叛變的海軍軍官
挾持，押往旗艦「斯里阿育帝亞號」囚禁……六月三十日晨，政府
軍與叛軍發生激烈的武裝衝突。當空軍轟炸旗艦時，鑾披汶僥倖從
密室逃逸而出，泅泳到昭帕雅河岸親信部隊的陣營裡，並且通過電
台廣播，呼籲海軍停止對抗。由於海軍士氣低沉，支援匱乏，戰爭
在短期間結束。依據官方報導，這場政變造成三千餘人傷亡，其中
絕大部份是無辜的平民。三千餘人中，有一個對生命充滿了幻想的
五歲小男孩，像一株剛從土縫中伸出幼枝和嫩葉，好奇地向天空仰
望的小樹苗，差點兒在這場狂風暴雨中，被無情的軍靴，踩入深不
可測的泥淖裡。

在曼哈頓政變中，我因為和兄長在門口觀看低飛的戰鬥機群而不幸
右腿被彈片擊中，需要在白橋醫院動手術。那當兒，死神從幽冥中突然閃
身而出，向我狠狠的瞪了一眼，正準備兇猛地把我拉扯入墓穴時，不知道
什麼原因倏忽將牢牢揪著我的巨掌攤開了。那次意外中與死亡擦身而過，
使我從小就深切體悟生命的脆弱。當年，我家門口的電燈柱，常常懸掛著
不知從何處到來飄墜其上的風箏。每次看見經過風吹雨打而破裂的風箏殘
骸，就會聯想到生命其實比黏貼在竹條上的彩紙更單薄。

這場童年的夢魘使我成長之後，極度反對暴力和厭惡戰爭。我在第一
本散文集《那年的草色》裡，有幾篇散文強烈反映出我詛咒戰爭的思想。
〈站哨的晚上〉這篇散文中有一段文字，最能展現我對和平安寧的憧憬：

我真的嚮往那一天，所有卡其的戎裝都穿在稻草人身上；所有的彈
藥都捲入鞭炮裡，在元宵夜掛滿了大街小巷；所有封鎖線的鐵蒺藜
都拆下來，圍遍畜牧場的籬笆，所有武器的鋼都被鑄成拖拉機、橋
樑、鐵軌，以及盛餅乾、牛奶的鐵罐。

我的母親在檳城出生，遠嫁到曼谷後，心中一直念念不忘山明水秀
的故鄉。為了讓下一代能獲得更優良的教育，她於一九五三年決定帶著五

個孩子回到仍由英國海峽殖民地政府統治的檳榔嶼。那年我七歲，辦理移居手續時，只懂得在護照上以泰文簽名。我去英文小學報名受到拒絕而進入華小，真的是失之東隅，收之桑榆。我在〈感激被拒的機緣〉這篇小品中，清楚地流露啟航華文心靈之旅時的感受：

> 進入協和小學讀中文，我像一個鄉下小孩跨入一座到處是水榭歌樓的林園。美麗的象形文字與我以前學習的泰文字母完全不同。我從山、水、火、田、雨……這些簡單的方塊字裡看到了一幅幅泰國農村的素描。我深深愛上這些像圖畫的字，我更喜歡這些優美的文字組合而成鏗鏘的詞語。

五〇年代的馬來亞，學生的閱讀風氣很盛。香港出版的刊物中，最受我和同學們喜愛的是《世界兒童》。這本半月刊裡開闢了一個〈兒童園地〉，裡面刊登的都是香港和東南亞地區兒童投寄的文章。閱讀了別人的佳作之後，我也漸漸萌生寫作的興趣。我於十歲左右就嘗試學習抒情寫景，並於十一歲時開始投稿。十二歲時習作逐漸獲得發表的機會，在《世界兒童》、《世界少年》與檳城《光華日報》的〈學生文藝〉版刊登。

六〇年代初，我在檳城韓江中學唸書。有一天下課後到圖書館借閱了印度詩人泰戈爾的《飛鳥集》（鄭振鐸譯），以及中國女詩人冰心的小詩集《繁星》和《春水》，一口氣讀完之後，幼小的心靈裡瀰漫了靈智上的愉悅。我於是嘗試把自己生澀的感情和對大自然浮光掠影的觀察，記錄於練習簿裡，得空時拿出來，改了又改，塗了又塗，再從數十首短至三五行的習作中，選了十首出來，以《初飛集》為總題，投寄到香港出版的《海光地理雜誌月刊》。當年這本雜誌剛開闢〈新詩叢〉，刊登年輕人的詩作，以及詩人何達（何海、陶融、洛美）的詩評。一九六一年五月十六日，這組小詩在《海光》月刊第一七〇期中發表，何達還做了非常認真和深入的賞析。其中一首〈月夜〉的原文是：

月夜裡
遲鈍的蝸牛

靜靜地伏在芭蕉上

細細地咀嚼著月光

　　何達在分析時認為這首小詩有一個小小的問題，出在「遲鈍」這個形容詞上。他指出這個形容詞在「月夜」中顯得不調和，「就如一塊頑石壓在名花玉蕊之上。」他進一步提出：「用一個什麼樣的形容詞，才能和其他的詞相配，而又強調和豐富了月夜的景色呢？『安詳的蝸牛』麼？不夠優美。『悠閒的蝸牛』麼？不夠新鮮。『輕盈的蝸牛』麼？不大自然。『沉思的蝸牛』怎麼樣？沉思的蝸牛，靜靜地伏在芭蕉葉上，細細地咀嚼著月光，蝸牛也許正要作詩呢！還有什麼更好的改法呢？讓大家一起來想想吧！」

　　何達的評語令我感到無限興奮，內心充滿鼓舞。我像那隻初飛的小鳥，在振翅之後領悟了一個真理：只要持著不屈的意志，任我們翱翔的天地將廣袤無垠。

　　憑著這股信念，我在六年中學生涯中，斷斷續續寫了約千首小詩，少數於謄清之後投寄發表，絕大部分卻被我搓捏成一團廢紙丟棄了。在學習寫詩的道路上，何達先生給予我最多的啟導和激勵，是他給予我勇氣用自己的語言，不倚靠別人已經寫過的詞句，去抒懷言志，去發掘未被涉跡的意境。是他教導我運用形象思維和積極修辭，以獨創的意象來描繪大自然的千姿百態。在我的文學之路上，何達先生是我最感激和敬佩的恩師，而給予我最多鼓勵的益友是新加坡詩人秦林、香港詩人韓牧、砂拉越詩人田思和大將出版社社長傅承得。

　　一九六四年初，我升上高二，參與了學校文藝刊物「韓風」的編務。有一天已故邢鶴年校長突然在上課時把我傳召到校長室。由於當年學生搞文藝活動受到多種客觀因素約束。因此當我走向校長室時，內心忐忑不安，深怕編委會在選稿的過程中出現敏感問題。出乎我意料之外，邢校長見到我的時候，和藹地叫我坐下來，親切地談起我在《韓風》裡發表的幾首短詩，並且予我充滿激勵的勉語。面對這位和祥的長者，我終於克服內心的膽怯，鼓起最大的勇氣將蘊藏心中的念頭告訴他：我希望能有機會將幾年來寫的小詩出版一本小集子，為年輕的歲月留下蹄痕。我依稀記得當時我的臉頰發燙，我的聲帶不斷顫抖。邢校長不但沒有嗤笑我傻勁，反而

鼓勵我將作品整理之後交給他，由他代為介紹予星洲世界書局出版，還為我的詩《碎葉》寫了一篇序。每次翻閱舊作，重溫棄我遠去的春夢時，總會深深緬懷這位曾經提拔我的仁慈長者。

《碎葉》的出版，有如遠行的旅人留在沙地上第一個腳印。嚴格分析，這只是一冊詩的習作。收入其中的小詩，記錄了一個小童軍在爬山、游泳和露營時，凝視大自然的一顰一笑後而作的素描。例如：

蔚藍的海上

海鷗在低低翱翔

雙翅蘸上海的顏色

再衝上天宇

把晴空盡情塗染

月光下

海上點點紅燈

化作醉漢燒紅的眼

俯著身子

豪飲月光剛釀的一海瓊漿

大地將旭陽撒下的萬道金光

深深地在黑土裡埋藏

趁稻禾成熟時

悄悄地將結晶了的陽光

嵌在豐滿的稻穗上

捕攝這些閃現於我心中的大自然動態時，我還不到十五歲，還不懂得愛情，也還沒接觸到生活中許多沉重的東西。

我母親只唸過私塾，然而思想非常開放。她是虔誠的佛教徒，卻讓我的姐姐自小進入曼谷教會開辦的貴族女校唸書，並允許她成為天主教修女。我哥哥的思想恰恰相反，是徹頭徹尾的無神論者。為了塑造獨立的思

維模式,我在中學時代除了閱讀文學書籍之外,也廣泛閱讀生命科學的書本。中學畢業後升讀大學,我無怨無悔地選擇學農。

在馬來亞大學讀農科的四年裡,最大的收穫是年考過後的田野實習。我在長達四十星期的實習中,親身體驗了橡膠園、油棕園、茶園和稻田的生活,其中最難忘的是,一九七〇年初北上吉打港口附近的水稻研究站學習育種和農藝。漫漫四個月的訓練期間,我除了大量閱讀稻作學的書籍和研究報告,還常在黃昏幻化為閒雲野鶴,悠遊於天地之間,與大自然融合為一。在〈夕暮‧冥想〉這篇散文裡,以下的片段反映了我當時內心的視象與感想:

- 黃昏蹲踞在農舍的煙囪上,悠閒地抽著煙斗。
- 我在田壟上孑然走著,暮色輕輕地搭著我的肩膀。
- 前幾天一陣豪雨,泛濫了窪地。渾濁的水面經過藍天投影之後,竟然莫測的深邃起來。卑微的心也需要納入宇宙的蒼茫來壯大自己呀!
- 歡樂和悲哀終有一天會悄然消逝,如隱遁的漣漪。到時我們將發現,悲歡在過去搖幌的只是水中的倒影;真正的我其實始終不動,如風靜的樹。

在人的眼中,浮雲因夕照而紅,因天陰而晦,其實浮雲何嘗有什麼顏色?只有化雨時,透明的水點才是雲的真色呢!

當年農田的黃昏觸動了我的心靈,促使我對生命提出疑問與進行思考,並且虛心學習,從不同角度去認識這個光怪陸離的現象世界,並從不斷的觀察中體驗人生的意義。

一九五八年父親在曼谷的生意受到朋友陷害而失敗,全家頓時像受到斷層地震的衝擊而搖搖欲墜。從小五到大四那段十餘年的貧困歲月,對我來說是惡夢頻仍的長夜。當年我的家猶如外型巨碩,艙內卻無燃油而迎著驚濤駭浪不斷顛簸的輪船。因此,在當年馬大浪漫的校園氛圍裡,我的大學生活卻像蒸餾過的水,無色無味。〈遠在昨日〉這篇寫於大四的散文,真實地記錄了我的大學生活:

像這三年來許許多多遠去的日子，我的昨日只能在筆記裡潦草的爬行，在試管裡變色和沉澱，在夜讀後熄燈時被捻熄。昨日公式得像每個早餐吃進去的麵包和牛奶，滑過同一條食道，同一個腸胃，我絲毫嗅不出一丁點生日的氣氛，甚至我的記憶也忘了提醒我，二十四年前，我是哭喊著到來呼吸這層大氣的。

大學四年，我沒有交通工具，因此幾乎每天都要徒行很長的路上課。在離開班黛谷前夕，我在〈谷裡〉描繪了畢業前的感受：

我就快離開這個谷地了。以後，在我的回憶中，能夠令我眷戀不忘的，我想，該是湖邊蜿蜒的小徑。這裡，我的腳印一次又一次重疊著我自己的腳印。這裡，剛落的黃葉一次又一次覆蓋去年快化作泥土的黃葉，而我的心也像這條小徑上的泥，任憑自己的腳步踏得越加結實堅強。

一九七二年大學畢業後留在農學院當了半年助教，我就毅然北上半島西北端的吉打州，投身於稻浪如海的慕達灌溉區，開始長達二十八年與水稻朝夕相處的工作。這個享有國際盛譽的水稻灌溉計劃，曾獲得世界銀行高度評價，公認為發展中國家推行綠色革命的典範。在超過四分之一個世紀對水稻的觀察過程中，我曾經赤足涉越無數片稻田，慣看許多豐收時的笑靨，也目睹不少歉收時沮喪的苦臉。田野研究明確顯示：從稻種萌芽苗長，至結穗成熟的一百多個日子裡，每天生命都必須面對嚴峻的考驗。蟲害、植病、鼠患、雜草、蝸牛，以及旱澇等各種天災，時刻提醒我：人生亦如此無常，同樣充滿災劫和苦難。構思〈稻花香裡說豐年〉這篇散文的當兒，我嘗試跳脫傳統寫作理論所截然劃分的敘述與描寫手法，以虛實交織更迭的筆致為這個全國最大的米倉素描：

經過一番辛勤的刺繡之後，苗壯的稻禾迅速地在春風化雨下翻滾而成一面九萬七千公頃的綠毯，讓馬六甲海峽的浪花為它鑲上一百公里長的花邊。幾百年來，六萬三千農戶，世世代代，在這張廣袤的

地毯上，織入了風暴與苦旱，陽光和雨水，歡樂與悲傷錯綜交纏的圖案！

在實現一年兩熟的雙季稻種植計劃之前，接近百分之八十的農戶只能靠借貸度日。當年「穀價那麼賤，許多佃戶每天的平均收入不到一塊錢，還不足夠買一張上等電影院的戲票」（見〈收割陽光〉，收入散文集《那年的草色》）。農民的命運，在綠色革命未展開前，就像一片瘠土，四周環繞的，盡是遍佈缺口與裂罅的田塍，雜草蔓延，凶鼠為患，撒播的種子往往沒有結穗的希望。到了九〇年代，經歷了農耕活動全面現代化，灌溉區裡的民生已完全改觀。每逢風調雨順的豐收季節，佇立稻田裡舉目四顧，肯定能看見軋軋然的割稻機「像一頭從新生代的沼澤叢林走出來的原始巨象，把修長的象鼻直挺挺地挪移到小徑旁，嘩啦嘩啦，一泉稻穀匯流而成的金色瀑布，從貯穀箱湧入斜管，再由斜管傾瀉而出，轉瞬間已漲滿了一包又一包的麻袋」（見《稻花香裡說豐年》）。

生活改善之後，農村裡家家戶戶皆添置了電單車，不少農民還擁有汽車。很多稻農的孩子都有機會接受大專教育，豐衣足食，絕大部分稻農家裡，都有雪櫃和電視機。

由於雙季稻的種植必須配合農業機械化的推行，因此到了七〇年代末，拖拉機已快速取代水牛成為農耕的主力。八〇年代後期的動地吟詩歌朗誦會上，司儀介紹我時，以戲謔的語調告訴觀眾：這位是吉打州每頭水牛都認識的人。我淡然微笑回應：這其實沒什麼稀奇，因為吉打州的水牛已寥寥無幾，絕大部份都掉入煮咖哩的熱鍋裡。

我年輕時曾寫過幾首有關水牛的小詩，較喜歡的是：「老農舀著滿河星光；潑潑在休耕的水牛身上／水牛輕拂著茸茸長尾／把星光抖落／徑旁的花瓣」，以及「雲臥在河裡／水牛臥在雲裡／斑鳩靜觀牧童的魚釣／蕩一圈漣漪／一尾泥鰍銜著將墜的斜陽／從雲後騰躍而起」。九〇年代後半期那場震撼東南亞的經濟風暴之後，我寫了一篇散文〈水牛，再見！〉抒懷言志。其中有一段如下：

　　屈身於稻田的泥窪裡，水牛固守著窟窿裡的泥漿，慵然不動，以為
那是莫大的享受與富足。水牛永遠不瞭解，只有浸潤於源遠流長的
大河裡，始能真正感受到生命奔騰的韻律，才會深切領略萬里星空
投影入長河而泛漾的沁涼。

　　保守的水牛固守著泥坑，不願到更廣闊的天地馳騁，結果只好任人擺
佈了。

　　在灌溉區裡工作多年，令我最難過的是眼見許多良田沃土，雖然已
投入大量公共資金改善水利設施，最後卻被徵用來建築房舍和鋪設公路。
當水田被填土建立工廠後，工業廢水沒有獲得妥善處理，傾瀉入低窪的田
裡，原本蔥翠的稻禾都因為生態污染而奄奄一息，肥沃的水田從此再也長
不出一粒米。眼見人們不懂得惜福感恩，為了私慾而任由土地逐漸僵化，
最後寸草不生，我只能將內心的無奈融進了〈為大地搔癢〉這篇文章：

　　我們是不是要等到所有的眼淚，都不能令死去的土地復活時，才執
　　杖跪田旁，為自己的愚昧懺悔與嗟嘆？

　　每逢收割的季節到來，看見農民放火焚燒稻草，讓氮素消失於空氣
中，讓易溶於水的元素在排水時流入田渠，隨後又以昂貴的價錢購買肥料
來補充，我就會不期然聯想到另一個發生於我們社會裡的怪現象：

　　那些在本土中培育出來的優秀人才，就像這些稻草中的氮、磷、
　　硫、鉀和鎂，由於沒有好好地推行稻草還田計劃，結果任由珍貴的
　　元素大量流失了。隨後當權的大人先生們，為了克服專才短缺的問
　　題，又以高薪引入外國人才，就像稻農不善用稻草，而必須每個季
　　節花費許多金錢來購買肥料。
　　　　　　　　　　見《驚起一灘鷗鷺》散文集中的〈為大地搔癢〉

　　最令我啼笑皆非的是屋頂種稻計劃。我在〈稻田養魚・屋頂種稻〉這
篇散文裡坦率地流露了內心深沉的悲哀。「政客最喜歡創下最大、最高、

最長的記錄，屋頂種稻正好為他們提供一個千載難逢的良機。若以那幾坪屋頂稻禾的收成來計算，要回收數十萬元建築與維修費用所需的時間，很可能比中華民族上下五千年的歷史更漫長，肯定能進入記錄大全，萬古留芳！」

我殷切期盼文末這段話，能令好大喜功的莽夫醒悟，別再浪費時間，整天胡思亂想，沉醉於破記錄的白日夢：

> 只有汗水能令你領悟「空即是色」，如果只有口水，不管做什麼事情，到頭來肯定依然故我，「色即是空」！

繼程法師在拙作《禪在蟬聲裡》的序文中，有一句令人深思的話：「禪，是超然的現實主義，也就是以超然的心過現實的生活。」多年前體悟了「平常心是道，行住坐臥皆是禪」之後，我每天都盡力以一顆平常心去工作，學習和思考，並且以平凡的文字記錄平凡的生活中一些小小的感悟。存在的真像是苦、空、無常和無我。因此，我天天都提醒自己，必須時刻不忘精進，活在當下，並且清醒的把握自己，努力為心靈找尋平衡的支點。我在田野閑逸的漫步和凝眸大自然的時候，豁然發現：除了憑藉肉眼和耳朵去觀物、聽聲之外，若能以心靈的慧眼與慧耳來透視與聆聽大自然，就能從「水鳥樹木，皆演法音」中，獲得心靈的感動。我以平常心去凝眸大自然的過程中，逐漸從農村和田野的風聲、水聲、蟲聲，以及雲影、山影、樹影中體悟蘇東坡的慧語：「溪聲盡是廣長舌，山色無非清淨身」所深蘊的禪機。

我在田塍上徐行時看見低窪之處滯留的死水，心裡忽然這麼想：

> 泥灘裡的死水，只要淨化成一朵雲，還是可以變成虹。
>
> （見〈化虹的水〉）

從化虹的水凝聚為甘霖，回到塵土飛揚的大地，為飽受亢旱煎熬的禾苗帶來生機時，我驀然憬悟：

許多人心目中平凡的水，平凡的二氧化碳，平凡的陽光，結合起來就形成一切生命存活最重要的基礎，自然界裡淨化空氣過程中最不平凡的物質循環。沒有了這些平凡的事物，許多人心目中認為必須以各種營謀心計去汲汲爭取的功名利祿，都變成了暗室裡的玫瑰，失去生機後頹然凋殘。

（見〈擺脫心亡〉）

年少時坐火車遠眺農婦在田裡插秧，我只會輕輕素描：「列車的窗後／掛滿了一幅幅明艷的錦繡／戴蓑笠的農婦們／曲著身子低著頭／將一紮紮苗秧在繡錦中急急地刺繡。」而今，於近距離觀察農婦們一面插秧，一面把身軀往後挪移，我深切地感悟：

佇立於懸崖之上，毅然將超重的我執，像塞入太多廢物的破背囊拋棄，義無反顧地回過頭來，轉身向來時路走回去，才是最勇敢、最積極的表現。

（見〈退後原來是向前〉）

我在水田裡研究雜草生態多年，最大的驚嘆來自窺探草籽的鬥志：

一顆比砂礫還渺小的種籽，為了追尋光明，竟然能夠發揮內在的潛能，抗拒強大的地心吸力，突破黑土，將嫩葉挺拔地舉起。
野火燒不盡，春風吹又生，是草的生命力最高的表現。野火的蹂躪，不但燒不死頑強的種籽，反而使種籽堅硬的外種皮破裂而更適於萌芽。

（見〈草籽〉）

為什麼能將整棵大樹燒成炭的大火，未必能傷害到土縫中一粒蕞爾的稗草種籽呢？雜草學家深入研究之後發現：火燒農田造成的加溫現象，能夠終止種籽的休眠狀態，引發種籽萌芽。反之，稗草和其他禾本科雜草都無法在淹水和缺氧的情況下萌芽：

溫柔的水，能令稗草繼續休眠；狂烈的火，卻令稗草從休眠中甦醒，火熄之後即刻到處蔓延。以暴易暴，在人類社會中是不是也造成同樣的後果呢？

（見〈燒不盡的稗草〉）

明瞭一切唯心造之後，看見田裡野稗叢生，有人發出疑問：
什麼原因造成這塊土地長出這麼多可怖的雜草呢？
我輕輕回答：心！
為什麼另一塊田又長出蒼翠、均勻和整齊的稻禾呢？
我幽幽回答：也是心！

（見〈心〉）

經過多年的觀察與思索，我穎悟一個顛仆不破的真理：播下野稗和畔茅的種籽，絕對不可能期盼收割水稻和高粱。

驛馬倥傯中趕了接近半個世紀風雨飄搖的文學之路，回首煙雨迷濛的來處，我感覺到心靈已從年少的激越、衝動、焦躁，轉化為今朝的閑逸、平和與靜穆。我是一個平凡的人，畢生做的都是平凡的工作，寫出來的也都是平凡的文章。年輕時寫過一首小詩，可以作為我平凡的一生最真實的縮影：

如果對生命作一番寫照
我知道自己颺不起風濤
擂不動羌鼓
吹不響號角
我只想做田裡的稻草
為了結穗而弓背
為了下季的豐收而燃燒

馬華文學中的三位一體：
中國性、本土性與現代性的同構關係

許文榮

前言

　　馬華文化的多元性組構至少受兩種因素的驅動。其一是歷史文化因素使然，南來先輩帶著已融在血液裡的中國傳統，在南洋這塊嶄新的土地上的適應調整，以及從落葉歸根到落地生根的心理變化下，本土意識隱然成形。與此同時，他們也需要調適自己去面對由殖民政府主導下的現代化進程。中國性、本土性及現代性在碰撞中塑造了華人的心理和性格。另一方面，多元文化的語境也在不斷地陶造華人的多元意識。從啟蒙教育開始，華人子弟就得接受華語華文（包括方言）以及中華文化的薰陶，也得學習馬來文及本國歷史地理文化知識，又得接受代表現代文明的英文數學科學的洗禮。此外，在烹調、服飾、建築、藝術等，無不演繹著中國性、本土性和現代性的共生、並存與互動的機制。[1]

　　從我對馬華文學多年的觀察和思考中，發現了它也同樣揉合了中國性、本土性及現代性三者於一爐，我把這種同構關係稱為「三位一體」[2]。

---

[1]　何啟良在九〇年代反思馬華文化的建構時提出三個主導因素：一是出於馬華文化本身對其傳統的認知和取棄；二是對於西方文化（或稱現代文化）的接受與移植；三是如何去回應來自國家文化政策的威脅。這三個因素分別涉及我們所謂的中國性（傳統文化）、現代性（西方文化）及本土性（國家文化），雖然何並沒有直接地使用這三個概念。何的看法極為貼切，雖然第二項中的西方文化和現代文化的概念不完全相同，第三項的本土性操作不一定只局限在對國家文化的回應。不管在過去或未來，我們的文化思索是跳脫不出中國性、本土性和現代性這三者的糾葛和互動的。換句話說，我們是不能只從某一因素去思考問題，這是無法讓我們掌握全面的／整體的（holistic）視域。有關何的觀點請參閱何啟良：《文化馬華：繼承與批判》，吉隆坡：十方出版社，1999年，第19頁。

[2]　三位一體（Trinity）原為神學中的一個核心概念，指稱聖父、聖子和聖靈，雖有三個不同的稱謂／位格（三位），但是上帝卻只有一位（一體）。「祂們」雖各司其職、

無論如何，在馬華文學過去的論述中，從來沒有把它置於這樣的宏觀及多元體系中去研究。[3]過去，我們要麼單談中國性、要麼單談本土性、要麼單談現代性。這都執於一端，猶如瞎子摸象，摸不出馬華書寫的全貌。馬華文學的中國性不是純粹的中國性（像中國文學那樣），而是本土化和現代（文學）化後的中國性；馬華文學的本土性，也不是純粹的本土性（像馬來文學那樣），而是中國化和現代（文學）化後的本土性；馬華文學的現代性，也不是純粹的現代性（像西方文學那樣），而是中國化和本土化後的現代性。唯有把它們放在三位一體的框架，才能縱覽整個風景線。

這篇論文正是要從宏觀視角探勘和論述馬華文學這種三位一體的同構與互動關係，特別是在文本的層面上。無論如何。為了使這項論述具有歷史脈絡，我們將先從文學史的發展縱覽三位一體的形成。因此，這篇論文分上下篇，上篇涉及文學史和論述部分，下篇則較重於文本歸納與分析。

概念與根源

我所謂的中國性（Chineseness）[4]主要是美學與文化上的意義，諸如中國神話、意象、意境、中國古典和現當代文庫（repertoire）以及中國的哲思，如儒、道、佛思想等。當然有時也牽涉到一些政治的含義，例如民族

但配合無間。聖父司創造、聖子行救贖、聖靈作保惠，最終都是為成就上主拯救全人類的計畫。譬如某個男人，同時具有（別人的）兒子、父親、丈夫的身份／名份，但是同樣都是指那「一個人」，兒子這名份使他須盡兒子的職責，父親的身份使他須盡養育孩子的義務，丈夫的名份使他須忠於妻子，並走完他一生的道路。神學中的三個位格雖各盡其份，但卻是平行同等，沒有高下尊卑之分。See Walter A. Elwell(ed.), Evangelical Dictionary of Theology, Michigan: Baker Book House, 1990, pp.1112-1113.

[3] 張錦忠的複系統結構是梳理不同的語言文學系統，即馬來文學、馬英文學、馬淡文學等的整體和個別關係；以及把馬華文學中的舊文學傳統、峇峇文學傳統、現實主義傳統以及現代主義傳統的關係系統化，並追溯它們各自的影響根源。

[4] 用「中華性」這個概念也行，只是「中華」這詞文化意味比較濃厚，遠不及「中國」這詞義的寬泛性，因此「中國性」較切合我的論述。此外，我把「華人性」排除在中國性的範疇外，（馬來西亞）華人特徵是組成馬來西亞民族特徵不可分割的一部分，因此「華人性」應該納入「本土性」這板塊裡。冰梅在1954發表的〈小說馬來亞化〉中便已表明：「因為華人是馬來亞社會一大民族，雕塑此間華人本質的作品，認真說起來，它就是馬來亞化」，苗秀編選《新馬華文學大系：理論》，新加坡：教育出版社，第123頁。

主義，但是卻不包含「國家」的概念。本土性（localness）則指具有本地色彩的方方面面，包括本地的風土民情、歷史地理、自然景觀、語言特徵、審美情趣、思維方式以及本地民族的人文傳統等，當然最大的特點是以一種「在地的知識」（local knowledge）的本地人視角去進行文學書寫。現代性（modernity）不只是作為文學技巧的含義，雖然很多人把現代性理解為現代主義（modernism）或後現代主義（post-modernism），這種認知還是不周圓的。現代性還包括現代意識、現代生活及對現代化／工業化的反思和批判。簡言之，即是在回應現代化的進程中所產生的文化意識、美學形式和人文傳統。從揭露資本主義的黑暗的批判寫實到注重形式而漸漸走向美學至上的現代主義到調侃和解構權力話語提倡眾聲喧嘩的後現代主義，都在「現代性」的範疇中。

至於中國性、本土性和現代性的書寫之形成，實際上是創作主體無法迴避的趨向。先說「中國性」，從中國大陸移民過來的華人族群，無法擺脫祖輩的文化，這是很自然的事，因為文化是一個民族安身立命之道。再來，不管在獨立前或獨立後，華人傳統文化一直都被英殖民地政府及後來的馬來土著精英所排擠，使他們更覺得維護與繼承自己民族文化的重要性，以免成為一個沒有根的人。華人不像猶太人那樣有一個凝聚力很強的宗教。能夠凝聚華人力量的是他們的文化。一旦失去了文化，對華人來說就好比民族滅絕一樣。因此，很自然的，在文學文本中，馬華作家表達了對中華文化的眷戀、對華人的語言文化的處境感到擔憂、對維護華人文化的必要，與此同時，藉著使用中文來書寫，展示了中文在這個國家的在場。

至於「本土性」方面，在二戰之後，本邦的華人已經逐漸的融入馬來亞，把他們的命運和馬來亞聯繫起來。到了馬來亞獨立後，留下來的華人開始轉變他們的政治認同，和其他民族一樣，把當時的馬來亞以及後來的馬來西亞視為他們唯一的國家。不管在抗日戰爭中或爭取馬來西亞的獨立的過程中，他們都和其他族群並肩作戰，和其他民族建立了良好的兄弟關係。另外，由於他們已經在本邦生活了很長的時間，在這裡找生活、繁衍後代，他們以及他們的後代漸漸對這塊土地產生了微妙的感情。因此，很自然地他們也書寫本土，歌頌這塊土地。當然，他們也表達了在這裡生活的艱難，在這裡所遭受的挫折等。

　　「現代性」則有幾個來源。英殖民精英過去所帶來的「現代化」可能
是引發現代性的因素之一。這種現代性我們或許可把它稱為反現代化或反
資本主義霸權的現代性。另外，還有兩個源頭把現代主義導入馬華文學。
一是六〇年代臺灣文學的現代主義運動，不少到臺灣留學的大馬留學生從
臺灣把現代主義引進來。另外一條線是直接從英美文學中的現代主義作品
中（如喬伊絲、沃爾芙及艾略特等）引進來，通過翻譯和評論這些作品及
論述使馬華作家擴大了他們的文學視野。九〇年代開始，通過現代媒體，
尤其是互聯網的傳播，馬華作家也接受了不少後現代意識的洗禮。由此，
馬華文學的作家也在作品中流露了「現代性」，特別是用來經營文本的形
式和策略這方面。

　　我要強調的是，中國性也好、本土性也好，或者是現代性，它們很少
是個別呈獻在文本中，反之，在一般的情況下，它們是融合在一起，形成
了三位一體的文本形態。

上篇：文學史脈絡

　　中國性是最早展現在馬華文學中，不只是因為馬華文學的發軔是受五四
文學的激發，與中國文學有著親密的血脈關係；更因為當時的創作主體是中
國人，即寓居在南洋的中國移民。但是，如果馬華文學只表現中國性，她就
只停留在「僑民文學」[5]。無論如何，文學是不斷流動的機制，從一九二〇
年代提出南洋文藝之後，本土化就進入馬華文學的血液裡頭，組成馬華文學
生命的一部分。雖具有中國性和本土性的軀體和血肉，若沒有現代性的華美
服飾，馬華文學定然無法登大雅之堂，特別是在二十一世紀的今天。因此，
從一九二〇年代中期開啟的批判現實主義，再轉向一九六〇年代發動的現代
主義的風潮，為馬華文學穿上了具有時代色彩的服裝，讓她可以走向現代的
舞臺上。而一九八〇年代末期由本地中、青年作家和旅台創作群悄悄[6]實踐

---

[5]　原句：《馬華新詩史初稿（1920-1965）》，香港三聯書店和新加坡文學書屋聯合出
　　版，1987年，第2頁。
[6]　我用「悄悄」這詞來表示這場後現代的書寫不像現代主義運動那樣「大聲喧嚷」、

的後現代書寫，更是在現代主義的基礎上再拓展馬華文本，使馬華文學具備了與時並進的特徵。緊接下來我們將從這三個時間段來論述中國性、本土性和現代性如何在文學史上逐漸交匯而形成三江並流。

1.第一次的邂逅在一九二〇年代

中國性、現代性和本土性最初是在一九二〇年代中期相會。中國性是在馬華文學於一九一九年萌芽時生發的。一方面延續五四啟蒙思想，一方面參照白話文學運動的形式。這是中國影響的最初狀況。接著，南來作家、南來書刊以及中國的動盪局勢，更強化了中國性對本地華文文學的干預（interference）[7]。

根據方修和楊松年的文學史書寫和論述[8]，在一九二〇年代中期，新興文學和南洋色彩在非常接近的時間先後登場。新興文學[9]是源自於中國的創造社、未名社和左聯的文藝思潮，提倡以馬列主義為指導的社會／批判現實主義的創作路線。這種文學思潮是反抗資本主義／現代化的社會黑暗、人性異化和壓迫下層階級人民而崛起，它在西方的宗師是盧卡奇。轉入中國時它被賦予革命文學的地位而被推舉，和中國的無產階級革命相輔相成。這種結合了現代性和中國性的創作思潮成為當時新興文學的理論依據。新興文學很快的在馬來亞的土壤上被賦予南洋色彩，一來可藉著對南

「此起彼落」，特別是在文學活動上如結社、成立出版社、佔據文學園地和文字交鋒。反之。後現代的經營是更加的內在化／文本化，基本上是在文本的實踐上去創造後現代文體以及在論述上的後現代詮釋。

[7] 有關中國影響（influence）論，過去論者多有論述，如Wong Seng-tong, The Impact of China's of , Literary Movements on Malaya's Vernacular Chinese Literature from 1919 to 1941, Ph. D Dissertation, University of Wisconsin, 1978；郭惠芬：《中國南來作者與新馬華文文學》，廈門：廈門大學出版社，1999年；等等。張錦忠認為「影響」是雙向關係，應該用「干預」比較恰當，但「影響」和「干預」是否有質的差別，或許可以繼續加以討論。

[8] 方修：《馬華新文學史稿》，新加坡：世界書局，1975；方修：《馬華新文學簡史》，吉隆坡：董總出版，1986年；方修：《戰後馬華文學史初稿》，吉隆坡：董總，1991年；楊松年：《新馬華文現代文學史初編》，新加坡：BPL教育出版社，2000年；楊松年：《戰前新馬文學本地意識的形成與發展》，新加坡：新加坡國立大學中文系，八方文化企業公司聯合出版，2001年。

[9] 張錦忠說，新興文學終究還是二、三十年代的馬華主流文學思潮，也為馬華文學其後風行四、五十年的現實主義路線奠下了基礎。張的觀點是恰當的。張錦忠：《南洋論述：馬華文學與文學屬性》，臺北：麥田出版，2003年，第132頁。

洋風土民情的描繪嘗試創作與中國文學風格有別的文本，二來可藉著文學的書寫來灌輸本地意識和創造南洋文化。當時有一位南來的文藝工作者許傑（《枯島》主編），便是當時宣導這種文學傾向的代表人物[10]。張錦忠對他的工作有如此的描述：

> （他）提倡新興文學的同時，也主張反映地方色彩，雖然編輯的時間不到兩年，但是熱心倡議成立南洋文藝中心，推動新興文學與南洋文藝的結合，使它成為當時中、馬文學的大本營。[11]

從新興文學再結合南洋文藝，中國性、本土性和現代性首度在馬來亞攜手合作，在往後的十多年裡頭，它們更是不離不棄的逐漸建立起更密切的互補關係。例如，寫於一九三〇年代初期的〈拉多公公〉及〈峇峇與娘惹〉便是很好的印證了它們三者在文本中的微妙關係。[12]

一九四七至一九四八年間沸沸揚揚的馬華文藝與僑民文藝的論爭，並非是一場排斥「中國性」的運動。這場論爭的焦點是在創作心態和創作方式的矯正上，要作家在創作心態上賦予作品更多「此時此地」的真實情感，減少「手執報紙，眼望窗外」的虛假寫作。在創作方式上是鼓勵以本地人的視角去寫作，避免以外來者（僑民）的眼光看待事物，這種創作傾向和本地意識的提升緊密聯繫，特別是二戰後華族本地意識明顯地強化。無論如何，中國性還是以它獨有的特徵和方式，例如通過關懷祖國和對中華文庫的挪用不斷的在文本中被複製。

楊松年把一九二〇年代至一九六五年的馬華文學歷史導入中國性和本土性互相消長的發展軌跡中，這與方修的馬華文學史論述的焦點有點不同，下圖顯示方修和楊松年對馬華文學史分期的比較：

---

[10] 當時倡議新興文學與南洋文藝的結合者還有張金燕、陳煉青（《夜林》主編）、曾聖提（《南洋商報》副刊《文藝週刊》編者）等。

[11] 張錦忠：《南洋論述：馬華文學與文學屬性》，臺北：麥田出版，2003年，第103、132頁。

[12] 許文榮：〈戰前馬華文學的南洋書寫：最早的本土性建構與本土意識的萌發〉，何國忠編《百年回眸：馬華文化與教育》，吉隆坡：華社研究中心，2005年，第212-220頁。

表一：方修與楊松年馬華文學史分期的比較

年代	方修的分期	楊松年的分期
1919－1925	萌芽期	僑民意識濃厚時期（1919－1924）
1926－1931	擴展期：新興文學、南洋文藝	南洋色彩萌芽與提倡時期（1925－1933）
1932－1936	低潮期：馬來亞文藝	馬來亞地方性提倡時期（1934－1936）
1937－1942	繁盛期：抗戰文學	僑民意識騰漲，本地意識遭受挫折時期
1945－1948	戰後初期：新民主主義時期	馬華文藝獨特性主張時期（1945－1949）
1949－1953	緊急狀態初期	
1953－1956	反黃時期	本地意識拓展時期：反對黃色文化運動時期（1950－1954）
1955－1959	－	本地意識騰漲時期：愛國主義文學提倡時期
1960－1965	－	本地意識繼續騰漲時期：後新加坡自治時期

　　基本上，楊和方的分期沒有本質上的區別，只是楊的分期是把中國性（僑民意識）和本土性（本地意識）置於互動關係的脈絡中。在馬華文學史的論述中，相信楊是第一位明確地揭示了馬華文學中中國性和本土性的消長關係。楊認為在那四十多年的文學發展中，有時中國性較強，有時本土性較強，但是到後來則本土性「壓倒」中國性，特別是一九五〇年代之後。當時，馬華文學熱情地宣導「馬來亞化」，宣揚「愛國主義」，這是馬華文學本土化的重要進程。[13]當然，有必要強調，在楊的論述中，最後被壓倒的只是狹義的「中國性」，即他所謂的「僑民意識」，一個在馬來亞和新加坡朝向獨立／自治後逐漸與現實格格不入的身份認同與思想意識。但是，由始至終，楊並沒有否認廣義的中國性（僑民意識以外的其他中國符碼）在馬華文學中的賡續。周策縱在一九八〇年代所總結出的東南亞華文文學的「雙重傳統」[14]，即中國性與本土性，可作為楊松年馬華文學史論

13　被視為現代主義搖籃的《蕉風》，在1955年創刊後便大力提倡「馬來亞化」，刊登了不少這方面的論述，如慧劍的〈馬來亞化是什麼〉（第16期，1956年6月）；馬摩西的〈馬來亞化問題〉（第18期，1956年7月）；海燕的〈馬來亞化與馬來化〉（第18期，1956年7月）；蔣保的〈向馬來亞文化節歡呼〉（第18期，1956年7月）等。

14　周策縱〈總結辭〉，王潤華與白豪士（Horst Pastoors）主編：《東南亞文學：第二屆華文文學大同世界國際會議論文集》，新加坡：新加坡哥德學院／新加坡作家協會，第359頁。

述的權威註腳，也可說明廣義的中國性並沒有隨著本邦華族的僑民身份的消失而煙雲消散。

楊的論述沒有提到現代性，這是否意味著他否定現代性的存在呢？我認為不是。首先楊的文學史著作書名已冠上「馬華現代文學」的稱號，表示是具有現代意識和現代形式的文學。再者，楊並沒有否定方修的批判現實主義的理論基礎，並是在方修的文學史觀的基礎上去展開他的文學論述，在這點上現代性的元素不道自明。

2.第二次的交集在一九六〇、一九七〇年代

一九六〇年代初期所發起的現代主義文學運動，在很大的程度上借用了現代主義技巧把中國性和本土性重新的組合。過去的批判現實主義逐漸地被現代主義的新感性與新形式所取代，中國性也從僑民意識中脫胎換骨，轉換成對中國文化的原鄉意識和文化鄉愁。本土性範疇不斷地擴大，一方面繼承一九五〇年代愛國主義的熱情，一方面又有著對土著政治與文化霸權的驚吼、無奈與感傷，這種複雜情緒在某種程度上又把創作主體引向對中華神話的眷戀。

現代主義文學運動可分成三個時期。第一波是從一九五〇年代末年至一九六七年，林也把它稱為現代文學的萌芽期。最早宣導現代主義觀念和吸納現代主義作品的營寨是《蕉風》與《學生週報》。早在一九六〇年代之前，《蕉風》便出現了不少有關現代文學的引介和論述的文章，例如馬摩西的〈象徵派詩人李金髮〉（第38期，1957年5月），鐘期榮的〈法國現代文學的動態和特色〉（第68期，1958年8月）、〈超現實主義的詩〉（第80期，1959年6月），合金〈論詩的含蓄〉（第80期，1959年6月），白垚的〈新詩？新詩！新詩。〉（第85期，1959年11月）等。創刊於一九五六年的《學生週報》，一九六一年起，也開始出現了不少討論現代主義的文章，如〈新時代、新觀點——淺談欣賞現代文藝〉、〈「城堡」和「審判」〉、〈「意識流」好不好？〉等[15]。這些無疑的是馬華文學最早的現代文學論述。

---

[15] 林也：〈解放的新世界——新馬現代文學的發展〉，《蕉風》第232期，1972年6月，第27頁。

　　到了一九六三年《蕉風》一三三期時，基本上已經對現代文學的興起進行了最早的一次總結：「近幾年來，現代文學已經在馬華文壇上崛起了。文學作品是一種藝術創作，所以，脫離傳統範疇的現代文學的存在，不但沒有壞的影響，而且是目前的華文文壇所需要的。近年來，《蕉風》月刊發表了不少現代主義的作品，引起許多作者和讀者針對現代文學和傳統文學的論爭，起初大家都固持己見。直至如今，……由爭論而轉為討論，討論中心是『如何接受現代文學』……是馬華文壇上不曾有過的特色。」[16]

　　現代文學是一種全新的體驗和嘗試。新風氣的開展是直接要從「傳統文學」中跳脫出來，這個「傳統文學」是什麼呢？就如白垚所說：「詩人們不滿足於五四運動以來新詩的成績，毅然走向一條新的路，這是一種創造的精神……」[17]，我們當可知曉，所謂的「傳統文學」，指的是從五四的寫實主義到新興的批判現實主義的文風。當時的現代主義運動是在創作手法和文體風格上由現代主義替代現實主義，至於所延續的中國性和本土性並沒有被消解，而是繼續保存下來並加以推進。

　　讓我們試舉被周喚、林也、溫任平等人視為第一首馬華現代詩，即白垚的〈麻河靜立〉進行解讀：

　　　　撿蚌的老婦人在石灘上走去／不理會岸上的人／如我　他笑／卻不
　　　　屬於這世界／風在樹梢　風在水流／我的手巾飄落了／再乘浪花歸
　　　　去／一個個旋／沒有誰在岸上　我也不再／那個世界不屬於我／那
　　　　老婦人　那笑那浪花／第八次在外過年了／而時間不屬於我／日落
　　　　了呢　就算是元宵又如何[18]

　　這首詩顯現三位一體的形態。首先是在詩的場景上，詩題的麻河在文本中雖然沒有再出現，但詩人確實是在麻河畔佇立時的感發。撿蚌的老

---

[16] 第三屆全馬青年作者野餐會文藝座談會記錄之二：〈我們對馬華文壇的看法〉，《蕉風》第133期，1963年11月，第3頁。

[17] 白垚：〈不能變鳳凰的鴕鳥〉，《蕉風》第137期，1964年3月，第12頁。

[18] 原載於《學生週報》第137期，1959年3月6日，轉引自陳應德〈從馬華文壇第一首現代詩談起〉，江名輝主編：《馬華文學的新解讀》，吉隆坡：留台聯總，1999年，第341頁。

婦人的形象出現了兩次，文本沒有交代她的種族背景，但她的本地人身份是無可否認的，而老婦人在某種程度上有著「本地」、「本土」的隱喻，和「我」所漂泊的地方——「在外」形成對比。此詩的現代性意味極為鮮明，首先是漂泊流離的意識，本鄉異鄉的觀念開始呈現模糊，感覺自己「不屬於這世界」或「那個世界不屬於我」；再來是以一種「陌生化」的視角來敘說，沒有過於介入所敘說的對象，不管是那位老婦人，或者自身飄移的經歷，文字在非常沉靜中遊走。中國性的特徵不濃厚，很容易被讀者所忽略。在最後的詩句中，「元宵」把這特徵照射出來。「元宵」使這位遊子顯露了他的中華文化的身份，一種不只對個人身世的感懷，也是對自身文化的感歎。中國繪畫和詩詞意境中的花好月圓、良辰美景，對一位現代遊子來說又有什麼具體的文化意義呢？

被陳應德視為可能是第一首馬華現代詩[19]的是威北華（魯白野）一九五二年的〈石獅子〉，這首詩作三位一體的氣息更加濃厚：「誰吩咐你蹲在空庭讓黑煙熏著／儘管你看了百年又百年的興衰／半夜鐘聲敲不開你瞌睡的眼／回頭讓我拾起一把黑土擲向天邊／那兒來的蝙蝠在世紀底路上飛翔／怎得黑夜瞥見一朵火薔薇在怒放／我就獨愛在馬六甲老樹下躺著畫夢／且讓我點著海堤上的古銅小銃炮／轟開了歷史底大門我要看個仔細／誰在三寶山頭擎起了第一支鮮明的旗」[20]。這首詩以象徵主義的手法把「中國」和「本土」搭接起來。「石獅子」作為中國建築藝術中，特別是寺院建築中不可或缺的圖騰，在詩中成為了「中國文化」的象徵。詩中從「我就獨愛……」起進行了空間的迅速轉折。從「中國」轉入「本土」，中國文化隨著中華民族移民到馬六甲，與這裡的本土文化交會。儘管只有馬六甲老樹和古銅小銃炮的相伴，詩人仍然興致勃勃地要解開自身民族與文化的奧秘。

現代主義的第二波是林也所稱謂的「苗長期」或張錦忠所稱道的六八世代時期，即在一九六八年前後以陳瑞獻、梁明廣為首的現代主義風潮。

---

[19] 陳應德所認為的第一首現代詩和一般的觀點不同，這當然涉及對現代主義形式與技巧的詮釋問題。無論如何，我個人較認同陳應德的觀點，〈石獅子〉確實已挺好地使用了象徵主義的手法。無論如何，現代主義的運動／風潮則是在五十年代末才開動，而不在五十年代初期。

[20] 周粲編：《新馬華文學大系》（第六集詩歌），新加坡：教育出版社，1972年，第463頁。

他們的前線主要是在馬、新同步發行的《蕉風》和《南洋商報》的文藝副刊，同時也成立詩社──五月詩社[21]來聚合同好及出版作品。他們的特點是直接消化西方現代主義的論述和作品的精髓，不像第一波的現代主義較受台港現代主義運動的影響。他們通過大量的譯介西方現代主義文論和作品展示了較原汁原味的現代主義特質。據張錦忠的判斷，梁明廣是中文世界第一位譯《尤麗西斯》者。[22]無論如何，在熱心譯介歐美論述的同時，六八世代的創作和論述並沒有完全滑向歐美風格，他們實際上也是在「三位一體」的框架中去提倡現代文學。張錦忠說：「在六十年代最後一年再度革新的《蕉風月刊》，結合了新馬二地的作者，加速現代文學落實本地化的文化計畫與編輯政策，先後推出詩、小說、戲劇、馬來文學等專號，可謂貨色齊全、品質俱佳，為現代主義文學陣容的重量出擊。」[23]在這段評論中，我們發現到，六八世代在推廣現代文學的同時，也在落實現代文學的本地化的計畫，尤其是落力地推介馬來文學。六〇年代末到七〇年代初期的《蕉風》刊載不少有關中國古典文學（特別是《紅樓夢》）的論述。而《南洋商報》的「文藝」版那時也刊登不少馬來文學的論述和譯作，如〈馬來詩壇十年〉、〈馬來短篇小說〉、〈記馬來小說集《新生》評介會〉等，林也說：「這種風氣對於華文文學作家掌握兩個民族文學創作特點不無幫助」[24]。顯然，在那個時代，西方現代派論述佔了絕對優勢，不過馬來文學的論述也被重視，中國文學的評論也沒有消沉。

　　現代主義的第三波是在七〇年代至八〇年代中期開展，主要的代表實力是神州詩社和天狼星詩社。七〇年代初期至中期在臺灣領導神州詩社的溫瑞安，以高舉結合中國性的現代主義文風叱吒文壇。他也很堅決地宣告馬華文學自決無望，只能長久屈居於中國文學的「支流」裡。這種以現代主義技法來淘煉中國性的文學（政治？）運動，看似完全排除「本土性」。不過，從實際的文學操作中，中國性的召喚似乎是一種對馬來西亞土著霸權的抵抗資本。「本土性」如果不是有意的被隱匿，就是被置於論

---

[21]　張錦忠：《南洋論述：馬華文學與文學屬性》，第237頁。
[22]　張錦忠：《南洋論述：馬華文學與文學屬性》，第173頁。
[23]　張錦忠：《南洋論述：馬華文學與文學屬性》，第157頁。
[24]　林也：〈解放的新世界──新馬現代文學的發展〉，《蕉風》第232期，1972年6月，第34頁。

述的對立面去解構，當本土性被有意無意的消解時，弔詭的是本土性卻反而無所不在。例如溫瑞安的散文〈龍哭千里〉，象徵中國圖騰的龍的形象無所不在，文本以象徵主義和心理獨白的手法敘說，企圖藉著對龍的誇大（對中華文化的抬舉）來壓抑土著霸權的聲勢，因此，本土性並沒有消音，而是在他的「大中華」的視野下被關照，只是處在「弱勢」的位置。

　　另一方面，由溫任平領導的天狼星詩社，在一九七〇年代和一九八〇年代初時聲勢浩大，旗幟鮮明。黃錦樹曾經如此地評論說：「在馬來西亞，整個七十年代較具規模而能成氣候的是溫任平和他天狼星詩社『弟兄』們集體的馬華文學現代文學論述。以顏元叔、余光中（還有楊牧）為精神導師，新批評加上中國情懷，長處是援引新批評理論，有一套頗利於文本分析的批評術語，且至少是美學取向（而非社會取向），至少讓文學的閱讀成為可能。而問題在於，他們論述的目的往往是為了宣揚特定的文學理念（中國性－現代主義），甚至是自我經典化。」[25]黃的評論突出了這一群體的一個重要特質，即中國性和現代主義的結合的取向。實際上，他們也一直把本身的現代性歸類為是「中國性的現代主義」[26]，這個聽起來很彆扭，不過卻有實質內涵的統合概念。「中國性的現代主義」正是企圖把我們所謂的中國性和現代性進行融合。雖然天狼星並非這種文風的始創者，他們的師祖應是臺灣現代主義的先行者如洛夫、余光中、白先勇等輩，無論如何，他們卻是非常虔誠的實踐者。雖然強調中國性和現代性，但是由始至終都在本地營運的天狼星詩派，如果沒有本土性的滲入，那是無可理喻的。基本上，中國性的開展是對土著文化霸權的抵抗，和神州詩社的傾向相近。只是天狼星的中國性沒有神州那麼熾烈，相對的他們的本土性卻比神州更有開展的趨勢。張光達在評論這時期的詩歌特徵時說：「它與馬來西亞整個歷史時空和政治現實有很大的必然性。政治現實和華人傳統文化的困境深深困擾著詩人的思想意識，為了避免踩踏政治地雷，他們藉現代主義的象徵語言來隱匿文本的指涉，往個人內心世界深入挖

---

[25] 黃錦樹：〈反思「南洋論述」：華馬文學、複系統與人類學視域〉（代序），張錦忠：《南洋論述：馬華文學與文學屬性》，第11頁。

[26] 天狼星另一要員謝川成在2003年於新紀元舉辦的一項研討會中，論述溫任平的散文時，仍然繼續沿用這個概念。

掘……」[27]張的評論是貼近事實的。總之，不管是神州或天狼星陣營，他們的創作路線並沒有跳脫「三位一體」的方位。

3.第三次的交接在八〇年代後期至今

天狼星詩社在八〇年代中期之後[28]嘎然而止，並不意味著現代性的終結。在相同的時間段中，後現代主義隱隱然的在馬華文壇上露出尖角，並且逐漸伸展。後現代一方面表露在中、青生代作家在創作上的試驗，另一方面也在學術論述中也被論者詮釋出來。這時期的馬華寫手以更後設的語言、更斷裂的文字、更遊戲的筆調、更滑稽的仿擬、更跨國性的流動、更隱秘的魔幻、更多元的文本互涉，更大膽的文體試驗（甚至反文體、反形式、反高潮、反經典）等，在沒有任何詩社／文社和刊物的直接領導下，在個別的層次上展開了他們另一次的文學改革。這次的文學運動出現了學院派的論述作為堅實的資源，後殖民、解構主義、女性主義、複系統、比較文學、反權力話語、抵抗詩學、國家寓言等論述浮上臺面，逐漸成為文學評論和文本解讀的話語資源。

馬華文學的現代性從現代主義的技法轉向後現代主義的操作，但是在與中國性和本土性的糾葛上並沒有本質的改變。進入一九九〇年代，中國性被提出來加以反思，去中國化、去民族主義和斷奶的聲音此起彼落。不過，如果我們更深一層去思考，這種聲音在很大的程度上，是對神州和天狼星熱情擁抱中國情懷所形成的文學範式的一種反彈。發聲者提出警告，當中國性過度的被抬舉時，它可能反過來成為另一種形式的文化殖民／霸權。類似論述的目的在於冷卻這種畸形的中華原鄉心態。但是，如果要宣導馬華文學必須完全絕斷一切的中國血緣，這不但是自欺欺人，也在具體操作上完全行不通的，因為當中文被使用時，中國性便如幽魂般如影隨形。與神州／天狼星群體過度人為的中國鄉愁相比，九十年代的中國性逐漸轉向自然、隨性和內在的中國表述。至於在前一個時段有意無意被隱

---

[27] 張光達：〈現代性與文化屬性——論60、70年代馬華現代詩的時代性質〉，《蕉風》第488期，1999年1、2月，第97頁。

[28] 溫任平說，天狼星詩社在1989年之後，完全停止了一切的活動。溫任平〈天狼星詩社和馬華現代文學運動〉，江名輝主編《馬華文學新解讀》，第154頁。

匿的本土性，進入這個階段時反過來受到創作和論述群體更直接的關照。九十年代前後在政治上的鬆綁／小開放使馬華書寫者更有信心和勇氣探入本土的一些陰暗面，最明顯的例子是對馬共的鬥爭的再現。在這方面，小黑、梁放、黃錦樹、黎紫書、雨川等都交出了令人激賞的成績單。馬共書寫的開展不只涉及本土論述，也和中國性的範疇互相交疊。

本土書寫的開展在詩歌上也有所推進。從一九八〇年代末開始推出的「政治抒情詩」，由傅承德、陳強華、鄭雲城等為主打歌手，他們直接地切入現實政治的關懷與批判，詩歌的形式語言是介於寫實和現代之間。[29]一九九〇年代中期崛起的呂育陶、周錦聰、翁弦尉等新生代詩人，也繼承了這種詩風，只是他們的手法已經更接近後現代的範式。張光達評論說，新生代詩人們明顯的「表現出一種與馬來西亞現實社會和生活脈搏若即若離的關係」[30]。因此，在這個階段，明顯地看到了論者和作者以更寬博歧義的後現代論述及更多元詭幻的後現代技巧去關懷和干預本土的政治和現實，以更冷靜、理性及微妙的方式去回應官方的權力話語。與此同時，中國性仍然是「無所不在」[31]，不管是在解構中國或再中華化的書寫中，只是呈現的方式趨於克制和沉隱。因此一九九〇年代後，馬華文本仍然在三位一體的框架中形構自身。

從以上的分析中，我們可以作出兩個簡單的歸納：一，馬華文學中的三位一體在馬華文學發展的初期就已隱然成形，而且延續至今，它的生命力比過去任何一場文學運動／風潮來得旺盛，研究者／論著不得不給予重視；二，中國性、本土性和現代性的概念／範疇是處於流動的狀況，在不同的時間段可能具有不同的型塑方式。

---

[29] 陳鵬翔：〈大馬詩壇當今的兩塊瑰寶〉，江名輝主編《馬華文學的新解讀》，第74頁。

[30] 張光達：〈新生代詩人的書寫場域：後現代性、政治性與多重敘事／語言〉，《蕉風》第490期，2003年，第26、27頁。

[31] 尤以李天葆的小說、陳大為的詩歌和鍾怡雯的散文中國性的韻味最濃厚。陳大為本身也認同，他的詩歌以表徵「古代中國」歷史、神話、佛典中的題材為多，而鍾怡雯的散文以書寫臺灣生活背景為主。陳大為《赤道回聲》（序：鼎力），臺北：萬卷樓，2004年，第XI頁。

下篇：文本分析

　　上文從文學史和文學論述的軌跡中窺探馬華文學三位一體的形構，接下來，我們從另一個角度，即創作文本來勘察中國性、本土性與現代性的同構與互動關係。

　　這個層面的文本分析以兩種方法具體運作：首先是化整為零，先將中國性、本土性和現代性的個別屬性，從文本中分別開來，以印證它們的個別存在；其次是化零為整，把它們重新放在整體文本的結構上去審視三者在文本中的互動關係。

1.中國性、本土性和現代性在文本中的特徵

　　在具體的文本分析方法中，我從四個較具體的屬性組合去探尋與判定它們的中國性、本土性和現代性特徵。這四個屬性組合是文字、文體、敘事以及思想意識。我把它們列為圖表說明：

表二：中國性、本土性及現代性的文本屬性

	中國性	本土性	現代性
文字	從五四時期的白話文到現代漢語、純正中文、大陸、台港的特殊辭彙／表述	本土的「異言中文」	現代主義與後現代主義的語言，特別是詭異、魔幻、仿擬、戲謔等
文體	五四新詩、散文、小說等文體的延續；個別中國作家的獨特文體／風格	無	1.批判現實主義 2.現代詩、散文、小說等 3.後現代斷裂體、碎片體、反文體等
敘事／意象	中國傳統文學，特別是神話傳說、詩經楚詞、唐宋詩詞、明清小說等敘事手法與意象群的挪用	馬來神話傳說（瑪蘇麗）、英雄（漢都亞）、其他族群的神話意象、自然／地理意象（如雨林、赤道、蕉風椰雨等）	意識流、互文性、後設結構、魔幻敘事等

	中國性	本土性	現代性
思想／意識	1.中國傳統思想，尤其是儒家、道家、佛家 2.民族主義 3.原鄉意識、文化鄉愁	1.抵抗土著霸權 2.本地歷史意識 3.民族融合／愛國思想（異族戀、通婚） 4.在地知識（本土視野）：各族群的風俗、文化、思想、信仰等	1.反現代化思想：反資本主義霸權、反異化、反都市化／工業化、環保意識等。 2.現代思想：形式主義、存在主義、精神分析等 3.後殖民：移民觀念、解構意識、女性主義、邊緣觀念等。 4.全球化：跨國意識、離散意識等

　　在文字這個組合裡，中國性表現在從五四時期的白話文到現代漢語的運用上、特別是對純正中文的使用，這方面李永平、陳大為、鍾怡雯表現得最顯著。實際上，就如林建國所說的，在漢語的使用的過程中，不管有意或無意，中國性（中國文化／社會／歷史的印跡和中國圖騰／神話／意象系統等）總是蘊涵在文字的表意／義系統之中。[32]換句話說，就如我們在上文中所說的，中文的書寫實難跳出中國性的如來神掌中。另外，也反映在對大陸、台港的特有辭彙／表述方式的挪用，例如大陸的：挺好／妙、領導、痞子、小混混、行（可以）、沒事（不客氣）、創收（盈利）、民宅、闖蕩、零距離、炕（床）等；臺灣的：蠻（好、不錯）、長官、棒（一級棒）、公車、「嬌爹的擬聲詞」等。

　　在本土性的文字屬性上，表現在張錦忠所謂的「異言中文」，或者也可說成馬來西亞（新加坡）的華語，把很多字讀成平聲，沒有抑揚頓挫的聲調，表現在文字上是一組一組毫無高低起伏、沒有跌宕鏗鏘的文字。另外，我們非常熟悉但令外人看／聽得一頭霧水的表述方式（華語、馬來語、英語的不斷符碼轉換），以及馬來西亞特有的混血／雜種華語和人文辭彙，如巴剎、甘榜、多隆、嘛嘛檔、三萬、峇峇娘惹、亞答屋、巴拉煎、沙龍、宋穀、二等公民、華教、董教總、馬來人主導／馬來人文化霸

---

[32] 林建國：〈為什麼馬華文學〉，張永修、張光達、林春美主編：《辣味馬華文學》，吉隆坡：雪蘭莪中華大會堂、留台聯總，2002年，32頁；陳大為、鍾怡雯主編的《赤道回聲》也收錄了這篇論文。

權、土著非土著、大學固打制、獨中、林連玉、馬共、咖啡店、蕉風椰雨、赤道、季候風等。

　　至於現代性的語言屬性，則表現在現代主義與後現代主義的語言辭彙上，特別是非理性化的表述方式，以及很先鋒的辭彙如虛擬、依媚兒、後現代、單身貴族、漫遊、離散、解構、光碟、數碼、錯體、SMS、MMS、眾聲喧嘩、大商場、從眾、霸權、抵抗、網友、消費、魔電（Modem）、酷兒等。

　　在文體方面，中國性不只是繼承五四以來新詩、散文、小說、戲劇的格式，同時也對現當代個別中國作家的獨特文體／風格的模仿，例如林建國認為子凡的詩有洛夫的印記；神州／天狼星的詩歌和散文受余光中和楊牧的影響肯定不淺；不少論爭認為李天葆的小說有著張愛玲的影子；黎紫書在訪談中坦言她的寫作啟蒙老師是大陸的蘇童等。在本土性的層面上，馬華文學仍然無法借鑒本土其他文學系統，開展出具有本土特徵的文體。而在現代性方面，文體演進的軌跡卻極其明顯，也對馬華文學的推展意義非凡。從由五四的寫實主義到六〇年代前的批判／社會現實主義所提倡的反映論和社會功能論，到六〇年代至八〇年代的現代主義的形式和美學至上，到後現代主義的斷裂和反文體，一次又一次地為馬華文學提供了文本上的範式轉移。

　　在敘事形式這一環，中國傳統文學，特別是神話寓言傳奇、詩詞曲賦、元明清戲劇小說等的敘事方式，在馬華文本中獲得了直接或間接的繼承。例如，大陸的陳賢茂歸納了潘雨桐小說中對古典詩詞境界的化用[33]；張光達指出了林惠洲詩歌喜用文言參雜的敘事[34]。李永平的《吉陵春秋》中具中國舊小說（話本小說）的敘事特質等等[35]。在本土性的敘事／意象的層面上，馬華文學在一定程度上也借鑒了馬來神話民間傳說（如瑪蘇麗的故事）、英雄敘事（如漢都亞的事蹟）、其他族群的神話意象等。溫祥英早期的著作《雙

---

[33] 陳賢茂：〈潘雨桐小說與古典詩詞意境〉，《馬華文學國際學術研討會論文與報告》，吉隆坡：馬來西亞留台聯總，1997年，第336頁。

[34] 張光達：〈鄉愁詩、中國性與現代主義〉，《蕉風》第484期，1998年5、6月，第87-88頁。

[35] 余光中：〈十二瓣的觀音蓮〉，《吉陵春秋·序》，臺北：洪範，1986年，第7頁。

石人》《孕婦島》改編自馬來民間傳說[36]；洪泉的〈傳說8804〉則寫麻坡河畔的馬來人傳奇[37]；另外，拉浪江畔詩人吳岸的詩，也挪用了伊班族群的神話意象，例如〈達邦樹禮贊〉中的達邦樹意象[38]。此外，諸如雨林書寫，也在東馬出生的作者群中有一定的市場；赤道、季候風、半島、婆羅洲等也成為馬華文本獨有的自然／地理意象。陳大為則非常稱許林春美、杜忠全、鐘可斯、方路等人的檳城書寫，認為這是馬華文學（特別是西馬的寫手）可以繼續進行拓展的「地志書寫」[39]，這肯定是值得我們關注的。

現代主義和後現代主義的敘事形式和技巧也在馬華文本中被充分的轉借，形成了一門顯學，解讀者若對這種敘事方式不熟悉，似乎難以進入它的語境。在這一系統的美學操作中，用得比較普遍的小說技法包括意識流、內心獨白、互文性、後設語言、滑稽仿擬、魔幻敘事等。[40]至於詩歌方面，多元視角、非中心、解構、後設傾向與拼貼等表現形式，成為新生代詩人的詩藝特徵。[41]

關於文本中所表達或蘊含的意識和思想，涉及的範疇可能比較寬泛，因為這不只涉及審美的問題，而是涵蓋了文化研究、社會學、人類學、哲學等相鄰學科。在中國性這方面，從早期對中國鄉土和親人的思念，到神州／天狼星濃厚的中國原鄉意識與文化鄉愁，到一九九〇年代之後對中國意識的反思或批判，可以見出中國意識和思想在文學中的變遷。在這個過程中，中國傳統思想，尤其是儒家、道家和佛家，以及由孫中山所宣導的民族主義，一直都在馬華文本中若隱若現，如揮之不去的幽靈。黃錦樹甚至認為，馬來西亞的華文書寫一直隱含著一種過度的民族主義使命。[42]因此

---

[36] 張錦忠：《南洋論述：馬華文學與文學屬性》，第190頁。

[37] 黃萬華：〈論馬來西亞華文文學的本土特色〉，《蕉風》第465期，1995年3、4月，第57頁。

[38] 吳岸：《達邦樹禮贊》，古晉：砂拉越華文作家協會，1991年，第13-15頁。

[39] 陳大為：〈序：鼎立〉，陳大為、鍾怡雯、胡金倫主編《赤道回聲》，第XVI頁。

[40] 有關這些敘事技巧的運用，特別是他們所折射出來的抵抗詩學意涵，可參閱許文榮《南方喧嘩——馬華文學的政治抵抗詩學》，新山、新加坡：南方學院、八方出版社聯合出版，2004年。

[41] 張光達：〈新生代詩人的書寫場域：後現代性、政治性與多重敘事／語言〉，《蕉風》第490期，2003年，第27頁。

[42] 黃錦樹〈反思「南洋論述」：華馬文學、複系統與人類學視域〉（代序），張錦忠：《南洋論述：馬華文學與文學屬性》，第16頁。

他宣導以人類學定義的馬華文學（意為馬來西亞華人文學）來沖淡這種過度的民族主義，無論如何，在具體的操作上有著一定的難度。

　　本土性的意識也對馬華書寫起著一定的影響。有兩種本土意識較深度地干預馬華文學的書寫：一是在地知識／本土視野，即以本土的視角和認知去從事文學創作。具體的說，就是以馬來西亞華人的視角、關懷和意識去書寫，這或許可以說是本土性開展的第一特徵。在這種意識的主導下，本土話語諸如馬共歷史、民族團結、異族戀／通婚、華社問題等得到應有的注視。二是抵抗詩學的特徵，馬華的書寫在集體無意識裡，總蘊含著對於土著話語霸權的抵抗／回應，並深入到文本操作的各個層面。許文榮在《南方喧嘩——馬華文學的政治抵抗詩學》中歸納五種抵抗詩學的形態：即召喚民族文化、挪用他者、互文策略、魔幻書寫及離散意識。不管是哪一種姿態，都是在抵抗文化霸權的對立面之下隱性及微妙的操作。

　　現代性意識的範疇也牽涉廣泛，這和西方廿世紀急速的社會文化變遷密切聯繫。我們不去奢談這宏大的論題，只把聚焦放在馬華文學對這些意識思想的收受上。我們可以把它們歸納在幾個源頭：一、反現代化的思想，包括反資本主義霸權、反異化、反都市化／工業化、環保思想等。這方面從六〇年代前的批判現實主義，一直到晚近由何乃健、田思等詩人所推出的「環保詩／文學」足以證之。二是現代（文藝）思潮，例如形式主義、存在主義、精神分析／無意識、英美新批評等，這些思潮在第一波至第三波的現代主義運動中獲得較好的展現。三是後殖民的意識，包括再／新移民觀念、解構意識、女性主義、邊緣意識等，王潤華在吳岸的詩歌中發現了後殖民的書寫[43]，許文榮也在潘雨桐的小說發掘了不少後殖民話語[44]，而這只是眾多例子中的其中兩個。第四是全球化的意識：包括了無疆界／跨國意識、離散思想、對民族國家意識的反思等，李永平的小說有著濃厚的漫遊、漂泊無根的氛圍，是對這種意識的演繹。張錦忠更把這種書寫／意識擴散來論述，認為旅台群體已儼然構成馬華離散文學的一支強旅。[45]

---

[43] 王潤華：〈到處聽見伐木的聲音：吳岸詩中的後殖民樹木〉，《華文後殖民文學》，臺北：文史哲，2001年，第169-176頁。

[44] 許文榮：《極目南方：馬華文化與馬華文學話語》，新山：南院，2001年，第122-155頁。

[45] 張錦忠：《南洋論述：馬華文學與文學屬性》，第56-57頁。

　　必須加以強調，不管是中國性也好，本土性也好、現代性也好，它們
的妙處不在於直接的模仿或機械的反映，而是能夠微妙和反思的化用、深
度和審美的再現。以中國性為例，不應該是過於沉溺的擬古或剽襲，而是
能夠擅於融會貫通及古為今用，更自然和藝術化地呈獻在現當代的馬華語
境。林建國、黃錦樹等對中國性的批判與反思的話語是值得肯定的，給予
創作群體（特別是新生代）很好的參照價值。

2.三位一體在文本中的具體呈獻

　　交代了中國性、本土性及現代性所可能涵蓋的各種要素和屬性，緊接
下來我們將從四十篇我個人所選擇的各文類文本作為分析中國性、本土性
和現代性三者之間微妙的合縱連橫關係。我先把這些文本內部的這三個屬
性以圖表方式列出，再選擇幾組較具典型性的文本來加以分析，以窺視它
們的整體操作：

表三：中國性、本土性、現代性互動簡表

篇名（文體）	作者（出生年）	中國性（強度）	本土性（強度）	現代性（強度）	備註
拉子婦（小說）	李永平（1947）	祖父形象：中華文化的圍城心態（強）	拉子婦及其遭遇；異族通婚的悲劇（強）	少數民族與女性主義（弱）	馬華文學較少見探討華異通婚的問題，此篇難能可貴。
吉陵春秋（長篇小說）	李永平	純正中文、純粹的中國小鎮傳奇。（強）	（婆羅洲、東馬、古晉）不在場的存在、吉陵的拓撲斯、原型？		
雨雪霏霏四牡騑騑（小說）	李永平	臺北的都市影像、詩經的表徵（弱）	婆羅洲的童年回憶、砂共、雨林（強）	都市漫遊體、時空交錯的敘事、後後現代主義的新童話（中）	

篇名（文體）	作者（出生年）	中國性（強度）	本土性（強度）	現代性（強度）	備註
旱魃（小説）	潘雨桐（1937）	旱魃這典故取自《詩經》（中）	1.東馬的環保課題 2.印尼外勞為主人公（強）	1.意識流 2.現代化 V.S.環保（中）	把中國神話妖魔（旱魃）置入本地環保的語境中有點牽強，作者也沒有比較合理地交代這環節
一水天涯（小説）	潘雨桐	「茶壺」、「明月」以及「唐詩」的意象（中）	控訴大馬政府邊緣化華人（強）	身份、國籍認同的隱憂（弱）	
紐約春寒（小説）	潘雨桐	春寒的意境蒼涼、淒婉、矛盾的心態（弱）	馬來西亞身份的男主角以及他的情愛和漂白歷程（中）	離散的意識，後有「續篇」〈我愛沈苓〉（強）	
紫月亮（小説）	潘雨桐	極富中國意味的鄉野奇夢、影射六四事件（強）	主人公的寄人籬下比擬大馬華人的境遇（中）	意象書寫、解構權力話語（弱）	以對中華文化的孺慕企圖超越現實生存的困厄。
煙鎖重樓（小説）	潘雨桐	父親形象－對中華文化的堅持（中）	訴説大馬華人所面對的種種不公（弱）	漂泊離散意識（強）	小説背景是美國
純屬虛構（小説）	潘雨桐	中國近代史的論述、民族主義（中）	日本對本地的跨國資本剝削、閨閣地方色彩（強）	後設技巧、反文體、反情節、反高潮（強）	以劇評的方式開展後設
印象浮雕（小説）	潘雨桐	板栗、古典文學文庫典故，如「七步詩」、「七洋洲」。（中）	南方、移民、日據時代的悲慘。（弱）	意識流、詩文互涉、離散論述（強）	文體錯落無序、敘述跳躍散漫，似隱喻漂泊的情境。
十・廿七文學紀事及其他（小説）	小黑（1951）	主人公強烈的文化、民族使命感，典型的中國傳統知識份子形象（弱）	1.華小高職事件 2.茅草行動（中）	互文性技巧（強）	全篇文本互涉，企圖製造「眾聲喧嘩」的效果，反抗當權者的文化霸權，主人公的使命感加強這種抵抗的聲勢。

篇名 （文體）	作者 （出生年）	中國性 （強度）	本土性 （強度）	現代性 （強度）	備註
龍吐珠 （小説）	梁放 （1953）	父親－民族優越感（中）	原住民母親－被鄙視的群體（強）	象徵主義、少數民族意識（弱）	
修堤 這回事 （小説）	宋子衡 （1939）	對中華文化屢遭外在衝擊的憂慮（中）	1.本地小鎮的場景 2.維護華校的精神（強）	象徵主義、少數民族文化論説（弱）	
魂歸何處 （小説）	宋子衡	主人公思念在中國的母親（中）	第一代華族移民立業的心酸曲折（強）	現代化對傳統的摧殘（中）	華族移民為生存和下一代的幸福而一生勞碌，但現代化把一切都摧殘了。
魚骸 （小説）	黃錦樹 （1967）	甲骨文意象，食古不化的教授形象（強）	馬共陰影、龜、主人公青少年生活場景（中）	象徵主義、內心獨白、對傳統霸權的反思（中）	尖銳嘲諷中國文化的沉溺者，批判殖民主義給弱勢者留下的心靈創傷
不通道的人們 （小説）	黃錦樹	對中華文化的難以割捨（弱）	被逼皈依伊斯蘭（強迫同化）（強）	仿擬、戲謔（中）	鮮明地表徵同化／文化換血的徒勞無功
〈國北邊陲〉 （小説）	黎紫書 （1971）	龍蛇草和中醫藥是中國符碼，逐漸地退化（強）	「東卡阿里」和回教化是本土能指，強勢文化（強）	隱秘和幻化的手法有著南美魔幻現實的蹤跡（中）	龍蛇草敵不過東卡阿里，表徵中國文化與華人族群在本地的困境。
初走 （小説）	黎紫書	華人的民族優越感（強）	本地印度人的問題（中）	邊緣族群意識（弱）	馬華文學少有的對其他民族的關懷和同情
南隆、老樹、一輩子的事 （小説）	商晚筠 （1952-1995）	清明／雨的意象、臺灣留學（弱）	書寫本地青年男女的愛怨情恨、豐滿的地方色彩（強）	意識流手法、對現代化的微詞（中）	
石獅子 （詩歌）	威北華	石獅子象徵中國文化（強）	馬六甲老樹、古城的古銅小銃炮等意象（中）	象徵主義的手法（中）	陳應德所認為的馬華第一首現代詩
麻河靜立 （詩）	白垚	元宵的典故（弱）	麻河、撿蚌的老婦人（中）	1.漂泊流離 2.陌生化的敘説（強）	被一般論者視為馬華第一首現代詩

篇名（文體）	作者（出生年）	中國性（強度）	本土性（強度）	現代性（強度）	備註
我坐在一間旅館窗前（詩）	陳鵬翔（1942）	從臺北？/香港？的視角回想……（弱）	南洋的殖民、移民、自治「簡史」；紅燈碼頭、珍珠巴殺、苦力、叢林等能指（強）	後殖民意識、跨度很大的時空轉換。（中）	
故鄉和異鄉（詩）	沙禽（1951）	故鄉和異鄉，似乎是中國與本土的辯證（弱）	異鄉好像是指南洋，例如在異鄉，「你可以分享/平等、自由和理想/只要不逾越圍牆」（中）	離散飄零的意識，故鄉和異鄉界線模糊（強）	故鄉和異鄉的能指不確切，可以有其他的解讀
海棠（詩）	何乃健（1946）	海棠及一組中國文人意象（強）	對執政者邊緣化華人文化的抵抗（中）	象徵主義；對西方現代文化邊緣化民族文化的忐忑（弱）	被譽為自然詩派詩人。
中國崇拜（詩）	林幸謙（1963）	對「中國崇拜」的反思（強）	（隱蔽的）馬華知青的文化反思（弱）	解構民族主義（中）	
茨廠街（詩）	方路（1964）	唐人街；隱射中文的傳承（弱）	茨廠街的街道書寫；陸（庭諭？）老師的形象（強）	都市書寫（中）	
在南洋（詩）	陳大為（1969）	仿話本式的敘述、仿詩詞詞句，如「猿聲啼不住」等（中）	豐滿的本土符碼，如猴黨、婆羅洲、雨林、鼠鹿等（強）	後殖民主義與新歷史主義的意識（弱）	
會館（詩）	陳大為	中國的血緣和地緣表徵（中）	本地會館的興衰史、南洋符碼如豬仔、膠刀、錫米等（強）	後現代懷舊意識、象徵與唯美主義（中）	
獨立日（詩）	呂育陶（1969）	「救國」、「北方」、「抗戰」等符碼（弱）	從英殖民統治到土著執政，族群的不平等待遇、種族衝突等（強）	解構權力話語（中）	
河（詩）	林惠洲（1970）	「河」「父親」隱喻傳統歷史/文化（中）	中華文化/民族離境後在南洋的辛酸境遇（強）	象徵主義（弱）	

篇名 （文體）	作者 （出生年）	中國性 （強度）	本土性 （強度）	現代性 （強度）	備註
如何變成三寶公 （詩）	翁弦尉 （1973）	中國歷史的存留、三寶公、南洋、翠香樓等符碼（中）	華族早期的歷史、本土的自然／人文意象如馬來鼠鹿、甲必丹、蘇丹、會館等（強）	視角的多元性、對歷史的質疑、解構（中）	
不再南洋 （詩）	林建文 （1973）	「南洋」、老中國、唐山、傳統節日的符碼。（弱）	華族先輩移民史、小鎮的變遷、顛覆官方霸權（強）	非中心視角、解構權力話語（去中華化）（中）	
我和我那失落的山月桂 （散文）	潘雨桐	純麗的中文：黑不溜秋、江湖俠客、月色清冷、滾滾大河等；臺北的畫像；古典文學意象／意境。（強）	回鄉感懷、南方、閨閣、紅樹林、踏進田野等表徵（中）	跨國書寫（離散－回歸）、現代性的思考（中）	
龍哭千里 （散文）	溫瑞安	龍的意象（強）	對土著文化霸權的抗爭（中）	1.意象書寫 2.心理描寫（弱）	把龍的意象，通過內心的吶喊，反抗文化壓抑
將楚辭裹入粽子裡 （散文）	何乃健	憂慮著傳統文化所受的衝擊；楚辭、屈原等意象（強）	對馬、泰執政者壓抑中華文化的微詞（中）	對現代化橫掃傳統的反感；文體上的詩、文互涉（中）	
告白 （散文）	林幸謙	香港的學術文化生態（中）	對大馬家鄉親友的感念；不經意地流露大馬人的視域（弱）	後資本主義的文化壓抑、離散意識、後現代的斷裂／碎片詩意文字（強）	林最新的一篇散文（《文藝春秋》，12-6-05）
狂歡與破碎：原鄉神話、我及其他 （散文）	林幸謙	對民族主義的反思（強）	描繪民族和諧的美麗圖景（中）	後民族意識（強）	

篇名 （文體）	作者 （出生年）	中國性 （強度）	本土性 （強度）	現代性 （強度）	備註
茶樓 （散文）	鍾怡雯 （1969）	古色古香的中文，如殘枝敗絮、殘垣敗瓦等。（中）	本地小鎮的飲食特色：茶樓、咖啡烏、菊普茶、叉燒包……（強）	後現代的懷舊、味覺書寫（弱）	
沉吟至今 （散文）	禤素萊 （1966）	中國性／民族性的困擾（中）	國籍身份認同的思索、對政治干預大學的反感（強）	文本互涉（如援引大段法律條文），虛與實、時與空的交錯（中）	文本中不斷重複：「I'm not Chinese」、「I'm Malaysian」，確立本身的國籍身份
三代成猁 （散文）	林金城 （1963）	延續中國傳統文化的反思（中）	思考中國文化與本土生活的融合；本土符碼：如「三寶山」、《馬來紀年》、漢麗寶、娘惹等（強）	反思民族主義（弱）	

　　從上表所列的四十篇文本中，作者從三字輩到七字輩，文類包含小說、詩歌和散文，可說具有一定的涵括性。所選的這四十篇文本都具有三位一體的特徵，我再把每一篇裡頭中國性、本土性及現代性三者各自所佔含量的多寡，以「強」、「中」、「弱」三個程度來標明，以表二中的指標作為評斷的依據。無論如何，我不得不承認，評斷的過程難免帶有我的一些主觀意志。

（1）本土性的含量最高、中國性次之，現代性再次之

　　總括地看，在這四十篇文本中，中國性最強的有十三篇／本（32.5%），本土性最強的有二十篇（50%），另外，現代性最強的則有八篇（20%），其中林幸謙的〈狂歡與破碎〉是唯一同時具有「強」度的中國性和本土性的。雖然這項統計不能反映整個馬華文學的全貌，不過卻可以局部地展示了中國性、本土性和現代性在具體文本中的同構傾向。

　　在這項同構關係中，總的來說，本土性的含量比較高，這或許可以證實，一如黃萬華所說的，馬華文學的建構以本土性作為最主要的特徵。[46]

---

[46] 黃萬華：〈論馬來西亞華文文學的本土特色〉，第465期，1995年3、4月，第54頁。

其中，以抵抗詩學方式所顯現的本土性最普遍，例如對土著文化霸權的抗爭、解構官方的權力話語、試圖建構本身的文化詮釋與圖式等。中國性則排第二，而非現代性，也可闡釋為馬華創作主體對中國性的依戀以及難以割捨的心理。無論如何，我們可以覺察出，前行代作家如三字輩的潘雨桐、四字輩的李永平、何乃健等的中國性色彩比較強，這種情感和書寫範式，在新生代群中則稍有趨弱的走向，尤其是七字輩的翁弦尉和林健文，他們表現了更強的本土性。現代性方面，由於一般上表現為對文本的技術性操作，而非如西方國家的現代性比較深入到哲學、文化學和社會學等領域，因此較無法完全操控創作的核心。另外，現代意識經常是作為中國性或本土性的對立面而存在，無法佔主導的地位，因此現代性在三者同構中所占的含量最少是可以理解的。

（2）中國性含量最高的文本，如何同構本土性及現代性？

在中國性最強的這一組文本中，最受論者所稱道的當是李永平的《吉陵春秋》。它曾經被中文《亞洲週刊》評選為「二十世紀中國小說壹百強」之一。在這項評選中，馬華文學著作只有《吉陵春秋》入圍，它也可說是馬華文學含金度最高的一部作品。關於《吉陵春秋》的中國性一直以來都被論者所追蹤，特別是它的純正中文、它的話本式的敘事方式、它的大觀園美學意涵等，這方面我無意再複製同樣的話語。[47]另外，在現代性的操作上，李永平本身也交代過，余光中也給讀者了勾勒出來，我也不再贅言。

我們要繼續追問的是，《吉陵春秋》是否只具有中國性和現代性，而沒有本土性呢？黃錦樹甚至還曾經說過，李永平好像是要藉著《吉陵春秋》來換血，使他能夠從僑生（婆羅洲之子）成為血統純正的中國人。[48]黃好像已把文學作品和真實作者混為一談，但作者具有強烈要復興純正中文的使命以抗拒那些惡性西化的中文，確實是無可否認的事實，這點李永

---

[47] 這方面的論述可參考《吉陵春秋》李永平本身的〈自序〉，余光中的序〈七瓣觀音蓮〉；黃錦樹的〈流離的婆羅洲之子和他的母親、父親──論李永平的文字修行〉，《馬華文學與中國性》，臺北：元尊文化，1998年，第299-347頁等。

[48] 黃錦樹：〈流離的婆羅洲之子和他的母親、父親──論李永平的文字修行〉，《馬華文學與中國性》，第309-310頁。

平本人也直言不諱。但是我們感到納悶的是，作者生活了將近二十年的婆羅洲，渡過了他的啟蒙、童年、青少年時期的家鄉，竟然能夠說斷就斷，不會藕斷絲連嗎？難道沒有任何記憶的存留？或者沒有任何潛意識的洩露嗎？如果真的沒有的話，這真是太無可理喻了！

　　我們不得不承認，李永平對本土性的隱蔽是極為成功的，但是卻無法完全密不透風。有一次在他回鄉的「私人話語」中，就曾經向前妻景小佩透露了《吉陵春秋》的一些實際地點，乃取材於他的家鄉古晉。據說也有一位臺灣記者專程跑到他的家鄉做田野考察，證實了《吉陵春秋》的不少場景確實以李永平的故鄉為原型。他的同鄉林建國，也從書的命名中大作文章，認為「吉陵」、「古晉」和李永平試圖要複製的「晉・武陵源」不管在「音」或「形」方面都有所類似，斷言古晉——婆羅洲乃《吉陵春秋》的拓撲斯（Topos）。[49]他們的觀點都有見地，但缺點是仍然還是在文本以外的論證。

　　在此，我則嘗試從文本自身去論證它的本土性，所根據的是卷三的那篇〈蛇鼍〉[50]。我的論點是：一、蕭家三代人以種紅椒為生，據我們所瞭解，婆羅洲曾經是著名的香料的出產地，包括紅辣椒的種植。中國大陸以四川人及西北少數民族較喜歡吃辣，但他們所種植的一般以青椒為主。二是這一篇的「主角」——蛇。南洋一直以來都是多蛇的地方，〈蛇鼍〉中所描繪的那種動輒七、八尺長的大蛇，也是非常普遍的出沒。這裡甚至有專門捕蛇為生的人。住在鄉下的家庭，家裡進蛇已是司空見慣了，這和文本中的描述極為相似，但這種現象在大陸可謂少見。三、上學要走十多里路，猶如文本中的「我／克三」的情況（167頁），在東馬的砂拉越也是常有的事。據前一、兩年前的一則報導，在砂拉越某地方有一群學生，他們一大早便要摸黑去上學，走了一、兩個小時的山路才到學校。這是因為華文學校數目稀少，偏遠鄉區的小孩必須到鎮上去念書。四、文本中所描述的教亂（166頁），也似乎是婆羅洲不同信仰的部族之間的長期糾紛，直到今天這種仇恨仍然無法消解。前幾年在婆羅洲北部涉及回教徒和基督教徒之間

49　林建國：〈為什麼馬華文學〉，張永修、林春美、張光達編：《辣味馬華文學》，吉隆坡：雪蘭莪中華大會堂、留台聯總，2002年，第39頁。

50　這篇被黃錦樹收錄在《一水天涯》中，黃錦樹沒有選擇那篇獲得聯合報小說獎的得獎文本〈日頭雨〉，我想編者應該是認為〈蛇鼍〉比前者更具馬華性。

的流血鬥爭，他們所使用的方式竟然也和文本中所描述的八九不離：或聚眾
持械闖入敵對群體中大開殺戒，或夜間潛入殺人放火（166頁）。像這樣的
教亂，在沒有強烈宗教信仰的漢族（特別是江南地區）人之間，是難以想像
的。五、文本中經常出現的大太陽（160、168、169、170、174頁等），例
如「那天的太陽，紅通通像一把火燒了開來」、「今天的日頭，毒啊」等，
像這樣「毒、辣、大」等的日頭，大概只有在赤道上的南洋上空才會出現。
五、用字遣詞上，例如「家私」（兩字都有人字旁）（157頁），在大陸一
般稱為傢俱；還有一些比較中性的場景或辭彙如「教會醫院」、「祖父」、
「祖母」，在大陸父親的父親、父親的母親，一般稱為爺爺、奶奶等。

　　從這幾方面的管窺，我們可以比較有信心的說，《吉陵春秋》的本
土性可以說是一個不在場的存在，參與了設置一幅美麗的吉陵圖畫和眾生
像，因此它也是在三位一體的結構／範式當中，一部非常成功的三位一體
的文本。易言之，如果作者沒有婆羅洲的生活經歷和南洋的地方知識，是
寫不出這麼一部讓論者對其背景難以捉摸（但這種「距離」又產生了一種
無形的美），但卻對它讚歎不已的小說。我們在下文的分析能夠更好的說
明這一點。

（3）本土性含量最高的文本，如何相容中國性和現代性？

　　在本土性最強的這一組文本，我們也以李永平的兩篇作品為分析對
象，即〈拉子婦〉及〈雨雪霏霏〉。〈拉子婦〉可以說是李永平最早的成
名作，以婆羅洲的華族和異族的婚戀為綱，敘述異族戀的悲劇。這種悲劇
在很大的程度上是由中華文化霸權所導致的。華族家翁不能接受伊班的兒
媳婦，華族丈夫最後拋棄了異族太太而娶一個唐人妻子，拉子婦母子被送
回長屋，鬱鬱而終。這篇文本論述了中國文化和本土文化的衝突，華人為
了保存「血統純正」而儼然以霸權的姿態壓迫其他文化／族群，這是非常
弔詭的現象，被壓迫文化／者反過來成為壓迫者，李永平道出了權力操作
的微妙[51]。此外，這篇小說也提出了弱勢民族的問題，並涉及女性主義論

---

[51] 進一步的論述請參考許文榮：《南方喧嘩》，第58頁。

述，即女主人公所面對的是雙重壓迫：作為一個弱勢民族以及作為一個女性。我們可以清楚地窺見這篇文本的三位一體。

李永平出道初期的作品沒有掩飾他的「婆羅洲之子」的身份，但過後他卻沉溺於「文化中國」的書寫，試圖藉著文學來達到他對中國文化的救贖（抗拒惡性中文），以獲取純正「中國子民」的徽章。《吉陵春秋》和《海東青》是他這時期的代表作。前文已經論證了《吉陵》並無法迴避本土性，只是被他有意無意地隱藏了。但是他的第三期書寫，對本土性就毫無避諱了。人到了某個年歲，根的觀念好像就會重新再萌發。[52]他第三期的其中一篇文本〈雨雪霏霏〉的確毫無閃爍地直述他的婆羅洲童年回憶。這篇本土性強的文本，敘述者向一位臺北小女孩敘說他兒時的陳年往事。裡頭有殖民地的官員、砂共的鬥爭史、敘述者的小學老師、他的初戀、熱帶雨林等。與此同時，作者使用了所謂的漫遊體的形式，帶領那位唯一的小聽眾經歷一次次的探險，文本結構自由開放、不受傳統形式所拘束。在時空的交錯轉換中，臺北的都市影像和和砂州的森林小屋，古代詩經的意境和當下街道的喧囂融為一體，讓人咀嚼玩味。

關於本土性最強的這組，值得給予關注的是，在新生代（即六字輩及以上的）的書寫中，本土性強的佔了不少的比率，即有黃錦樹的〈不通道的人〉、黎紫書的〈國北邊陲〉、方路的〈茨廠街〉、陳大為的〈在南洋〉和〈會館〉、呂育陶的〈獨立日〉、林惠洲的〈河〉、翁弦尉的〈如何成為三寶公〉、林健文的〈不再南洋〉、鍾怡雯的〈茶樓〉、禤素萊的〈沉吟至今〉及林金城的〈三代成猸〉等，在二十篇中共佔了十二篇（60%）。因此，我們不應該對他們的印象還只是停留在只醉心於戲耍現代主義或後現代主義的技巧，實際上他們對本土的關懷比前輩們來得多。

黎紫書的〈國北邊陲〉是一篇比較特殊的文本，它同時表現了高含量的中國性和本土性，以及中強度的現代性，是非常典型的三位一體範本，可能也因此而使她奪得第六屆花蹤文學獎的「世華小說獎」。龍蛇草和中

---

[52] 李永平在2003年出版的自選集的自序中，談到將來的寫作計畫時說，他將來也許會承接《雨雪霏霏》繼續寫「李永平的婆羅洲三部曲」，將一個喜歡漂流、際遇奇特的華僑子弟在南洋的成長經歷，以文學方式作一次真摯的總整理。如果這話當真，將來他的小說肯定會繼續具有豐滿的本土性。李永平：《李永平自選集1968-2002》，臺北：麥田出版社，2003年，第44頁。

醫藥是中國符碼、「東卡阿里」和回教化是本土能指、隱秘和幻化的手法有著南美魔幻現實的蹤跡，這三者在文本中微妙結合。龍蛇草敵不過東卡阿里，表徵中國文化與華人族群在本地的困境。魔幻寫實的形式技巧，使文本的政治寓言與族群離散蒙上了一層神秘的美感。

（4）現代性含量最高的文本，中國性和本土性怎樣展現？

在現代性最強的這一組，或許會有一些出乎意料。我們一般總認為現代主義／後現代主義是年輕人的專利，但在文學上卻不盡然。我們舉三字輩的潘雨桐為例，他的文學語言中國古典味很濃，他回國後的書寫大多經營本土題材（特別是東馬題材），除此之外，他也不斷的在創作中進行結構形式上的試驗，是一位具有開創性及與時並進的作家。他的〈純屬虛構〉便是一篇現代性特強的文本。首先，它是〈何日君再來〉、〈君臨天下〉的續篇，具有文本互涉的關係；第二，它的後設形式比一般的後設更後設。一般的後設表現在作者的邊寫邊評，直接和讀者討論創作的過程。但是，這篇文本的後設形式卻表現在它的劇評中，而且每一則敘事（全篇分成三則）後面都同時陳列了三篇立場觀點不同的評論！第三，這篇小說完全是反小說文體的，它以三篇「劇本」和九篇劇評建構起來的，似劇本而又非劇本，非小說而又是小說。此外，它也完全是反情節、反高潮並且可以說淪為一堆遊戲文字的「小說」。總之，它的後現代意味絕不比任何一位年輕寫手的作品來得遜色。但是，它只有現代性嗎？非也。它裡頭融入了不少中國近代史和民族主義的論述，其中有一大段涉及日本侵佔中國的「歷史」書寫，質疑日本攻打中國的合理性，但也給文本中唯一的日本人自我辯護，在後設中的又製造了雙聲調的效果。與此同時，小說的主要場景延續自兩篇「前文本」，同樣是設置在醉香樓，表現了濃厚的閣閣（Kukup）地方色彩。文本也反思了日本的商業投資是否具有跨國文化殖民的動機，涉及馬來西亞的後殖民論述。[53]

不能說所有馬華文本的三位一體書寫都是成功的。如果沒有精心炮製和細心經營，難免也會生出弊端。例如，過於一板一眼、機械化、突兀、強拉硬湊等現象，也不能說沒有。例如，潘雨桐的〈旱魃〉，把《詩經》

---

[53] 詳細論述可參考許文榮《極目南方》，第150頁。

裡的怪獸搬運到婆羅洲去保護熱帶雨林，咒詛那些胡砍亂伐的發展商和工人。中間環節文本沒有作出必要的交代，予人過於突兀與脫節的感覺。另外，在傳承得等輩的所謂「政治抒情詩」中，因為過於熱切的回應國家政治霸權，忽略了現代性（技巧）的經營，以及對中國符碼的輕率挪用，使作品過於袒露與單調，詩質也變得非常稀薄。

餘論

　　馬華文學的三位一體是其中一項非常重要的特徵，特別是當它和只有本土性及現代性的馬來文學及只有中國性和現代性的大陸現當代文學對照時更加的明顯。與其他世界華文文學相比，雖然三位一體也可能產生在有些國家／地區的華文文學中，但是三者的內涵和外延上卻不盡相同，尤其是在本土性這方面，因為它與各國／地的人文政治語境和自然地理生態緊密結合，例如馬來西亞和臺灣的本土性肯定不同，臺灣的日本情結以及臺灣——大陸的政治紛攘就與馬來西亞的多元文化語境與土著話語霸權的本土性見出差距。

　　進一步勘察，實際上中國性和現代性也有所差別。例如，馬來西亞的中國性和大陸的中國性肯定有異，前者較側重在文字、歷史、血緣關係和虛構／想像的層面上，後者較則較具體呈現在現實生活中和政治表徵的緯度上。現代性也是一樣。馬來西亞的現代性較展現在文本策略和形式技巧上，與西方較側重在哲學與社會學層面上有著廣度和深度上的不同。

　　三位一體書寫並非將三者隨意的拼湊，而是能夠在文本中讓它們各得其所、各司其職；或直露或隱蔽、或形式或意識、或抒情或敘事、或建構或解構……，一切按著文本的需要而加以陶鑄。三者也是平等並行的，沒有誰是中心、誰是邊陲。他們緊密配搭以建構一個「我中有你，你中有我」的文本情境。

　　周策縱教授曾經論及東南亞華文文學如何「走向世界」，他強調說：「新、馬的華文詩歌、小說、戲劇、散文，自然應該突出新、馬社會文化的本地特徵，也應帶有中國文學悠久的大傳統的特色。在另一方面，又不

能完全孤立自限，應該同時帶有『國際化』（internationalization）的前瞻性和共通性，這樣的華文文學一定比較易於得到世界別的文學傳統的接受和重視。」[54]，他的建議極為精當，值得有心發展馬華文學的人士的關注。而他所提出的三個傳統／屬性，正是本文所論述的三位一體的範式。

是的，馬華文學如果要走向世界，就必須打造出一個氣勢恢宏和風格獨具的文學品牌，而要實現這目標，繼續對三位一體書寫進行多元化和深度化的經營，不失為一條可以拓展的路。一方面過去有幾十年的文學史積累，對於三位一體的操作已奠下一定的基礎；另一方面也有一些傑出的作家（如李永平和潘雨桐）以及一些具體的文本（如《吉陵春秋》和《雨雪霏霏》），已達到一定的藝術高度可以作為參照範本。

---

[54] 周策縱〈總結辭〉，王潤華與白豪士（Horst Pastoors）主編：《東南亞文學：第二屆華文文學大同世界國際會議論文集》，新加坡：新加坡哥德學院／新加坡作家協會，1988年，第359頁。

馬華文學與（國家）民族主義
——論馬華文學的創傷現代性[1]

黃錦樹

Bahasa Jiwa Bangsa
——Dewan Bahasa dan Pustaka

　　多年前有位朋友告訴我，就一個寫作者而言，把作品寫好是義務也是本份，但大部份馬華作家並不知道這一點。我同意這一看法。它有一種顯而易見的明晰。我過去曾把這種情況表述為有＝（或代替了）好，是一種結構性的癥狀。但何以如此？這不只是個象徵資本不均衡的問題，也不只是有沒有才華的問題。把作品寫好，看來似乎是最低的要求，但往往也是最高的要求——就寫作者而言，有時甚至是難以企及的目標。它可以無窮後退，向著無限（每個寫作者都有一部寫不出來或不及寫出的巨著），但那是屬於視寫作為志業者的自我要求。在馬華文壇必然被視為無理的苛求，因為我們沒有這樣的傳統。馬華文壇這種情況，隨著資訊的普及，新一代寫作者象徵資本的提昇及平均化，也許漸漸成為過去了。但也因為有（有人寫出東西）＝好（總比沒有好）是普遍的文學史事實也反映了寫作人普遍的心態，使得馬華文學史上多的是文學史檔案意義上的「文學作品」。尤其作為移民社會及現代中國民族國家延伸的意識型態戰場，文學書寫在馬華文學的開端處即被賦予工具意義，不論作為大後方的意識型態動員、民族共同體的召喚、反封建的啟蒙教化，還是反帝反殖的政治抗爭[2]，文學自身的目的始終不在（優先）考量之列。為了合理化這樣的歷史狀況，馬華寫作者社群長期以來共同孕育出一種地域保障[3]的自我評價的體系，請注意：從本地意識到馬華文藝的獨特性，都努力賦予前述的有力價值，建立有＝好的等式，而為馬華文學

---

[1]　本文為本人國科會計畫「馬華文學與民族主義」（編號NSC93-2411-H-260-007）部份研究成果。特別感謝莊華興先生提供部份資料。
[2]　具體化於方修的文學史論述。
[3]　說地域保障主要在於它拒絕價值上跨地域的比較，也拒絕較普遍的判準。

的本土論（和任何地域的本土論分享了同樣的病理結構），在相關論述的宣說裡，它（本地意識）彷彿是自明而有價值的，代代相承甚至深化為一種排外論述[4]，但它的根底顯然是政治判準，強迫性的情感價值（愛這個地域，國土，是以有價值——即使寫壞了）。也因此而構成馬華文學史的準素人色彩——寫的不好不是問題，寫得好反而是特例[5]（馬華文學現代主義及旅台多的是這樣的特例，因此總被懷疑不能代表馬華本土[6]）。上述情況可以理解為馬華與文學之間的緊張性。何以馬華與文學之間，所謂的本土論者總是認為馬華（地域獨特性）優先於文學（文學的自主性）？這種根深蒂固的本質論究竟從何而來？很顯然的，那是民族主義的幽靈效應。但就華人在馬來西亞的處境而言，問題其實頗為複雜，除了華人民族主義、馬來民族主義之外，還有建國後逐漸取得國家意識型態機器代表權的、以馬來民族主義為核心的馬來西亞國族主義。它關聯著經濟及文化資源的分配。這或許正是制約馬華文學生產的客觀因素。而華文書寫的境遇無法自華人及華文教育的處境中抽離，因為後者為前者提供了可能的條件。然而時至今日或許我們可以進一步追問：它非得受其束縛嗎？

在Benedict Anderson關於民族主義的論述裡，更早已雄辯的論證了文學（小說與詩）在民族共同體想像過程中的召喚作用這其實涉及第三世界現代文學普遍的微妙之處：總是和特定的民族主義或左翼運動有極密切的關聯。即使中國現代文學也不脫民族國家文學的框套，而且其「感時憂國」（obsessed with Chinese夏志清先生的概括）其實具有相當的普遍性——那是民族國家文學的基本特徵之一，因為那樣的情境裡的知識份子總是「為社會（國家民族）而文學」。

本文嘗試從馬來（西）亞現代民族國家構造的雙重背景——兩種民族主義——華人民族主義與馬來民族主義和華文及馬來現代文學之形成，與及相應的政治情境是否制約了文學的想像。換言之，在馬華文學這樣的範疇裡，有沒有可能把重心從馬華過渡到文學？還是說二者間歷史的建立了自然等式？

---

[4]　如今在馬華文壇頗常見，最近的例子如莊華興，2005。
[5]　這裡一定程度的重新解釋及深化討論馬華文學經典缺席及「馬華文學困境」問題。
[6]　如近年田思對張貴興的批評。參陳大為為《赤道回聲》寫的序。萬卷樓，2004，iv-v。

一、馬來民族主義，單一或多元民族國家文學

　　最近語文出版局出版部主任，也是著名馬來文小說家安華・利端（Anwar Ridhwan）發表了篇政策宣導式的文章，把華文教育的存在也視為是政府的德政，但回歸到文學，其腔調即是標準的官方立場──強調「獨立後奠定的團結基礎」──馬來文的絕對優先性「核心融合因素」，認為它是「不可能被更換的，因為它是植根於馬來西亞土地上的語文，是通用語、知識語言、作家與藝術的媒介語。如果我們使用其他語言，譬如英文，我們僅止於促進國際融合而迷失了主體屬性，亦無法加強國民團結。」[7]這雖然是老調重彈，但確是建國後的馬來（西）亞的主導國家意識型態。就馬來文而言，真正的假想敵一直是英文，九〇年代後以英語為教學媒介語的私立學院之普遍設立，因應國際化的壓力，二〇〇三年後以英語為教學媒介語的宏願國小之普遍開張，面對的大概是獨立建國後最強勢的一次殖民幽靈的反撲，對推行了四十餘年的國語運動自然是一大威脅。但教育的重新英語化是否會導致馬來西亞多民族英語文學的復興？這仍有待觀察，不過對於馬來西亞馬來國家民族主義的威脅倒是顯而易見的──那是一種跨越種族的溝通語言，現代世界最通行的符號貨幣。強調馬來語文，甚至強調國家文化原則，關鍵詞都是國家，而且是以馬來文化為主導文化的民族國家。在一定程度上，這是獨立建國近五十年來的既成現實，但馬來文學的主要書寫者仍是馬來人，其他族裔的參與者仍不過是若干有限的樣板（如該文中的舉例）。既使比例上有能力讀說聽寫的非馬來人的數量增加了，但文學畢竟是特殊的事業（參與書寫者往往遠少於讀者，文學讀者又遠少於識字者，即使最通俗的讀物普及率也不可能百分之百），非馬來裔對「國家文學」的響應也不如想像的踴躍[8]。為甚麼會那樣？主要因素之一無非是，作為第三世界新興民族國家之一的馬來西亞，不論是哪

---

[7] 〈文學中的團結與團結文學〉莊華興譯，《星洲日報・文藝春秋》2005/2/27。

[8] 如Hassan Ahmad、Amir Muhammad等氏明顯也意識到自建國以來從馬來文學走向跨越馬來族裔的馬來西亞「國民文學」現實上仍有其困難之處。Hassan Ahmad著，莊華興譯〈馬來文學？馬來西亞「國民文學」？〉（《南洋商報・南洋文藝》，2000/4/29）。Amir Muhammad著，莊華興〈答《英文文學VS馬來文學》〉《南洋商報・南洋文藝》2003/5/31。

一個族群的文學，都誕生於殖民地，也先於該現代國家的誕生，參與了國族的打造，也和二十世紀初普遍的民族主義風潮脫離不了干係。換言之，自誕生之日起，它即是徹底的政治的，甚至是族群政治的。現代國家成立後，當馬來民族主義一躍而為馬來西亞國家意識型態（國族主義）之後，這種政治性格是否淡化或擺脫？從前引Anwar Ridhwan文來看，只怕是沒多大改變，甚至是更為制度化、結晶化──。

澳洲國立大學教授Virginia Matheson Hooker在其研究馬來長篇小說的專書《書寫一個新社會：馬來長篇小說中的社會變遷》（Writing A New Society: Social change through the novel in Malay）[9]考察了從二〇年代到七〇年代馬來文長篇小說這種新的文學體裁之所以產生及其生產的長期動力，一如其他研究者的觀察，作為一項現代的發明，它之誕生和（馬來）民族主義的興起、馬來現代菁英階級之興起（諸如英語馬來殖民地官僚之培訓）、馬來青年運動、文化公共領域的形成（馬來報章雜誌之創辦）等有著歷史的同時性，甚至互為條件[10]。在那個馬來語尚處於劣勢（非上層階級用語）甚至尚在形成中、規範化過程中的英殖民晚期，Hooker指出，該種並非來自於傳統馬來貴族也極少來自於上層階級的新菁英選擇以馬來文而非英文寫作，表明了是以並非受英語教育的馬來人為他們的讀者為對象，對自身的文化與社會表達了文化忠誠，故而她稱之為是一種文化民族主義（"cultural nationalism"）（4）。在「為社會而文學」（Seni untuk masyarakat）的主潮之下（延續了ASAS50，*Angatan Sasterawan 50*的主張[11]），這種文化民族主義難免也是族群民族主義（ethno-nationalism）：以馬來人的社會處境及共同體的未來為敘事的核心。長篇小說作為一種特

---

[9]   Honolulu: Uiniversity of Hawai' Ipress.，2000.
[10] William R. Roff, *The Origins of Malay Nationalism*, Kuala Lumpur, 1980;T.N.Harper, *The End of Empire and the Making of Malaya*, Cambrige Unv. Press, 1999.
[11] 相關背景見Ismail Hussein, Singapura Sebagai Pusat Kesusasteraan Melayu Selepas Perang, Anwar Ridhwan edited, *DI SEKITAR KESUSTERAAN MALAYSIA1957~1972, KL: DBP*，二版，1986，pp.275-295。
      Ungku Maimunah Mohd. Tahir, *Modern Malay Literary Culture: A Historica Perspective,* Singapore: Institude of Southeast Asian Studies, 1987。文中詳述了ASAS50諸代表人物在獨立前（於新加坡）對最重要的馬來報刊雜誌的壟斷，主導了整個文壇的動向。即使建國後馬來文壇重心移向吉隆坡，羽翼已豐的ASAS50諸人仍佔據重要的機構裡的重要位子，並以其文化生產，持續影響文壇。

殊的載體，以人（角色）的處境為敷寫及思索的重心，但卻是從馬來人的特殊境遇出發，忠誠於種族、故鄉及馬來特性（race，homeland and "malay-hood"）（356）。國家獨立前後充份表達了被外來民族（英國人，華人，印度人）征服之威脅的持續憂思。這樣的問題情境（共同體倍感威脅的情境）構造了馬來民族主義與馬來文學的共同起源，而長篇小說不過是表現形式之一。但被威脅的存在經歷了一九六九年五一三暴力事件及其後政治結構的重組──馬來人的特權被制度化，政經資源的制度性壟斷──在以國家暴力解決了多元族群帶來的煩惱之後，馬來族群不止佔據多元族群的主導地位，且代表後者決定國家的未來及政經文化格局。更把馬來特性（馬來民族主義的核心要素）上綱為國家的特性。它顯然取代了英殖民者原先佔據的位置。

　　一九七一年的國家文化備忘錄擬議出來的三大國家文化建構原則（馬來文，伊斯蘭教，其他適當的文化要素），而兩位馬來學界菁英（國家意識型態的代言人）Taib Osman及Ismail Hussein的發言則充份表露出佔盡政治優勢（族群的上升為國家的）後支配者的姿態。一九六九年的群眾暴力上昇為「合法」的國家暴力。在他們廣泛被引用及討論的文章裡[12]，其發言要點如下：一、以馬來文為國家文學的基礎，在於它可以為所有馬來西亞人理解。馬來文是經協商認可的國語；換言之，馬來文可以跨越族群的限制。二、馬來文是馬來西亞在地人的語言（bahasa anak negeri）。相對於其他原住民族的文學傳統，馬來文有著更為長遠的文學傳統。三、華文、英文、淡米爾文因為以非在地語寫作，故而是外國文學。況且它們各自有著悠久的文學及文化傳統，必然受其限制。四、相對於中華、印度文化的封閉性（？），馬來文化自馬六甲王朝以來，就在一個群島環繞的開放性環境裡廣受諸如阿拉伯文化及其他外來文化的影響（印度、中國、歐洲殖民者？）。作為政策發言，細節往往不值一駁[13]。因為關鍵不在理而在勢。

---

[12]　主要是以下兩篇：Ismail Hussein (1971), *Kesasteraan National Malaysia*, ANWAR RIDWAN編，*DI SEKITAR KESUSTERAAN MALAYSIA 1957~1972,* DBP，二版1986，pp214-224。及MOHD. TAIB OSMAN (1971), *Konsep Kesusasteraan Malaysia*，同前，頁225-248。這些數十年前的老文章作為意識型態綱領並沒有「過時」，因為它是馬來知識菁英的意識型態結晶，是為論述的範式，也是建國後馬來文化霸權（cultural hegemony）的正當性敘述。因此一再有類似的「回聲」或變奏是毫不奇怪的。

[13]　最嚴重的莫如對其他文化的無知或誤解，強調諸外來文化對其母國有割不斷的債務，

以上種種，不過是馬來語成為國語後單一民族國家的（政治）文化邏輯。和其他的文化代言人類似，不論怎麼論辯，都不過是在論證馬來文的絕對優先性。如果從那句綱領式的口號——**語言是民族的靈魂（*Bahasa Jiwa Bangsa*）**——反推，對民族靈魂的捍衛即是對民族的捍衛[14]。一種主人意識的展現。是五一三事件後馬來族裔（「土著」bumiputra——被竊佔的弱勢者位子）主人特權的合法化之一環。而且整個論述不脫辯士的雄辯術——以不同標準針對不同對象。相對於同屬在地的境內其他少數民族語，強調的是馬來文的文化傳統；針對華文印度文，強調的是馬來文的在地性及開放性（這一點是致命的盲視，對中華文化及印度文化的繁雜歷史及與其他文化的交流缺乏瞭解）、跨族裔性——但這正是英語的優勢。因而針對英語，即強調它的非在地性（一如華印，均為外來者）這一切，都無涉文學本身，都是語文的政治身份審查。這說明瞭語言已是決戰之地。「語言是認同的紀念碑，它的意義只在於可做各種區分。」[15]這整體（國家文化計畫、國家文學、國家原則）當然是徹底政治的，是五一三後佔統治地位的

其實馬來文化之於伊斯蘭教文化的債務，又何嘗不是「剪不斷，理還亂」？至於諸新文學傳統之inferiority complex馬來文學又豈能免疫？即使以最強的民族自尊來自我貼金，也難免乎馬書外譯以尋求國際認可。更別說同為馬來世界有印尼作為它最強勁的對手。同樣致命的是對馬來群島文化（Nusantara）的自戀式的膨脹想像，漠視了南洋群島歷史上與印度及中國深長的文化淵源。若不看語言證據，南中國海與馬六甲海峽裡的沉船也足以說明文化交流的複雜度。括弧內的文字及問號是我加的。對此議題的相關的討論見Tham Seong Chee, *The politics of Literary Development in Malaysia*, Tham Seong Chee (ed.) **Essays on Literature and Society in Southeast Asia, Singapore: National** University of Singapore Press, 1981: 216-252。莊華興〈敘述國家寓言〉《赤道回聲》77-81, Ungku Maimunah Mohd.Tahir, Nation, Nationalism and National Literature in Malaysia, 氏著2003: 141-195。張錦忠〈國家文學與文化計畫〉《南洋論述：馬華文學與文化屬性》臺北：麥田，2003: 95-110。

[14] 一如PASPAM全國作家協會（Persaudaraan Sahabat Pena Malaya）於1935年提出的口號: *Hidup Bahasa! Hidup Bangsa!*——而語言是民族的靈魂（Bahasa Jiwa Bangsa）這樣的論述是十九世紀德國大學者洪堡特（Wilhelm Von Humboldt）的招牌觀念，如這兩段文字：「要給一個民族下定義，首先必須從這個民族的語言出發。人所具有的人類本性的發展取決於語言的發展，因此，民族的定義應當直接通過語言給出：民族，也即是一個以確定的方式構成語言的人類群體。」氏著，姚小平譯，《論人類語言結構的差異及其對人類精神的影響》（北京：商務，1999）p.203。「語言的特性是由思想與語音的結合方式決定的。在這個意義上，語言的特性與精神相仿：精神在語言中生下了根，並把生命賦予了語言，就好像把靈魂賦予了它所造就的肉體。」（p.204）可以清楚的看出民族——語言——靈魂聯結。Anderson的想像共同體論同樣也可以看到若干洪堡特的回聲。

[15] Ungku Maimunah Mohd.Tahir, Reading in Modern Malay Literature, KL: DBP, 2003: 156。

階級／民族的意識型態，既是文化資源的「合法」壟斷[16]，也提供了此後意識型態國家機器再生產的方向——馬來文化之單向同化主義。

　　馬來知識菁英Anwar Ridhwan（代表性的中生代馬來作家）的準官方身份的「團結文學」的發言，也許不能輕易的視為偶發事件。其中有太多可辨識的統治階級的意識型態結晶。老輩馬來學人如Syed Hussin Ali在建國四十餘年後，以大傳統／小傳統的老式文化人類學架構來移易主導與支配，卻不過是重複認可權力支配、資源與產業的大小，而有是言：「馬來語文學作為大傳統，其他語文作品居小傳統的事實是無可否認的。」[17]即使在更年輕一代學者如Faisal Tehrani（1974年生）在對大馬英語文學的嘲弄（「你們以一個國際語言創作，或許等待你們的是國際上的肯定，我經常都這樣說的。」）中仍可以看出馬來人特權意識及地域保障的自卑的混合：「對本國馬來文學而言，作者們只有馬來西亞將相文學獎和一些年度文學獎聊以自豪，因此馬來文學作者有權要求不被干擾。」[18]「干擾」也者，不過是對等的承認，公平的參與獎金豐厚的文學獎而已。對受現代教育的馬來知識菁英而言較無理解困難的英文尚且如此，中文更不必說了，根據上述邏輯，只合中文世界去尋求肯定。馬來文是絕對區隔。即使在Abdul Rahman Embong似乎較具新意的國族國家文學方案裡，卻處處教條氣息，愛國主義宣言——諸如「馬來西亞文學作品必須具備開放、進步的愛國情操和馬來西亞國家意識」[19]。表面上強調多元，但其多元是統合於一元下的偽多元。仍然重申官方立場：「在馬來西亞，由於馬來文或馬來西亞文是國語，因此馬來西亞國家文學必然是馬來西亞語的文學。」[20]在細節部份（譬如族群文學、區域文學的切分）甚至相當程度的重述了三十多年前Ismail Hussein等的主張。國族云云，不過是換湯不換藥。不過是三十年前Ismail Hussein等國家文學論述的修訂版，基本骨架並沒有改變。

---

[16]　張錦忠〈國家文學與文化計畫：馬來西亞的案例〉（1992）氏著《南洋論述：馬華文學與文化屬性》，臺北：麥田，2003。

[17]　莊華興譯，〈族群文學在多元社會中的定位與角色：馬來西亞個案〉《星洲日報・文藝春秋》2002/1/6。

[18]　莊華興譯，〈馬來文學VS英文文學〉《南洋商報・南洋文藝》2003/5/27。

[19]　莊華興譯，〈國族與國家文學議題〉《南洋商報・南洋文藝》2003/3/1。

[20]　莊華興譯，〈國族與國家文學議題〉《南洋商報・南洋文藝》2003/3/1。

從中可以辨識出多元民族靈魂的國家化、馬來化，相對的，其他民族的靈魂及其形式顯現（譬如文學，教育），在分類上是次一級的，是族群（sukun）的，區域的，附屬的，統而言之，非國家的。在上述架構下，在這場關於靈魂的戰爭裡，馬華文學的（政治）處境可想而知——以非國語寫作即是對國家統合（團結）的潛在反叛——故而是徹底政治的[21]，也幾乎可以說是不愛國的，或至少是反同化的——如Abdul Raman Embung所言，「作為馬來西亞公民，作家們不但應該以他們最擅長的語文創作，更重要的是，他們也應該直接以國語創作。他們應該展示最高程度的國語水平。假設作家仍未能充份掌握國語，至少不要成為建構國家文學努力的絆腳石。他們或可分享國家文學的觀點、概念和精神。」[22]（引者著重）諸多的「應該」，道出明確的政治規範意涵。

二、馬來特性，中華特性：鏡像或敵體

眾所週知，南洋華人（尤其是十九世紀末二十世紀初期的晚期移民）都經歷了從華僑到華裔的身份轉換[23]，從移民落地生根為當地公民，其間最關鍵的事件無非是諸民族國家的成立。獲得現代民族國家的公民身份，代價不止是放棄對中國的政治認同（那是應有的義務），因應當地人對紅色中國及爭取當家做主過程中強悍的在地共產主義運動，而是象徵及實質上的位居客屬、必須同化於當地文化的潛在契約（或粗暴如印尼，或相對較溫和如馬來西亞）。相應的，華文文學的誕生總是早於民族國家的建立，而建國前的華文文學，也難免是和中國有著千絲萬縷的聯繫，參與者也

---

[21] 我認為，這讓馬華文學沒有立足點談本土性或本土意識，本土已被國家及土著霸佔了。國家意識與土著論述的水泥已厚厚的覆蓋了本土。詳參筆者，〈東南亞華人少數民族的華文文學——政治的馬來西亞個案〉收於張錦忠編《重寫馬華文學史論文集》埔里：國立暨南大學東南亞研究中心，2004：115-132。這篇論文應「正名」為論馬華文學本土性之不可能（或侷限）。在這樣的現實條件下，談馬華本土性應該更為審慎。

[22] 〈國族與國家文學議題〉《南洋商報‧南洋文藝》2003/3/4。

[23] 詳細的討論見崔貴強，《新馬華人國家認同的轉向1945-1959》廈門：廈門大學出版社，1989。

多為「南來文人」——一如殖民地馬來亞時期馬來人與印尼的「群島」血緣——流動於島與島間，相對於中國文人之南北流動，彼輩往返於中東與馬來群島間。而他們或者是民族主義者，或者是左傾的文人（馬印知識青年多了個伊斯蘭教信徒的向度）——文學主張也類似，「為社會而文學」——文學作為啟蒙教化，反殖反帝、階級鬥爭的武器——而職業身份也類似，多為有機知識份子——任職報社，為記者、編輯或教師，甚至不乏有「任務」在身——潛在的政治身份。[24]

　　馬華文學的發展與大馬華人政治意識及政治身份的轉變息息相關，也攸關華人的生存境遇。這已是老生常談了[25]。

　　簡而言之，南洋華文文學的起源固然是以白話文運動（白話文書寫）為先決條件，但更重要的卻是這些流動的新知識人及殖民地城市（尤其是海峽殖民地）規模初具的布爾喬亞公共領域，尤其是報章雜誌。從一九二〇年代起陸續湧現的報章（如《新國民日報》副刊〈新國民雜誌〉）及文藝刊物（《南風》、《星光》等），提供了作品發表與觀念交流的園地[26]。華文文學在殖民地方興未艾的反殖民運動中誕生。平行而略晚[27]，馬來文雜誌Al-Ikhwan（檳城，1928），Saudara（檳城，1928），城市日報Warta Malaya（新加坡，1930），Majlis（吉隆坡，1931），Lembaga（新加坡，1935），Utusan Melayu（吉隆坡，1939）[28]都標誌著文學公共領域的成形。宏觀的看，早在三〇年代，文學公共領域就依語言而各自為政了。這種結構性的分歧，並沒有因馬來西亞民族國家的建立而有所改變。相應的，教育（語言與民族意識的再生產機制）上的分歧，更是眾所週知的事實。俗稱的「僑社三寶」——華校、會館、報紙——都是凝聚及再生產民族意識

---

[24] 崔貴強前揭，第七、八章。
[25] 不論是方修還是楊松年的馬華文學史架構，都充份反映了這種現實——政治意識對文學生產及活動的支配。
[26] 方修《馬華新文學簡史》第一章，吉隆坡：董總，1986及王慷鼎〈戰前新加坡的華文報刊〉氏著《新加坡華文報刊與報人》，新加坡：海天文化，1993（？）: 3-49。
[27] 如果把土生華人的文化產業也算進去，那馬來新文學的時間會提前許多。印尼的例子見梁立基，《印度尼西亞文學史》下冊第二章〈華裔馬來語文學〉，北京：昆侖出版社，2003。「據1896年的統計，印度尼西亞當時已擁有十七種雜誌和十三種馬來語和爪哇語報紙，在全國已初步形成報刊的發行網。」p.347。但那與馬來民族主義無關。
[28] JOHAN JAAFFAR, MOHD.THANI AHMAD, SAFIAN HUSSAIN, HISTORY OF MODERN MALAY LITERATURE VOL1, KL: DBP, 1992: 12-13.

的重要建制，尤其華校及報紙，更是關鍵性的現代建制。它們也是共同體凝聚的重要建制（不論是舊的固有的方言群共同體、宗親血緣共同體還是新的、現代的中華民族想像共同體）其中現代形式的小學教育，更被視為是孵育現代民族想像關鍵性的建制之一。馬來半島的華文小學，和晚清清廷自改革過程中參考日本國民小學而研議建立的國民小學有直接的關聯。[29] 而民國後新馬各地華文小學之紛紛設立，呼應中國民族國家的建立，「新政府把海外華文教育納入新教育的系統，協助新馬僑教解決師資及課本問題。」[30]「新的教學內容在於灌輸共和與愛國思想以及廣泛的普及國民智識」[31]。民國期間的中國內戰，促使大量文化人南下，既促成馬華文學的短暫繁盛，也為華文中學提供了充份的師資。殖民地的主權未定，流亡知識人的原鄉歸屬感及民族情懷，加上僑教政策下帶著國民教育意味的教科書編纂，讓華文教育成了華人與中國之間的文化臍帶，讓華人子弟的文化身份（民族的靈魂）可以在那樣的教育體系內被養成。不難瞭解，在馬來（西）亞建國的過程中，教育成了必爭之地。以馬來特性為核心的新民族國家之打造，必然要把這樣的臍帶切斷。故而顏清湟指出的新馬華文教育的盛世（戰後迄五〇年代），必然因新的民族國家構造原則而中挫。

從一九四五～一九七一間，華教運動可以分為兩個不同階段，象徵意義也各不相同。從一九五一～一九六一年間，是爭取華文教育在國家教育體系內的位置，是華人在此一新的民族國家中爭取平等的公民權力之一環。一九七一（新經濟政策實施，馬來人特權制度化）後，則是爭取在國家教育體制外的生存權。[32]前者是憲法層次的爭取，後者則已是消極的保衛（華小不變質）[33]被官方汙名化為種族兩極化根源的華文教育，雖仍存活，但卻重演了華人教育在英殖民時代的處境：被定位為族群的，納入體系卻標明差異（「國民型」）的國小，標明國家意識型態接受的限度；而獨中則全無補助，任其自生自滅——非國家的，民族或族群的（「華文中學是

---

[29] 學者指出而國民小學正是近代民族國家構造最重要的建制之一。顏清湟，〈戰前新馬閩人教育〉氏著《海外華人史研究》290-292。
[30] 顏清湟，前揭，頁295。
[31] 顏清湟，前揭，頁297。
[32] TAN LIOK EE, Politics of chinese Education, p291.
[33] 筆者〈中國性與表演性〉《馬華文學與中國性》，臺北：元尊，1988，p.108。

華人文化的堡壘」[34]），標明容忍的限度。但也正是那樣的定位——非國家的，族群的——讓它成為馬來西亞國家建構中堅持母語教育的華人的處境。正是這種被圍困的處境，造就了一種自我保衛的（族群）民族主義，以語言為邊界。而華文識字人口也是華文文化產品可能的生產者及消費者，這攸關華文布爾喬亞公共領域是否會在單元同化政策中崩塌掉。而這也是建國後馬華文學的處境。

如果說馬來民族主義的核心是**馬來特性**（Malayness，Malay identity）——bahasa，raja，agama語言，統治者，宗教，那華人民族主義的核心則是**中國性**（中華特性Chineseness）[35]——語言，文化，習俗。而這些子項目前都隱含著「傳統」二字。而這「傳統」往往是事後追溯的，是現代的發明。學者指出，馬來特性的建構或發明是在二十世紀初期，它肇端於英國東印度公司的殖民知識，如Shamsul A.B.（借用Benard Cohn的殖民知識論述架構[36]）指出的，馬來特性係由殖民地行政官僚、人類學家及其他專家所共同建構，不脫東方學的模式，而其最主要的目的正是為了方便殖民治理——把馬來人種族化，一方面是與華印移民（外來者）做區隔，並界定了他們（在殖民地及未來的新生的馬來民族國家中）的政治處境（已蘊含著馬來人特權的想像，移民必須臣服於在地的統治者，接受伊斯蘭教為官方宗教，馬來語為國語）另一方面也藉由此項發明讓馬來半島的馬來人得與和其他殖民者（如荷蘭）的殖民行政區（如印尼群島）做切分（廣大悠久分散模糊的Nusantara共同體被切開）。這當然有利於殖民政策的正當化（對當地原有王權的「尊重」、對在地人的「照顧」），而這樣的建構在一九二〇、三〇年代為馬來民族主義者所吸收，嗣後在建國運動中又為UMNO所繼承，一九七一年後在新經濟政策中對土著（Bumiputera）的發明達到**馬來特性**建構的新高峰[37]，馬來特性被充份吸收進馬來西亞的建國計

---

[34] 1961/3/21〈董教總致各華文中學函〉第一句，《教總33年》頁449。
[35] 也許用中華特性會比中國性少一些不必要的聯想——重點在（由文化界定的）族而非國。
[36] Benard Cohn, Colonialism and It's Forms of Knowledge: The British Rule in India, Princeton: Princeton University Press , 1996.
[37] Shamsul A.B.'Idea and Practice of "Malayness" in Malaysia, 見Timothy P. Barnard編，*Contesting Malayness: Malay Identity Across Boundaries*, Singapore: Singapore University Press, 2004. pp.136-147。

劃裡去，從國家原則到國家文化國家文學，在語言的領航下成為馬來（西亞）民族國家的統合綱領；成為該民族國家的核心指南。即使它繼承了英殖民者的殖民知識，依殖民者擬定的認知和範疇來建築現代馬來民族（國族）的集體想像，但畢竟其勢已成，相應的政治利益（如馬來人的特權）已牢牢的結構化，早已成為極其有價的象徵資本，只怕難以動搖。反之，中華特性則成為難以消化吸收的異質物，依著新舊傳統（如端午節中秋節農曆年）現代（文化節花蹤頒獎國慶日）的節日時序，儀式化為華社集體的象徵表演（結合了華人移民社會既浮誇又講求實利的商業操作[38]），浮現為創傷的症狀，藉以抒發或療治日常生活中不平等結構裡個體與結構（尤其是與政府行政官僚）磨擦的傷痕。

　　而從馬來特性的現代發明的歷程（尤其是它由上而下的官方色彩，從殖民庇護到現代馬來官僚學者協作），也可看出華、印特性之建構處境上的相對性——必然的邊緣色彩，自我保衛（以語言文化為硬殼），創傷感、且永遠帶著外來者的印跡（殖民地移民時間性的銘刻）。從殖民地時代的方言私塾，到現代形式的民辦小學，殖民政府的態度從自生自滅到一九二〇的登記管制（以免有違反殖民政府利益的教學）到一九三〇年代的藉部份補助以控制，而殖民政府也充份認知華校教科書的政治意涵（反帝反殖），故而積極干涉，以扭轉其中國取向[39]。有趣的是，南洋華人民族主義也因著晚清中華民族國家的不同政治思潮而有多種樣貌，從忠於清廷的，保皇改良主義的，革命派的，到無產階級的，都有著不同的共同體想像[40]。即使是文化民族主義，晚清親清廷的知識人、保皇派與革命派，與民國及三〇年代左翼風潮主導下的新知識人，對中華文化及中華特性的想像也都各自不同[41]。但這種分歧也許隨著六〇年代後左翼風潮的退燒，華人政

---

[38] 林開忠，《建構中的」華人文化」：族群屬性、國家與華教運動》，吉隆坡：華社研究中心，1999。

[39] Tan Liok Ee, ibid, 30.

[40] 關於前二者，參顏清湟〈新加坡和馬來亞華僑的民族主義（1877～1912）〉前揭書，頁213-230。這意味著有多種類型可供選擇。

[41] 可以想見，也對應於不同的語言計畫（國語方案）。筆者〈幽靈的文字——新中文方案、白話文、方言土語與國族想像〉，廖炳惠、黃英哲等編《重建想像共同體》，臺北：行政院文建會，2004: 141-194。

治公共領域的萎縮而漸趨齊一化、內向化、符號化──在最後的陣地──
華文獨立中學，傳統節慶的場合，以文化儀式及文學形式。

　　如果借用王賡武的華人歷史分類（根據政治取向，「第一類華人十分
關心中國的事務；第二類華人主要想維持海外華人社會組織的力量；第三
類華人則埋頭致力於在居住國爭取自己的政治地位。」[42]），甲集團的中國
民族主義者既然是中華民族國家構造過程中的偶然產物，屬於特定的移民
世代，隨著馬來半島在地民族國家的建立而煙消雲散。乙集團有一定程度
的當地化，務實，「他們的政治活動仍以傳統的組織（引按：宗親方言群
組織商會）為中心。」「它們幫助發展商務、維持治安、組織娛樂活動，
為它們的領袖們提供威望和地位。最重要的是，它們保存了華人的風俗習
慣，使他們依然不變，仍是華人。」[43]，丙集團的當地化最深，其「核心是
峇峇」。而從語言的使用來看，丙集團運用的是峇峇馬來語與英語，但不
會說華語；乙集團除此之外大概更常使用華語；而甲集團主要說華語，甚
至是單語者（只會讀說聽寫華語中文）。三者可以共量之處在於都保留了
若干華人的風俗習慣（低限度的中華特性）。雖然三「集團」均與中國的
實際政治已很遙遠，如果假設政治認同已不成問題（建國後華人的政治認
同普遍都介於乙丙之間），而依文化認同的強度做分類，華文獨立中學及
華文文學只能被歸於新的「甲集團」的養成所及其文化表象，文化民族主
義最後的溫床。如此而言，至少在一九七一年之後，如果還有所謂的華人
民族主義，也已殘破不堪，潰散不成形了──雖然在結構上它的核心（中
華特性）是馬來特性的鏡像，**殘破的鏡像**。如此而讓華文文學的書寫從獨
立前的作為**政治抵抗**的寫作，一變而為作為**政治表態**的寫作──異議的，
或呼應當道意識型態（不論是三大民族和諧共處還是二〇二〇宏願）──
或者回應中國古代士人的流放母題，為族群及自己招魂。

　　回頭借用戰後獨立前馬來民族主義菁英創造的自我防衛口號（防止馬
來文化被邊緣化）──語言是民族的靈魂（Bahasa Jiwa Bangsa）──，
而獨立後馬來文成功的成為國族及國家打造主導原則之一。如果馬來文象

---

[42]　王賡武〈南洋華人民族主義的限度1912~1937〉，姚楠編《東南亞與華人》，北京：
　　　中國友誼出版公司，1987: 139。
[43]　王賡武，〈馬來亞華人的政治〉同前書，頁165。

徵了馬來人在該新民族國家的地位[44]——特權位子——那相對的，華語文的處境無疑也象徵了華人的處境，如果把「Bahasa Jiwa Bangsa」視為普遍有效的原則，那也相對的論證了堅持華文教育者守護華教有理——攸關「民族靈魂」；相關的，當馬來民族的靈魂上綱為國家的靈魂，並強迫所有國民接受，對於非以馬來文為母語的族群而言，顯然面臨了靈魂層次的重塑或改造。這大致也重演了殖民地情境下被殖民者的生存狀態——多語，優勢語言和弱勢語的區隔，前者有大量的附加價值，靈魂面臨翻譯、考核、角力甚至迷失，混雜語與純粹語之間沒完沒了的拉鋸戰。這大約也可說是建國後馬華文學創傷現代性的根源——殘缺崩潰、（被汙名化）的中華性，不可能的本土性。而此二者，由於根源於大馬特殊的時空（政治）境遇，其實也可稱之為馬華特性——如果我們接受Sturt Hall關於文化屬性（cultural identity）的第二種界定，關注的是它在特殊（歷史、政治）境遇中的生成（「becoming」），以位置設定（positioning）取代本質。即使是被召喚的過去（如「傳統」）也是透過記憶、幻想、敘述、神話等加以建構[45]。

　　從這裡可以回應莊華興土生性馬華（indigenous Mahua）的主張，「馬華文學發展至今，各方面都一直有意無意忽視其土生性；潛意識的再華化（resinification）不斷干擾馬華文學傳統脈絡的廓清／馬華詩學的尋找（建構？）脫離土生性馬華（indigenous Mahua）文學只有愈走向迷途。」[46]這是馬華文藝獨特性（馬華文學本土論）的當代版本，更強化了與華裔民族文化根源（中華特性）的切除，彷彿它是原罪、詛咒或絆腳石。莊華興相關主張源於Hassan Ahmad關於馬來西亞國民文學（Sastera Kebangsaan Malaysia）的主張，也可視為是對「國家文學」的當代修正。氏著〈馬來文學？馬來西亞「國民文學」？〉提出馬來西亞國民文學的三個基本要求：（一）必須是馬來西亞人的創作；（二）具備土生性，即創生於馬來西亞

---

[44] David J. Banks, *From Class to Culture*, New Haven: Yale University Southeast Asia Stodies, 1987: 40.

[45] Stuart Hall, *Cultural Identity and Diaspora*, Jonathan Rutherford edited, *Identity: Community, Culture, Difference*. Landon: Lawrence & Wishart, 1990: 224-226.

[46] 見莊華興譯，Hassan Ahmad著〈馬來文學？馬來西亞「國民文學」？〉之〈譯者按〉，《南洋商報‧南洋文藝》2000/4/29。

本土，且源生於獨特的馬來西亞空間或民族社會文化環境的故事與人類事件者；（三）以馬來文書寫。[47]整體而言談不上有多大新意，第一項涉及寫作者的國籍，而國語優先性固不足論（因那是官方「定論」），而其中強調的土生性（在地風格）究竟是怎麼一回事？一段關鍵引文：

> 馬來文學產生於「馬來人的疆土」（Bumi Melayu），或自古稱做「馬來世界」（Dunia Melayu）的土地上。簡言之，其特性是土生的（endogenus），非引自外界的（eksogenus）。這樣的文學塑造了獨特的傳統，並體現出獨特的形式、內容、人物、風格與潛在的力量；它是馬來民族藝術創造力與智能的結晶。[48]

即使是這段論述，也不過是馬來菁英Nusantara想像的複製，前現代的、未受外來文化（尤其是歐洲殖民文化）污染的馬來特性。如前所述，它依然漠視了群島海洋文化的開放性、流動性、多元性（從前現代南下的印度文化、中華文化、阿拉伯航海者迄大航海時代各色的殖民者與歐洲文化等）、混雜性，而原生的（不受外界影響的）土生性的可能安放處，要麼處於極端封閉的內陸，要麼處於意識深處，不受時間遷延影響。它和極端的內在中國取向共用同樣的妄想症結構——對本質的狂戀。那是種症狀，雖然不乏意義。然而一旦進入現代，甚至面對海島的流動特徵，對土生性的想像應是別一番景觀。

根據土生性的邏輯，過去即是未來，過去土生華人的峇峇馬來語寫作就土生性而言是所有馬華（中文）書寫所無法企及的——因為中文本質上的非土生——脫棄方塊字形體，他們創造了自己靈魂混種的書面語，但它卻依然被排擠，卻因其不純粹。但那卻是自生的土生性的產物。還沒有被國家意識型態污染。位處於現代馬來文學開端的土生華人馬來語文學[49]雖沈默無語，也許卻早已說明了問題。

---

[47]　〈馬來文學？馬來西亞「國民文學」？〉，《南洋商報・南洋文藝》，2000/4/29。

[48]　〈馬來文學？馬來西亞「國民文學」？〉，《南洋商報・南洋文藝》，2000/4/29。

[49]　最近的討論參莊華興〈遺失的鍊結：海峽華人的BABA馬來文創作〉。

職是之故，文學發展到現在，是否該脫離國家及民族主義的綁架——尤其在那麼無望的族群政治的氛圍裡——回到它自身？即使那必然被國家意識型態代言人「虛無主義政治」的唾罵或指控[50]。國民文學難道不是以文化統合（或「團結」）為前提？那不是半個世紀來大馬政治規範詩學的老調嗎？

三、非民族國家文學

詹明信（Fredric Jameson）在他經常被引用的〈處於跨國資本主義時代的第三世界文學〉裡大膽的提出一個假設——「所有第三世界的文本均帶有寓言性：我們應該把這些文本當做民族寓言來閱讀，特別當它們的形式是從佔主導地位的西方表達形式的機制——例如小說——上發展起來的。」[51]「第三世界的文本，甚至那些看起來好像是關於個人和利比多趨力的文本，總是以民族寓言的形式來投射一種政治：關於個人命運的故事包含著第三世界的大眾文化和社會受到衝擊的寓言。」[52]這假設的有效性正立基於民族主義在第三世界的普遍性[53]，立基於民族國家的主導原則總是特定的民族主義——包括它的反對者在內——甚於階級，而對第三世界知識份子而言，左翼（階級認同）和民族主義常常並不是對立的（如馬來西亞五十年代作家群多為左翼的馬來民族主義者），都是反抗（壓迫者）和整合（共同體）的有力資源。

馬來西亞的情況似乎適足以應證詹明信的假說，不論是馬來文學還是馬華文學[54]。尤其是宣揚「為社會而文學」的寫作，常常甚至是直白的指涉，而非寓言的多重複義；詹文舉證的魯迅的小說，恰恰是現代中文小說最複雜的一種型態，而非淺白直露的社會寫實。更有趣的是，魯迅雖是

---

[50] 如前引 Abdul Rahman Embong 文。
[51] 收於氏著《馬克思主義：後冷戰時代的思索》，香港：牛津，1994: 92。
[52] 同前，頁93。
[53] 如安德森（Benenict Aderson）的《想像的共同體》（時報，1999）論證了這一點。
[54] 馬來文學方面，Virginia Matheson Hooker, **Writing a New Society**; David J. Banks, **From Class to Culture**，均足以為證；以馬華文學為對象的演練見許文榮《南方喧嘩：馬華文學的政治抵抗詩學》。

潛在的民族主義者，但小說代表作卻完成於他的前馬克思主義時期。雖以問題小說的形式展現，但其底層的藝術感性卻是象徵主義及世紀末頹廢，這讓它有效的避免被轉譯為國族教條，而保留了寓言的審美含混。簡而言之，寓言還必須得是寓言才行。

就馬來西亞個案而言，國家資源的大量投資（從發表、出版、稿費、文學獎，作家福利到作品在教育體制裡的正典化）均使得國家獨立後的馬來文學產業迅速膨脹，而英文文學雖集結了多元民族人才，也和徹底民間化的馬華文學一樣慘澹經營，甚至必須境外營運（借張錦忠的用語）。但依語言分化的文學公共領域也不無相應的剩餘價值——和國家機器保持一定的距離。雖然，報刊間仍存在嚴酷的自我檢查[55]，也可見文學在大馬仍然沒有「講述一切的自由」。借用解構主義大師德西達（Jacques Darrida）的一段話：

> 文學是一種允許人們以任何方式講述任何事情的建制。文學的空間不僅是一種建制的虛構，而且也是一種虛構的建制，它原則上允許人們講述一切。……要講述一切同時也就是要逃脫禁令，在法能夠制定法律的一切領域解脫自己。文學的法原則上傾向於無視法或取消法，因為它允許人們在「講述一切」中去思考法的本質。文學是一種傾向於淹沒建制的建制。[56]

這種自由被認為是（西方）民主的表徵之一，也是後卡大卡時代許多經歷過恐怖集權的學者作家（從巴赫金到昆德拉）共同的反思路向——因為文學指向可能的世界，它容許質疑所有既定的教條成見，而展現其純粹的否定性（negativity），「文學大概就處於一切的邊緣，幾乎是超越一切，包括其自身。」[57]或者以虛構的魔法，營造出烏托邦空間，一種「沒

---

[55] 幾年前我的小說轉載《南洋商報・南洋文藝》時就深刻體驗到這種禁忌。就一個寫作者而言，我一向容許國內編者對「不適當的內容或語詞」做若干刪節或更動，反正在自己的書裡會讓它們恢復原貌。這或許是「境外出版」的好處。但也因此，本地報刊上發表的版本只能當做參考。

[56] 〈訪談：稱作文學的奇怪建制〉氏著，趙興國等譯，《文學行動》北京：中國社會科學，1998: 4-5。

[57] 同前，頁14。

有期限的允諾」。而超越此時此地，國家人民，航向神話的無時間性。在
這個意義上，馬華文學中的文學甚至必須超越馬華，更別說超越國家與國
民，民族國家論述，國族寓言，朝向屬於它自己的未盡的旅程。

2005年6月15日

歷史與敘事：

論黃錦樹的寓言書寫[1]

高嘉謙

> 即使下著令人懷念的雨，島上還是冒著令人不安的滾滾濃煙。是因
> 為我的詛咒已然降臨？
>
> ——黃錦樹〈阿拉的旨意〉

一、寓言的可能

關於馬華文學生產的總體現實環境，政治、語言與社會結構總是論述問題的核心。長久以來馬來西亞國家政策與願景都是馬來政權的歷史實踐，作為少數族裔的華人的文化生產相應成了一再反覆辯證自我主體位置的形式。在此意義下的「馬華」難免是極具現實政治性的概念。換言之，「馬華」的文學場景最具寓意的呈現，並不是馬來西亞社會中的單一少數族群經驗，而是反襯了「馬華」結構當中所認知的他者。一個在政治、文化、宗教、膚色、歷史、社會經驗中左右相伴的巨型他者。這既是民族國家種族勢力懸殊下的政治宿命，也是無以迴避的族群比例脈絡下的因應。長期以來馬華文學的討論框架，最能見出論者對此批判性的反思與陳述。[2]但生產環境的現實及嚴峻勢必考驗著馬華文學的現況與未來。緊隨

1　本文原載《中國現代文學》第9期（台北：中國現代文學學會，2006年6月），頁143-164。本論文集收錄的版本已做局部修訂。

2　對此比較詳盡的討論可見以下諸文：張錦忠：〈書寫離心與隱匿：七、八〇年代馬華文學的處境〉，《南洋論述：馬華文學與文化屬性》（台北：麥田，2003），頁61-76。黃錦樹：〈東南亞華人少數民族的華文文學：政治的馬來西亞個案——論大馬華人本地意識的限度〉，收入張錦忠編：《重寫馬華文學史論文集》（埔里：國立暨南國際大學東南亞研究中心，2004），頁115-132。林建國：〈為什麼馬華文學？〉，收

而來的仍是辯證思考馬來西亞國家文學的問題。如何介入國家文學計畫，成為了馬華文學未來的方案之一。[3]這當然牽涉出眾多複雜的路徑與認同問題。不管是論者所謂的雙語寫作（華──巫），還是訴諸民族──非國家文學的定位，策略本身對焦的依然是結構性的馬華處境。由此轉化而出的，其實都可被視為文學政治行動。無論就族群或語言來說，難以否定的是「馬華」總在被定義及被描述的脈絡。在總體性的生產環境中談文學的實踐及介入，都無法釐清純粹文化與思想概念的馬華。如此說來，我們一再從馬華文學中看到的族群經驗刻畫，更應被視為一個有力的位置，反映了馬來西亞文化生產的皺褶。而離散是其中折射而出頗堪玩味的心理空間之一。有鑑於此，相較馬來文學於國家文學的生產結構中的牢固主體與自我體現，被論者視為「離心」的馬華族群寫作其實更像是電影美學中的長鏡頭，停頓於捕捉歷史細節的片刻，暴露矛盾與對立。馬華族群書寫呈顯個體在社會與歷史處境遭遇的悲喜劇，其中個體與歷史傷痕、文化及社會的斷裂，都深刻暴露了結構的問題。這很難不逼近一種族群處境的理解，甚至斷裂的本身可以直接代換為書寫形式與歷史的關係，一則寓言體。

以寓言體作為觀照視角，不盡然是說所有的馬華書寫都具備寓言意識及框架。但作品中極易為讀者捕捉的關鍵詞：雨林、馬共、砂共、回教化、橡膠林、五一三種族暴動等等，卻成為了文學作品的內在風景。它將文學實踐拉抬到歷史意識的邊界。這樣的表述儘管可以是審美手段的選擇，但更貼近的說法反而是寓意的寄存將作品拉近為寓言體的理解。或在一個巨型他者陰影底下，或歷史創傷轉喻而出的離散、遊移、認同等主客觀情境中，以寓言來體貼馬華文學的書寫，其實更得以窺探日常意義下書寫主體的暗影。換言之，這些符號的意義並不趨向封閉單一的象徵，而是曝顯更繁複多義的寓言指涉。其更適合以詹明信（Fredric Jameson）慣常被引用的寓言理論進行解釋：極度的斷續性，充滿了分裂和異質，帶有與夢

入陳大為、鍾怡雯、胡金倫主編：《赤道回聲：馬華文學讀本 II》（台北：萬卷樓，2004），頁3-32。

[3] 可參見莊華興與黃錦樹之間針對國家文學有著不同立場上的辯論。對國家文學的專題討論，以及黃、莊二人論辯往返的文章參見莊華興：《國家文學：宰制與回應》（吉隆坡：大將，2006）。

幻一樣的多種解釋，而不是對符號的單一表述。[4]固然詹明信的寓言理論在此指涉的對象乃是他所要描述的「第三世界文學」，而招致的反駁及批評也不少。[5]詹明信架構的政治詮釋學視野，將「第三世界文學」置於國族寓言的框架，確實顯露出過於將問題本質化的預設立場，同時選擇的有限個案也見出其立論的偏頗。但我們藉由他所宣示的理論視野：

> 第三世界的文本，甚至那些看起來好像是關於個人和力比多趨力的文本，總是以民族寓言的形式來投射一種政治：關於個人命運的故事包含著第三世界的大眾文化和社會受到衝擊的寓言。[6]

可以從文學再現中抽取出自足的意義。以個體寓意集體經驗的觀察視角，在個人力比多與第三世界文化生產的關係基礎上，寓言的現代性意義在於「能引起一連串的性質截然不同的意義和信息」。[7]這樣的批評策略，預示了文學形式背後的政治性內涵。這種知識的切割，指出寓言特質的文學解讀越能呈顯其複雜、多義與斷裂的意義投射。當然，在詹明信之外，不能不提班雅明（Walter Benjamin）的寓言理論。其關於浩劫創傷中歷史想像的洞見頗具啟示性。班雅明理解的寓言是在歷史的碎片中重建意義，箇中隱含了救贖，卻又無法迴避歷史呈現與歷史現實創傷的巨大斷裂，以致寓言書寫總是歷史深淵的敘述。[8]將詹明信及班雅明的理論並置而論，可以發現前者在吸納後者寓言理論的洞見之餘，多了一個政治性的理解向度。回到文學的處理，二者展現的理論視野在歷史與敘述的軸線上，替寓言解讀開啟了歷史與政治的美學想像空間。

4　詹明信著、陳清僑等譯：〈處於跨國資本主義時代中的第三世界文學〉，《晚期資本主義的文化邏輯：詹明信批評理論文選》（北京：三聯書店，1997），頁528。

5　代表性的批評有艾賈茲・阿赫莫德（Aijaz Ahmad）：〈詹姆遜的他性修辭和「民族寓言」〉，收入羅鋼、劉象愚編、孟登迎譯：《後殖民主義文化理論》，（北京：中國社會科學，1999），頁333-355。

6　詹明信：〈處於跨國資本主義時代中的第三世界文學〉，頁523。

7　詹明信：〈處於跨國資本主義時代中的第三世界文學〉，頁529。

8　關於Walter Benjamin的譯名，臺灣譯作班雅明，大陸則譯作瓦爾特・本雅明。本文內文的譯名統一使用前者。班雅明的寓言理論，可參考瓦爾特・本雅明著、陳永國譯：《德國悲劇的起源》（北京：文化藝術，2001）。瓦爾特・本雅明、王才勇譯：《發達資本主義時代的抒情詩人》（南京：江蘇人民，2005）。

　　一般而言，馬華文學最常見的詮釋現象，都趨近鋪張異國情調、帶有距離感的美學消費。尤其被視為馬華文學最耀眼標誌的雨林，幾乎成為馬華文學在境外的認識框架。[9]無論是馬華在地讀者或臺灣讀者，往往都展現出不同的閱讀偏愛或障礙。馬華讀者中傾向實證及具象的閱讀習性者，多認為目前蓬勃的雨林書寫「失真」。[10]臺灣部份讀者則容易礙於在地知識的欠缺，只著眼異域風情的表層判讀。擴大來看，兩者的現象其實都反映出某種文學系統內部的焦慮。就馬華在地讀者而言，有的對馬華文學版圖內的聚焦點外移、資源被稀釋、座標被模糊、主體位置被架空，展現了潛在的焦躁，進而對雨林書寫的「失真」解讀，隱約凸顯一個在地馬華文學獨特性及本土性的文學判準。相對的，臺灣論者卻容易在闡釋上避重就輕，以臺灣文學內部的「後殖民」框架，認為馬華小說存在「殖民」和「去殖民」經驗，恰恰跟台灣文學的被殖民經驗類似，其與台灣文學的關聯性由此得以建立，並在「跨國文化異質想像」中提供了參照。[11]雨林則是其中關鍵的操作視窗。從這些現象看來，文學系統內部的浮動越能顯露雨林閱讀的趣味。雙重的他者，意義的斷裂，在台馬華文學的雨林書寫弔詭地佔據著華文文學中特殊的位置。

　　雨林常被認定為馬華書寫中的地標及認知視窗，其實並非偶然。身處台灣的馬華重要作家張貴興頗具份量的幾個雨林長篇書寫，都經營了極具魅力的寓言體格局。儘管它綺麗幻化，美學處理，演繹虛構；不全然網羅在地知識，也無法實證的對號入座。但張貴興將雨林美學化處理的背面，其實見證了許多代換的機制。人與獸群的性慾及生命力的種種顯像，展現慾望的出口。偌大的雨林在華麗唯美的修辭下，竟封存在族群政治及生命

9　這情況在台灣尤其顯著。相關討論參見鍾怡雯：〈憂鬱的浮雕：論當代馬華散文的雨林書寫〉，收入《赤道回聲：馬華文學讀本II》，頁305-317。陳大為：〈隱喻的雨林：導讀當代馬華文學〉，《誠品好讀》第13期（2001年8月），頁32-34。

10　其中部分批評侷限於在馬（東馬）／在台的雨林書寫誰比較「真實」的言論，則稍嫌狹隘。關於雨林書寫的代表意義，及其引發爭端的來龍去脈和討論，詳陳大為：〈當代馬華文學的三大板塊〉，《思考的圓周率：馬華文學的板塊與空間書寫》（吉隆坡：大將，2006），頁58-63。沈慶旺：〈雨林文學的迴響：論當代馬華散文的雨林書寫〉，陳大為、鍾怡雯、胡金倫編：《赤道回聲：馬華文學讀本II》，（台北：萬卷樓，2004），頁305-317。

11　劉亮雅：〈後現代與後殖民：論解嚴以來的台灣小說〉，收入陳建忠等合著：《台灣小說史論》（台北：麥田，2007），頁317-401。

竄跑。一個封閉的雨林，狂想肆溢，正好彰顯了離不開的族群氛圍。這不禁令人疑惑，雨林作為小說寓言的核心所在，其建構了怎樣的認識前提？是雨林寓意了歷史創傷及危機四伏的急迫緊張，促使寓言表意結構竟是生命力不斷交換的機制？若張貴興的雨林記憶可以接軌為時代的歷史寓言，其凝視的是不斷在雨林平臺上演繹的物種交換。慾力的顯露，展示原始生命追逐的競技場。換言之，物種交替越是激烈，人的族群政治紛擾就越是受制於自然環境，越是逼近慘烈的現實處境。那正是寓言的深沈意涵。無從規避的歷史現實傷痕換算成生命慾力的展示與消耗，雨林寓言訴諸的其實正是那無法擱置的歷史場景與斷裂。

我在本文提出的看法正是希望以寓言體做為看待馬華文學書寫的重要形式。同時希望把握更具多義的現代性寓言概念，逼近「馬華」寫作的本質處境與敘事批判性。馬華文學的族群寫作問題不僅在於暴露或想像的解決個體與群體的矛盾。更直接的說法，寓言體的族群書寫鼓勵了讀者重新體驗文本中沒有解決的社會與政治矛盾。那是歷史傷痕的局部，卻也是生存情境中結構性的壓迫。而在雨林之外，馬華文學的寓言體展示還有更繁複的歷史現場。同樣作為在台馬華文學作家的黃錦樹，顯然有著更「驃悍」的創作姿態。無論就「馬華」背景中極具表述魅力的宗教、歷史、族群等材料，黃錦樹的寫作向來無所規避，有意識的挑釁敏感核心，別具歷史視野的經營一種精神面觀照。在文學形式上的操演，遊刃於狂歡、哀傷、創痛、笑謔、黑色幽默等諸種馬華文學過往少見的交錯體式，針對材料做了竭盡修辭意義的包裹及內涵體現，意圖為小說提煉多樣的美學質感及思想厚度。在這層次上，黃錦樹小說其實內含了巨大的辯證張力。在材料的處理及操作中拉扯一條歷史與政治性闡釋軸線的同時，其文學形式寓說了一種哲學內容。小說的歷史敘事所提供的臨近於生命本質、民族處境的反應與觀照，其實是一種體驗的寓言。而以歷史變化下的經驗結構為對象，成為了黃錦樹寓言書寫的可能考察。換言之，小說中黃錦樹多變的敘事身影，模擬的不是敘事腔調，而是馬華書寫的可能形式。尤其在《由島至島》[12]調動的符號與操演形式，實驗性的為馬華文學在歷史與

---

[12] 黃錦樹：《由島至島》（台北：麥田，2001）。

政治間敞開極具辯證意味的文學詮釋向度，進而探究馬華文學的生產及其存在寓意。以下我將以黃錦樹的寓言書寫作為論述對象，以探討寓言的效度與必須。

二、另一種啟示錄

對於以《夢與豬與黎明》[13]及《烏暗暝》[14]兩本小說集奠定馬華書寫風格與位置的黃錦樹而言，與歷史對話向來是關鍵主題，甚至是書寫的底蘊。在後殖民文學的探勘領地，想像歷史與辯證、書寫記憶並非新鮮事。馬來西亞作為戰後擺脫殖民主而獨立的新興民族國家，區域周邊架構盡是佈滿殖民遺緒及種族衝突，且是多元民族、移民、文化、宗教的混雜情境。馬華文學定點於區域文學的座標，簡中的「馬華」處境與議題，顯然都易於貼近後殖民的論述與眼光。在如此複雜的語境中，馬華書寫對著墨於歷史與記憶的刻畫，顯然別具意義。黃錦樹就此多有思索，書寫創傷，嘲謔歷史，批判現實，都逼問著一個「怎麼寫」的問題。換個角度而言，材料堆砌如歷史的廢墟，隨手撿掇都可追蹤歷史現場。但現場的意義如何為文學目光捕獲，如何重構一個富於歷史深度與意識的「當代形式」，黃錦樹的族群書寫恐怕不會只是感時憂國遺緒下的道義負擔，他其實意圖尋求「馬華」書寫結構當中的政治實踐位置。「馬華」生產的可能與發聲起點，接應著龐大的國族歷史敘述。在如此宏大的他者陰影下的歷史實踐當中，「馬華」如何深入歷史、檢討歷史，架構歷史曖昧處的可能性與斷裂，成為關鍵的主要敘事精神。而作為創傷經驗的文學主體，擔負了內在抒情之必須，這促使了以族群經驗為要旨的寫作本身，在挑戰寫作之倫理經驗（寫作的哲學）及技術門檻時，族群的矛盾結構總會是內在風景與目光。配合著呈現不同族群經驗的周邊敘事零件，馬華文學最容易被中文世界讀成異國情調。這緣於對人文地理景觀的不熟悉，緣於中文世界對邊陲

---

[13] 黃錦樹：《夢與豬與黎明》（台北：九歌，1994）。
[14] 黃錦樹：《烏暗暝》（台北：九歌，1994）。

的異族區域也有「東方主義」式的理解，以致於離散作為一種情調，構成了消費的美學氛圍。

在這樣的閱讀趨勢中，在中文世界書寫的黃錦樹別於張貴興冒險、美學化的雨林浪漫傳奇，區隔於李永平的婆羅州／台灣／中國性對話經驗，卻反躬其身的為自己的成長經歷，架構書寫位置，展現意味深長的歷史敘事。在熟悉的大陸、港臺中文書寫世界，無論就小說技藝及材料經驗，他其實為自己找到一個極具辯證力量的位置。玩忽的技術背面，有著更為「寫實」的情懷。那源自於寫作主體自身，無時不在面對的歷史現場。那藏於結構當中的每一線索都可以指向歷史的債務或廢墟。換言之，「馬華」書寫本身成為憂患問題，也必然佔據中文現代性當中最弔詭的位置。放眼近代以降的「中文」經驗，中文使用者表述的歷史經驗模式，折難重重，不是經歷時代風暴就是被政治架空。用黃錦樹自己的話表達：「體驗本身總難免是連續或中斷的創傷，離災難、死亡和恐怖如此之近，以致意識總是對深淵的意識」。[15]正因為如此，相對邊緣的馬華書寫，語言經驗即是流動，家國符號想像飄忽，生存處境被傾斜的體制壓縮到牆角，中文表述下的「馬華」經驗其實辯證性的區隔於想像的中文共同體世界。相對後者的自足飽滿，前者的經驗共同體可能轉化為故事，自然更接近於社會象徵意義，回歸自我指涉。就中文書寫版圖的佈局，「馬華」文學的張力也許在此。換言之，「馬華」精神史意義下的自我賦形，才是黃錦樹族群書寫的道義負擔，或為書寫的「道義形式」。

雖然黃錦樹的小說關懷，以民族書寫的位置固定陣腳。但文學想像中趨向以個體寓意集體生活經驗的歷史，表述的高潮總在敵我兩分的框架散發感染力。就華巫矛盾的馬華寫作而言，這是否族群的偏見目光，可以見仁見智。但黃錦樹力圖架構的書寫形式，相較於馬華先輩務實的現實主義路數，其實更別有所宗，或別有所圖。檢視其一路走來貫串的反諷、戲謔、狂想等書寫路數，後設或後現代的書寫風格僅是表意概念。其實質仍在關懷以怎麼樣的形式承載什麼樣的經驗。那可以是文學信念，但也巧妙指稱了馬華文學的書寫處境。當歷史的整體感崩毀於資本主義的市場經濟

---

[15] 黃錦樹：〈中文現代主義：一個未了的計畫〉，《謊言或真理的技藝：當代中文小說論集》（台北：麥田，2003），頁39。

和消費狂潮，國族符號的認同抵銷了族群文化的主體，馬來文化霸權的歷史政治實踐切斷了多元族裔的對等認同。這種種失調的國族認同，都離不開一個最現實的本質：族群是被定義、被描述的。在大馬獨特的族群比例及政經環境當中，「馬華」是被國家體制定義的存在實體及經驗。在湯杯羽毛球賽的搖旗吶喊中，「馬華」做為國族的一體清晰可見。但在新經濟政策的剝削體制，相對於優先的馬來族群，「馬華」卻是國族共同體中被剝離的次等他者。層次複雜的族群認知及權力位置，自然有其需要安頓的表述形式。換言之，在如此生產環境下的馬華文學，形式相等同於經驗的重要，它必然在某個程度上有效的讓文學的虛構及想像元素推呈出歷史的想像現場。這辯證了馬華文學之於「馬華」的立場與座標。

　　當書寫是為著趨近於個體與集體經驗的鴻溝，為著見證族群歷史的時代因素，黃錦樹小說對於材料的鋪陳與體貼，仍可看出小說技藝表演姿態之必然的哀傷。其小說集《由島至島》不但在小說表現上異於過去的兩本舊作，作為成品的書的印刷形式，也成為了「表徵」馬華文學的一環。當書背以小說篇名〈刻背〉命名，而封面則改由中文及馬來文並列的「Dari Pulau ke Pulau由島至島」，附上作者懷抱幼子的照片。這種別有意味的設計，顯見作者的主導意志，但也不該視為玩笑，而隱喻了自傳性色彩的選擇背後值得深思的身份經驗。封面標題的中文及馬來文並置，喻示了文化生產的限制。在台灣出版的中文小說創作，難以避免的必然以中文命名。那是出版品的認識標誌，卻有著「書寫」的身份隱喻。但小說集作為馬華文學寫作的「身份」卻潛藏了另一伏筆。其中馬來文的標題，不禁讓我們聯想到黃錦樹部署的形式寓意。在一個沒有馬來文讀者市場的臺灣，馬來文標題附載於中文印刷物，確實像極了陰魂般附著在「馬華」的寫作當中。而由島至島的流動情懷更是如同著魔的離散之旅，跳脫不開那巨大的「巫」影，蠱惑著馬華文學的生命主體。儘管已遠在台灣，一個華文共同體的市場及世界。如此一本馬華文學著作座落在全球極為重要的中文出版圈，卻有意識的妥協或權宜仿照馬來西亞當地的華人商店招牌，華巫文字並置，但馬來文字必須大於中文字，以彰顯其主體位置。這本「異質」的馬華文學著作，以表面形式寓意了馬華的暗影，但也回過頭質疑了中文出版領地的「夷夏之防」。作為「當代小說家」系列的著作，這本小說集好

似以扮裝的身份侵入了中文書寫的帝國。當中凸顯的問題是中文書寫疆域「世界觀」的瓦解，挑明在其眼界之外另有一種中文書寫是離不開馬來文字「命名」的。由此反映出中文書寫的質性的無限往外延伸，為中文寫作保留了一個可能的位置。

　　從封面的照片凝視，作者與幼子的關係深刻著墨了自身的流動位置。年輕時刻由馬來半島負笈臺灣寶島，十餘年的落地生根也繁衍子嗣，族裔身份的傳承像寫入家族的譜系。幼子終將長大成人，這本小說集或是按圖索驥追尋的族群故事，找到自身及父一輩身份的源頭。甚至也可能是離散中站的銘刻，具象化歷史的現場。而照片為何向自傳貼近，也無奈訴說了以個體為集體離散經驗賦形的意圖。如此一來，封面照片形成自足的話語，滲透為整本小說集的內在經驗。當然這也可視為美學的手段，以個體經歷編織象徵意義的網絡，寄託對歷史及族群的反應。無論書名的「由島至島」作為照片的註解，還是照片本身批註了整本小說的書寫意圖，但顯然都可以理解為這是作者刻意強調需要註解的憂患之書。流動的自傳性色彩，其實銘刻的是那憂患之身。

　　綜觀小說集的目錄，目錄的題目與小說內頁的題目都有著差異，且有相互釋義的作用。這形式的遊戲，可以理解為因應內容而生的結果。若歸納這本小說集史為集中的謔而多虐風格，此承載的對象，是一個結構性的他者。離散是流動的姿態，但黃刻意嘲謔進而虐的對象，顯然是加諸於憂患之上的種種需要被複述的關鍵詞。宗教、族群、語言、文化等等傾斜下的巨大他者。然而，最弔詭的形式，並非在上述議題下所想像性完成的小說文本。恰恰是最具現實意義的大馬華人社團訴求的備忘錄，竟也在小說集內換做亂碼，成了小說的一則材料。那是無以名狀，不能辨識的語言，或終究只是永遠「不可觸的」他者。亂碼之後像印刷錯誤的數頁全黑版面，那黑壓壓的承載形式，抵銷了嘲謔的本身，而真正的力道洞穿了嘲謔形式背後的憂患之身，憂傷之軀。

　　正因為如此，當民族書寫架構於寓言體，黃錦樹的小說關懷及訴求不可能只是後殖民文學意義下現成的「抵抗」一語可以涵蓋。藏身其中的憂患讓文學姿態更為激進狂放，最嚴肅的議題寄存在戲謔的符號。表意的結構隱喻著民族的際遇，但個體力比多投向的反而是那幽微的抒情主體，那

自我寓言與指涉的內部。我們不妨以小說集當中禁忌的真主阿拉，探究黃錦樹構築的符號秩序。

　　黃錦樹的〈阿拉的旨意〉[16]從題目以降就是寓言書寫的況味。以回教真主為題，本來就是對神的褻瀆。那是伊斯蘭教的禁忌，也是政治的神聖意涵。小說以此辯證呈現政教合一的馬來西亞國度下的馬來民族命運，以及在真主旨意之外的華族際遇，其寓意的國族歷史實踐，意圖再明顯不過。但有趣的問題的是小說中被流放異族之島的左翼華族青年，他流放之原因起始於種族衝突的導火線。但更實際的處境則是政治鬥爭的失敗導向了不信道者（排除在伊斯蘭外的異教徒——華族）的被驅趕。換言之，政治的角力竟是與真主阿拉的交手。這隱約叩問了馬來民族成就馬來霸權的根本基礎。小說的寓意結構其實在引文中的古蘭經字句中已清楚呈現：「不信道的人們啊！我不崇拜你們所崇拜的，你們也不崇拜我所崇拜的……你們有你們的報應，我也有我的報應。」[17]這裡的語意，喻示了真主阿拉旨意背後強大的驅力，而不信道者只能接受被隔離的命運。小說以此啟動敘事的開端，意味著書寫本身所編織的符號體系。那意義的網絡儘管有著不同的符號安頓，但敘事的意圖其實反覆網羅在古蘭經強大的寓意之中。我們不妨另外調度古蘭經的相似真言，印證這意義的網絡趨向的敘事張力。

　　古蘭經第十八章廿九節：

> 你說：「真理是從你們的主降示的，誰願通道就讓他信吧，誰不願信道，就讓他不信吧。」我已為不義的人，預備了烈火，那烈火猖獗的煙幕將籠罩他們。如果他們（為乾渴而）求救，就以一種水供他們解渴，那種水像瀝青那樣燒灼人面，那飲料真糟糕，那歸屬真惡劣！[18]

　　換言之，不信道者指涉的是在族群權益爭奪中，失敗的異族流放在天國以外的命運。這不平等是先驗的，無以修正，也不可質疑的宗教律令。如此一來，「阿拉的旨意」是事實的陳述，而「不信道的人們」卻回應了

---

[16] 黃錦樹：〈阿拉的旨意〉，《由島至島》，頁85-109。
[17] 黃錦樹：〈阿拉的旨意〉，《由島至島》，頁85。
[18] 《古蘭經》，馬堅譯（北京：中國社會科學，2003）。

必然的下場結構。黃錦樹佈置兩個題目相互呼應，與其認定為描述政教掛勾的馬來霸權下被流放於孤絕境域的華族集體宿命，還不如更彈性的將以真主旨意對抗不信道者的敘事秩序視為寓言結構更為貼切。固然就敘事深層而言，指向了「總體性」的問題，政教合一的馬來政權下的族群政治。而在小說題目的表意結構上更不妨視為作者刻意安排的反諷句式。因為馬來民族宣稱的尊貴血統與階級，如同在上蒼的旨意下被宣示為「土地之子」（Bumiputra），其還原為一切族群政治的根本，那先天被賜予的優越地位。這一套訴諸天賦的馬來民族地位論，其實是一套符號體系的建構。穆斯林（Muslim）的命名，回教化的種種儀式行為，都是一套「馬來─伊斯蘭─國家」的判準秩序。黃錦樹以一個極端的情節故事，設定了一套契約的改造計畫，逼近了長期在這套符號秩序意義下華族集體及個體的自我轉化與出路的荒謬情境。其最大的反諷來自於不信道的異族被拋入改造的秩序當中，而內心的支那之火（民族的曙光）卻不隨時間熄滅。這其實抵銷了整套命名土地之子的符號秩序。阿拉的旨意被不信道者擺入的諷刺位置，成了笑謔的主旨。

其實小說構造了幾個理解問題的層面。反諷結構質疑了宗教位階下的族群階級，也批判了國家願景下的同化（小說中的「文化換血」）的徒然無功。但族群的多數終究是霸權的可靠盾牌。不信道者是要承擔報應的。自我流放如同是身處上帝的國之外的先驗處境。通道與否成了關鍵判準。於是在現實的環境中，華族社會確實存在不少的技術派華裔穆斯林。[19]他們可以被視為是荒謬扭曲的「信道者」。但小說的設計更為決絕，主人公代換了所有馬來人的生活方式，語言、宗教、習俗、傳宗接代等等周全的改造，以契約內容清除過去的事跡，甚至棄除潛意識的母語能力（連自言自語也不能），終生在忠誠疑慮的監視中禁足於孤島。如此一來，流放孤島對於華裔主人公而言卻是展開另一次的拓荒史。小說別有意圖的將華族的移民處境拉回到原初的結構。從開墾、教化、繁衍後代延續而下，移民史

---

[19] 技術派穆斯林指的是異教徒皈依回教的目的，主要在取得穆斯林的姓名，以換取土著的權益與福利。但衍生而來的文化習俗衝突，往往曝顯出其荒謬。賀淑芳的得獎小說〈別再提起〉正以華巫處理屍體的文化差異，描寫技術派華裔穆斯林在身故以後家屬及宗教局搶屍的狂歡般的荒誕故事。參見賀淑芳：〈別再提起〉，收入黃錦樹、張錦忠編：《別再提起：馬華當代小說選》（台北：麥田，2004），頁287-294。

變成入境隨俗，生下「島上的孩子」成了現實寓意的展示。移民終將落地生根，只是不信道者，成了先天的排除在外。

然而，為何不信道？那是對同化的抗拒？還是宗教信仰的不認同？抑或小說結局反問的，自我摒棄族群譜系，進入阿拉的國，是否該是承擔的報應？這連串的問題，都逼出了敘事上的寓意。馬來霸權、國家體制恰恰是通道的象徵體系。在二〇〇四年大選中，執政的國民陣線為討好華裔選民，竟大談任何種族都可以擔任首相。但在野的回教黨（PAS）卻不媚俗的揭穿馬來族群認知的真相，強調「穆斯林才是擔任首相的唯一條件」。[20]穆斯林變成了國家民主程序中附帶的先驗判準。這有關政治現實的回顧，說明了「不信道」不是選擇的問題，反倒凸顯了異教徒般的孤絕與被拒斥，將華人／華文以宗教的律令他者化。那先驗的結構，卻不是語義脈絡中建置的支那火種所能抵抗的。易言之，小說的動人處不在頑抗的敘事者，卻是將華人最不堪的處境給寓言化了。那一直都在麥加朝聖名單卻永遠不能成行的敘事者，挑明了通道者是被揀選的。何謂他者？這在馬華文學敘事中的慾望對象有了弔詭的詮釋。就移民背景的華族而言，馬來族群及伊斯蘭是巨大的他者。但在「不通道者」的語義下，那才是永劫不復的他者，永遠被註定流放。

儘管寓意深沈，但小說的敘事腔調其實並不沈重，反倒處處彰顯笑謔的本質。那被調侃的馬來民族習俗文化或宗教儀式（諸如割禮、不吃豬肉等），其實仍屬反諷結構中的語義脈絡。「阿拉的旨意」是貫穿而下的嘲謔之聲，禁忌的挑撥是最直接的表述。所以，小說在馬來民族割禮的儀式可以大談夷夏之防，而左翼革命的夢卻有閹割創傷，將華族輸在政治權益競爭的起跑點，歸咎於太監的緣故──沒種！一個華族移民的光輝隱喻場景：鄭和下西洋，成了最形而下戲謔，擔負歷史的債務。整體的語言風格是有意將族群的結構性創傷埋伏在荒謬的情節與嘲謔的語調中。有趣的諷刺不純然出現在禁忌的話語。當主人公流放孤島，卻將號稱馬華文壇現代主義旗手溫任平的詩作名篇〈流放是一種傷〉的自我棄絕嘲弄為小說主人

---

[20] 只是大馬伊斯蘭發展局（JAKIM）已明文規定，凡異族皈依回教，改換的穆斯林姓名必須保留原有姓名的一部份以示區別。換言之，穆斯林彷彿有了階級之分，以保障土著權益。相應的也杜絕了技術派穆斯林的政治交換。

公以酸果自我炮製的湯水，那現代主義美學代換的創傷書寫，竟有了後現
代的消費──流放是一種湯。小說中意有所指的雙關語遊戲，表現的是文
人品味的冷筆及尖酸。但卻恰恰鋪陳了作者在文本裡外挑釁的質疑。這樣
的路數擺在中國現代文學的軸線上並不稀見，錢鍾書、老舍、吳組緗都有
不同層次的實踐。倒是放在邊緣書寫的馬華境域中，這狂歡般的書寫策略
正敞開別具出路的語言實踐。其實這在某個程度上轉化或虛級化了感時憂
國的餘緒，一個挑戰自我存在的文學實踐。那是投向他者，也反涉自我的
寓言體魅力。王德威形容黃錦樹小說背後詭異猙獰的笑聲，[21]其實正是憂患
的力道。

　　但如同苦行僧一般的流放者不必然是唯一的異教徒形象。在技術派穆
斯林當中，關於笑謔的穆斯林，那個命名象徵阿拉僕人的「Abdullah」，
卻在成為黃錦樹朋友後變成明裡暗裡被訕笑、嘲諷的符號「鴨都拉」。如
此別有用心的聯想，往往不是偶然，恰是這樣的轉折正好指向一個先天的
歷史現場的殘缺。收入在黃錦樹最新小說集《土與火》中的〈我的朋友鴨
都拉〉，[22]小說從生殖及口腔的性、食兩面，竭盡所能顯露了「慾求不滿」
的華裔商人走進穆斯林被配置的利益輸送帶後的種種可視為「症狀」的行
為。在享受現成的金錢利益外，伊斯蘭中禁忌的日常慾望竟暗地裡以是一
種掠食者的姿態反撲。小說語言誇張詼諧、竭盡搞笑之能事，譏諷了歸化
穆斯林的投機華裔商人荒唐的口腔及下半身的消耗。表面乍看被嘲笑的穆
斯林習俗，其實應該搭配更複雜的符號語義進行理解，進一步把握被恥笑
的「鴨都拉」其實是華裔的典型醜態。急功短視的華裔商人，附庸風雅與
食色慾求過度。「油膩」的華裔形象搭配「清新」的穆斯林及其背後的國
家機制（穆斯林在大馬本來就不僅止是單純的宗教徒意義），變成了荒謬
劇的搬演。所有的「笑」果，包括將女人陰毛種在光禿的腦袋植髮，卻長
了陰蝨。嫖妓、愛吃肉骨茶，對照穆斯林的戒律，所有的嘲謔都顯露之
極，卻隱約在背後印證了飽滿的喧囂。尤其以宗教包裹族群問題，將其覆
蓋為馬華生存的整體情境。大馬華人社會典型的耗費型華裔商人，卻錯入
體制意義下的穆斯林行列。當政治的護翼倒臺，自己也跟著陪葬。只是這

---

[21]　王德威：〈壞孩子黃錦樹〉，《由島至島》，頁11-35。
[22]　黃錦樹：〈我的朋友鴨都拉〉，《土與火》（台北：麥田，2005），頁61-76。

回的下場不是不通道的流放，卻是將技術性的通道者還原成為本能的慾求而死。這個鴨都拉豬腸肥腦的嘴臉，貫串小說形成主要的丑角，恰好可以比擬巴赫金揭示拉伯雷小說中的狂歡時空體。在禁忌中被壓抑的個體，轉喻為鴨都拉，卻成了狂歡者。只是鴨都拉的悲劇還延續到屍體的宿命，身軀的所有權與命名的意義早在對外的權力關係中被賣掉。而小說集中的修訂版本[23]在結尾處特別疊置了馬華新生代小說家賀淑芳的〈別再提起〉，如同續集的線索，持續搬演鴨都拉悲劇一生的下半場。黃錦樹的補充，正好說明兩則相關題材的文本，並置為華裔穆斯林寓言特質的一體兩面：前者狂歡笑謔，後者黑色幽默。

當然熟知黃錦樹論述脈絡的讀者，應該可以循線理解到小說內部的符號系統有其一貫關懷。扮演起寫作者的鴨都拉其實提出了馬華書寫的困局。該寫什麼，又不能寫什麼的困窘，已不是單純的文學問題。政治檢查或認可機制，往往是質疑作品的外在強力指標。小說中回答馬華作家可以考慮寫猩猩的台灣大師，彷彿讓我們看到黃錦樹藏身其後的鬼臉。這裡嘲諷不自覺就以指導姿態自居的中原心態作家或批評家，也凸顯著馬華寫作的兩難。結果無厘頭的答案卻是黃氏典型的玩笑，頗有意蘊的玩笑。

兩則不同的宗教寓言解讀面向，提醒著讀者在日常經驗內外可能的書寫。鴨都拉像鬧劇般的一生，其實為馬華文學量度出一個書寫的側面。聳動、禁忌的題材，搭配狂歡的語體，非日常經驗的書寫格式，為技術派的華裔穆斯林張羅了最形象、立體的形式。那以怪誕聯想，狂歡邏輯所宣洩的慾望，指向了生存情境。小說狂想成分中包含嫖妓也要染指三大種族，暗通了國家願景中的族群融合。不過由此怪誕邏輯推演的小說主人公，卻在黃錦樹搬弄的低級笑話中，以極具象徵寓意的狂歡姿態，連最後屍身的所有權都一併奉上空洞的國家宗教機器。生前費盡心機卻不知死後屍首葬身何處，隱然叩問著小說集《土與火》的馬來名稱「Tanah Melayu」（馬來之土）。無法入「土」為安，籠罩於華裔的生存情境。這樣的敘事必然會趨近於寓言，可能還是一種徒勞的歷史消耗。就此層面而言，黃錦樹的兩個宗教寓意文本，以碑石的起點為馬華文學開啟書寫的另一可能慾望窗口。

---

[23] 本篇小說最初發表於《香港文學》，第213期，2002年9月號，頁4-9。至於收入《土與火》後，小說在結尾處特別多加了一句，以回應賀淑芳的〈別再提起〉。

三、航向何方的中國性

　　歷史的災難與創傷總是幽靈般的穿梭在文學的實踐。那是本文著墨於馬華文學書寫中寓言體觀照的用意。相較於生逢亂世的馬華寫作先輩，他們直接觸碰的歷史現場給他們啟發的不盡然是文學的抵抗，卻是深沈的身份包袱與磨難。由此繼承而下的移民第二、第三代，在相對安穩的盛世，遠離動盪，卻在「偏安」的結構性危機中思慮寄託了自身及族裔的存在經驗。

　　相較於黃錦樹在其早年代表作〈魚骸〉[24]鋪張沈重濃鬱、魅影般的中國性，殺龜取甲，禱卜自瀆；既是驅力，也是慾力的化身。但在〈開往中國的慢船〉[25]留下的其實是一個寓意深遠的長鏡頭。坐在牛背上的小孩，面對的是暴動之後成堆留下的鮮血及屍體。回頭望向鏡頭的小孩，竟迎向了夕陽的餘暉。童稚的臉，反照了歷史的殘酷與慘烈。如同在越戰傷痕記憶中那張永遠的經典照片，全身赤裸的小女孩狂奔在逃難的路上，那哭喪的臉以最純真的孩童之眼照見了戰爭的無情與摧殘。最弱勢的孩童，竟在亂離中顛簸的孤身上路。小說言外之意指向的離散之路，其實斑斑血淚，卻往往是大變故後的無以復歸。恰如在童稚心靈烙印的傷痕。

　　但小說安排的寓意，恐怕不僅於此。那被南洋移民視作原初慾望的鄭和傳說，成了小說最具魅力的時間起點。故事從一艘傳聞鄭和遺留下的寶船說起，每十年搭載遲到的中國歸返者上船回家。偏偏搭乘的條件必須是十三歲以下的孩童。說故事的老者即興表演的章回，其實道破了南洋移民境域中如同原型般的歸返意象。鄭和下西洋的往返，都是移民流動的最大慾望場景。壯碩的南來意象，也是歸返的驅力。寶船的傳說頗具魅力，將敘事的意義網絡拉往寓言的框架。而往返十年的慢船，其實搭載的是每批歸返中國的遲到者。在移民的社會結構中，那總會是原初的慾望。但相對於先輩在時勢大變動前的即時歸返，晚一輩落地生根的後代，都註定了是中國寶船的遲到者。對於移民後裔而言，寶船的魅力如同遲到的中國性，這說故事者瞎掰的歸航中國夢，總讓移民後代顯得如此不合時宜。偏偏這只能是童稚的夢，錯過上船的十三歲年齡，就只能是永遠的遲到者，不復

---

[24] 黃錦樹：〈魚骸〉，收入《烏暗暝》，頁251-278。
[25] 黃錦樹：〈開往中國的慢船〉，收入《刻背》，頁245-266。

歸返，孤身走離散的路。於是「被遺留」潛藏在背後成了移民社會的精神狀態。棄置在歸返的斷裂，也徘徊於移民族群間的鴻溝。

　　但作者的企圖心，並不只在鋪陳一個華族的中國性意象。小說中名為鐵牛的男孩驅牛趕往搭船，途經的馬來村落及印度人社區，都是在地的遊歷。這一番遊歷見證了多元族群集居的風土民情，人情溫暖。小說的鏡頭卻巧妙地為種族衝突前夕小男孩的離家之旅，安排了一個意想不到的結局。小男孩抵達港口見到的竟是一艘斑駁的破船，在驚慌的失措中被不知名的馬來人家收養，成了「名正言順」的馬來之子——鴨都拉。從「鐵牛」變成「鴨都拉」，名字的轉換如物種交換。作者刻意以「鴨」耍玩諧音的滑稽名字，越顯交換機制的弔詭。但小說並不就此打住，而將敘事延伸到年長後的鴨都拉，始終沒能忘懷當年的搭船之夢。鴨都拉追尋到港口，卻在輾轉的飄泊流離經驗中，因喫食紅毛丹噎住陷入昏迷。醒來的鴨都拉彷彿失落了這些年的記憶與經歷，卻時空錯亂的遇上了跟自己同名的十九世紀初從新加坡遊歷到吉蘭丹的「現代馬來文學之父」文西·鴨都拉（Munsyi Abdullah，1796-1854）。這裡插入的馬來文學經典人物，其實點出了小說開篇節引自《阿都拉遊記·吉蘭丹篇》（Kisah Pelayaran Abdullah Ke Kelantan）的馬來文字。文西·鴨都拉的吉蘭丹之旅，就是為了傳達信件給當地的拉惹（Raja，統治者）要求保護當地的華裔商船。兩人的行旅皆因「船」而起，但從鄭和遺留的寶船延伸到海洋貿易的華商大帆船，其實反證了流寓、移民的傳統繼往開來，絡繹不絕。無論就貿易還是文化而言，顯然都是離境的。而小男孩的離散之旅，終究落實為改了名的土地之子。這乍看流動的終點，卻隱藏新的問題。小男孩不純正的血統，其實如同阿拉伯及淡米爾混血後裔的文西·鴨都拉。小說安排他們跨時空相見，是如此反諷卻據實的指稱了一個移民構成的馬來半島社會。所謂的土地之子，都是外來移民。[26]有趣的是，成年後的文西·鴨都拉已處在英殖民時代，他掌握多種語言，擔任過英殖民者的翻譯和馬來語家庭教師，他的寫作針貶時弊，對馬來封建社會和馬來民族性多所批評，展現了西方思想文

---

[26] 這裡隱藏的脈絡是土地之子（bumiputra）長期成為馬來民族自我宣稱的尊貴血統與階級，其還原一切族群政治的根本，那不證自明的優越地位，成為制訂國家憲法和民生政策的重要指標。這一套訴諸天賦的馬來民族地位論，奠定了馬來民族不容挑戰和優先照顧的位置。

化的影響。然而，這位生存於舊時代與新思潮夾縫中的知識份子，體現著西方現代性與伊斯蘭文化交織的人格特質，卻同時在馬來文學史內備受爭議。馬來學界爭論鴨都拉的文學史定位所引出馬來傳統文明與西方異質文化的角力，恰恰點出了異文化影響馬來半島的歷史事實，卻又無法擺脫伊斯蘭傳統的馬來民族立場。[27]儘管如此，文西‧鴨都拉的著作終究成了馬來文學的正典。而小說中鐵牛改名而成的鴨都拉，凸顯了異族和異文化在此國度內潛在的憂患，但作為混血後裔的的鴨都拉，不禁令讀者反思這會不會是作者暗示「馬華」的一種出路？

但小說的歷史鏡頭一樣可以做另一番的想像。那面向屍體堆積如山的男孩，在夕陽餘暉的金光下，彷彿是天使的化身。那是班雅明最常被引用的，借自德國藝術家保羅‧克利（Paul Klee）畫作《天使》隱喻的歷史殘骸與劫難。在班雅明的歷史視野中，文明的進程總是創傷體驗的歷史。文明浩劫的可能救贖是彌賽亞主義中天啟式的摧毀，將希望寄託未來。[28]班雅明的歷史批判不是此處申論的重點，但文明進化所同時蘊含的荒蕪感及廢墟意識，為亂離生存經驗描述了歷史語境。小說指陳的歷史裂痕，可以將天使代換為相對純真的離散主體。那來自天堂的現代性風暴，颳向進退失據的移民後裔。走向離散飄泊之途的孩童將被吹向何方？正面照會的歷史浩劫，好比小說一筆帶過的「五一三暴動」。如此輕描淡寫卻烙印為離散時序結構的一部份。這反覆堆積的重層歷史傷痕，是離散敘事者逼視的現實。他意圖抓住些什麼，但那背對的未來，潛藏的幽暗情懷中國性卻在質問航向何方？那也許將是歷史無意識的深處。一個不可觸的未來。

黃錦樹長期對中國性議題多所思考與辯證。但我們將目光投向另一批華裔臉孔、膚色，卻沒有文化包袱的群體，卻可能有另一層的思索。荷蘭籍的印尼華裔學者洪美恩（Ien Ang）在論及「不能說中國話」的華裔群體時，宣稱「不論在中國境內境外，中國性的意義都不是固定不變與先驗賜

---

[27] 關於馬來學界對Munsyi Abdullah的討論，參考莊華興：〈馬華新文學的起源：論爭與隱義〉，《伊的故事：馬來新文學研究》（吉隆坡：有人，2005），頁1-10。
[28] 關於班雅明的歷史理論，可參考瓦爾特‧本雅明（Benjamin, Walter）著：《德國悲劇的起源》。

予的範疇,而是持續不斷協商與表述的結果。」[29]這番表述的意義,指稱了
跨國離散華人自我認同與定位的彈性結構。然而那總是政治的結構。

從印尼到荷蘭到澳洲,洪美恩的跨國流動與離散身份,讓其體認自
我身份認同與被認同的曖昧與複雜。對於同屬「不能說中國話」的一
員,她簡短的宣稱「如果我無以迴避中國人的血統,那我只是偶爾接受
中國人為自我認同」(If I am inescapably Chinese by descent,I am only
sometimes Chinese by consent.)[30]卻饒富趣味。這凸顯了離散華人自我
定義的政治性權宜考量。但這一宣示的反面,卻也凸顯了族群被定義的
政治現實。族群屬性的被描述,揭示了政治現實的策略性需求。如此一
來,離散華人就中國性的認同與追尋,可以是族群政治環境中戰略性的
自我表述,但也是相應被拒斥的他者。這矛盾與迴旋的空間,指向政治
範疇,卻也同時為敘事者內化為自我寓言的部分。「開往中國的慢船」被
張貴興解讀為「離開中國的慢船」[31],難免不是複述了虛實鴨都拉相見的
場景。那彷彿預言般的碰面,卻寓意了新一代的鴨都拉隨時粉墨登場。只
是這永遠搭不上船的鴨都拉會不會是下一個未來的馬來文學之父或馬華文
學之父,則是歷史的未知。

四、結語

本文以寓言體敘事觀察黃錦樹的三個短篇小說,主要是希望藉此探究
寓言的審美效力,對於呈顯馬華文學在族群政治條件下文學生產的意識型
態的合理性與合法性。換言之,寓言體的選擇固然是作者的美學手段,但
敘事上的族群階級、歷史傷痕、華族意象、馬來霸權等等周邊架構,其實
都將文學的生產指向特定歷史時期的具體精神與哲學。寓言理解下的馬華
書寫,探究的不僅是反思歷史與族群際遇的方法,而在表意結構上,寓言

---

[29] Ien Ang, *On Not Speaking Chinese: Living between Asia and the West* (London and New York:Routledge,2001) 25.

[30] Ien Ang, *On Not Speaking Chinese: Living between Asia and the West* (London and New York: Routledge,2001) 27.

[31] 張貴興:〈離開中國的慢船〉,《中央日報・副刊》,2001年12月10日。

更揭示了在歷史實踐中敘事主體遭遇的日常結構性壓迫與排拒。這也正是黃錦樹的三個小說案例提示寓言理解的可能，並從不同的極端面向，敞開寓言體敘事作為理解馬華寫作的歷史與文化鴻溝。從宗教律令彪悍暴力的將「馬華」他者化，到原初幽暗的中國性追尋及辯證，兩面的極端都症候式的將「馬華」投置到無法言盡的書寫位置與心態，當然也是馬華文學的慾望空間。如何理解歷史及深入傷痕體驗，無異成為了「馬華」透過敘事賦形而難以迴避的部分。離散華人在時空流動意義下的認同、憂患、抗衡及疑慮，訴諸文學表述，其實很貼近於班雅明所強調的敘事者，那「有能力以敘事的細火，將其生命之燃燒殆盡的人」[32]。固然本文的初衷並非為馬華文學做普遍性的全面寓言體描述，但堅持跟歷史對話的黃錦樹，確實是馬華文學中那守護著幽暗燭火發出的光暈的說故事者。

---

[32] 班雅明（Walter Benjamin）著，林志明譯：《說故事的人》（台北：台灣攝影工作室，1998年），頁48。

馬華七字輩詩人的後現代／消費美學：
都市、商品、認同、主體性

張光達

前言

　　馬華文學界在一九八三年的一部散文選集《黃色潛水艇》中，首次採用「六字輩人物」一詞來指稱一九六〇年到一九六九年間出生的創作者。後來這個斷代法不斷被報章副刊或文學雜誌引用，沿用至今已經成了文學世代劃分的特定馬華文學詞彙，而且以十年為一字輩的世代劃分對於服膺傳統線性時間觀念的史學家來說，恐怕更早已具有濃厚的文學史意義。就文學史建構的角度而言，史學家對每一個世代或斷代的作家的整體作品風格樣貌貼上某個共同的標誌和標籤，來分門別類是很平常的事，一來史學家可以藉此合理化他們歸納某個時代或時期的作品的趨勢走向和關懷面向，二來可以方便他們面對複雜多元的作品時作出化約權宜的價值判斷。「字輩斷代法」無疑可以輕易被利用來進行十年為一代的簡化的文學史論述和文本闡釋，問題在於，論述者往往只強調那個斷代或世代裡幾個較鮮明的文學現象和文字風格，或一味凸顯那些坐擁強大文化資源的作者群，造成其他流派與特色的文學容易被忽略和遺忘，因此無法彰顯出文學史繁複深刻的面貌。但是如果放大討論範圍來看，這個文學斷代的世代劃分和文學史局限也不僅限於「字輩斷代法」，而是任何採用線性時間史觀來討論文學史的史學家都會面對的局限和盲點。本文意識到這個斷代法劃分的意義和局限，雖然在論述中基本上仍沿用它來檢視和探討某個字輩的詩人的作品特色和特定主題，但要格外指出的是，本文作者並不打算宣稱這些

特色和主題形成這個世代的詩文本的總體成績和面向，而是一個有待開放不斷修正的論述場域。[1]

　　所謂馬華七字輩詩人，指的是一群在馬來西亞華文刊物和文學園地發表詩作或結集詩集的一九七〇年至一九七九年間出生的年輕詩人，這個世代的詩人群除了指那些在本地土生土長的詩作者（人數最多），還包括了旅居海外如臺灣中國等地常把詩作寄回馬來西亞發表的詩人，及從這些海外國家回流或回歸馬來西亞的詩作者。本文鎖定這個世代的詩人和他（她）們的詩作取樣的探討分析，主要檢視和檢驗這些詩人身處後現代時期一個普遍的書寫場域，即馬華七字輩詩人的書寫文本中的後現代性、消費敘事與文化認同。論文分為兩個部份，第一個部份探討馬華七字輩詩人文本中的後現代性，即後現代時期中的消費美學與都市思考，指出這些詩文本既源自馬華當代生活語境，也深深被籠罩在全球化的後現代情境與都市文化當中，在其中詩人藉詩展示了一個超越現實體制到後現代感官主體的消費（慾望）認同的思考／書寫模式。第二個部份則探討後現代時期馬華七字輩詩人文本中的商品認同與文化想像的焦慮／遊移／再定位，詩人深入觸探城市邊緣和隱匿疆域，尋找與縫補城市歷史文化的遺漏和殘缺之處，其中詩人的感官慾望與族群共用的歷史記憶在多重的交互感應狀態下，不斷滑動與轉換為後現代時期一種混雜、不穩定、流動多變的認同想像與主體性。

　　本文以馬華七字輩詩人的詩文本為論述對象，時間上以二〇〇〇年之後發表在馬來西亞兩大報的文學副刊、及收錄在詩集、詩選、文學刊物的作品為主，一個最根本的原因是藉馬華七字輩詩人的文本主題與思考，展示一個從馬華後現代性中的消費敘事與商品文化的感官主體和慾望想像，到後現代都市文化中的認同想像、文化記憶與主體意識的後殖民書寫領域。這群在後五一三時代出生的馬華新世代詩人，皆成長與生活於上個世

---

[1]　比如陳大為編《馬華當代詩選1990-1994》的序中說：「字輩斷代法已成為馬華文學的特色（如同中國文學史以朝代斷代），它讓讀者能更有效地檢視各世代的創作情況，以及語言風格和題材的差異性。草創之初，它並不具有任何文學史的意義，只是一個特定創作群的稱謂，但隨著大馬本土七字輩的後現代風格逐漸成形，以及六字輩的後續風格發展，跟五字輩以上的現實主義拉開了距離。於是字輩便成為籠統的風格指標。當然彼此間難免有相互滲透之處。」有關論點參見陳大為編《馬華當代詩選1990-1994》，臺北：文史哲出版社，1995，頁9。

紀末的約十年間，正是馬來西亞國家社會邁入資訊數碼時代、後工業消費社會階段的關鍵時期，本篇論文藉此一探他（她）們的詩文本中對這個後現代現象或都市消費文化的反映或互動場域的觀察與思考，讀者將會在本文論述的開展與引詩的辯證中發現它們彼此間的混雜交融，難解難分的程度甚至不允許我們作出簡化的判斷區分。透過本文以下的論述建構和詩作取樣，我們當可檢視這群新世代的「馬華七字輩詩人」在這個書寫場域裡的深刻思考或力有未逮之處。

一、馬華後現代性中的消費美學與都市思考

在還沒有進入更細緻的解讀馬華七字輩詩人的詩作之前，且讓我們來看看當代後現代性（postmodernity）對現代生活的影響和意義。後現代性通常用來指稱社會發展的某個階段或條件，理論家普遍認為在一九八〇年代過後，資本主義體系起了極大的轉變，西方國家邁入「後工業社會」（post-industrial society），傳統服務業和消費體系開始式微，新的消費與服務業靠全球化和跨國資本主義興起，西方的生產消費體系結合科技、電腦、媒體、資訊的日新月異發展和跨國流通散播，因此它所帶來的影響不僅是西方自身，而是全球性的問題。西方後工業社會透過這個資訊景觀、電腦網路系統、跨國資本主義，造成全球一種（包括西方和東方）文化形式的普及化與商品化現象或情境，這個上個世紀末的全球性文化情境統稱為「後現代性」或「後現代情境」。因此當西方國家的社會體系依靠跨國資本主義和文化形式席捲全球，「後現代性」便是在這種情形下開始進駐東方或第三世界國家，尤其是這些國家的大型都市社會，產生了跨國文化形式與地方族群生態聯結或協商的消費系統和社會整合，形成後現代時期的東方社會一項鮮明的特色。這個跨國資本的全球經濟再結構對東方國家所帶來的社會變遷，都市文化面臨全球化的進一步深化，在此一過程中，文化形式透過電子資訊、電腦網路、跨國資本、商業消費體系，以幾乎零時差的速度製造及傳送到世界每一個國家的邊界。這種在全球尺度上重組的文化經驗和都市感受，最直接的影響是形成了城市角色的增強，伴隨著

區域經濟與都市空間的再結構過程,地方傳統產業退位,八〇年代過後第三世界如馬來西亞的大城市也隨著這一波的跨國文化和後資本體系的強化,因此浮現了一種新的都市意識形態(new urbanism),都市的新主體中等階級族群吸納了「生活風格」(life style)的種種消費活動和生產。後現代情境中的東方社會和城市越來越扮演著商品化的新消費主義和(後)現代美學形式。

後現代情境的來臨,或全球性籠罩之下的馬來西亞社會城市的後現代現象,尤其是後工業社會、資訊社會和跨國資本主義的普及化,無疑造成城市裡的現代人或「每個人」(everybody)的生活方式和思想邏輯起了很大的變化,現代性話語所追求的理性自律和穩定文化結構開始被質疑、被提問、被解構、甚至受到動搖與顛覆。正是在這個意義和基礎上,成長生活在這樣一個後現代情境中的馬華七字輩詩人,透過詩文本來審視(後)現代社會的種種現象或異象,質疑了建立在現代性話語基礎上的生活狀態和思考邏輯的合理性,有別於馬華前行代詩人對傳統社會的緬懷和感傷,及中年一代詩人慣常集體性的社會亂象控訴和政治感慨,這些七字輩詩人的詩文本更多表現的是一種冷靜自在的語調。

面對城市生活的冷酷荒誕、歷史理性的瓦解、資訊社會的瞬息萬變,以及後現代情境中的未可知局面,黃惠婉(1976～)在〈嘔吐是為了繼續溫飽〉一詩中雖然以生活在都市中的「我們」來思考這個後現代性的問題,但全詩的語調卻是冷靜節制的,身為現代都市人的「我們」幾乎沒有任何一句控訴責難,她只是靜靜的對城市生活和後現代現象敘述她個人的看法,那些我們常在現代主義詩或馬華中年一代詩人的詩作裡作出都市吞噬自然破壞文明的嚴厲指控不復看見。對歷史理性的虛假承諾的揚棄和宣告結束顯得果斷,對未來現象語調有一點點遲疑,卻又在行文中顯得那麼理所當然迎上前去:

　　那年　我們開始背叛重量
　　企圖以拋物線的弧度升空
　　我們務必冒險　雖知墜落是必然的
　　但頂點是無法預知的

> 也不知會拋得多遠
> 只有使盡全力的　拋
>
> 企圖拋離歷史的引力　揮別大地
> 像在汽水中爭先恐後的氣泡
> 努力成為天使　或一隻沒有嘴的貓
> 輕盈是大家努力的目的
> 無論是軀體還是靈魂[2]

　　生活在高樓大廈林立的詩人接著便觀察和敘述這個都市高度現代化的重要表徵，一座座都市的鋼骨水泥，一個個高聳入雲的商業大廈和住宅公寓，構成天際線最奪目和強勢的象徵，而生活在這個天際線底下的都市人與社會網絡，在詩人眼中形成了一個奇異的景觀：

> 持續昇空　就必須繼續膨脹
> 從此　一座座大廈聳立
> 日以繼夜的勃起　早洩　高潮
> 在城市的腸胃中消化一百零一個童話[3]

　　高聳入雲的摩天大樓和商業大廈，是馬華七字輩詩人普遍對都市現代化的體認，集體表現為筆下的普遍性的象徵符號，如果循著以往的現代主義書寫意識，勢必構成一種書寫模式，即一種負面的都市批判意識在主導詩人整個的思考方向和視野，把筆下或眼前的高樓大廈描寫狀似人類文明的腐敗墮落，形成現代物質文明的陰暗面。然而，當我們深入探討這個都市文明的形象表徵之後，我們當會發現在這些紛亂雜陳的現象之中，強行套用一個光明／黑暗二分法的批判書寫模式，來作出對這個時代的嚴厲控訴，是過度簡化和粗暴的看待（更不用說透視）後現代現象中複雜多層次的意義。然而，生活於後現代情境中的馬華新世代詩人黃惠婉，雖然在這

---

[2]　龔萬輝編《有本詩集：22詩人自選》，吉隆坡：有人出版社，2003，頁165。
[3]　同上。

首詩中對都市文化現象有所質疑和調侃，但是詩句中透露更多的毋寧是一種警覺和反思的語調，詩人沒有對之採取強烈的批判和譴責，她只是平靜的敘述都市生活的外在現象與內在機理（text／texture）的互動意義。這個都市生活的方方面面，如果只一味對都市文明現象作出批判和強烈責難，是很容易被詩人忽略掉它的存在意義和深刻的意識形態作用，黃惠婉的詩成功避開了這一點。

如同上引詩句中的「在城市的腸胃中消化一百零一個童話」，從都市現象到城市消費（消化），這裡詩人很機敏的成功結合了當代都市文明與消費文化兩者間最複雜纏繞的重大議題。黃惠婉如是寫都市與消費的普遍現象：

　　在城市的腸胃中消化一百零一個童話
　　除了將肚子撐得過脹而嘔吐
　　便是習慣性的便秘
　　而在營養過剩的軀體裡　　只剩
　　漢堡的脂肪與汽水的　　呃[4]

這個都市大廈的「器臟化」書寫模式，根據陳大為的說法，源頭承襲自臺灣詩人林群盛的〈那棟大廈啊……〉，而馬華六字輩詩人呂育陶根據這個創意基礎寫下〈G公寓〉，徹底將整個都市「器臟化」[5]，而黃惠婉在此詩中更進一步把整個都市現象「器臟化」的同時，也徹底把它「消費化」了。換句話說，我們可以從詩人對現代都市文明的體認作出如下簡述：都市＝大廈＝公寓＝器臟＝消費＝都市，如此循環往復，互為表裡，在都市物質文明的演變機制當中，消費在其中參與了很大的作用，任何對消費的複雜機制現象存而不論或視而不見的都市文明與後現代文化的批判者，是永遠註定進入不了都市問題意識的深層核心。詩人洞悉都市文明的弊病：嘔吐、便秘、營養過剩，婉轉告訴我們一個封閉和壓抑的現代

---

[4]　同上。
[5]　有關都市「器臟化」的論點參見陳大為《亞洲中文現代詩的都市書寫1980-1999》，臺北：萬卷樓圖書，2001，頁174-176、200-201。

體制、個體充滿心理互動的主體意識，但整個互動過程當中的關鍵字是消費，消費作為日常生活主要的實踐之一，作為（後）資本主義流行進步的現代化指標，經由商品消費所進行的意義產製自然深刻影響都市人的建構自我認同，作為都市文化中的後現代感官主體的消費意識，它還能在馬華新世代詩人眼中或筆下開展出什麼樣的互動心理現象？

另一個馬華七字輩詩人駱雨慧（1979～）的短詩〈早餐的聯想〉由現代都市人的早餐消費習性的角度聯想起，轉折切入對都市大廈文明的欲迎還拒心理，以及對傳統文化凋零失落的指認：

> 兩片吐司一杯麥片一張趕時的嘴
> 放進齒輪裡攪拌、磨碎
> 再現——
> 可能已是一叢小草一株木槿一棵
> 高聳入雲的龍腦香
> 像吉隆坡塔
> 冷漠佇立
> 鳥瞰茨廠街的
> 一些螞蟻正捍衛著
> 文化的一些尊嚴[6]

與黃惠婉詩從都市的器臟化聯想到消費形態剛好相反，駱雨慧從飲食的消費聯想到都市文化的冷漠和城市硬體建設的巨大孤傲，這裡駱雨慧很傳神的用都市人的早餐飲食（速食）消費習慣來表達後現代時期的一種生活方式，在一切講求速度趕時間一再重複動作的現代都市人眼中，這一切都顯得那麼淡漠、被動無力，但是觀察敏銳的詩人終究是會透過一些她身邊腳下的對象來反思，再現冷漠封閉的高樓大廈的面貌的同時，也替被動的情境注入一些互動的可能性和可行性，讓我們看到現代都市人的文明生活無論有多無聊冷漠，其中也有對生活事件與傳統文化的執著和省思。

---

[6]　《星洲日報・文藝春秋》，2002年2月10日。

在吃早餐的詩人或現代都市人,對整個城市空間來說自然顯得微不足
道,可平行於詩人腳下渺小的小草花樹,對照於高聳入雲的吉隆坡都市象
徵——吉隆坡塔,又是一個強弱懸殊的強烈對比,最後詩人以螞蟻來捍衛
傳統文化的尊嚴為詩的結束,頗具創意。螞蟻的渺小體形,捍衛的卻是沉
重無比的文化尊嚴,以小見大,頗有捨我取誰的感慨氣勢,對照現代都市
人面對城市大廈體制的被動,這裡詩人有意翻轉這個被動的局面,現代都
市人不妨在享用有限的社會資源的同時,也可以是文化尊嚴的捍衛者,在
社會體制內思考如何突圍文明的困境、文化的沒落。這個後現代城市主體
對當代社會的(有限)文化資源和消費意識的自覺,往往成為馬華七字輩
詩人生活中的一種思考方式,曾翎龍(1976~)在〈有人〉一詩中說:

> 默默注視一杯啤酒
> 昇起泡沫,我瞭解
> 事情的沉澱
> 本質[7]

　　他在一座城市平靜的生活,無論是不能忍受的欺壓、不該錯過的事
情,或總是重複的生命,這一切詩人都將會慢慢習慣,甚至從中發現生活
裡一些平凡事物的意義:「美好的星期六,近午/你被時間之軸推了/一
下,走到我的影子上面/和它重疊。我不能忍受的/欺壓方式,會慢慢
習慣/駕著車,一樣的風景/發現前面的車掛著/意義的車牌。」[8]這首
詩的敘述語言遠離激烈的不滿和控訴,無論是對現代城市的失望或無聊感
受,如同詩人最終對現代生活的平靜接受和習慣方式,整首詩的語調相當
冷靜節制,在生活化口語化的詩裡行間,時時見出詩人對生活現象的自覺
和省思。
　　另外一個新世代詩人翁弦尉(1973~)的〈動地吟,在太平洋大廈〉
一詩,在大量商品消費商業表演中,詩人更加迫切渴望加強詩歌同這個時
代的生存境況的聯繫:

---

[7]　龔萬輝編:《有本詩集:22詩人自選》,吉隆坡:有人出版社,2003,頁136。
[8]　同上,頁137。

　　走進太平洋大廈

　　聽見詩人與雷射唱片的爭吵聲

　　落選的十大歌星

　　吟唱與爆炸的蒙太奇混合高科技音響大雜燴合唱

　　正版的詩人

　　無人問津的假寐持續著價目十八塊

　　翻版的KEANU REEVES一再的闖入

　　盜播的THE MATRIX再而三的FORWARD

　　他們用MTV

　　播映你的顫抖和肉體朗誦的F大調

　　用私人的隱形眼鏡偷拍你的德行

　　用涉及手淫的鏡子放映你的青春[9]

　　這首詩在敘述者一再重複消費社會的軟性娛樂雜碎意義中，面對商品消費排山倒海無所不在，對比堅持吟唱詩人的微弱呼聲，顯得那麼不合時宜困難重重，但同時書寫主體卻也在詩的附記裡暗示文學藝術在後現代消費社會中的轉機，出現了可以產生詩歌與這個時代生活互動的期待視野。

　　後工業社會的跨國資本主義和消費文化，它所造成的影響是全球性的，商品消費的滲透力無孔不入，對現代人的生活習慣和文化語境產生全面而持久的影響力量，西方論者甚至把後現代時期的都市社會結構稱為「消費社會」（consumer society），如同翁弦尉上引詩中的太平洋商業大廈，簡直就是一座消費社會的縮影。後現代主體的消費性格也被社會脈絡化，影響和改變了個人的傳統文化屬性與現代生活方式，直接對主體的身份認同帶來危機，前者如上引駱雨慧的〈早餐的聯想〉對傳統文化凋零的反思和捍衛，後者如曾翎龍詩〈有人〉中詩人對現代生活的省思和接受（或忍受），及翁弦尉〈動地吟，在太平洋大廈〉中思考詩歌藝術對後現代情境的堅持和轉機。馬華七字輩詩人並沒有消極的看待後現代情境，也

---

[9]　《南洋商報‧南洋文藝》，2000年2月15日。

沒有完全被動接受或放棄思考身處後現代時期的的種種文化現象和社會異象，一些新世代詩人採取積極的態度來探討和書寫馬華後現代性，通過解讀後現代社會的種種意義（或沒有意義），卻不無弔詭地得以質疑和暴露出現代性所許諾的邏輯理性和幸福生活形態的虛假謊言，並試圖從文本解構中解放了個人在現實體制中的種種壓抑和自我的局限。比如駱雨慧的〈網絡情書2000：我愛你〉一詩，通過後現代的電腦網路系統的無遠弗屆，詩人直接以電腦指令程式概括了後現代社會生活的工具理性對感性話語的統攝，及調侃後現代主體的心理失序：

> 這次所追求的是連鎖的傷害
> 無需負責版權與人權的關係
> 愛你就是如此的不成道理
> 霸道的蟹字寫在空白的螢幕上
> 隱藏著一種肉眼所無法察覺的傷害
> 「Love-Letter-For-You.txt.vbs」
> 一種高危險度的迅息
> 在這個城市裡慢慢地蔓延
> 告訴每一個為了生活而失去愛的你
> 是時候為愛付出代價了
>
> 這個城市或許少了一些愛的生氣
> 因此駭客虛擬了許多羅曼蒂克的假象
> 帶領你我進入塵埃的蜃樓
> 刺激一下麻木冷淡的神經線
> 原來那只是一場謊言與愚弄
> 愛過就知道口袋的痛
> 在這個講求物質的年代[10]

---

[10] 《星洲日報・文藝春秋》，2000年5月21日。

　　雖然這首詩的遣詞用字有不少拖泥帶水的弊病，但是它卻很敏銳深刻的道出後現代主體過度依賴電腦網絡的負面意義，高度講究物質消費年代的無可迴避，及現代主體的理性自律的全面瓦解：「原來是你我之間的承諾／不知何時變成了一種毒素／愛的元素已隨著時間而變／就像我們之間貶值的愛／很難再在心中標到很高的價值……」[11]。在這樣的電腦語言的操作法則下，整首詩的語言和情感遂變得空洞瑣碎，語言文字的口語化和通俗化更加深化了後現代主體的感受和意義的空洞破碎。後現代主體面對電腦網絡機制的電子／語言交流方式，促成了語言的徹底重構（重寫），這種重構把主體建構在理性自律的模式之外，在這裡人們所熟知的現代性理性自律體制，在瓦解的同時，被後現代的電子消費文化轉換成一個不穩定性、去中心、不斷嬉戲質疑的身份運作的主體。

　　在電腦語言程式和網絡系統的操作下，符徵與符旨完全背離，成為兩者無從指涉的意義對象物。處在後工業、後資本主義以及高科技資訊的後現代電子影像階段，新的文化秩序和現實物象都是依靠電子影像語言所建構（或複製）出來的現實組成，它比其所指涉的客體事物還要真實，這個現象屬於一種仿像（simulacrum），一個沒有原作，沒有客體指涉物的拷貝，將原本只處理具體和實質的城市空間摻入了布希亞（Jean Baudrillard）眼中的後現代文化的新秩序——超真實（hyperreality）。[12]電腦網絡如同一張巨大的網，掀天蓋地的籠罩每一個現代人的生活，現代人的思維不斷被資訊影像媒體所感染，遂產生了個人視野與公共場域重疊不分的灰色地帶，這個灰色地帶正是後現代影像媒體所建構的客體現實，它足以模糊掉人性（或曰現代理性）與物化／商品化／異化的分野界線。因此從這個角度來理解駱雨慧的詩，她讓我們看到後現代時期一個全球性具有普遍意義的重大議題：現代理性的謊言和虛假承諾，後現代情境的危險性，以及後現代性和商品化的社會所潛藏的挑戰性。

　　如果說翁弦尉念茲在茲的是加強詩歌與後現代消費都市的聯繫，以便詩人（現代人）能夠反思現代生活中種種消費的意義和亂象，在都市中

---

[11] 同上。
[12] 高科技資訊網絡無孔不入地滲透到現實世界的每一階層和角落的都市社會中，深深影響了我們所習以為常的公共／私密的截然劃分、現實空間／擬真空間的截然區分，迫使我們必須重新思考什麼是「現實」，或傳統觀念中的現實都得重新定位。

做一個清醒的後現代思考者，而駱雨慧則透過一則全球性的電腦病毒散播的新聞事件，實則以一個新世代詩人的視野探討了理性自律在後現代社會裡受到空前的挑戰，改變了我們思考主體的方式，在其中電子網路文化促成了個體的不穩定性身份，或促成了個體多重流動身份形成的「虛擬社群」（virtual community）。[13]那麼另外一些七字輩詩人則坦然面對當代社會體制和消費形態，他們生活在其中，除了觀察和記錄，他們也主動參與了都市的消費機制，他們筆下的現代人不只認同這個消費體制，並且意識到自身就是消費主體，呈現了具體細膩的後現代感官主體及消費形態。在後資本主義的消費社會中，凡事都強調流行消費導向，影像媒體藉後工業都市社會的機制運作，徹底改變了現代人的生活方式和消費習慣。現代人的生活方式可以從他們最表層的服裝衣飾來呈現，於是我們讀到謝偉倫（1976～）的〈裝飾男子〉一詩，他為現代都市裡的青少年勾勒出一幅鮮明生動的輪廓，外表與內心的交替浮現，詩句中盡是都市青少年對消費性格的擁抱和耽溺，在青少年華麗裝飾的表層上有淺薄的不安疑惑，但很快就被流暢自然的生活口語化的語言節奏掩蔽了。謝偉倫對現代青少年的身體裝飾和隱約的感官情慾感受令人印象深刻：

> 耳環在左耳垂上閃耀著迷惑的光
> 我聽到這些光在黑夜中呻吟
> 嘴上的青色小髭全趴下隱藏
> 領口，一串金色的項鏈爬出來
> 卻跌落在陽光的陷阱裡
>
> 我的手腕上還有一條銀色的鏈子
> 已經開始抗拒光的誘惑
> 我身體內的那棵樹投下陰影

---

[13] 有關「虛擬社群」一語見萊恩格爾德（Howard Rheingold）的評論：「我相信虛擬社群部份地回應著人們隨傳統社群的崩解而來對社群的渴望。」萊恩格爾德論文〈我虛擬社群中的生活部份〉（A Slice of Life in my Virtual Community），收入Linda Harasim 編 *Global Networks: Computers and International Communication*, Cambridge MA: MIT University Press, 1993, pp.61-62。

> 讓我的牛仔褲上撕裂的傷口
>
> 成為我身上最貧窮的裝飾[14]

這個消費主體的身體商品化現象，具體呈現了後現代時期的社會現象，誠如美國藝術史學家哈蘭德Anne Hollander所言：衣服即是社會現象，服裝文化即是社會文化。[15]詩人筆下的後現代感官主體和商品化身體的疊合——「現代人的商品拜物」（men's commodity fetishism）與「現代人作為商品的拜物」（man as commodity fetishism）的身體與商品的身份轉換，成為後資本消費社會裡最常見的消費者／商品互相滲透互相轉換互相遊移的流動性的多重身份。這種耽溺或遊動於多重身份的分裂與疊合的處世態度和情慾感受，在全球後現代的文化影像內爆（implosion）的時代，細膩而深刻地寫出後現代消費社會中青少年對流行時尚和這個時代的互動模式，及其幽微心理的主體意識。如同布希亞所指出的，商品並非藉由他們在社會實踐秩序中的功能位置，而是因其符號價值產生意義，當我們購買此系統的一部分時（這裡是流行衣飾），其實就是買下了此象徵系統的全部，或曰買下了一種生活風格。在這樣的思考脈絡下，布希亞認為後現代社會的主體認同，符號的消費已經取代了商品的消費，他因此論證道：「意義的源頭從來不曾在主觀（將自主性和意識設定於優位）的關係間，和以理性目標所生產的物品中覓得——亦即，更正確的說法，經濟關係藉由選擇和計算而理性化。相反地意義的源頭是透過符碼的系統化被覓得（相對於私人的計算），一個截然不同的結構構成了社會關係和主體等。」[16]因此衣飾商品作為後現代消費的對象，自由地透過符號系統和感官自主的解放一再被主體型塑和建構。

在翁弦尉的〈動地吟，在太平洋大廈〉一詩中，詩人猶在以微弱的呼聲來抵抗消費文化的強大力量，及企圖喚醒現代人處身後現代的異化／物化世界的生活方式，而謝偉倫的〈裝飾男子〉則悠然自得地為這個世代的

---

[14] 《星洲日報·文藝春秋》，2000年8月13日。

[15] 見哈蘭德（Anne Hollander），楊慧中、林芳瑜譯：《時裝·性·男女》（*Sex and Suit*），臺北：聯經出版社，1997，頁2。

[16] Jean Baudrillard, *For a Critique of the Political Economy of the Sign*, St. Louis, MO: Telos, 1981, p.75.

都市青少年描繪出一幅圖像——身份與身體的商業化結合，觸探物質慾望的身體意識。然而這種情形在另一個七字輩詩人木焱（1976～）的詩〈辦公室〉筆下，詩人坐在現代大廈的辦公室內，後現代的電子資訊系統漫天蓋地般圍繞著他，詩人面對現實世界與電腦網路的擬像世界相互建構的現代（辦公室）生活，已經分不清兩者的實際界線／限，這個情形如同布希亞的影像理論所言，後現代的特徵正在於由「再現」（representation）秩序（以主體意識為中心的再現系統）過渡到「擬仿」（simulation）秩序（擬仿機器、電腦、影像的自主性運作機制，無源起、無意義、無指涉物）：「由擬仿所產生的真實是沒有源起，沒有真實的真實。」[17]這個超真實（hyperreality）所帶來的赤裸呈現，將深度、內在思考、主體意識都帶到過度曝光的表面：

> 你把電話捻熄
> 疼痛的天際傳來咳嗽聲
> 鬈曲的髮
> 飄著夢裡的海鹽味
> 一封email躍進你的搖籃
> 是拾荒的詩人
> 組裝好的玩具嗎
> 你循著字距間的青草
> 捕抓跳過的蚱蜢
> 時針突然把你擊倒
> 躺在獨角獸的競技場
> 稍微抬頭
> 掛鐘就浮現在漏電
> 的電腦熒幕裡
> 對你眨眼
> 微笑[18]

---

[17]　Jean Baudrillard, Simulations, New York: Semiotext (e), 1983, p.12.
[18]　《星洲日報‧文藝春秋》，2002年11月17日。

　　是詩人對著電腦眨眼微笑，還是電腦螢幕對著我們的詩人眨眼微笑，電腦螢幕作為人與機器的介面（interface），在此恐怕早已模糊掉「真實」的視界，「真實」只能是兩者間相互對視相互微笑的擬仿運作，這個對視微笑的介面動作很傳神的相互建構出一種超真實的現實秩序，令人難以抵制，遂產生了詩人對影像逼近自我時一種「真實的狂喜」（ecstasy）的出神狀態。[19]虛擬現實的電腦網路裝置因此變得引人入勝，以令人信服的似真性，釋放出巨大的幻想、自我發現和深刻影響自我建構的潛能。但在布希亞理論中徹底將後現代消費主體意識轉換為符號秩序的表面呈現之後，我們的新世代詩人在電腦網路和商品消費的後現代情境中是「看見一切」（「真實」全部顯露浮現到「超真實」），還是「看不見一切」（「真實」的徹底消失）？或者是部份「真實」被「再現」，部份「真實」成為符號系統中的擬象，無法「再現」？楊嘉仁（1977～）的〈無所謂夜晚〉一詩觸及後現代電腦螢幕與現實生活的介面，消費主體對這個「超真實」現場的迷魅或迷思：

> 咖啡味道在窗的內側
> 電腦螢幕的外殼，凝結
> 成一排排冗長
> 相互推擠
> 的時光
>
> 原來，排列整齊的文字
> 進入無意義的疆域的
> 隊伍，越來越長

---

[19] 對布希亞而言，表意系統（signification）已不存在，意旨（the signified）消失而意符（the signifier）自由流動，一切皆為擬象（simulation）：「真實的定義已變成——那種可以產生複製對等物的真實」，而「超真實」則是「那種總已被複製」的真實。故而「真實」不是「超真實」的「指涉」（referent），而「超真實」也非「真實」的「再現」（representation），「真實」與「超真實」都是脫離深度形上學後的表面影像複製，無先後真假之分。有關論點見Jean Baudrillard, Simulations, New York: Semiotext (e), 1983, p.146。

身在現場的將如同蚱蜢

在光的草原

徹夜停駐

歷久,殘骸便昇空成星座[20]

　　如果以這首詩作為例子,新世代詩人面對高科技資訊媒體的過度刺激,殘存在意識－知覺層面的集體電子媒體記憶,以妥協方式與現實生活經驗的文化記憶相交感應滲透,而最終形成一個部份「真實」被「再現」,部份「真實」成為符號系統中的擬象,無法「再現」的局面,「昇空成星座的殘骸」的指認,也只能是詩人身處「真實」與「再現」的超真實現場經驗中無意識的記憶痕跡,「真實」只能往復存於記憶與擬象之間。這個問題的思考將把我們帶到下一個章節,即後現代消費美學中的「擬仿」(真實與符號無法區分,真實是符號消費的效果)與「再現」(符號掩蓋真實,真實是符號消費的殘餘)之間,商品消費與大眾、客體與主體距離消失、相互滲透、無法分割的後現代主體意識與身份認同的問題。

二、馬華後現代性中的商品消費、文化認同與主體性

　　木焱有一首短詩〈公車詩系列:捷運私語〉:

城市的節奏換了

我們改搭捷運

持續詩之飛翔

陽光停靠在樟樹的鬃毛

棲息樓層夾縫偷看電視

城市裡車輛啁啾

晨曦的步伐遲緩

---

[20] 龔萬輝編:《有本詩集:22詩人自選》,吉隆坡:有人出版社,2003,頁224。

　　刷卡偶爾會故障

　　我的身份夾在人潮中

　　無　法　辨　識[21]

　　個體身份的無法辨識，是因為廣大的人潮模糊的面孔淹沒了特定的身份指標，還是主體身份在後現代無意義無深度的情境中早已失落了認同的指涉？在回答這個後現代主體的文化認同的問題之前，且讓我們先看看一些文化市場上的認同理論，或有助益於我們深入的探討這個後現代全球在地性（glocalization）的議題。

　　根據文化研究學者的看法，「全球化」（globalization）是晚近八〇年代以來跨國的移動與象徵資本的流動所興起的文化經濟現象，因此它經常和跨國主義（transnationalism）與疆界的跨越相提並論，阿帕杜萊（Arjun Appardurai）因此認為，在後現代與全球化的新時空中，族群、財經、影視、科技、理念等五個景觀的移動，及移動之後所產生的衝突，已經產生一種新的全球秩序與互動關係，在這樣的具體落差和時差當中，各個地區在全球化的五個景觀中，都存在著種種繁複的混雜（hybridization）與挪用的生動實踐。阿帕杜萊對「後國家想像」（post-nationalism）的這類觀點，常常被引用來駁斥西方後現代性的文化宰製觀點，並且支持「去中心」、「去西方文化霸權」的論點，然而在探討後現代都市流行文化和商品消費的跨國流通時，這些跨文化主義、異質性、混雜化、挪用策略的提出，似乎仍舊不足以超越「西方」與「非西方」的二元模式，他們對於非西方國家的後現代性中的商品消費文化流通，其中關於「全球──本土」的互動關係討論，則往往假設西方（美國）的宰製主導難以撼動，論述焦點在於非西方國家如何反抗、挪用或同化。在這方面來說，各種非西方國家之間的後現代性與文化在地性／現代性可能產生那些潛在的互動現象，還未被充分探討。

　　一個最普遍的看法，就是文化研究以經濟貿易和商品消費為主軸，用「殖民主義」或「新殖民主義」等已經修正後的馬克思主義經濟觀，來

---

[21]　《星洲日報・文藝春秋》，2002年4月7日。

探討非西方國家的文化新秩序,將進駐這些國家的速食店「麥當勞」定位為美國都市文化入侵亞洲的一個殖民據點。因此「麥當勞化」、「美國化」、「西方化」等詞,在這些論者眼中幾乎等同類比於「全球化」,非西方國家或亞洲的文化經濟被西方國家(美國)夾帶全球化的名義再度被殖民,這樣日益普遍的「全球化」現象和論調,已經造成一般亞洲人民的不安,而且因為後資本時期的資金流動快速和文化同質化的逐漸成形,亞洲人民面對全球化無可迴避的同時,也無形中更加深了焦慮、排斥、恐懼的心理現象。[22]這個焦慮與恐懼的心理導致現代都市人無法辨識身份,或感覺身份失落無法定位,如同七字輩詩人木焱上引的短詩,傳神生動地為我們描繪出這個亞洲都市主體普遍的文化認同焦慮現象。

但木焱的〈捷運私語〉畢竟太短,詩人只寫到無法辨識的身份就此打住,沒有做進一步的探討這個後現代都市主體為何焦慮,主體焦慮的源頭與文化身份屬性可以有什麼樣的辯證關係。同樣寫後現代都市生活的文化同質化與後現代都市現象,黃惠婉的〈嘔吐是為了繼續溫飽〉一詩所探討的層面,顯然遠較木焱那首詩更加全面和周延,她用一種冷靜節制的語言,雖然得以避開了對全球化的普遍控訴和排斥心態,但是她在全球化的議題上看似中立客觀的態度:

> 我們不會再質問上帝是什麼人
> 不管你是黃皮膚白皮膚黑皮膚
> 同樣都喝Starbucks咖啡用Nokia手機
> 當然也紛紛別上絲帶　黃的白的紅的
> 不必販賣馬共熱帶雨林南洋歷史
> 全人類對著滿天的白鴿　祈禱
> 沒有鮮血沒有汗水沒有眼淚[23]

---

[22] 例如Arjun Appardurai, *Disjuncture and Difference in the Global Cultural Economy*, in Public Culture 2 (2) (Spring): 1-17.

[23] 冀萬輝編:《有本詩集:22詩人自選》,吉隆坡:有人出版社,2003,頁166。

　　詩句裡的馬來西亞都市已經邁入後現代消費社會的階段，在詩人眼中所有的東西方文化共冶於一爐，完全等同於全球化的共識，有如上述阿帕杜萊的「後國家想像」的概念，國家以外的商業機制、文化生活時尚逐漸滲透進國家原本牢固不破的封閉性結構，傳統國家觀念的疆界泯除，現代都市人沒有任何文化認同的矛盾衝突可言。如同另一個西方學者所指出的：「跨國媒體的影響與日俱增，它提供了人們經驗其他文化、甚至學習成為世界公民（cosmopolitans）的可能性。媒體媒介著各種文化，世界公民們閱聽著媒體，他們不斷移轉在形形色色疆域的、地方的、移民的、國家的及全球的文化與認同之間。」[24]在此全球性交互影響的時代裡，當社會中的現代人面對越來越多各種文化的交錯情境，人們開始學習適應至少兩種以上的認同，並且能在這兩者之間互相轉換與協商。黃惠婉的詩雖然提供了成為世界公民的條件趨勢，但是她過於簡化天真的思考方向完全忽略了晚近後殖民理論（postcolonial theory）中，後現代主體在面臨東西方兩種社會文化的接觸時，觀念上和實踐上有所落差的認同危機和身份定位問題。文化身份的互相轉換與協商形成了一種混雜性的文化，而這正是後現代情境中一個奇特而顯著的認同形構，後現代的消費文化形式把地方傳統文化與新的消費文化聯結在一起，量身訂做不同的產品，最終以文化挪用和累積的方式形成地方的不同需求。

　　霍爾（Stuart Hall）曾經指出，在全球化的文化情境中，人們的認同至少會產生以下三種可能變化：既有認同的侵蝕、反而強化鞏固認同、雜糅出一種新認同。[25]世界公民的混雜性顯然可以放在霍爾建議的新認同框架來討論，黃惠婉的詩句過早接受這個後現代文化的世界公民身份，然而卻過早排除這個後殖民情境中新認同的混雜性。她那矛盾擺盪的認同立場顯露無餘，因此在接下來的一節詩行中寫下如此悲觀的句子，也就不足為奇了，她彷彿在為既有文化認同的侵蝕而作出哀悼的呼聲，與上一節的世界公民形象完全格格不入：

[24] Marie Gillespie, *Television, Ethnicity and Cultural Change*, London: Routledge, 1995, p.21.
[25] Stuart Hall, "The West and the Rest". In Stuart Hall and Bram Gieben, eds. *Formations of Modernity*, Cambridge: Polity Press, 1992, p.310.

當我們已升至虛擬國境
那千萬朵可能的玫瑰
已悄悄地在空中花園裡　　盛放
而在全宇宙唯一屬於你的那一朵
已　無　法　尋　回
因為每個人都是隱匿的
任意打造身份　　隨意抽離自己
追逐速度同時遺忘話題的延續
關於自由　　最終也在
無邊無際的黑洞　　墜落[26]

　　詩中的敘述者的身份屬性無法尋回，而詩人因此聲稱每一個現代都市人的不明隱匿身份，這裡對後現代主體可以任意轉換的身份屬性，本來有很多可以發揮的地方，但最終在詩人頗為悲觀的「在無邊無際的黑洞墜落」中結束詩行，避重就輕地迴避了後現代主體複雜的文化認同與慾望想像的進一步探討。

　　這個後現代都市主體的不明身份與混雜性的文化形構，在另一個新世代詩人翁弦尉的〈M〉一詩中有著較為深入細膩的思考與鋪陳，他藉M的不明身份來切入探討或思考在全球－地方辯證關係中複雜的文化認同與身份屬性問題，如同霍爾提及的在全球化的文化情境中雜糅出一種新認同，翁弦尉在詩行中探索了跨國消費文化與文化認同變遷之密切潛在關聯，並驗證認同轉向與混雜的各種可能性及其中的認同危機：

不明生物降臨
在聯歡同慶國慶日的夜晚
一萬個氣球放生到空中
我們隔著雨後的玻璃窗親吻
卵生

---

[26] 龔萬輝編：《有本詩集：22詩人自選》，吉隆坡：有人出版社，2003，頁166。

棕色皮肉

M邀我共用一份麥當勞超值套餐

立下誓言攜手投身於床上：

「孵化一粒蛋。」

關於宏願2020和我的夢

熱量稀釋了

更需要想像

（需要不斷想像的快感還是快感嗎？）

正如需要想像的馬來西亞已經不是

馬來西亞[27]

　　詩人思考馬來西亞年輕族群，如何在全球化的後資本消費機制當中想像自身的文化認同與身份屬性，如何以協商的態度（而非單純接受或反抗），挪用西方消費文化頻繁的物質、身體與意義流動進行認同型塑，進而朝向一種具有文化變遷意涵的混雜認同形構和慾望想像，這個混雜性的新認同從八〇年代之前的種族混合（馬來西亞華族傳統文化混雜地方文化，即馬來亞化或馬來化）巧妙地開始轉換到商品符號／文化身份的混合，國慶日對官方機構來說，它最大意義乃是藉一合法性和歷史性的節日來鞏固和強化國族主義的意識形態建構，在這首詩中隨著代表都市年輕族群的新世代詩人的崛起，國慶日原本嚴肅宏偉的意義激進地轉移到商品消費的文化層面，後現代都市主體對商品消費與身體感官的流連／留戀的刻劃和不斷強調，甚至把國慶節日當作一個後現代主體的感官娛樂的擬仿想像，動搖了以往國家大敘述（grand narrative）與種族他者對馬華文化具有文化主導性的關鍵意義，而把焦點轉向於馬華年輕族群將西方資本主義消費文化在地化與內馴化（domestication），比較主體面對政體的被動性與文化消費的主動性，凸顯馬華文化認同在後現代全球化與後殖民情境中仍在持續進行的混雜性、在地化和身份轉換的矛盾運作。如同翁弦尉詩句中對美國速食店麥當勞及吉蒂貓消費商品熱現象的敏銳觀察，後現代主體對商

---

[27] 翁弦尉《不明生物》，新加坡：八方文化，2004，頁59。

品消費的主動性和集體感官的商品認同，當然不是一句西方文化宰製或商品拜物（commodity fetishism）的盲從跟風所能輕易打發的：

> 焚燒的落日
> 我和M一起走過的天橋隔夜就給別人搬走
> 連帶那些日夜攀登的騎牆草
> 向一座沒有記憶的異質空間邁進
> 「像一座不斷翻新的歷史展覽館……」
> 我們假裝近視
> 充滿宏願
> 習慣攀附
> 接受隔離
> 相自獨居
> 性別未明
> 學會嗜痛
> 擅長等候
> 在24小時的速食店享用美國的日光
> 凌晨三點開始排隊
> 為不明生物徹夜的降臨祈佑

> 「愛是無限，但吉蒂貓有限。」[28]

麥當勞套餐搭配促銷的吉蒂貓玩具，在臺港新馬各地造成前所未有的收藏熱潮，而吉蒂貓的跨國商品系列和形象，從玩具、娃娃、文具、清潔品、衣飾、和家電數千種商品，到各種Kitty寫真集和雜誌的發行流通，是後現代都市主體集體符號消費的有力明證。可見吉蒂貓作為後現代的一個消費符號和商品體系，它所帶動的熱潮不只是集體性的，更是全球－區域性的消費心理現象。首先麥當勞的吉蒂貓玩具，乃是美國和日本兩大跨國

---

[28] 同上，頁60。

公司，在因應不同區域市場上所採取的「全球在地化」（glocalization）
的商業策略，推出全套不同國家文化的吉蒂貓形象，包括了歐美、日本、
中國等地的族群文化形象，強調亞洲後殖民情境的混雜特質和市場消費走
向，對於亞洲的年輕族群而言，這個文化差異與族群整合的玩偶，自是全
球化架構下文化模式的理想型塑。因此麥當勞吉蒂貓本來是作為一種「商
品拜物」的跨國商品符號，卻在亞洲消費主體的慾望想像下成為另一種
形式之「想像的社群」，造成文化身份認同與商品認同之間的滑動轉換，
如果這個轉換機制涉及主體的慾望想像與身份屬性的糾葛，那究竟兩者所
造成的是慾望與身份的虛擬縫合，還是身份屬性認同焦慮下的精神官能分
裂？換句話說這個造成亞洲年輕族群或後現代都市主體的文化認同滑動轉
換為商品認同所牽涉的心理狀態為何？

　　從翁弦尉詩句的表面來看，後現代主體的文化認同上的不確定，已經
讓位給商品認同上的集體性消費。但是如果我們承認文化認同與商品認同
並不是截然分明的兩件事，消費已經成為現代日常生活的主要實踐之一，
經由商品消費所產生的意義自然深刻影響人們建構自我認同的模式，二者
皆涉及身份認同與慾望想像，那麼有限的吉蒂貓玩具反倒成了後現代主體
（無限的、無止盡的）認同焦慮下的（無限的、不斷重複的）心理否認機
制（mechanism of disavowal），一方面同時承認又不斷否認主體文化身份
於政治面到社會面的閹割焦慮，一方面又同時否認和承認慾望壓抑下的戀
物傾向和消費焦慮，處在後現代情境中的主體正是運用自我分裂的否認機
制面對政治現實和文化差異的一種方式，在其中主體意識恐怕更多的是擺
盪在認同的虛擬縫合與轉移置換之間。進入全球化資本體系的馬來西亞社
會，政治強制力的普遍舒緩開放讓社會呈現多元化的景象，然而國家族群
定位的曖昧、文化屬性的危機、個體認同的空洞、歷史記憶的壓抑回返，
造成開放的媒介資訊空間提供後現代主體一個自由選擇的文化市場商品，
因此這個社會商品認同現象已經不再是單純的個體行為，而是整體馬來西
亞華族年輕階層社會文化認同問題具體化與不確定性的呈現。

　　在這裡不穩定的個人身份和文化認同、破碎片斷的主觀組成主體意
識，因此所產生的身份流動性、非中心化、文化差異觀點的新型態，有時
被看作積極社會主體的一種解放，個體如今能夠操縱社會符號資源，通過

互動性這一機制來建構主體性。有時這樣的解放也被看作精神分裂式的
文化脫序,此類觀點透過上面引用精神分析對商品認同與符號價值的否認
機制和慾望想像的闡釋得以釐清,而這個心理符號學所力求去神秘化的觀
點,卻在諸如族裔、性別、階級、國家等認同差異的滲透影響之下,形成
一個極其複雜的面向,這種情況尤其在第三世界國家的主體認同,整體呈
現一種遊移擺盪、渾沌不清的文化建構,故往往無法形成一個協調的自
我、穩定的身份。認同的必要性是由於認同的一致性總是既不完整又不穩
定才引起的,如同拉克勞(Ernesto Laclau)所言:「這些認同行為只能被
認為是結構內不足的結果,而且持續追尋這份不足。」[29]我們已經在翁弦尉
上述的詩行中看到這個主體文化認同面對商品消費時的不足,所形成的身
份不穩定性和精神分裂狀態。

另外一個新世代詩人林健文(1973〜)的〈疾走邊界〉一詩則探討後
殖民主體面對全球商品與在地文化的辯證思考和持續追尋。亞洲城市的年
輕階層面對全球經濟再結構所帶來的社會變遷,在這個過程中文化的全球
化或全球消費文化的興起造成深遠的意義,象徵資本透過電子網路和全球
連線交易的便利,幾乎可以在任何時間與地點生產和傳送,穿透國家國族
的邊界。這種在全球化進一步深化上脫離了原有的地方脈絡而急速瓦解、
重組的文化經驗,便是哈維(David Harvey)所稱的時空壓縮(time-space
compression)概念,其特徵是由於空間的物質性阻礙的降低,促成了時間
對空間的消滅。然而隨著文化傳遞的加速和全球化的深化所帶來的同質化
趨勢,同時也引發了地方文化認同的增強,浮現了地方文化抵抗的轉向。
這種文化認同的浮現,使得後現代主體面對「全球」與「在地」這組關係
時必須以更謹慎辯證的方式處理,同時無可避免地也會在主體意識層面上
產生了焦慮和渴望的兩極心態。[30]在這樣的時空背景的認知架構下,詩人身
處第三世界國家的都市社會,面對全球化的後現代情境與在地文化歷史記
憶的混雜落差,不斷衍生和瀰漫的文化認同焦慮與身份屬性危機,使得詩
人林健文寫下如此焦慮憂心的詩句:「我已選擇性強迫自己/不在這裡尋

---

[29] Ernesto Laclau, *Power and Representation.* In: Ders., Emancipation(s), London, 1996, p.92.
[30] 有關哈維(David Harvey)的歷史地理學中重要的時空壓縮概念的評論,參見黃麗玲、夏鑄九〈文化、再現與地方感:接合空間研究與文化研究的初步思考〉,收入陳光興編《文化研究在臺灣》,臺北:巨流圖書公司,2000,頁28-30。

覓任何關於／國土的記憶文本」[31]。城市中的主體的傳統／在地文化同時正被全球資本市場收編，成為城市資本符號積累的新場域，「文化差異」因此成為資本家操縱分眾市場和強化符號消費的一個籌碼，將原本社區中弱勢邊緣化的文化屬性，吸納和整編到混雜以地方傳統文化與流行商品消費模式為生產對象的新模式文化（消費）認同。

　　詩人在全球在地化的文化認同問題上的思考，使他無可避免地產生主體身份屬性和認同的危機意識，最終只能在城市的斷裂碎片中發展出一套倖存策略，即在文化想像的邊緣縫隙間找出新的個體認同原則。如同詩中的詩人疾走邊界：

> 便利店門口
> 七個公共電話亭，午夜十一點鐘
> 臺上表演的女人褪下濃妝
> 兩枝礦泉水由粗獷的男人付賬
> 櫃臺小姐忙碌收錢找錢收錢
> 我在選擇一種能讓思緒沉澱的飲料
> 街邊擺賣的榴槤比家鄉大，芒果比家鄉黃
> （我望見你急促的臉和身影，
> 一直望著腕錶）
> 十一點鐘聲敲醒早睡的靈魂
> 而便利店一樣不打烊
> 無論冷飲、熱咖啡、鮮奶
> 無論口香糖、紙巾、避孕套
> 大象在路上徘徊，巡視陌生的路人
> 在難得的巫裔麵條攤子
> 我和你點一樣的檸檬茶
> 座標剎那換成熟悉的國度、語言
> 和時間，一起凝固成永恆的記憶[32]

---

[31]　《星洲日報・文藝春秋》，2003年8月3日。
[32]　同上。

　　這個邊界無論是真實的地理邊界或文本建構的想像邊界，其實已經無法確認，恐怕更多的是兩者的混雜和交織，詩人藉此一邊界的遊移和越界行動暗示後現代或後殖民時期主體身份的（再）確認（recognition），及個體認同發聲宣示一種「敘述的權利」（the right to narrate）。這首詩表現出詩人高度的個人自覺與複雜的主體意識，對後現代時期的全球同質化與全球在地性的文化差異提出主體省思，為探尋再確立主體性而遊走邊界，然而邊界的地方文化何處不是已經滲透了全球化的語境，邊緣的主體發聲何處不是已經混雜了後殖民的歷史記憶和文化想像，我們在詩中的邊界處看到全球化與在地性的兩組意象並置或混雜，一邊是便利店、公共電話亭、臺上表演的女人、口香糖、紙巾、避孕套……，另一邊是榴槤、芒果、大象、麵條攤子、檸檬茶、熟悉的語言、記憶……。這種具備混雜身份、時空落差不協調的文化語境，顯示在邊界思考或自我邊緣化的詩人對其自身後現代或後殖民情境的深刻感知，及他藉一邊界想像來試圖認同主體與世界關係的方式。

　　林健文的疾走邊界讓他得以暫時從一固定的位置跳脫出來，在邊界盡情的演出各種混雜話語的主體性，其中容許衝突、矛盾、差異的認同進行觀察和思辯。後現代的商品認同與後殖民的文化身份，可以放在這個演出場域的行動、思想、語言和書寫來建構一個新的主體位置。新世代詩人因為與其他世代的作家有著明顯差異的文化經驗，配合詩人的現代城市生活與電子影像時代的創作書寫環境，尤其是在一個多元種族的第三世界國家裡，不同的族群處在後殖民與全球性資本主義的時代格局當中，這些新世代詩人在朝向一種新的文化認同建構的同時，不斷面對政治現實強勢文化族群的壓制消音，因此也更加劇感受文化屬性和身份認同的危機。林健文的書寫主體往往在定位與遊移之間、形成與解構之中，在文化「陷於其間」（in-betweenness）的僵局中重新定位（relocation）和重新銘刻（reinscription），以建構出一個混雜跨文化和跨族裔本質的新主體性。這個文化混雜的後殖民主體，一方面是都市認同的文化商業化及後現代商業文化的衝擊分裂，另一方面是政治現實體制結構的文化身份屬性壓迫，新世代詩人因此不再尋求一個客觀固定的歷史敘事，而是以一個城市的歷史變遷中的見證人和思考者，重新尋求結合主體經驗與城市歷史敘事的多重面貌，激發了詩人對歷史意識的反省和挖掘。林健文大部分的詩都在書寫

和思考這些問題，詩文本中的敘述者大部分時候都在城市中遊走，一如本
雅明（Walter Benjamin）筆下的漫遊者（flaneur），他們雖然生活在大城市
的商品消費機制當中，卻有意識的把自己放置到大城市的邊緣，在那裡他
們看到了看不見的城市，他們是大城市的波希米亞，脫離了資本主義的生
產時間情境的漫遊者，經過他們的眼睛，城市中被忽略、隱匿的側面及背
影得以窺見。經由他們的目光，讓我們看到前資本主義時代的城市已經被
摧毀成為廢墟，整合進高度現代性的部分則有著奪目的光彩。所以本雅明
將史家或詩人（文人）的工作或責任比喻為一個在歷史廢墟的城市裡撿拾
破爛垃圾的人（rag-picker），賦予拾垃圾的革命性意義，指出詩人或史家
要像漫遊者學習，從歷史的垃圾廢墟中將斷裂碎片重新縫補，有如在解構
中找出新的建構原則。[33]

　　林健文的〈巴生河水黃又黃〉一詩讓我們看到這個城市被忽略的側
面、被遺忘的歷史，及其中被壓迫的體制結構：

> 在一個不在意城市被孤獨的年代
> 我們的悲情已經黃濁
> 我們的河水
> 漂在一個政治死亡的國度
> 臭味遠飄的狗屍和豬蹄
> 腐爛的白色學生證
> 確實比生命還要重要的
> 漂來蕩去，河水
> 彷彿和獨立時一樣
> 彷彿和鄰國憤怒離開那天一樣
> 國旗被更換、國歌被更換、國民被
> 遺棄。[34]

---

[33] 有關本雅明筆下的現代城市及漫遊者的文化批評，可參考楊小濱：《否定的美學：法
蘭克福學派的文藝理論和文化批評》，臺北：麥田出版社，1995，頁102-107。又更
細膩的分析見張旭東〈本雅明的意義〉一文，《批評的蹤跡》，北京：三聯書店，
2003，頁45-61。
[34] 龔萬輝編：《有本詩集：22詩人自選》，吉隆坡：有人出版社，2003，頁60。

我們的歷史書本上寫著

巴生河水黃又黃

漂過來，又漂過去的

除了葉亞來老舊的遺體

還有百年店鋪區牌的蒼涼

現在你看到的是

大水褪去以後的繁華

在半島最中央部分，一個低窪

我們擠出靈魂

擺成一條擁擠的街道

市區裡再沒有殖民主義紅色浪潮

只有，巴生河水黃又黃

所有的命運，以河水淘洗為準則

我們唯有信奉和

遵從。[35]

　　詩人在吉隆坡巴生河流域漫遊，作為馬來西亞最大的都市座標，他眼中看到的卻不是商品消費的購物百貨公司，也不在意那個被市民引為偉大驕傲的雙子大樓，他把目光轉向巴生河的水流和承載的意義，看到了河水中的歷史流變和被壓迫者的沈默，試圖藉一則城市地景與歷史的斷裂碎片敘事，來激發城市主體的文化認同與歷史意識的反省，也從中重構與召喚主體對於城市和歷史的關注。

　　林健文書寫城市生活和歷史的詩，詩的敘述者大多是以一個漫遊者的姿態來體驗城市生活，以一個邊緣化的姿態來反叛一體化城市的典型，也就是反叛商品拜物教下的都市文化，如同他在〈蟑螂〉一詩藉這個昆蟲的邊緣政治身份來抒發自我之生活感受：

---

[35] 龔萬輝編：《有本詩集：22詩人自選》，吉隆坡：有人出版社，2003，頁61。

　　蟑螂早懷疑偽裝的爬蟲是否光影的合成

　　疾行如我時而高亢時而低調的語音

　　仍潛藏在記憶深處的，老早退化的昆蟲染色體忽然爆裂

　　由實驗的殺蟲劑開始，被逐漸滅死

　　我於是徒步在詩人死去的床上

　　安分尋找夜食，如豺狼

　　血紅的眼睛反射都市的熱情，僅僅限於高亢的溫度

　　在亞熱帶，我們無法繼續生存[36]

　　蟑螂的爬行記憶深處，猶如詩人漫遊在大都市邊緣，出沒於面貌模糊的廣大群眾之中，他與一切社會秩序感覺格格不入，他的言行也不被社會體制所接納。詩人自比蟑螂的身份處境，這個生活在都市中的漫遊詩人，其實對現代都市的感受比任何人更加熱情，對城市文化的歷史記憶比任何人更加深入思考和探觸。這首詩大體上言之，與本雅明筆下的城市詩人與漫遊者的觀物心態和思維習慣若合符節，前者主要表現在自我邊緣的位置上來思考主體性，後者則深入探索城市歷史中的碎片和廢墟的殘酷意象縫補。

　　如同本雅明討論波特萊爾（Charles Baudelaire）做為漫遊者與抒情詩人的身份關聯：「如果馬克思偶爾以開玩笑語氣提及的商品靈魂確實存在，那商品的靈魂便是靈魂場域中最具交互感應力（empathy）的一個，因為他必須將每個人都當成可能的買主。交互感應力是迷醉的本質，漫遊者因迷醉而在人群中自我放棄。『詩人享有做自己和做他人——只要他覺得適合——的至高特權。他像一個為尋找身體而徘徊不定的靈魂，只要他願意便能進入他者。不過對他來說，一切皆屬開放，就算有一些地方好像對他關閉，那也只是因為這些地方他不屑一顧』。這裡的說話者是商品自身。最後的文句提供了一個很精確的想法，當一個窮人，路過陳設華美昂貴物的櫥窗時，商品會如何對他說話。這些商品對此人不感興趣，它們不與他交互感應。在〈群眾〉這首重量級的散文詩行中，拜物（fetish）用另類字眼自己發聲，而波特萊爾敏感的天性與拜物產生強烈共鳴。與非生物的東西

---

[36]　《星洲日報・文藝春秋》，2000年8月13日。

交互感應，便是波特萊爾的靈感來源之一。」[37]因此做為詩中漫遊者身份的敘述者／詩人比社會上一般人擁有超強的感應力，能夠隨時以主體意識或想像「進入」社會中隱匿或邊緣的角色，如林健文詩中的陌生的路人、櫃臺小姐、麵攤的巫裔他者、都市疾行的蟑螂、巴生河水的靈魂，一如商品的靈魂能夠以商品拜物的超強感應力，隨時準備「進入」每個都市中的消費者主體意識深處。

在另外一首詩〈再見貓影〉中，林健文藉詩的敘述者在城市中漫遊，尋找族群歷史的記憶痕跡，南洋老店被遺棄的身世場所：

> 細心尋找一頭白色的貓
> 在南洋的老店，請注意它的側影
> 被虛構的神情，假設的身世
>
> 貓的史料顯示：
> 在蓬萊，孿生姐妹──被遺棄
> 陳舊的後巷，貓的父母暴斃
> 死因顯然被一頁一頁封閉
> 企圖遮蓋貓的過去
> 當然自從貓被移植海外就一直不曾回去
> 像沙漏裡的沙粒，逐漸流失在異鄉
> 我把懷疑貓的檔案儲存在遺失貓的城市裡
> 用原始的甲骨文記錄
> 貓所有的歷史[38]

詭異的是，當詩敘述者以他那超強的感應力「進入」城市的歷史記憶深處──陳舊的後巷、老店的五腳基、貓暴斃的場所、南洋被遺棄的靈魂，做為城市中無所不在的消費商品，它以商品拜物的超強感應力，有如靈魂般

---

[37] Walter Benjamin, *Charles Baudelaire: A Lyric Poet in the Era of High Capitalism.* Trans. Harry Zohn. London: NLB, 1973, p.55.

[38] 《星洲日報・文藝春秋》，2000年7月23日。

「進入」消費者／詩人的身體感官，頻頻召喚城市消費主體的慾望想像與認同，轉移主體意識深處的歷史記憶和身份困境的壓抑慾望，在詩句中由詩人的歷史文化記憶想像被轉換到商品靈魂無孔不入的符號消費價值：

> 五腳基，在黃昏時逐漸黑暗
> 而整條街道
> 被老店隔鄰紅黃交替的燈光映照成一個偌大的
> M字[39]

　　商品靈魂有如反過身來回眸「附身」在後現代城市消費者／詩人的身上，進入主體的心靈意識，讓主體的記憶想像瓦解的同時，也順理成章地把消費主體的文化認同與慾望想像掉換，這個詭異的後現代情境發展到極致，在另一個詩人黃惠婉〈魚事記錄〉筆下形成一座充滿魔幻和詭異的超現實城市：

> 那年我們努力收集整座城市遺忘了的記憶
> 但承載太多記憶的城猶如沉淪於記憶的人類
> 我選擇繞過煩囂的大街到小巷尋貓
> 我想是這座城的貓太多了而我只找到魚骨
> 或許所有的魚已受了人魚童話的詛咒
> 所以我們在床上扭成一條響尾蛇向沙漠滑去
> 我註定養不活仙人掌啊而我們將逐漸枯竭
> 堆砌如山的城的記憶讓城慢慢的淪陷
> 一雙掛在城上空的眼睛開始詭異的竊笑[40]

　　如此說來，努力思考城市的歷史記憶與文化認同的詩人終究要面對商品消費的迷魅，主體意識不斷陷入文化屬性與商品認同的拉鋸狀態，商品消費已從商品戀物滑動至「變成商品」的超現實詭異狀態，而「變成商

---

[39] 同上。
[40] 龔萬輝編：《有本詩集：22詩人自選》，吉隆坡：有人出版社，2003，頁160。

品」有如進入消費者身體的商品靈魂，反身告訴消費主體這是一座超現實
的城市，一個後現代的社會，在其中的城市主體的文化記憶和身份屬性將
會在混雜、多重、不穩定的認同與差異間，不斷滑動轉換各種感官刺激和
慾望想像。如同新世代詩人許世強（1979～）的〈無計劃遊蕩事件之一〉
一詩所言：

> 清晨醒來
> 我們在輕快鐵相遇
> 是我先在枝葉茂盛的森林裡
> 認出你仰望的枝幹
> 我們在清晨的輕快鐵相遇
> 約好一起曠工
> 去尋找居住在地下道的幽靈
> 然後在大廈的後巷朗誦一齣
> 戲劇的對白
> 在星光大道扮演路人甲和乙[41]

詩中的敘述者如同後現代的商品消費者，對現代生活的遊戲參與保持
高度警覺，充分理解商品符號與流動慾望的樂趣，於是現代人／消費者／
詩人的生活實踐與商品認同就在這兩者的經驗與想像相互扣連之下，為後
現代時期流動多變的主體型構扮演了至為關鍵的作用。

結語

無可否認，當代消費文化在後資本主義價值觀的全球性後續影響下，
對馬來西亞社會體制內部產生了結構性的轉變，並在經濟、教育和文化實
踐的模式上出現裂縫，探討新世代消費主體的都市後現代性與文化認同轉

---

[41]　《蕉風》490期，2003，頁46。

變的感受和生活實踐，已經是當代社會學者一件刻不容緩的事。本文以馬華新世代詩人對都市文化、後現代性、商品認同、主體建構這些重要課題的看法為立論基礎，剖析這些七〇年代以降出生的詩人文本中的關懷中心和思考面向，論文第一個部份指出馬華年輕族群在商品化的社會中透過消費藉以彰顯自我的存在意義，落實於日常生活中，除了產生出對於商品消費的情慾感受與自我認同，也在生活的消費實踐中思考傳統文化的出路或困境。論文第二個部份則深入探索新世代詩人對文化身份與商品消費主體性兩者的混雜或分裂，指出混雜或分裂的主體意識唯有透過詩人一種城市漫遊者的行動，方得以有機會突破這個身份認同的二分法模式的困境。漫遊者的城市出擊讓詩人得以觸探城市邊緣和隱匿疆域，尋找與縫補城市歷史文化的遺漏和殘缺之處，其中詩人的感官慾望與族群共享的文化歷史記憶也會在多重的交互感應狀態下，不斷滑動與轉換為後現代時期一種混雜、不穩定、流動多變的認同想像與主體性。

　　個人的認同建構會在自身所處的社會網絡中，在不斷的互動中滑動與轉換型塑的動態過程以取得自我與社會間的平衡。弔詭的是，一方面流行文化和消費美學時常飽受批評，認為它會為傳統文化和身份屬性帶來危險和毀滅力量，侵蝕傳統文化的純正性質，令文化身份屬性變質，因為其文化政治權力結構的不平等與帝國殖民的機制運作，另一方面流行文化消費行為與傳統文化歷史記憶有時被看作兩個截然不同的認同指涉。然而前者的意識深處充滿了文化本質論的盲點（雖然它在某種程度上的確指出後殖民主義的事實），後者其實對馬華城市年輕族群的主體文化產生了至為關鍵深遠的影響，這個現象在上述論文中的引詩辯證和觀察中得到了清楚的印證。馬華新世代詩人的詩文本告訴我們：對於生活周遭的流行商品和消費文化，我們必須具備進行再詮釋、轉化、挪用、付諸行動的能力，藉此理解身邊的商品，吸收這些後現代電子資訊，並透過感官慾望與自我認同的文化模式，將其轉化至日常生活內。詩人生活在這個經常觀察、消費與再現的文化認同想像中，從而瞭解其文化認同在生活實踐與歷史記憶的經驗世界，馬華新世代詩人如此複雜多變的主體意識與文化認同，必須在更具體的社會歷史脈絡、瞬息萬變的都市景觀下來討論，它所體現的文化混雜性質與身份屬性定位仍是一持續開放的論辯場域。

引用書目

陳大為《亞洲中文現代詩的都市書寫1980～1999》，臺北：萬卷樓圖書，
　　2001。

陳大為編《馬華當代詩選1990～1994》，臺北：文史哲出版社，1995。

龔萬輝編《有本詩集：22詩人自選》，吉隆坡：有人出版社，2003。

翁弦尉《不明生物》，新加坡：八方文化，2004。

陳光興編《文化研究在臺灣》，臺北：巨流圖書公司，2000。

哈蘭德（Anne Hollander），楊慧中、林芳瑜譯《時裝。性。男女》（*Sex
　　and Suit*），臺北：聯經出版社，1997。

Baudrillard, Jean. *For a Critique of the Political Economy of the Sign*, St. Louis,
　　MO: Telos, 1981.

Baudrillard, Jean. *Simulations*, New York: Semiotext (e), 1983.

Benjamin, *Walter. Charles Baudelaire: A Lyric Poet in the Era of High
　　Capitalism*. Trans. Harry Zohn. London: NLB, 1973.

Gillespie, Marie. *Television, Ethnicity and Cultural Change*, London: Routledge, 1995.

Hall, Stuart. "The West and the Rest". In Stuart Hall and Bram Gieben, eds.
　　Formations of Modernity, Cambridge: Polity Press, 1992.

Harasim, Linda. *Global Networks: Computers and International Communication*,
　　Cambridge MA: MIT University Press, 1993.

Laclau, Ernesto. *Power and Representation*. In: Ders., Emancipation (s), London, 1996.

我們的父親母親：
嘉應散文的書寫模式

林春美

　　自上個世紀八〇年代以來，由不同單位承辦的文學獎或此起彼落、或交錯徵文，都各自為馬華文壇製造了一場又一場熱鬧規模與轟動效果不一的嘉年華。[1]藉文學競技以刺激與提高文學生產素質，是諸多文學獎主辦的宗旨之一。然而詭異的是，競技場域中參賽者——作品——評判之間的權力運作關係，有時卻足以導致文學生產的模式化與定型化，因而在一定程度上使其宗旨被逼自動取消。本文且以馬華文學節元老級項目之一的嘉應散文獎為例，以說明這個現象。

一

　　嘉應散文獎，乃由雪隆嘉應會館主辦。這項兩年一度隨馬華文學節進行的全國性散文徵文比賽，截至二〇〇四已辦了八屆。八屆的嘉應得獎散文（以下簡稱「嘉應散文」）中，有半數以上的作品以親情為主題，當中以父母及祖父母為書寫對象者，又占了絕大多數。檢視嘉應散文的父母祖輩，其同質性之高，不免令人困惑。[2]

---

[1]　馬華各式文學獎的情況，詳林春美〈如何塑造奧斯卡：馬華文學與花蹤〉，宣讀於臺灣佛光人文社會學院文學所、馬來西亞孝恩文化基金會，與馬來西亞吉玻潮州會館青年團聯辦「第二屆臺灣東南亞文化文學研討會」，2004/4/1-3。後收錄於楊松年、王琛發編《臺灣・東南亞文化文學與社會變遷》，吉隆坡：孝恩文化－歐亞大學亞洲區聯合委員會，2006，頁329-341。

[2]　雪隆嘉應會館本著「鼓勵寫作風氣，提高馬華文學創作水準」的宗旨長期主辦這項文學獎的努力應該先予以肯定，然而，八屆以來嘉應散文獎所催生的作品是否使該宗旨得以落實卻也值得檢討。該獎項八屆獲獎散文共105篇，其中寫親情者約61篇，主要寫父母或祖父母者則計有53篇。

　　嘉應散文作者的母親，總是偉大而平凡。她似乎「乏善可陳」（〈也
是遊園〉作者言，3：69）[3]，然而卻又必須盡善盡美。為陳母親之善，母
親角色總是被置放在艱辛與苦難中來書寫。婆媳關係是亙古母親都逾越不
過的難關。〈趕路的歲月〉（3：10）中，因為父親「未能在母親與婆婆之
間作出一個決定」，致使母親為婆媳問題所困，而「容顏憔悴」、「慈顏
泛著淚光」。而在〈人生風雨路〉（1：31）中，「由於二嫂的任性和懶
散，以致跟家裡上上下下都合不來……媽為此不知流了多少淚水。」〈椰
林夜雨〉（1：13）也有類似的一幕：「幾年前為了婆媳之間的一些糾葛，
大哥毅然搬到外面居住……偌大的一間屋子，總是由母親一個人孤獨地守
著」。可見婆與媳身分的置換，並不能改變母親受難的命運。在親子關係
方面亦是如此。作為母親，她在多篇散文中遭受孩子冷落；而作為孩子，
她的母親沒有她本身的慈愛，她甚至必須承受自己母親的冷言冷語，即使
臨盆在即，也沒有獲得對方的絲毫憐憫（〈白髮〉，3）。母親是一個人兒
時超我人格的型塑者、自我理想與良心的範本，因此從孩子的角度來看，
母親永遠是好人，只可能是問題的承受者，不是製造者。
　　含辛茹苦，已是寫母親時必備的情節。類似的敘述在嘉應散文中幾乎
每屆必有，抽樣羅列如下：

> 在告貸無門，求助無路的潦倒中，母親始終沒有訴過一聲苦，她日間
> 協助父親在路邊擺賣水果，晚上又忙於編織絨線衣物來維持家計。
> 　　　　　　　　　　　　　　　　　　　　（〈愛，盡在不言中〉，1：29）

> 母親只一味曉得躲在廚房裡為她的家庭燒飯洗衣，從早到晚沒見過
> 她一刻的休歇。——她選擇了這件看似簡單卻是極其繁浩瑣碎的事
> 作為她的終身職業。等到晚上臨睡前找出「脫苦海」藥膏用一雙操
> 作一天之後疲累又顫抖的手，把藥膏貼在酸痛的部位。
> 　　　　　　　　　　　　　　　　　　　　　　　　（〈也是遊園〉，3：69）

---

[3]　本文在引用嘉應得獎作品時將省略作者姓名（原因詳後），而僅列出篇名，及其得獎
　　屆次與頁碼（若需）。

生活最迫人的時候，母親被迫學人跑單幫。……用頭頂著米，或者其
他東西，雙手又提著另一些。那也是供我們吃得飽穿得暖的方式。

（〈傾情記〉，4：6）

母親的扁擔遣（隨？）著歲月換了又換，她肩上的紅腫，長期彎著
而得到的腰酸背痛，像是生活的印記，清晰又深刻……

（〈傷事〉，4：17）

在逃離家幾個小時後的此時，媽媽憔悴勞苦的臉孔，卻比膠樹上一
刀一刀的刮痕更其深刻地刮在我的心版上了；她那沾滿臭味結滿粗
繭不辭辛勞的手，比任何一雙柔軟纖細的手更能觸動我的心靈！

（〈永遠的小孩〉，6：30）

一整個早上，母親便割了兩三百棵膠樹，稍微休息一會兒，又說是
收取膠汁的時候，膠汁色白似奶，母親靠它掙錢得以餵養我們。

（〈桑〉，8：79）

　　這些苦難的母親當中不乏有令人感觸的內容，然而當苦難變成建構
母親形象的一種刻板「知識」，母親角色也就容易被刻意的苦難化。〈一
傘崩潰的愛〉（2）中，作者的母親因不堪丈夫車禍喪生的刺激以致精神
崩潰，一天因用雨傘打傷村裡小孩而被送入精神病院。當她逐漸康復的時
候，又突然被宣判患上乳癌，並已時日無多。在同一作者兩年後的另一篇
得獎作品〈風雨歲月翩翩情〉（3）中，精神崩潰的人變成了父親。父親
被送進精神病院，於是母親必須獨自承擔家庭的重負，受盡生活磨難，後
來又動了兩次大手術，導致身體衰弱，迅速蒼老。兩篇文章一對照，「母
親」的真實性當然發生動搖，然而母親的書寫模式卻更加穩定。
　　以苦難襯托母親之善，最終要表達的是母親之愛。愛，是一種「美
德」（〈一傘愛一傘情〉1：26）。具備這種美德，是母親之所以能夠承擔
一切苦難的最合理解釋。把「自己的青春」與「暖心貼意的愛」全數投注
於兒女身上的母親（〈萬縷髮絲萬縷情〉，2：25）往往最值得讚頌。而欲

達如此之境界，母親必需捨棄自身，或用比較容易在散文裡被接受的話來說，就是她必需「忘我」：

> 愛是母親生命中的一注清流，流經她體內的每一絲血管，每一個細胞，再忘我傾注於兒女的身上。
>
> （〈愛，盡在不言中〉，1：28）

無我的母親當然也無需有聲。唯其將所有的愛都付諸無言，愛才得以無限昇華：「母愛的深沉，猶如露珠的滲透土地，星光的照射寰宇，雖無聲無息，卻予人以源源不絕的滋潤與溫暖」。然而昇華的代價就是被滅音。所以母親沒有笑聲——她真正長久的笑靨，唯可求諸相片，可是相中笑靨之長久，正好反證現實中她笑語的闕如；她也沒有哀吟（苦難是她呈現出來的，不是說出來的）——即使在病痛難忍的時候，都咬緊牙根，若無其事，唯恐給孩子添麻煩或讓他們操心。（〈愛，盡在不言中〉，〈也是遊園〉）在婚姻關係中，她的無聲甚至還被賦予傳統的哲理詮釋：

> 母親深懂以柔克剛的道理。她一直以無言的順服化解父親隨時爆發的怒氣，她以無聲的靜默擊退父親無理取鬧的指責。她忍耐的功力實已達爐火純青的境界。有時想想，我委實不明白母親與父親廝守幾十年的日子究竟是如何度過的，也許支撐她忍受一切的就是一份與生俱來的愛吧！
>
> （〈愛，盡在不言中〉1：29）

母親作為一個女人所面對的苦與惡都被「愛」解構了，而且這愛還必須是「與生俱來」、無可選擇的。已太習慣在散文中無聲無息的母親，不僅無法表達自己的心情，甚至也沒有可能言說自己的故事。她的故事，必須由別的女人訴說。在〈傾情記〉裡，作者選擇了姨媽來執行這個任務。他從姨媽的敘述中得知母親曾經有一個為她傾情的男人，他甚至在她有了三個孩子之後還想約她私奔。姨媽的故事應該不是憑空虛構，因為作者記憶中也有一個常在住家附近徘徊不去的男人身影，但是由於「印象中的

母親，只是一個母親，不像一個被追求的女人」，所以一個「女人」的聲音，也就只能在「原來，為了孩子與家，一個女人可以連愛情都放棄」這句感念母親之偉大的簡單結語裡，草草的了結。

〈萬縷髮絲萬縷情〉（2：27）也有同樣化繁為簡的手法：「妹妹出世之後，母親的臉上總是脂粉不施，髮上也不抹髮油，而那頭秀麗的長髮總是長了又截短，至於那些髮夾都被母親收藏起來了。」這篇散文中母親的長髮、髮油、髮夾等符碼，遙遙呼喚琦君的名篇〈髻〉。後者母親秀髮之頓失光彩是因為姨娘的出現，母親與姨娘在頭上的較量從側面透露了一個傳統女性在多妻制社會裡的悲哀。相對而言，前者把母親寫得乾澀而平扁，妹妹的出世何以讓母親起了那麼大的變化，文中一點也沒有交代。作者可能也不覺得有進一步說明的必要，因為一切就像是普通常識那麼簡單：因為她是「母親」——只是母親，不是女人。

在嘉應得獎散文裡，母親因其身份而有了固定的形象。書寫者總體而言敬愛母親，然而這並不表示他們也因而善待（其他可能也作為母親的）女性。比如〈千山外，萬縷情〉一文，作者的父親早年孤身南下，後來在此另置家室，多年後當他與在香港的髮妻重聚時，作者把大媽為父親燉參湯視為她「為多年未曾侍奉過父親而趁機彌補」（3：17），根本是一種無視大媽孤寡多年的悲哀的「爸」道心態。而同屆的另一篇作品〈白髮〉，寫母親得不到阿嬤的疼愛，「而阿公雖然疼惜母親，但到底是鐵錚錚的漢子，怎容得與女輩一般見識」（3：21）。此篇雖然語病叢生，但字裡行間明顯流露輕蔑女性的父權意識。這種意識形態其實不分性別，就連女性作者，亦把流言蜚語歸咎為「婦道人家的狹隘和荒謬」（〈給父親的一封信〉，4：81）。[4]因此，把母親限定在上述所謂「只是母親，不是女人」的身份裡，作者就迴避了孝道與父權狹路相逢的尷尬，然而卻也失去了讓母親擁有「是母親，也是女人」的主體生命。這是嘉應散文在母親角色書寫上所呈現的思想與敘述的定型化現象。

---

[4]　其他相關例子可見本文較後論述祖母處，此不贅列。

二

　　因此或許可以說，大部分嘉應散文作者其實都是「父親的孩子」。而從他們所寫的「肖子」的散文可以發現，他們絕少遭遇主體成長過程中與父系象徵秩序起衝突而生的分裂與焦慮。他們毫無疑慮的承認父親之象徵地位，認同父親的價值觀，並接受「父之秩序」作為先他們而存在的法規與制度。而必須指出的是，「父親」，並非僅是肉身的父親，華人根深蒂固的「父子相繼」的觀念，讓我們不得不把祖父也納入這個象徵體系。而嘉應散文在父親與祖父書寫方面的同質性，的確也證實了一個「父祖同盟」之存在。

　　對父祖的敘述，總容易由其個人之經歷而鋪展成家族之歷史，繼而又由此而成為民族離散史的縮影。家族史與民族史的貫通，讓父祖呈現一種集體的相似性：

　　　　我記得第一次在地理課本上接觸到中國時，有一種無法言喻的親切
　　　　和神往，那也許是因為我下意識地將□□和它聯繫在一起，間接也
　　　　把我和它聯繫起來的緣故吧。[5]遙想當年的中國，風氣雲湧，災禍頻
　　　　傳，稻田歉收，年少的□□被迫登上一艘南下的船，擁抱滿懷的黃
　　　　金夢，帶著家人殷殷的叮嚀，揮手向家人道別。[6]□□離開故國下
　　　　南洋，攜來的僅是少許的衣物盤纏，□□靠著一身的銅筋鐵骨，憑
　　　　著堅忍的意志，赤手空拳，從無到有，把荒地墾成良田。[7]祖母過
　　　　世的那一天，正好是中國四人幫下臺的時候，報章大事報導。……
　　　　□□埋首在報紙中，彷彿天塌下來也不管。那一刻我真氣他啊，什
　　　　麼四人幫，比祖母更重要嗎？後來長大了，才知道那是他的另一份
　　　　牽掛，在北方，有他的神州，他的故土，他的家，他真真切切的記
　　　　憶，這又怎能輕易拂去呢？[8]

5　詳註8。
6　詳註8。
7　詳註8。
8　註5、6、7、8所引文字分別出自四篇散文。為了不妨礙閱讀的順暢，也為了證明父／
　　祖與民族／歷史交融之普遍與便宜，此處刻意破格將出處隱去。這四篇散文按順序分

　　以上引文其實出自四個不同的作者，□□有的指祖父，有的指父親，有的則指整個族裔的先輩。這幾個身份之可以相互替代說明了父祖在嘉應散文裡的一體性，繼而也揭示「父祖同盟－民族／歷史」模式的普遍性。

　　歷史作為HIS-story，只能由「他」來傳遞。在嘉應散文中，父祖還有一個異姓的同盟者──外祖父。外祖父作為母親的「父親」、而非「母親的」父親出現的「他」，自然也是「父親的隱喻」（paternal metaphor）[9]。於是嘉應散文作者必須輾轉通過外祖父──而非通過母親──以探涉家族的歷史。唯有通過「外祖父剛健遒勁力透紙背的遺墨經歷半個世紀的煙薰火燎，依舊可以聞到當年新汕的墨香」的小冊子，他方才「得以一探幾乎湮滅的淵遠家世」。（〈也是遊園〉，3：66）母親，只是歷史煙火傳承的仲介，她無法通達歷史。

　　歷史時空──上至祖先的原鄉，下至子孫的本土──只有進入父祖的象徵體制，方可輕易縱橫貫穿。在〈界線〉（6）一文中，作者把祖父的茶室高談、父親的三輪板車及與他上電影院的童年往事，放在「三州府」、「九州府」的地理歷史背景上來書寫，藉祖父與父親的步伐與車輪輾過歷史界線，父祖同盟於是成功貫徹從英殖民地至八、九十年代許多地方開始城市化的一段歷史。而另一篇散文的作者則經過父親的指認，「再也不必質疑，也毋需分辨」，馬上認可「天底下最香最甜的故鄉水」，確定了他的本鄉（〈夢迴羅恩濱〉，2：55）。

　　有趣的是，不管父親的意願與識見如何，他總是被指定執行「一個孤獨的將軍盡職守住關口上一段段不老的傳說」的任務。所以儘管有的父親「對自我身份認同沒太大的興趣」，可是在嘉應散文固定式的「父祖民族／歷史」的大敘述中，他還是必須喃喃召喚亡父之魂，以為本民族「見證歷史上的千年起伏與興衰，生生世世風飛沙」。（〈天地蒼茫與河殤〉7：3）

別是：〈千山外，萬縷情〉（3：13）、〈阿公的心事〉（1：33）、〈生命的歌哭〉（4：49）、〈阿爺早安〉（1：21）。

[9]　拉岡以「父親的隱喻」代指父親的法規與父親的壓抑。見王國芳、郭本禹《拉岡》（臺北：生智，1997），頁155-156。在嘉應散文中，對父親法規的投誠，似乎讓作者避開了父親的壓抑。

在父祖被賦予詮釋與銜接民族／歷史的絕對權力的同時，他們也順理成章的變成了文化／傳統的代言人。而當子孫採取仰望的姿態，父祖的文化／傳統就容易被想像成單面向的高雅精緻。

於是我們可以看到父祖在散文中具現為仁義的儒者。〈歲月長河的脈脈血緣〉一文急切的把儒家名句掛在父祖的胸臆：「孔曰成仁，孟曰取義，乃是祖父斂於胸間的情操。」（5：108）。〈回首暮雲遠〉則通過截取父祖生平事蹟以詮釋之。文中的外祖父不僅奉養同鄉光棍直至老死，並且對變賣家當甚至辱罵兄嫂的弟弟「一再的隱忍寬容」。在外祖母對後者「憎惡不在話下」的反襯下，外祖父更是散發了「中國人古道熱腸和敦親睦族的優良典型」的光輝。（2：6-7）

在同樣的兩篇文章中，父祖亦可搖身一變而成歸隱的高士。前者直接以物比擬隱士之風骨：「祖父若是花，他一定是由荷葉捧托，傲直謙和的荷花」，「祖父若是石頭，他一定是安而拙，魯而直悠悠蒼古石頭」（107）。後者則寄情於景：「那翻湧不息的綠濤，那幽幽淡淡的稻香，彷彿我又置身時間的上游，荷鋤的外祖父和我赤足走在黃昏泥濘的阡陌，天邊雲霞變幻，外祖父鼓腮吹起牛角，召喚田裡的雇農收工安歇。轉過身子，似乎又看見他蹲踞在牆角愜意的抽吸著水煙筒，嬝嬝的煙霧蒙上他的眼、他的臉……」（8）。作者對祖父的懷念，其實也是對古老中國的隱士文化所表徵的高潔情操及高遠意境的召喚。在同一作者的另一篇散文中，隨父返鄉一舉更是輕易讓作者錯入了「太元年間那片避秦的樂土」，隱士的想像空間。（〈圓夢記〉，5：49）

對想像中宏偉華麗的父文化過於耽溺，有時就不免變成假父祖以炫耀之的虛榮與空洞：「至少，為了祖父，為了歲月長河的脈脈血緣，我要瞻仰這片捲著滾滾黃沙的大地。舉筆間，漢唐的陵墓，春寒賜浴的華清池，長安城南郊的慈恩寺，竟在我眼前一一掠過。」（〈歲月長河的脈脈血緣〉，107）把亂七雜八的符號混在一起，不僅體現作者對文化／傳統的饞不擇食，也體現了他對選擇的無力。

行文至此，有必要岔開談一談祖父的同輩人：祖母。祖母是個曖昧的人物，不像祖父或外祖父，她並不固定是（父親或母親的）「母親」，她有時被刻畫為不夠仁愛的老女人，甚至對自己的孩子也不具母性；然而當

她出現在作者的童年記憶裡，她亦極可能轉變為慈祥的化身，瑣瑣碎碎的反射出作者兒時的歡樂光影。然而若要涉足家族大題，祖母還是必須帶著祖父的神主牌出場。比如〈祖母的淚光〉一文以祖母為題，想當然該以祖母為主角，然而書寫祖母其實只是為了書寫離奇失蹤的祖父的英雄事蹟。作者自言她對祖母的依戀，「也因為家族歷史的傳承，而深深的建立起來」。透過祖母，作者於是得以完成她對其「權傾一時的祖父」的幻想，以彌補自己「來不及參加他們歷史的遺憾」。（7：101，103）

　　祖母偶爾也被放到「歷史的長廊」，也似乎就可以訴說「十二歲那年渡過南中國海到南洋謀生」或者某個憂患年代的故事。但是祖母和她的書寫者一樣，「都用滄桑和酸苦寫下歷史，但終究，我們還不知道歷史是什麼」（〈在歷史的長廊上遊走的祖母〉，5：75）。如果活著，則「時代不停的推展向前，人和事都不停的改變，落後的只有婆婆，還有那段歷史」（〈愛恨同體〉，3：33）；如果死了，則如孫子的總結：「她對死沒有真正的認識，誠然，她也不認識自己」（5：70）。況且，儘管也有企圖把對祖母的敘述串聯到歷史脈絡上的嘗試，但涉足歷史長廊的祖母究竟也無法同時銜接宏偉敦厚的文化傳統。在上述兩篇散文中，祖母性格上的缺陷都不約而同的被提及。前者藉婆婆梳理頭髮，反襯她無法梳理糾結的仇日情結時表示：「有時候，我們不知道該不該勸勸婆婆，應該以寬宏大量梳理煩絲？」（3：32）[10]。而後者雖然認為被祖母「帶大的兒子孫子多少都遺傳了她的堅忍、刻苦、不屈」，但是緊接著又認為祖母的「這種性格，或者與固執、跋扈其實是沒有什麼兩樣的。這個禍根，也為祖母的人際關係帶來無窮的煩惱，並且，懂得與她相處的人並不多」。（5：72）祖母在父與母的邊界遊走，然而卻又非母非父。她無法固定與任何一邊聯盟的身份，致使作者對她的詮釋時有遊移，再一次從反面說明了嘉應散文中父母書寫模式固定化的現象。

---

[10] 此篇作者的立場是奇怪的，他雖然也指責日本以謊言篡改他們的侵略史，但是卻又表示「無法全面拼出（如婆婆所述的）那個時代的血淚圖」，因為「日本對於我們來說，倒是一個強國，而我們印象中的日本人都是溫文有禮」的。或許真的如他自己所述，始終「不曾與她相逢相遇」，所以「婆婆所經歷的」與「那個時代」對他而言是分裂的。

三

第八屆的首獎作品〈江湖〉，雖然套用一些江湖「術語」以及某些故弄玄虛的武俠小說家者言，但作者所寫的祖父卻倒是更接近散文的真實。散文中「我的童年遇上阿公的老年」，所以當記憶被放置到那個年歲，就如作者三番兩次強調的：「我永遠只能是小孩」。作者藉著寫另一個小孩──他不足歲的弟弟──睜大眼睛看阿公的葬喪儀式，以其長大後的後見之明詮釋他弟弟──同時也部分是他自己──的必然情況：「等他長大後，他將不記得任何畫面。」在小孩的記憶中，阿公註定無法保留一個完整而統一的生平，包括他所遭逢的有關阿公的最重大的事情──阿公之死。阿公垂危的消息傳來時，他正在看電視，「不知道應不應該繼續看電視，畢竟還是看了」。作為小孩，當晚電視節目的遊戲方式及其結果他都還記得，但是對於有沒有見到阿公最後一面倒忘記了。死別之事尚且如此，何況其他？因此面對（書寫）阿公，作者不免要一再重申：「我的記憶不牢靠了」。他只能把阿公寫成一些與他自己有關的零星片段：阿公的炸春捲、炒花生，以及別的孫子沒有得到的、被阿公用下巴摩挲的嬌寵。更殘酷的是（現實往往是殘酷的），對一個小孩而言，初接觸的武俠連續劇的衝擊，竟比阿公之死更加深刻。他從電視劇瞭解死亡，阿公的喪禮於是就胡鬧變成他的一個江湖片段，他甚至還扮演大俠大鬧現場。除了他「就是沒有劇中人物的悲慟」，其他的與電視劇沒有兩樣。在這樣的散文中，「南洋」、「豬仔」、「日本人」的字眼雖然也不能免俗的出現，但它們就像阿公啃地瓜「連放了三年零八個月的屁」一樣，沒有特別的指涉作用。

〈江湖〉一文自然有其精彩之處，然而在文學獎的遊戲裡，文章本身無論如何精彩都無法決定自己的名次。決定作品是否該入圍及該如何排名，是評審的權力。而評審權力操作的結果也取決於評審如何閱讀。我們可以從附錄於〈江湖〉篇末的短評得知這篇散文如何被解讀。[11]一名評審以讚歎與感性的語句寫道：

---

[11] 嘉應散文獎作品專輯裡一向沒有會審記錄，它最初只有主評的評審報告，從第六屆開始才有個別評審對不同篇章的一小段或三兩句短評。

　　　　平實的筆調述說阿公的一生點滴，每一字句都是那麼自然、深
　　　刻，透發著阿公和作者本身的人生哲理與人生睿智。寫來毫無矯
　　　情，全文前呼後應，透過時代裡的小人物，烘托出整個大時代告終
　　　的壯烈與悲情。

　　　　是的，那個時代不見了！

　　焦桐在論臺灣文學獎的一句話或許可以借來在此延伸引用，他說：
「獲獎者的名聲不是孤立的榮譽或金錢利益，它通過傳媒的權力操作，取
得某一種合法性的位階。」[12]嘉應散文獎不具備掌握媒體傳播的便利，它的
得獎者並不曾獲得媒體的大事宣傳與報導[13]，雖然並不排除得獎會獲得文壇
某種程度的關注，然而「名聲」云云恐怕也只是友朋圈子裡的事。倒是歷
屆作品的模式，有效通過其之得獎產生了所謂的「合法性的位階」——至
少，是在嘉應散文獎的圈子內。

　　檢視歷屆獲得首三名的嘉應散文，以父親母親為題材的約有七成，[14]其
中多數不脫本文所指出的固定模式。若單看獲得首獎者，則八篇散文中有六
篇是以父祖為題材的[15]，而這六篇又多不偏離所謂「父祖同盟民族／歷史／
文化」的大敘述。一方面固然是前屆得獎作品對後來的參賽者所起的一種
示範／指導的作用，另一方面也是歷屆評審對「親情與鄉情的交織」、「歷
史滄桑感」、「濃濃的民族情結，悠悠的桑梓情懷」、文章之「大氣」的反
覆讚歎，賦予此類作品一種不受質疑的合法性／合理性。這種遊戲／權力規
則，不僅參賽者懂得，就連評審也會「因瞭解而迷惑」，尤有甚者，就如
〈江湖〉一例，被作者從民族歷史框套中解放出來的父祖，在評審的誤讀
中，到底還要被套上「大時代的壯烈與悲情」的合法枷鎖。

　　母親的書寫亦難逃由評審所加的合法枷鎖。第四屆〈傷事〉一文中的
母親出嫁時因為不曉得是嫁作父親的填房，而且還必須照顧前妻遺下的幾個

---

[12]　焦桐：《臺灣文學的街頭運動（一九九七～世紀末）》（臺北：時報，1998），頁241。
[13]　不僅是嘉應散文獎，就連整個馬華文學節裡最重頭的馬華文學獎，遭遇也大概相似。
　　　近年來，馬華文學獎成績揭曉的新聞甚至只出現在地方版。
[14]　第一屆嘉應散文獎出現兩個第三名，故八屆獲得首三名的散文總數二十五篇，而以父
　　　母為題材者有十八篇。
[15]　另外兩篇分別是寫母親與弟弟。

孩子，認為自己被騙，所以對父親非常憎恨，即使在他過世十多年後還要咒罵他，並且把滿腔怨氣發洩在自己的孩子身上。作者寫她鞭打和用滾水燙哥哥的一幕，實在令人讀之不安。這篇散文雖然得獎，但其寫法卻顯然不被認同。評審以《孔雀東南飛》為例，一方面固然承認醜惡的母親古已有之，但是另一方面卻認為「現在我們一些作者在描寫負面的母親的形象，這卻反映了價值觀的改變與所謂代溝的嚴重問題」。他表示，這些「重點在描寫母親的不是」的作品，「其言行舉止值得檢討」。評審意見主宰書寫模式的有效性或者可以印證於兩屆後的一篇文章。在那篇作品中，執藤鞭的母親所施行的，已是愛的教育。作者寫道：「那些紅腫的鞭痕一一寫滿母愛。」（〈永遠的小孩〉，6：33）母親又回到愛的軌道上了。

　　男性與女性祖先的角色及其功能過於約定俗成，限制了作者的思考能力，導致散文不止失去創造性，並且有時也失去真實感。我們不妨以一個連續得過幾屆嘉應散文獎的作者的不同文章來說明之。在其中一篇文章中，作者指出「中國大陸清朝的政治腐敗，導致民不聊生」，所以許多華人漂洋過海以另尋生機，「這些人之中，有我的爺爺及外公」。然而在另外一篇中卻說「三十年代，由於神州內戰連年，民不聊生，外公只好攜著新婚的妻子漂洋過海，開始新的生活。」除了情況是同樣的「民不聊生」，外公離開大陸的時間至少相差了幾十年。拋開這些差異，有幾樣東西是共通的：男性祖先——不論是爺爺還是外公——都是把動盪的家族／民族歷史，通過一間廟的建立（無論供奉的是什麼神祇，神權保障的是父權），使之安穩的在本地延綿繁殖的人：

> 爺爺建議大家出錢出力，建一間廟，供奉媽祖及觀音眾神，讓神護佑芸芸眾生的健康及安全。
>
> （〈那座城中的那條街〉，6：93）

> 當年他們抵達時，這裡只有一間祠堂，簡陋破舊，外公說服大家出錢出力，將廟宇建了起來……
>
> （〈記憶中的童年往事〉，7：96）

　　共同住在同鄉人聚居之地的爺爺與外公，不知建的是否是同一間廟？無論如何，他們都是該事件上進行「建議」與「說服」工作的主動者，女性長輩——外婆與媽媽——相對的只能以無聲而虔誠之姿出現於父權之前，不論她們面向的是神廟，還是酬神的戲臺。就像爺爺／外公同樣建議／說服大家「出錢出力」一樣，作者書寫外婆與媽媽的無聲之姿，用的也竟然是一樣的修辭：

　　　　往往都是媽媽先上香，三柱清香舉在額際，所有的歲月已翻成了她
　　　　鬢角的微霜。

　　　　　　　　　　　　　　　　　　　　　　　　　　　　　（6：96）

　　　　她（按：外婆）一直守在戲臺前，讓所有的歲月翻逝成她鬢角的
　　　　微霜。

　　　　　　　　　　　　　　　　　　　　　　　　　　　　　（7：97）

　　在反復的書寫與評審過程中逐漸變成「常識」的認知，無形中起了一種規範的作用。由於「常識知識的權力來自於它聲稱自身是自然的、明顯的，因而是真實的」[16]，預期中的父親母親的人性與本質、角色與功能，於是便難以更易。因此，儘管刻苦耐勞、勤勉能幹的母親不在少數，但是要像父祖同盟一樣暗藏文化密碼的母親卻近乎於無。外祖父盡可以澄澈睿智，並以其深厚的儒家教養影響母親，而母親經「外祖父嚴苛彝訓的師承，醞釀出渾然天成的蘭心蕙質」，然其蘭心蕙質，最終也只能發揮成「淋漓盡致充滿慈輝的母愛天職」（〈也是遊園〉，3：68）。因此，理所當然的，當給即將遠行的兒子帶上東西時，母親所給的是代表口腹溫飽的厚棉襖和光餅，而父親所贈的則是意味文化滋養的王羲之《蘭亭序》摹本。（〈回首風濤念父情〉，3）有時候，母親更被寫成像智力還沒發育的小孩一般，經常為一些瑣碎的「幸福」（類似小孩之追逐糖果）而與父親爭吵，最後在父親的「有深度的言論」下醒悟必需珍惜自己已擁有的

---

[16]　「常識改變之時，『人性』必須受到重新定義。」見Chris Weedon《女性主義實踐與後結構主義理論》，白曉紅譯（臺北：桂冠，1994），頁91。

幸福。父親的一番老套陳腐、只有在慢節奏的煽情連續劇裡才聽得到的言論，竟令作者由此「發掘他的偉大情操」而「汗顏不已」。她眼中的母親於是「像個做錯事的小孩嘟著嘴，淚水在眼眶裡徘徊。半晌，終於像一溪涓涓流水順流而下」（〈向晚風景碎〉，8：55-56）。[17]

尤其荒謬而反諷的是，在預設的模式中，竟常出現有悖常識的敘述。比如〈天地蒼茫與河殤〉的父親為女兒召喚祖父及其離散史時說：「我記憶中有個對焦而定格的畫面，說也淒淒。只見他悲涼提起舉杯的右手，一樽還醉動盪而深深顫抖的大地。左手拿下嘴裡叼著的那根煙，朦朧中、氤氳裡，他滄桑的臉龐盡訴遊子的辛酸。南洋這塊土地，到底沒有黃河奔騰。他身上那因汗跡而發黃的白背心，以及入暮的黃昏景色，都不能與黃河掛鉤。」（7：4）僅念過三個月的書、在地盤做散工的父親，在招魂時用的竟然是拗口的書面語言。

而〈回首風濤念父情〉中的父親則是那種「長期彎著身，顧不得血污，顧不得汗滴，顧不得割肉的車帶，頂著毒熱如蜘蛛的烈日，在水浸的田窟內躬耕」的人。然而，父親給遠行的兒子帶去的竟是他親手雕刻的印章「回首風濤」。這枚閒章既有豪情亦有逸志，而且還非常高雅：「印首是鑲著翡翠的一隻獅子，手工精緻圓健，那福山壽石晶瑩潤滑」。這個情節且無須疑其虛構，但父親所講的話就不免像是為了載道而作的設計了：「孩子，此去迢迢千里，你可要保重，更別忘了月是故鄉明啊！民族的根可不能斷呀！」此文作者生於一九七〇年，而文中所寫的送別發生於寫作時間——即一九九三年——的十多年前，當時他最大也不過十二三歲。父親的話，以及他所送的那枚印章，對一個十二、三歲的孩子而言，不嫌太沉重、深奧，以至不甚可能嗎？

另一篇文章〈歲月長河的脈脈血緣〉的祖父，也是一個「春犁田，冬拉磨」的農夫。從同一作者另一得獎散文中，我們得知她的父親也是農夫。這麼一個世代務農的祖父，「竟能在那地瘠民貧的年代，博覽群書，為造化之詭，天地之秘，作出那麼貼切的文化省思」。通篇對素未謀面

---

[17] 此篇散文的作者亦曾獲第六屆嘉應散文佳作獎。其文〈心筐裡的野花〉則透露她媽媽已經不在了，而她去向爸爸討學費時，爸爸家裡的女人是一個裹沙龍的異族。兩篇散文哪一篇內容屬實？還是兩篇都是「小說」？

的祖父充滿讚歎與崇拜的「追悼的輓文」，讓讀者相信祖父「已把錦繡文化的根堅牢盤結在我的土層裡」，然而，所謂的「錦繡文化」以及祖父對它的「貼切」「省思」，卻始終只能在「歲月長河的脈脈血緣」的驚歎語調上浮浮蕩蕩，不知所蹤。更弔詭的是，祖父擁有一個「硬木鏤花櫥」，裡面「莊嚴的擺著那一棱一棱被鑿成龍，繡成鳳的山岩及鐫以詩文的茶壺」。然而「那把可以開啟這物寶天華的鑰匙」，卻神秘的遺失了。沒有這把「可以貫穿祖父歷史遺痕的鑰匙」（5：99-106），我們便無法追蹤人間祖父之實有，祖父翩翩然化作如他所期待的麒麟與鳳凰——遠古的傳說符號，回歸為象徵之父。

四

　　許多為散文尋求定義的文論都同意，散文無一定格套，它最主要的特質一般被指認為是訴諸作者的真實生活經驗，作者本身通常直接介入於文字之中。換言之，散文在形式上是自由的，而它也必須是講真話的。然而，在特定的文學場域——比如文學獎的角逐遊戲中，書寫行為偶爾會互相影響。嘉應散文獎就出現了參賽者在文學獎這種「刺激與召喚機制」下[18]，被煽動、被激發去生產某種顯見被認可的書寫模式的現象[19]。在這種情況下，相對自由的散文也就可能被編碼，導致書寫的定型化。[20]就範於特定書寫規矩，在某種程度上也表示寫作者對自由思考的讓步。如此一來，散文所講的，也許就只能是常識，而不是真話。而把一切常識化處理，除了顯示寫作者（偶爾

---

[18]　文學獎機制可以將「反常化的語言藝術功能日常化、功利化、單一化」。詳陳檸〈不談文學，談文學獎〉，http://www.chinanews.com/news/2005/2005-04-25/26/566893.shtml

[19]　向陽指出，參賽者「必然是同意文學獎遊戲規則（權力運作）的文學書寫者」，他本身其實擁有「被煽動、被激發、被生產的回饋權力。」詳〈海上的波浪：小論文學獎與文學發展的關聯〉，《文訊》218期。

[20]　這種情況就解釋了為什麼有些得獎散文會像學校的限題作文一樣，明顯暴露出被指定參考的範文的影子。如果寫作者對「影響」長久接受得心甘情願以致不加思慮／過濾，那麼等而下之的抄襲作弊，也就變得相對的容易。嘉應散文獎就出現了抄襲別人與複製自己的作品，更糟糕的是，竟然有人（當然也無須具名）一再抄襲成名作者的作品而一再得獎。

也包括評審者）在認知上的貧乏，同時也大幅度弱化了作者本人對文字的介入。父親母親的書寫因此在「我」的抽離下呈現為集體的相似性，變成了「我們的」父親母親。而當「我」被取消，「創作者」變相缺席，識別個別篇章的作者，因此也就變得無甚意義；[21]而嘉應散文獎「鼓勵寫作風氣，提高馬華文學創作水準」的宗旨，似乎也變得形同虛設了。

嘉應散文獎作品專輯

《第一屆全國嘉應散文獎特輯》（吉隆坡：雪隆嘉應會館，1989）。
《回首暮雲遠》（第二屆嘉應散文獎專輯）（吉隆坡：雪隆嘉應會館，1991）。
《愛心千萬千》（第三屆嘉應散文獎專輯）（吉隆坡：雪隆嘉應會館，1993）。
《傾情記》（第四屆嘉應散文獎專輯）（吉隆坡：雪隆嘉應會館，1995）。
《我們都是農夫》（第五屆嘉應散文獎專輯）（吉隆坡：雪隆嘉應會館，1998）。
《界線》（第六屆嘉應散文獎專輯）（吉隆坡：雪隆嘉應會館，2000）。
《天地蒼茫與河殤》（第七屆嘉應散文獎專輯）（吉隆坡：雪隆嘉應會館，2002）。
《江湖》（第八屆嘉應散文獎專輯）（吉隆坡：雪隆嘉應會館，2004）。

---

[21] 本文徵引相關文字時省略作者（包括評審）姓名，意即在此。

繼續離散，還是流動：
跨國、跨語與馬華（華馬）文學[1]

張錦忠

> 我的國家
> 我生長的土地
> 人民團結一致繁榮生活
> 祈佑上蒼賜福與歡樂
> 天佑吾皇順利統治[2]

　　傳說十三世紀時巴禮米蘇拉王子出走巴領旁（Palembang），輾轉來到馬來半島南方的新加坡，後來復出走獅城北上，在柏丹河口上岸，佔地為王，成為馬六甲王朝的開國君主。那時當地及半島其他地方已有人煙，其中當然包括各族原住民。半島北方的兩個大國為泰國與中國，與王朝及半島時有衝突或互動。但是約一百年後西方殖民主義者紛至遝來，到了十九世紀時列強聲勢更是如日中天，既掠奪自然資源，也帶來西方現代性，更從人口密集的中國與印度移植勞力到東南亞。對研究「離散華裔」（Chinese diaspora / diasporic Chinese）的學者而言，這是中國人大規模離散的開端，雖然各階層的中國人在此之前早已因各種原因下西洋，在比鄰的中南半島或七洲洋上的馬來半島、菲律賓與印尼各地散居流寓，成為海外遺民。十九世紀中葉以後，中國人在新馬婆已漸漸建立了僑居社群，成家立業，建廟設校，已經不完全是客工或外勞心態了，儘管在那個年代衣錦還鄉或落葉歸根始終是離散行旅的歸宿願景。再一百年後，世界局勢劇

---

[1]　這篇論文原宣讀於「馬華文學與現代性國際研討會」（吉隆坡：馬來西亞留台聯總、星洲日報合辦、國立暨南國際大學中文系協辦，9-10 July 2005）。感謝彼時熱心促成此會的黃錦樹與居間連絡的李宗舜。事隔多年，論文與政經脈絡早已改變，除非重寫，否則再怎麼修訂都意義不大，但人生無奈的事也不差這一件，也就算了。
[2]　馬來西亞國歌，中譯者待考。

變，中國已從滿清帝國變成民國與人民共和國，大英帝國的殖民地紛紛獨立，東西冷戰、圍堵共產主義、第三世界主義成為二十世紀五〇年代的主流意識形態。離散華裔及其後代其實沒有太多的選擇，要麼回歸祖國，要麼落地生根，成為新興國家的公民，要麼「再離散」，移居歐美，要麼成為無國籍者。不管選擇為何，或者是否心甘情願，看來十九世紀以來中國人離寓南洋的行旅有了結局，離散者有了身分：回到原鄉，脫離華僑身分，重新做中國人；留在南洋，脫離中國人身分（只留下中國性／中華屬性），在他鄉建立自己及子孫的家園，做新興國家的國民（馬來亞人，新加坡人等）；移居英美，重新開始離散生涯。從這樣的論述脈絡來看一九五〇、六〇年代的新馬離散華裔族群大致上沒什麼問題。

南洋早已是中國作家發揮想像力的文學場域。從陳忱《水滸後傳》、羅懋登（二南里人）《三寶太監西洋記通俗演義》到現代武俠小說，再現／代現南洋的敘事處處可見。晚清時期領事、革命黨人、知識分子與文人紛紛南下，新加坡成為這些人的流寓地、避難所或中途站。從左秉隆、黃遵憲、康有為到葉季允、丘菽園，這些舊文人或編報，或組社，或唱和，在推廣舊詩方面貢獻良多。因為這群中國文人的離境，一個想像社群才有可能存在，有了這些舊文人在南洋活動，殖民地時期的新馬離散華社很快產生了一個中國舊文學的傳統，雖然規模不大，但也發揮了一定的文化教育（與文學養成）功能，也讓一九二〇年代前後冒現的白話新文學有了革新的對象。這個中國境外的華文文學複系統的發展，和數千里外的中國文學如何的文學革命有何影響關係，值得我們再探重寫。兩個不同空間不同文學環境的文學系統，到底在新馬發生的新文學是中國新文學的平行發展、模仿、延續、還是邊際效應，現存的馬華文學史並無法提供我們啟發性的答案，彷彿白話文學在新馬出現是極自然不過的事（因為中國文壇有了白話文學運動），無須加以詮釋或考掘其譜系。更重要的問題其實是，中國文學對殖民時期馬華文學（或，馬華文學史前史）的影響或干預的意義何在（例如：馬華文學的依賴體質、典範轉移理論的適用性、文學現代性的追尋）。重寫馬華文學史或現代性的思考，正是要跨越這種（方修以降的）理所當然的文學史思維模式。但是無論如何，在二十世紀初的新興海外華社，華文文學表現的典範轉移乃舊體文學／文言文退居邊陲，新文

學／白話文冒現的易位現象。殖民時期馬華新文學和中國新文學一樣，文學具有彰顯文化啟蒙與社會現代性的功能。

　　文藝革新似乎是三、四〇年代的馬來亞文學界的重要發展趨勢。馬來文壇在印尼文學的影響之下，馬來現代詩開始以革新為志，離棄班頓的舊詩傳統。同樣的，華文文學界也開始在地化，離散族裔作家產生了地方感性，提出南洋文藝地方色彩等主張，也展開對「僑民文學」的批判。這意味著離散與流動的差異。對那些離開中國國境之後就沒有再回歸的「海外中國人」而言，他們以及他們的後代都是離散族裔。離散族裔的國籍容或不同，但始終屬於離散族裔；離散性與國民性並沒有矛盾衝突。國家認同與文化屬性對象的差異／他異在現代國家原屬常態。離散族裔追尋自己的國家，成為新興國家的國民，但是堅持維繫自己的中華屬性。不過在現實政治環境裡頭，當道的主流論述制定國語、建構國家文化與國家文學，形成非當道非主流的華裔文化屬性——中華屬性與中文的「流離失所」或錯位弱勢，連帶其國家認同（儘管與強勢族群同質）也受到懷疑與創傷。

　　如果說晚清文人南下，象徵了中國舊文學的離境與移植，民國時期中國作家到南洋，或是為了逃避國民黨政府追捕，或是為了鼓吹革命思想，或是想到他鄉謀生（例如編報或教書），則代表了中國新文學的革命文學意識以「新興文學」之名轉移到新馬文壇。在接下來的二、三十年裡，中國文人作家跨越南中國海來來去去，已是殖民時期華文文學常態。這些南來文人之中不乏新文學名家。日據前後在南洋活動的郁達夫、胡愈之、巴人、楊騷等已是大家耳熟能詳的名字。他們南下的原因多半如前所述，歸返中國的原因也不少，或覺南洋謀生不易，或遭殖民政府遣送出境，或任務完成回國，當然也有人埋骨南國。與其說這些流寓或暫居南洋者離散在家國之外，不如說他們是跨國流動者。

　　「中國南來作家」早已是馬華文學研究的重要課題。不過研究者重點多擺在南來「中國作家」及其影響。[3]事實上，儘管二〇年代以來，非峇峇土生華人作家（生於斯長於斯）跟第一代中國作家的比例如何，並無確

---

[3]　參閱林萬青，《中國作家在新加坡及其影響（1927-1948）》，修訂版（新加坡：萬里書局，1994）與郭惠芬，《中國南來作者與新馬華文文學》（廈門市：廈門大學出版社，1999）。

實統計數據，編報或教書或在報章發表創作的文人中國南來者多土生者少
卻是事實。研究者多以若干指標（例如文學運動、文藝副刊重要性、名氣
大小）來表示其影響，以彰顯這群離散家國之外與跨國流動的作家的文學
與文化活動的意義。英國殖民地時期或馬華文學史前史的書寫詮釋也不外
如此。他們書寫的是一部流動的文學史。其實，廣義而言，在馬來亞尚未
獨立之前，不管是否屬於南來第一代中國作家，或後來有沒有回歸中國，
還是生於斯長於斯的土生華人，在新馬居住的華人，儘管歸由英國殖民地
政府管治，都屬於中國僑民（至少在一九四九年以前）。因此，這一部既
在（星馬）境內又在（中國）境外的文學史的屬性實有其曖昧雙重性與流
動性。

　　戰後胡愈之等左派文人回歸祖國，不過還有好幾波以香港為中途站的
中國作家離散南來，例子實在不勝枚舉。即使在一九四九年以後，這樣的
流動一直還在繼續。例如林語堂、凌淑華、徐訏等應聘到南洋大學教書，
不過很快的林語堂赴美、凌淑華移居英國，徐訏返港。另一批人（例如鍾
文苓、劉以鬯、楊際光、李星可等）應聘到新馬籌辦報紙，可是各人際遇
不同，鍾文苓留星、劉以鬯成為香港作家、楊際光移居美國、李星可終老
澳洲。又如香港的友聯機構在一九五五年左右到新加坡與馬來亞出版《學
生周報》與《蕉風》，方天、姚拓、白垚、黃思騁、黃崖等人也陸續南
來。日後方天移居加拿大，黃思騁返港，白垚離散美國，姚拓則終老八打
靈再也。他們多半從香港再南下，有些人後來回港，更多留下來成為新馬
公民或長期居民。這些再南下的文化人長期在報館工作，或經營出版社，
或辦報紙，或編華文教科書，或出版文學刊物，影響不可謂不深遠。過去
書寫文學史的人，基於文學意識形態或政治立場不同，往往刻意模糊或略
而不提這些（被視為右派的）南來文人。

　　不過，六○年代馬華文學的流動方向有了調整。一方面由於獨立國家
馬來（西）亞有了國籍法，南來的作家文人漸漸少了，另一方面，在台灣
的國民政府實施僑教政策，招收東南亞華裔學生赴台留學，其中包括新馬
華人子弟。這些早期留台生中，以星座詩社陳慧樺、王潤華、林綠諸人最
為著名，可視之為文化回歸、跨國流動（身體）與（雙重）離散雙鄉的個
案。七○年代的神州詩社更是典型的文化回歸案例，神州諸子並在台灣開

創「文化中國」的虛擬實境，神州的結束與溫瑞安等人的離境也象徵了文化中國在台灣的哀悼。八〇年代以後，馬華作家繼續朝北回歸線流動，一直到今天都還是如此，只不過流動的空間與方向到了九〇年代漸漸從臺北變成北京或南京了吧。離散與流動難免產生跨國書寫。九〇年代以降「在台馬華文學」漸漸在台灣文學場域冒現，台灣成為馬華文學境外營運中心，而這些在台灣產生的台灣文學／馬華文學文本難免也造成文學屬性的錯位問題——一方面既是台灣文學也是馬華文學，另一方面也是馬華文學的流離失所：作品既不在馬華場域發生，作者又不具台灣身分，何況還寫膠園雨林。「在台馬華文學」在台灣文學史／馬華文學史的雙重性與流動性，其實翻版了過去中國或中國僑民作家在新馬所生產的文學在中國文學史／馬華文學史位置裡頭的雙重性與流動性。[4]

離散雙鄉也還是離散。一部馬華文學史，也就是離散史或流動史。從一個空間到另一個空間。從一個語境到另一個語境。過去如此，未來也是如此。未來總是一直來，一直來（台灣導演林正盛的書名），馬華文學也繼續離散，從現在流動到未來。這也意味著我們必須跨越現在，向前看，看看未來（二〇二〇年？）的遠景。

新千禧年初的馬來西亞華裔（作家）在本國境內的情境與位置，可以推想，隨著華人人口比例的下降與社會主流論述的多元化，馬華文學更形邊陲化。另一方面，這樣一來，在五〇年代因重新（追尋）認同或融入華社而漸漸消失的峇峇社群有了重新冒現的可能，同化也再度成為族群融合的途徑，政府更無須嚴肅思考多元族群社會裡多元文化政策的必要——這或許更符合馬哈迪的二〇二〇宏願。屆時「馬來西亞人」（「馬來西亞國族」）〔Bangsa Malaysia〕指口操馬來語的馬來人、東西馬原住民、華裔、印度裔與混血者。馬哈迪一九九一年提出他的宏願，二〇二〇年的馬來西亞應是「一個安和的國家，領土完整，族群融合，各族和諧共居相互扶持，形成一個政治忠誠效忠國家的『馬來西亞國族』」（Mahathir 1991:1）。想像中的這個理想國度（想像的共同體）的國民共同／溝通語文當然是馬來語（不，不是馬來語〔Bahasa Melayu〕，而是馬來西亞語

---

[4] 　請參閱拙文〈文化回歸、離散台灣與旅行跨國性：「在台馬華文學」的案例〉，《中外文學》33.7(2004): 153-66。

〔Bahasa Malaysia〕，有時也簡稱「峇哈斯」〔Bahasa〕），而非英語，
或華語，或淡米爾語，或烏都語。而一旦非馬來族裔欣然改奉伊斯蘭之後
（印度裔穆斯林並不新鮮，其實巴基斯坦穆斯林在國家獨立之前原本就是
印裔穆斯林，比較而言，華人或許比較困難，但改奉的華裔穆斯林的例子
也頗多，更不用說中國的穆斯林人數之多），同化宏願或國族建構即大功
告成矣，何需等到西元二〇二〇年。事實上，的確不用等那麼久，今日華
裔與印度裔年輕一輩（後五一三或新經濟政策後成長的一代）口操流利馬
來語已是相當普遍的現象。

　　儘管全球化與中國熱讓世人難以向英語與華語（英語風與華語潮）的
優勢說不，馬英文學與馬華文學並不見得會因沾上邊際效應而蓬勃發展，
原因其實很簡單，馬英與馬華公共空間不夠大，文學市場太小。表面上看
起來，英文文學作者比較有可能來自各族群，故作品比較多元，讀者閱讀
英文文學作品，也比較能看到城鄉與各族生活風貌。馬來裔詩人薩列·
本·左內（Salleh Ben Joned）一九八七年（茅草行動那一年）著有巫英雙語
詩集《薩列詩集／聖潔與鄙俗詩篇》（Sajak-Sajak Saleh/ Poems Sacred and
Profane），收入馬來文詩四十五首，英文詩二十三首。詩集出版後馬來文
學界的評論付之闕如，阿迪峇·阿敏（Adibah Amin）寫的是英文書評。不
過，那是一九八七年的事了。有趣的是，二〇〇二年這本詩集再版時，馬
來文詩只增加一首，英文詩則增為二十九首（薩列自己說內容已變成英巫
詩各佔一半）。詩人自己認為「從馬來西亞的多元文化現實脈絡來看這很
有意思」，而他下一本詩集《亞當的夢》（Adam's Dream）則純粹是本英
文詩集，進行中的長篇小說也是英文作品，因為他相信在馬來西亞英文更
適合作為跨族群與跨文化溝通的媒介語（Salleh 2004）。這階段的薩列的身
分已非雙語詩人——我稱之為跨（越馬來）語詩人。[5]

　　一九九三年，當時的大馬首相馬哈迪試圖扭轉過去在新經濟政策
（DEB／NEP）與卜米主義（Bumiputeraism，或譯「土著主義」）或新經
濟政策卜米主義（NEP Bumiputeraism）意識形態下邊緣化英文的語文政

---

[5]　詳薩列·本·左內四書：*As I Please* (London: Skoob Books, 1994), *Sajak-Sajak Saleh/
Poems Sacred and Profane* (Kuala Lumpur: Pustaka Cipta, 2002), *Nothing is Sacred* (Petaling
Jaya: Maya Press, 2003), *Adam's Dream* (Kuala Lumpur: Silverfishbooks, 2007).

策偏差，以免馬來人因英文水準低落而在全球化中失去競爭力，於是倡議在大學用英文作為科技教學媒介語。馬哈迪的做法引起耽溺在「峇哈斯者民族魂也」迷思中的馬來社會與馬來知識分子的反彈可想而知，只不過那時這位前首相聲望如日中天，副手安華、教育部長納吉都發表聲明支持。不過，英語政策的逆轉也似乎意味著承認馬來文作為科技傳播語的不足，或一如文化翻譯，科技翻譯實有其侷限性，在追求現代性與現代化的進程中（有第幾個五年發展計畫為證），翻譯固然有其功能與貢獻，但翻譯曠費時日，翻譯達人可遇不可求，結果成效普遍不佳，何況一個普通常識的問題是：英文幾乎是大馬人的普通話，又是（一直都是）科技、醫藥（裡頭多希臘、拉丁文）、網路用語，直接使用英文吸收知識不是更方便快捷嗎？不過，如前所述，儘管英語在全球化的聲浪中隨著馬哈迪登高一呼而捲土重來，馬英文學的地位並沒有水漲船高。文藝小刊物與副刊並未見起色，作品數量少市場小，民間社會不乏英文公共空間，但沒有文學詮釋社群，典律建構不起來。英文固然（比峇哈斯）更適合作為跨族群與跨文化溝通的媒介語，跨族群與跨文化溝通是否各族群日常生活的常態，顯然不無疑問。另一方面，很可能更普遍的現象是，遠在馬哈迪重新看重英語的實用教育功能之前，英文一直都是各方言群華裔之間（以及華裔與印度裔之間）的溝通媒介語。更值得觀察的其實是：時至今日，在馬來西亞誰以英文書寫？從雙語到跨語的薩列・本・左內只不過是個特例（跟莫漢末・哈吉・薩列的跨〔越英〕語離散方向相反）。

　　薩列・本・左內的特例並沒有在馬華文學界出現。阿迪峇・阿敏、倪瑪拉・拉哈梵（Nirmala Raghavan）等在英巫雙語間流動的馬來作家例子在馬華文壇也不多見。華裔大馬英語詩人或小說家如李國良（Lee Kok Liang）、余長豐（Ee Tiang Hong）、黃佩南（Wong Phui Nam）、林玉玲（Shirley Geok-lin Lim）、陳文平（Chin Woon Ping）、紀傳財（Kee Thuan Chye）、葉佩詩（Beth Yahp）、蔡月英（Chuah Guat Eng）等皆是英語作家。像張景雲那樣的華英雙語詩人，馬華作家中並沒有幾個。因此，儘管英文更適合作為跨族群與跨文化溝通的媒介語，馬華作家並沒有跨越母語書寫而改以英語發聲的動機或誘因。哈金（Ha Jin）的例子畢竟是發生在美國。（若干馬來作家指同胞用英語寫作志在在國際市場揚名立

萬其實不全正確，用英文〔或任何語文〕寫作並非得獎保證，還要寫得好才行，可見此輩並不瞭解文章其實並非經國之盛事，而是個體的事業。）華裔馬英作家跟馬華作家之間甚至不太往來。馬英文學的市場或許比較大，學院建制比較健全，具典律建構的歷史，但是發表空間並不比馬華文學強。同樣的，華語的國際優勢並無法產生國內馬來裔或印度裔作家以華文書寫的效應。反之，隨著大馬華裔人口逐漸下降，馬華文學漸成去畛域化的小文學。馬華文學固然有祖先遺傳下來的產業作為文化資本，但是國內市場小，如果沒企業化經營的條件（出版、通路、文學獎等），或投資海外（「在台馬華文學」），將來勢必萎縮成更小產業，或在甘榜的pasar malam擺攤位，或部落化，在網路同人之間的網際幻土流通。

另一方面，我們看到不少熟練馬來語的華裔語及印度裔作家以馬來語書寫的情形，但是不是越來越多，還有待觀察與統計。我稱這種語言的流動或離散現象為跨語。在本文的脈絡裡，跨語一詞並非指作家同時以雙語操作文學生產，而是（甲）一開始就已跨越族群語文（因為他們最熟練的語文為國語／馬來語）及（乙）終究要跨越母語而以國語／馬來語書寫（因為對國語／馬來語的熟練而融入其語境與文化）。就印度裔馬來文學書寫而言，新生代（後五一三／新經濟政策實施後的一代）印裔馬來文作家如巫達亞・桑卡SB（Uthaya Sankar SB）、薩若吒・迪維・峇拉克里斯南（Saroja Theavy Balakrishnan）等開始在八〇年代末九〇年代初冒現，他們以馬來文／國語書寫印度文化與信仰，刻畫印裔生活，以「卡維言作家」（Kavyan writers）自居，並在一九九九年組成「馬來西亞印裔作家基金會」。他們之中有人屬於雙語作家，不過以淡米爾文書寫的作品稱為淡米爾文文學，而非跨語的「卡維言作品」。他們自稱「卡維言作家」，也不無不想被稱為「非馬來族群」（kaum bukan Melayu）作家之意。過去華裔讀者對印裔馬來西亞文學的唯一接觸與瞭解門徑，就是印裔英文作家的作品。以淡米爾文書寫的馬印文學幾乎只能以印度裔讀者為市場。如今馬印文學多了跨語的卡維言作品，華裔或馬來裔讀者也多了一個接觸管道。

以馬華文學界而言，同時以華巫雙語創作者也屈指可數（碧澄、李國七、莊華興、張發、吳天才等）。華巫雙語創作或「自我翻譯」（autotranslation）有其意義與功能，值得探討，但也有其問題，例如讀者對象。如前所述，「跨語的一代」在本文指的不是（甲）就是（乙）──即華裔作家跨越華語／母語，跨入馬來文壇，以馬來語／國語發聲書寫。若從二○二○宏願、「馬來西亞國族」或「卜米主義」觀點來看，這正是國家文學／國家文化政策成功之處，也是國家機器（教育部）以馬來語／國語收編其他族群文學的途徑，雖然收編之後作者身分還是kaum bukan Melayu。不過，從華人民族主義（應該被超越／克制與解構的民族主義！）的角度觀之，這樣的跨越則是對母語的離散與離棄，也是母語的失身／失聲。「峇哈斯者民族魂也」更嚴肅或確切的譯法其實是「語言即一民族的靈魂」。換句話說，失語的身體也失去了民族魂。但是也可以換個角度來看：峇哈斯者語文也，英文者語文也；那麼，華裔作家、馬來裔作家可以不可以是「多語的靈魂」？可以不可以有「非母語靈魂」？如果答案是肯定的，「跨（越母）語的一代」的說法也就可以成立了。華裔作家以馬來文書寫華人文化（中華屬性）當然絕對可能。近年有人奢談「本土化」與「本土性」，事實上，還有甚麼比跨（越華）語書寫──以峇哈斯創作

　　更本土化的呢？不過那樣的本土化是從多語主義邁向單語主義，或者說，我們只（能）有一個靈魂。

　　反過來看，既然文學創作是個體主義的事業，既然多語主義比單語主義更有助於跨族群與跨文化溝通（讓我們學習「彼此的語言」，以「彼此的語言」溝通），既然多元文化政策比獨尊單一文化更能減少族群爭執，任何族群作家用甚麼語言書寫，其實是個體的選擇。因此，讓我們學習尊重個體主義，勿讓個體消失在（獨立廣場前）想像的共同體的人海裡頭。

　　身體離散原鄉的中國人的在南洋落地生根，過去一百五十多年來，身分一再改變──從大清子民、中國人、華僑、海峽華人、華人到將來的「馬來西亞國族」。從身體與身分的離散到語言的流動，變化不可謂不大，但不管怎麼改變，終究是離散族群。這些口操閩粵潮瓊客語的離散中國人及其後裔在新馬婆建立家園，是為（離散）華人社群，而其中有少數（其實是極少數）成員以華文書寫其中華屬性，表現其地方感性，其間也反映了華社的各種感時憂國的（弱勢）情懷。而中文／華文／漢文在英語、馬來語、印度語的語境以及各種非母語非民族語文形成的情境中流

動，歷經殖民時期與獨立建國後聯邦時期的不同「他者的單語主義」政策
（從獨尊英語到峇哈斯至上），向來就是弱勢語文或保存弱勢族裔靈魂
（族裔性）與文化的語文。這才是馬華作家以母語作為文學生產媒介語的
理由。然而，由於離散華人恒在離散流動，身體與身分的跨國流動已是常
態現象，跨語也勢不可免——跨過母語（母語程度漸低，低到無法成為其
文學表現語）以及混雜華語（例如邱菽園詩「馬干馬莫聚餐豪，馬里馬寅
任樂陶。幸勿酒狂喧馬己，何妨三馬吃同槽」）而流向一強勢語文（國
語），遂產生跨語的一代，馬華文學史也正式邁入華馬文學史。

在馬華文學的場域，南來中國作家許傑二〇年代末在吉隆坡編《益群
報》的〈枯島〉文藝副刊時即提倡成立南洋文藝中心，鼓勵本地作家書寫
南洋色彩作品。《新國民日報》文藝副刊〈荒島〉的黃振彝、張金燕、朱
法雨等人更是南洋色彩的倡議者。此外，《叻報》的〈椰林副刊〉編者陳
鍊青、《南洋商報》的〈文藝週刊〉編者曾聖提也在同個時期鼓吹「創造
一種南洋的文化」與「以血與汗鑄造南洋文藝的鐵塔」。同樣的，早在一
九五〇年，當王賡武出版新馬第一本本地英文詩作文本《脈搏》（Pulse）
時，就已藉書寫馬來亞地方性題材來建構馬來亞意識與屬性，那是他以
及他同時代的詩人如余長豐在四〇年代末即開始實驗的「英馬華」英文
（Engmalchin）成果。[6]「馬華印」（Malchin）則是薩列・本・左內在六〇
年代的自創詞，其指涉接近「馬來西亞國族」。七〇年代也有人倡議「馬
來西亞國樂族」，以「馬華印」（Machinta，我自己衍譯為「瑪晴泰」）
名之。顯然這些講華文或英文的先賢先德跟馬哈迪醫生（或其前輩文師阿
都拉〔Munsyi Abdullah〕）一樣心懷家國，本土性對他們（或我們）而言
並非甚麼糾葛，而（本來就）是靈魂的一部份，儘管這樣的靈魂是多語混
雜的。他們試圖建構一個想像的（混雜）共同體的用心與理想也值得我們
崇敬。我在八〇年代初，尚未離散家國時，也寫過一首感時憂國的短詩
（〈人際〉〔1981〕），茲錄如下，聊以紀念／哀悼那個風雨如晦的年代
與結束本文：

---

[6]　「英馬華」英文為混雜馬來文與羅馬拼音華文辭彙片語的馬來亞化英文，有點像今日
　　「星式英語」（Singlish）的先驅，視之為峇峇馬來文的英文版也可以。

人間不就是隱約的失樂園嗎
親愛的瑪晴泰
我們還祈求甚麼身後的美樂
讓我們遺忘五月的原始陰影
以及我們在這塊土地的過錯與錯失
讓我們虛懷學習誠愛、睿智、寬恕
以及彼此的語言
親愛的瑪晴泰

掃描《文藝春秋》（1996～2004）

黃俊麟

一、前言

不少前輩在論及馬華文學時，都不得不承認，馬華文學的發展，及至
形成，主要是依賴報章上的文學副刊大力推動。在文學雜誌慘澹經營，[1]出
版管道又尚未完全成熟的大環境下，報章副刊順理成章的成了作品發表的
最大集中地。因此，研究馬華文學，報章上的文藝副刊，乃是不可忽略跳
過的版圖。

《星洲日報》在一九八七年十月的茅草行動中，曾遭受創刊以來最大
的打擊，所幸在一九八八年四月八日復刊以後，在主管階層及上下員工精
勵圖治下，至今已躍升為國內中文第一大報，讀者人數突破一百二十萬，
在二〇〇四年度過了其意義非凡的七十五週年報慶。身為第一大報附屬的
文學副刊，再加上由報社創辦的「花蹤文學獎」聚焦，《文藝春秋》可謂
馬華文壇最有影響力的一塊園地，不能說是言過其實吧。

眾所週知，《星洲日報》這一場「浴火重生」的經歷，並不只是文學
上的一個比喻而已。一九八九年，復刊不久、百廢待興的報社確確實實遭
遇了一場回祿之災，許多珍貴的資料付諸一炬。

唯禮失求諸野，幸得在馬華文學史料工作上持之以恆的李錦宗先生
不棄，提供了一篇談論一九七五至一九八五年《文藝春秋》表現的大作

---

[1] 今年初，又一份刊物《向日葵》宣佈停刊。

〈十年來的文藝春秋〉，[2]方知《文藝春秋》創刊於一九七五年十月十八日
（星期六），是當時馬來西亞《星洲日報》為了進一步擴充副刊內容而推
出的新文藝副刊，以取代當時由新加坡《星洲日報》編的文藝副刊《青年
園地》，至今已經歷了甄供、王祖安、黃俊麟三任主編，正好整整三十年
矣，回顧、檢討和展望，亦正其時也。

只是，從一九九六至二〇〇四年，時間橫跨一個世代，不可謂不
長；刊載的作品亦累牘連篇，要一一消化，六個月內根本來不及，其中
牽涉的問題，深論更是可以發展成一本厚厚的碩士論文了，實非個人能力
所逮。只能就這九年來，在工作崗位上涉及到的文學創作與評論變遷，提
供一些私下的觀察，其中鄙之無甚高論，只是資料的整理與陳列，僅供參
考而已。

二、兒童也看《文藝春秋》？

從一九九六年至二〇〇〇年，在《文藝春秋》上刊載的兒童文學作
品，僅有十一篇，而且全係童詩，作者計有草風（五首）、鄭秋萍（兩
首）[3]、宋飛龍、年紅、楊熾、世蓮（各一首）。在評論方面，愛薇、張光
達都同時談論過童詩的界定（1998/11/22）；另外，方昂（1998/11/22）、
年紅（2004/1/24）也曾為文評析一些童詩作品的表現。

和其他文類相較，兒童文學在《文藝春秋》出現的頻率並不高，平均
每年才有兩、三篇作品而已，雖然在量上成不了氣候，作品類型也不夠多
元，卻也構成了一些可供思考的現象。

首先，為何只有童詩？或者應該這樣問：在兒童文學的分類中，排除
圖畫繪本外，以文字創作的就有詩歌、童話、寓言、小說（其中又可依題
材分為歷險、奇幻、傳記……）等，可謂五花八門，但兒童文學創作稿投
《文藝春秋》者，卻為何偏偏獨鍾童詩一味？

---

[2]　收錄於李錦宗《馬華文學縱談》，雪隆潮州會館，1994年4月，p.96。
[3]　其中一首為第五屆花蹤兒童文學首獎作品，另一首則為第一屆中文報業國際文藝營
　　「旅遊與文學」專輯的營員作品。是所有作者中唯一非主動投稿而獲刊出的作品。

其次，為何《文藝春秋》？兒童文學與其他文學類別的最大不同，即在於兒童文學就是以兒童為主；雖然好的兒童文學作品並不只限於讓兒童閱讀，也可供成年人欣賞、老少皆宜，但其主要的對象，還是針對兒童。既然是主要寫給兒童看的文學作品，刊在《文藝春秋》，是否已預設了《文藝春秋》的讀者群中，會有稚齡幼童？還是國內屬於兒童文學的發表園地有限，作者唯有寄希望於愛好文學的成年家長，期望能感動他們進而與家裡的小孩分享？果真如此，則《文藝春秋》在推擴馬華文學、提升創作水平外，尚負有拉近親子感情的重責大任矣。

但現實又並非如此。捻指一算，針對小學生而出版的刊物，就有《星星》、《小星星》、《三Ｍ報》、《三Ｍ畫報》、《大紅花》、《青苗》、《小博士》、《知識報》、《知識畫報》、《兒童學報》、《好夥伴》，以及剛於二〇〇五年六月創刊的《大姆指》、《大姆指畫報》……等十數種之多，是沒有園地還是沒有開發這些園地？若兒童文學創作刊登在讀者絕大多數為成年人的刊物版面，意即已經不是以兒童為主要對象了，那兒童文學寫作的意義又何在呢？

顯然，《文藝春秋》上的童詩乃屬於「錯置」的問題，即好的事物，放到了錯誤的位置，因而處處顯得尷尬，也發揮不了其應有的作用。此亦所以二〇〇一年始之後，以童詩為大宗的兒童文學絕跡於《文藝春秋》之故也。

三、馬華文學少點辣味

馬華文壇向來有論戰的「傳統」，而馬華文學的許多議題，往往就在這樣一來一往的爭論當中，完成了批評論述的建構。從早期一九四〇年代的「馬華文藝獨特性論爭」，到一九九〇年代的「馬華文學定位問題」、「經典缺席」、「斷奶論」、「燒芭事件」等，莫不如此。

特別是一九九〇年代的一連串爭議性課題，炮聲轟隆，無論對馬華文學的生態、批評體系的建立，都是關鍵性的事件，在影響日後的創作水平上，也是舉足輕重。然而，這期間的《文藝春秋》卻始終「倖免」於煙硝

之外，不見這歷史的半點遺跡。反倒是在《星洲日報》的其他版位上，如
《言路》，乃至副刊的《新策劃》、《星雲》、《星洲廣場》等，留下了
雪泥鴻爪。

　　那麼，在一九九六年至二〇〇四年期間，文學評論／批評在《文藝春
秋》的情況又如何？張光達在〈建構馬華文學（史）觀——九十年代馬華
文學觀念回顧〉[4]一文中論及一九八〇年代的馬華文學批評時說：「在馬來
西亞的華文文學，文學批評是最弱的一項，無論是導讀式的實際批評，或
是議論式的文學觀念，都是馬華作者不太願意去碰觸的文體。……這種情
形在八〇年代的馬華文學為甚，整個十年除了一些零星的作者的實際批評
外，討論文學觀念的理論文章幾乎交了白卷……」恰可為《文藝春秋》在
這時間內的初期寫照。

　　事實上，即便連那「零星的作者的實際批評」，亦是乏善可陳；充其
量，只能算是針對文本的解讀、賞析，甚至是讀後感而已，與這篇扯七雜
八的拙文一樣，近乎雜文的筆法。其中，著述最豐者，當數陳雪風。

　　陳雪風在一九九六至一九九七年間《文藝春秋》上主持的「及時點
評」專欄，針對當時刊載於《文藝春秋》上，或引起熱門話題的時下作品
發表評論，其中涉及的對象有：

——江湖孤獨我表達：談花蹤新秀獎的〈沉澱著一座城的影子〉[5]，刊於
　　1996年1月14日；

——《三夜》[6]與敘事詩，刊於1996年2月25日；

——天長地久在曾擁有：讀《麥迪遜之橋》，刊於1996年4月21日；

——將它唱成歌：談任雨農的〈母親頌〉，刊於1996年5月26日；

——戳喉之外：解讀〈戳喉之響〉[7]，刊於1996年6月23日；

——散文‧真實：談〈水岸〉[8]，刊於1996年7月28日；

---

[4]　收錄於張永修、張光達、林春美主編《辣味馬華文學：90年代馬華文學爭論性課題文
　　選》，雪蘭莪中華大會堂、馬來西亞留台校友會聯合總會贊助出版，2002年12月，
　　p.l-m。
[5]　作者張惠思。
[6]　作者長謠。
[7]　作者原甸。
[8]　作者楊錦揚。

——詩的再創作：評〈日月無光〉[9]與其朗誦，刊於1996年9月1日；

——抽象・具象：評〈時間的風景〉[10]，刊於1996年9月29日；

——老歌新唱：評〈迷城〉[11]，刊於1996年11月3日；

——小夥伴多了一些面目：評〈兩個小夥伴〉[12]，刊於1996年12月1日；

——方路的詩路：評〈詩8首〉，刊於1997年1月12日；

——詩與詩觀：談1997開年詩展，刊於1997年2月2日；

——語言・詩：續評1997開年詩展，刊於1997年3月2日；

——不老的故事：評菊凡的〈旅〉，刊於1997年4月13日；

——抒情・應景，[13]刊於1997年5月18日；

——小品斷章論：評尤今的〈苦頭及其他〉，刊於1997年6月1日；

——是現實。也是夢：評蕭志強的〈尋夢人〉，刊於1997年7月20日；

——亦是批評而已：與王蒙唱反調，刊於1997年8月17日；

——我看《北港香爐人人插》，刊於1997年10月5日；

——詩煙霧・煙霧詩[14]，刊於1997年10月19日；

　　其刊出時間之密，平均每月即有一篇，大有指點江山之勢，風頭可謂一時無兩。

　　同一時間內，《文藝春秋》尚闢有「一家作品兩家評」的欄目，作品和點評同時刊出，可惜只登場三期，即告無疾而終。參與點評的有陳雪風、張光達一組——評陳強華詩展（1996/12/29）及許裕全組詩〈身體語言六首〉（1997/2/16）；以及陳雪風、陳政欣一組——評毅修小說〈難宴〉（1998/3/1）。

　　當然也不乏引起一些迴響，有表達這些評論不能滿足於文本分析者，如劉育龍（1997/2/23）、黃俊麟（1997/10/12、1998/3/8）、黃志輝（1998/3/15）；有作者為自己作品辯言者，如楊錦揚（1996/8/11）；有補充被評作品之不足，各打五十大板者，如莊若（1997/2/23）；也有力挺自

---

[9]　作者李宗舜。

[10]　作者劉國寄。

[11]　作者黎紫書。

[12]　作者黎聲。

[13]　評王一桃、莞然、朵拉作品。

[14]　評呂育陶、田思、林武聰與霾害有關的三首詩。

己喜歡之作者的,如溫木顏(1997/1/12),大體上多是針對陳雪風的評論而來,個別內容和論點就不一一介紹了。

此外,還有一大部分的文學評論作品,是出於新書出版之序言。這些書序,除作者自言作品之源由背景、創作之寂寞艱辛、出版因緣鳴謝等交代文章外,為他人作序者,則不免對書中收錄作品評頭論足一番。然序也者,無非為他人臉上貼金,廣宣之用而已,自多小批評大幫忙之屬,所論往往到皮不入肉,點到即止。

馬華文學批評的提升,一直要到二〇〇〇年前後,才有另一番局面。期間出現的重要作者,如陳慧樺、張光達、溫任平、許文榮、林建國、劉育龍、林幸謙、鍾怡雯、張錦忠、龍川、陳志鴻、王德威、胡金倫、許文榮、莊華興等,皆不乏學術的涵養作墊底,援引世界的文學思潮如解構觀念、後殖民論述、新歷史主義、性別研究等為理據,不只是聲稱作品之好壞,還有解釋其原因,不論是在義理還是考證上,[15]都能迸發精彩而發人深省的精銳見解。

至於文學觀念的理論批評,莊華興的「馬來文壇巡禮系列」則是《文藝春秋》的一座里程碑。

二〇〇〇年底,文壇傳來林天英榮獲亞細安文學獎的佳訊,引起華社對華裔作家在馬來文壇表現的矚目。然而,進一步探討華馬文學(乃至馬來文學),卻也同時曝露出我們對「華社」以外事務的陌生。何以致之?魏月萍在〈華裔作家的馬來文創作:跨越邊界的華馬文學〉[16]這篇報導中分析:「大多數人對馬來文學的陌生,並非是因為對文學不感興趣,往深一層看,其實有一股被壓抑的情緒潛藏心理底層。這股激流伏潛在各種關係互動中,形成種族間無形或有形的隔閡……」要跨越這一層隔閡,就必須架起交流的橋樑,或許,就從瞭解馬來文壇的動態開始做起吧!故有「馬來文壇巡禮」的系列文章,而第一期刊出的內容,就鎖定在當時正引起關注的「華裔馬來文學」上。

---

[15] 義理的批評是著重於解剖和分析,強調形式和技巧的應用和美學價值;考證的批評在於尋找作者在現實中的相關位置,重視作者的創作歷程,讓讀者更容易接近創作者的經驗。見葉嘯〈義理和考證的絡合〉,1997/1/5。

[16] 《星洲廣場》封面,2000/12/24。

　　由二〇〇一年初至二〇〇四年底為止，「馬來文壇巡禮」已推出十一期。事實上，若把作者早在二〇〇〇年七月十六日就刊出的另一篇不在系列內的文章〈觀察世紀之交的馬來文壇〉視之為緒論的話，則應算有十二篇才是：[17]

——觀察世紀之交的馬來文學，刊於2000年7月16日；

——系列01、華裔馬來文學專輯，刊於2001年2月11日；

——系列02、馬來當代文學專輯，刊於2001年5月13日；

——系列03、馬來中生代作家專輯，刊於2001年8月12、19日；

——系列04、國家與文學的糾葛：對「國家文學」論述的初步思考，刊於
　　2001年12月30日；

——系列05、族群文學在多元社會中的定位與角色：馬來西亞的個案，刊
　　於2002年1月6日；

——系列06、馬來文壇印裔作家風潮，刊於2002年4月14日；

——系列07、請進她獨特的房間：馬來文壇的女性文學，刊於2002年8月
　　18日；

——系列08、馬來文學典律建構：民族記憶與現代文本的兩難，刊於2002
　　年12月22日；

——系列09、從民族主義到階級鬥爭：馬來左翼文學概述，刊於2003年4月
　　20日；

——系列10、支那人／華馬關係：馬來小說中的華裔鏡像與敘事策略，刊
　　於2003年9月14日；

——系列11、馬來新文學的起源：論爭與隱義，刊於2004年12月19日。

　　從縱面看，作者從馬來新文學的源起開始，以世代來劃分，不僅介紹了馬來左翼作家、中生代作家、當代文學，也旁及華裔、印裔、女性在馬來文學中的表現；在橫面上，也詳細交代了馬來文學如何建構其典律、國家文學的論述經過、族群文學的定位和角色等課題，企圖之大，儼然已有寫文學史的架構。更難能可貴的是，在馬華文學批評多年來各自為政，缺乏整體史觀與詮釋的理論框架建構的批評論述下，這無異是這十年間馬華

---

[17] 由於編誤，在系列刊出期間將原為系列05的文章重複植為系列04，以致接下來的每篇皆標錯篇數，現再整理臚列於此，也算還原更正之意。

公共領域的若干改變或進步。而其內容的最大意義，除了他山之石，可以攻錯，也為馬華重寫文學史的工作立下了重要的典範。

說到「重寫馬華文學史」，自一九六〇年代方修的馬華文學史論述算起，也有四十多年的歷史了。然而，檢視幾位前輩的開拓成果，大多屬於梳理過去的史實，處理的是起源和分期的問題，對於文學史書寫的立場與方法則較少觸及，更別提以新視野的詮釋方法，來確立文學史書寫成為一門學科的規範性與建構文本了。

二〇〇二年底，國立台灣暨南國際大學在埔里舉辦了一項「重寫馬華文學史」學術研討會，邀請了張錦忠、黃錦樹、林建國、李瑞騰、林開忠、高嘉謙、莊華興、張光達等人與會。《文藝春秋》在會後也將會議論文彙編成「重寫馬華文學史論述」系列，分期刊出；加上論文結集時張錦忠的諸論以及系列刊出後獲得陳政欣先生的迴響，共有九篇：

——論述1：黃錦樹〈境外中文，另類租借，現代性：論馬華文學史之前的馬華文學〉，刊於2003年1月12、19、26日；

——論述2：高嘉謙〈邱菽園與新馬文學史現場：回到文學史現場〉，刊於2003年2月16、23日、3月2日；

——論述：3：張錦忠〈離散與流動：從馬華文學到新興華文文學〉，刊於2003年3月23日；

——論述4：張光達〈文學體制與六〇年代馬華現代主義：文化理論與重寫馬華文學史〉，刊於2003年5月4、11、18日；

——論述5：莊華興〈文學史與翻譯馬華：政治性與定位問題〉，刊於2003年六月15日；

——論述6：林開忠〈「異族」的再現——從李永平的《婆羅洲之子》與《拉子婦》談起〉，刊於2003年7月13、20日；

——完結篇：林建國〈馬華書寫史：一個系譜學芻議〉，刊於2003年8月31日、9月7日；

——迴響：陳政欣〈馬華翻譯與翻譯文學〉，刊於2003年10月5日；

——延燒話題：張錦忠〈我們怎樣從反思馬華文學到重寫馬華文學史〉，刊於2004年4月11日。

　　這一組系列文章，無論是追溯文史之爭，究竟「馬華書寫史」的意義、重評馬華現代主義文學、探討南來文人如何從儒者轉換為文人，實踐本土化；還是確立馬華文學「離散」的文化屬性、檢討馬華文學受到民族意識型態之間角力的影響，以及探討「翻譯馬華」的政治性與地位問題，無不涉及了馬華文學的現代性、本土性、流動性、政治性的建構與論述，誠如魏月萍在〈重寫意義與詮釋權〉這篇報導中所言，其「問題討論幅度的跨越，把文學史的場景帶進了社會文化史及後殖民的視野，拓展了文學史討論的疆界，並且建立當代新史觀。」[18]

　　二〇〇四年，台灣麥田出版了《別再提起：馬華當代小說選1997～2003》（黃錦樹、張錦忠主編），這是繼一九九八年黃錦樹主編的另一本選集《一水天涯：馬華當代小說選》（九歌）出版後的延續，可謂馬華文壇的一大盛事。因此，《文藝春秋》在二〇〇四年九月十二日推出了「一時代有一時代之小說選」特輯，摘錄了書中的部份評析與諸論，結果引起劉育龍、張光達、莊華興、溫任平、陳政欣、許文榮等人的熱烈迴響。[19]其中，黃錦樹在回應莊華興的文章時，兩人另外引發了一場關於「國家文學議題」與「雙語寫作」的論辯，戰火甚至一直延燒至二〇〇五年初。

　　一直以來，馬華文壇在爭論一個議題時，牽涉的雙方最後不是淪為謾罵式的攻擊，就是轉在一些小枝小節大作文章，甚至道聽塗說斷章取義，往往偏離了文章課題的爭議核心，不但無助於學術的探討，反而造成了撕裂的對立和傷害。而黃、莊的這一場論戰，雙方雖各持己見，卻能秉持理性的態度，讓馬華文學批評少了些「辣味」，多了些思想上的互相激盪，故而值得特書一筆。

---

[18]　見〈重寫馬華文學史，建塑當代新史觀〉，《星洲廣場》封面，2002/12/22。
[19]　劉育龍和溫任平的三篇文章，是另刊於《星洲廣場》封底的〈文化空間〉版。

四、與現實的互動

　　文學反映了社會的精神脈搏，這是老話。即使其內容不必然與當下的政治事件或現實環境有關，但文學總是在探索人類整體的生存狀態或意義，因而或多或少還是會反映出不同時代地域的特徵。特別是在馬來西亞這言論自由的尺度有限的當下，文學更是成了另一道抒發寄寓的管道，而密切關注現實政治的讀者，也會輕易的就在《文藝春秋》中發現不少作品與現實互相呼應的關係。

　　舉其犖犖大者，即有許裕全、方路、方昂三家的詩作。

　　許裕全的〈類似的兒童節〉（1996/11/17）、〈亞也依淡的海南雞飯：記亞也依淡一宗五人喪生的車禍〉（2000/7/16）、〈許你兩個願：記香港一名被鐵鏈禁錮在家的四歲小孩〉、〈黎明前書：記麻坡巴口大火〉（2000/8/6）；方路〈遙遠的鄰人：致Dr. Mahathir、Fadzil Noor、林吉祥〉（2002/8/25）、〈動物園夏雪〉（2002/9/15）、〈布拉格水宮：兼致捷克總統哈維爾〉（2002/12/15）、〈紙上現場：三月記〉（2004/4/11）、〈紙上現場：七月廖府〉（2004/8/29）；以及方昂的〈詩2首：釣魚台、日本朋友與我〉（1997/1/12）、〈遲浩田在東京和橋本龍太郎握手〉（1998/2/22）、〈6月4日〉（1999/6/20）、〈Y2K〉（2000/2/13）、〈約旦人胡申的陵墓〉（2000/8/6）等，都不約而同的將充斥在當時報章版面上的車禍、火災、命案等社會新聞，及至東歐多國水災、六四週年、中日關係、中東和平等國際局勢網羅入詩。

　　一九九七年中，從印尼蘇門答臘、廖內、加里曼丹等地隨風而來的煙霾，籠罩在我國多個城市的上空，空氣素質指數達到不健康水平，有者更宣佈進入緊急狀態，人心不安。到最後，為了怕嚇跑外國旅客和資金，打擊我國脆弱的經濟，有關當局索性將空氣素質指數列為官方機密，以免外國媒體「渲染」破壞我們的形象。這樣的情形，至今每到乾旱季節來臨時還不時重演，教人無可奈何，只能賦詩吟嘆，如呂育陶的〈天空〉、青線七號〈醒在煙霧瀰漫的早晨〉、田思〈霧害〉、林武聰〈古晉，你好嗎？〉（1997/9/28）、楊康〈對岸，霧散了嗎？：致印尼華人文友〉（1998/7/12）、王濤〈煙霾越過夢境〉（2004/7/18）等即是。

　　此外，遊以飄〈SARS2003〉（2003/6/22）、林家寬〈瘟神〉（2003/6/29）、合平和謙成的散文〈37.5℃〉（2003/7/20）、〈傷城記：給後現代南丁格爾的敬禮〉（2003/9/28）則寫在瘟疫漫延時；丘亦斐〈最冷的一天：給張國榮〉（2003/9/28）、木焱〈臺北的憂鬱：悼念作家黃國峻〉（2004/2/1）、方昂〈梅艷芳：12月30日猝逝香港〉（2004/2/8）分別以名人傷逝哀悼一個時代的結束；許裕全的〈夢豬〉（1999/5/9）、謙成的散文〈故園風霜後〉（1999/7/11）喚醒了人們對立百病毒襲擊豬農的悲慘記憶；李開璿的小說〈捉人〉（2001/12/23）虛擬報館記者伏擊老千假冒市議會官員上門噴蚊油詐財的情境，虛實交替，與報上老千騙案頻傳相呼應；溫任平的〈426吉隆坡水患記〉（2001/7/29）、黃威監〈虜：寫在艾文颶風來襲前〉（2004/11/21）等，無不以文學的形式來紀實。而王濤的〈敦拉薩美國大使館路〉（2003/4/13）、〈21世紀的第一場戰爭〉（2003/5/4），以及黃建華〈戰爭那個早上〉（2003/4/13）記述了美國以反恐為名出兵伊拉克而掀起海灣烽火前後的那段氛圍；甚至在這之前發生的九一一事件，《文藝春秋》也主動出擊，組織了集合呂育陶、曾翎龍、方昂、木焱、楊嘉仁、林健文、劉育龍、李翊獅、溫任平、方路等人作品的「911事件迴響：在槍口插一朵花特輯」（2001/10/28），以文學撫傷、沉痛哀悼。

　　在威權體制下，對政治的言論批評，向來都為執政者所不容，動輒得咎；還好我們仍有文學中隱晦、間接、迂迴等表現手法，讓異議當局既定體制的聲音，找到了一絲生存的空間。王丹在〈政治與文學的張力〉[20]一文中說：「文學與政治發生關係，首先是因為二者都面對社會，面對組成社會的個人。文學與政治的互動也是在社會這個層面上進行。二者都是一種社會事實，社會把二者聯繫在一起。」再次說明了，文學與現實互動的關係。

　　一九九七年，一場金融風暴席捲亞洲，多國經濟陷入困境，影響甚至長達數年仍未復原，從溫任平的〈金融側寫〉（2000/1/16）、田思的極短篇〈菜蟲梭羅斯〉（2000/1/30）、方昂〈幣值〉（2000/9/24）等作品的發表年月，即可探知一二。其效應之大，也不可能不波及政壇的發展。一九

---

[20] 《自由時報・自由副刊》，2005/4/12。

九九年安華事件掀起國內反對勢力「烈火莫熄」的政改運動，一直延燒到
年底的全國大選，楊嘉仁的〈飛腳吧，把詩印在風裡面〉（2000/2/27）、
楊川〈類似愛國者的疑惑〉（2000/5/28）、呂育陶〈選舉的盡頭〉
（1998/9/27）、〈書寫的力量：選舉的盡頭 II〉（1998/12/13）等作品，都
記錄了當時風起雲湧的街頭示威、選舉期間引發的「愛國」爭議等事件。
到了局勢大定的2004年，還有碧澄的短篇〈良機〉（2004/10/10）對這一年
舉行的大選多所著墨。

　　至於作品中常見多元、拼貼、解構、後設等形式手法的呂育陶，藉後
現代的視角，在幾首書寫關於政治隱喻或政治事件的詩作中，如〈菜單進
行式〉（1996/8/4）、〈獨立日〉（1998/8/30）、〈電腦m2020的思考模
式〉（1999/12/5）、〈輕快鐵停在未完工的大廈〉（2000/5/21）、〈一個
馬來西亞青年讀李光耀回憶錄——在廣州〉（2004/3/21）等，「都穿插了
政治事件、歷史事蹟、社會變遷的文化／文本脈絡大體上呈現了文本政治
的意圖，絕不是直接複製社會新聞、片面議論政治事件、激昂批判或濫情
歌頌當權體制的政治詩／政治文本」[21]。

　　另外，一直以來，一九六九年爆發的那一場種族衝突事件，仿如一股
揮之不去的魅影，深埋在每一個人的內心底層，大家都知道有過那麼一回
事，卻又說不出個所以然來，想要深究，卻又無從下手。一方面，掌權者
非常忌諱討論這龐大規模的衝突事件，用製造政治禁忌的方式希望能自人
民的記憶中將之抹殺，但另一方面，「五一三」這符號又成了有心人的魑
魅，每當需要時即召喚出來保障自己的既得利益，以致於一九六九發生的
五一三事件，在歷經近三十六年的時空變化後，仍無法除魅，繼續保持其
無法逾越的禁忌界線。

　　只是，各事物都需要從「犯錯中學習」，才能讓過去的血淚經驗，成
為指引我們思索自我的未來重要憑藉。如果我們不能突破禁忌，懂得如何
以理性的論述、實事求是的態度來檢視過去的傷痕，那《文藝春秋》還能
以「藝術解構」的方式與之抗衡！除了方路〈憂鬱文件：記遠去的五一三
事件〉（1998/8/30）和方昂〈五口口〉（2002/5/19）兩首詩作外，《文藝

---

[21]　詳論見張光達評呂育陶的〈後現代的政治／美學、文本政治的解構策略〉，
　　2004/9/26。

春秋》也在二〇〇一年九月二日策劃了一期「失語：記憶空窗特輯」，收錄了方路的小品、溫任平和林健文的詩作、梁靖芬圖文並茂的短文等記憶書寫，帶領讀者行經歷史的幽谷。這雖不能還原已被大家忽略的五一三真面貌，但至少透過文學，可以使我們逼視這一道禁忌——唯有正視傷痕，才有可能結疤，才能回來理解、談論那一段記憶空窗的失語歷史、慘痛的經驗。

雖然以上提及的作品，其中的水平有參差不齊者，這類作品的文學價值也未必就比別種要來得高，但世界文學史的經驗表明，只要站在時代精神的高度，藝術家就有可能創造出偉大的曠世鉅構，因而這點嘗試，還是值得鼓勵。

五、「別再提起」外的禁忌之愛

二〇〇四年九月中出版的《別再提起：馬華當代小說選1997～2003》（麥田），是一本跨世紀的馬華小說選集，收錄了上世紀末（1997年）至本世紀初（2003年）的十三篇作品，跨越的年度，恰與本文涵蓋的年份（1996至2004年）相當；而十三篇作品中，就有六篇是發表於《文藝春秋》，佔了全書的將近一半（其餘七篇，有三篇出於個人結集、兩篇刊在台灣的報章期刊、餘者兩篇出自大馬另一大報副刊）。從比例上而言，張錦忠在書中諸論〈小說選後：1969年，別再提起〉中說的：「這六年間的馬華小說表現，其實也是過去三十年種種現象的縮影……綜論而言，馬共／砂共、五一三、國籍、身份，這些本書多篇小說直接關懷或間接指涉的焦點，都是上一個世紀的敏感話題……」大概也不妨可以掠美為這些年來《文藝春秋》的小說表現作總結。

除此之外，我還需要補充兩點：

從一九九六年至二〇〇四年，在《文藝春秋》上常見的小說作者計有黎紫書、廖宏強、碧澄、梁靖芬、陳政欣、丁雲、翁弦尉、楊錦揚、李開璇、雨川、潘雨桐、毅修、李天葆、陳志鴻、黃錦樹等。另外，致力於極短篇／微型小說創作的作者則有朵拉、蕭麗芬、柯志明、廖宏強、雨川、

方路、碧澄、許通元、林家泉、楊嘉仁、林家寬等。總計約有三百多篇，其中極短篇就佔了近一百五十篇左右（當然，這只是非常籠統的統計），就數量來說，在馬華文學上已然可成為一門獨立的類別、甚至現象來看待，值得有意再三玩味者深究。

而馬華小說家在上世紀九〇年代末新千禧年初始處理的題材，除了上述提及的馬共／砂共、五一三、國籍、身份……之外，尚有觸及異族戀、同性戀等亦屬敏感的課題。前者有丁雲的〈裸露的羅絲達〉（2000/2/20）、陳紹安的〈禁忌：虛構補選文體與真實小說觀念之差〉（2002/4/21、28）等；後者有翁弦尉的〈上邪〉（2002/5/5、12、19）、〈自祭文〉（2004/7/4）、梁偉彬〈夢境與重整〉（2002/4/7）、丁雲〈無望的城市：錦恕篇〉（2004/5/23）、陳志鴻〈預言的完成：給穿CK的人〉（2000/11/12）、〈今我來思〉（1999/3/28）等。

當然，在整體來看，這畢竟還是佔少數。對同志情誼的著墨，似乎也比探討種族關係要來得用力許多，這又說明了甚麼？而不論是同性戀還是異族戀，在世俗帶有色的眼光下，都是禁忌之愛，或多或少不免涉及了情慾的書寫。黎紫書的〈天國之門〉（15、1998/2/22）用了五分之一的篇幅描寫情愛及情慾過程，敘述一位「聖職人員」的戀母情結、沉溺女色，甚至愛上有夫之婦等犯禁行徑；她的另一篇小說〈流年〉（2000/3/5、12）也涉及了另一項同屬禁忌之愛的內容：師生戀。此外，〈樂園鑰匙孔〉（1999/1/24）和〈裸跑男人〉（2001/3/11）這兩篇作品也將焦點對準情慾的流離，借用王德威的評析：「〈樂園鑰匙孔〉顧名思義，已帶有偷窺禁忌的色彩。無所安頓的情慾並不因禮教閑防或年歲長序而有所顧忌；小說中翩然而至的尤物狐媚蠱惑，把父子兩代的衝突推向極致。所謂倫理完全招架乏力。〈裸跑男人〉另闢蹊徑，以少男懷春，戀慕輩份、年紀俱長的舅母始，卻竟然以慾望位移，成就同性戀的關係終。」[22]

張錦忠在〈小說選後：1969年，別再提起〉中期勉馬華小說可以告別感時憂國的一九六九年，別再提起，向前走；而由以上的觀察來看，是否已預告了我們的小說家，正在路上？惟有拭目以待。

---

[22] 〈黑暗之心的探索者：試論黎紫書〉，2001/4/29。

六、從抒情感懷中款款走來

　　抒情、感懷，一向是馬華文學書寫內容的主流大宗，不論題材是詠物、懷鄉、憶舊、感悟、思人……，嚴格來說，都離不開此一範疇。這一類作品，在內容的形式和技巧上，並沒有那麼講究美文取向，大抵上只屬於獨抒胸臆的心情小品而已。黃錦樹在〈見證與哀悼的工作〉[23]一文中說：「五四以來，散文成為現代文學體裁重要的一環。但它的嚴格理論化，也許一直要到一九六〇年代余光中系列綱領性文章的現代散文主張。但余光中的現代散文論述，是以新批評的詩語言概念來界定現代散文，……極端的強調修辭的技藝、華美的辭藻。」而馬華文學在這方面的實踐，則是在鍾怡雯等人的多方嘗試之後，才一扭之前平實的文風。

　　焦桐在為鍾怡雯的第二本散文集《垂釣睡眠》（九歌，1998）作序時，歸納其作品的文字魅力，在於描述周遭的事物時慣用比擬（personification）、常見詩語言的豐富表情、通過局部特寫來彰顯由小觀大的功力、擅用氣味來挖掘記憶、以虛構開展想像的景深……等特質。此後，便蔚為風潮，在某一程度上，鍾怡雯的文學成就——頻頻得獎——可說是開啟了許多創作者的眼界——原來，散文也可以這樣來經營的。在一九九六年至二〇〇四年間的《文藝春秋》，我們就可以從許多年輕創作者，如胡金倫、韋佩儀、許通元、張惠鳳（章昕）、黃靈燕等人的身上發現這一影子。

　　與此同時，馬華書寫亦開始精益求精，不少創作者如黎紫書、張瑋栩、許裕全、陳志鴻、遊以飄、方路、李憶莙、陳蝶、鄭秋霞、梁靖芬、陳富雄、陳淑君、張柏平等，也開始在形式和技巧上建立了屬於自己的敘述風格。

　　而另一項突破，則是在內容上擺脫了以往的傷春悲秋，從抒情感懷中款款走來。其中取得最大成就的，要屬馬華書寫的兩個重要方向——想像南洋的歷史話語、建構地方人文圖志的地志書寫。

　　先談想像南洋的歷史話語：

---

[23]　《星洲廣場・文化空間》，2005/4/24。

　　張光達在《有本詩集》的總評〈新生代詩人的書寫場域〉[24]一文中提到：「文化認同與歷史記憶是近年來文化／文學界最重要的主題之一，尤其是在一個多元種族的第三世界國家裡，不同的族群處在後殖民與全球性資本主義的時代格局當中，弱勢文化群體不斷面對強勢文化群體的壓制消音，因此也更加劇面臨文化認同的危機，以及歷史記憶的抹拭。馬華文化與馬華文學就是這樣一個歷史發展的產物，從中國南來避難或淘金的華人落腳南洋，生於斯住於斯死於斯，在時空的流變過程中，因不同社會環境和生存條件的差距，產生了不同世代的馬來西亞華人有著不同程度的文化認同。」因此，馬華創作者在朝向一種新的文化認同，配合現代生活和創作環境，來重新召喚一段過去的歷史記憶，自然也是理所當然之事。

　　例如鍾怡雯的〈葉亞來〉（1996/10/20）、〈茶樓〉（1996/12/8）等便是箇中佳作。其中，陳大為一連串深具史觀、氣勢磅礴的詩作，如〈會館〉（1996/5/12）、〈茶樓〉、〈甲必丹〉（1996/10/27）、〈在南洋（外一首）〉（1999/6/20），以及其擘畫多年積蘊而成的南洋系列作品，如〈茶樓消瘦〉（1998/5/24）、〈在南洋〉（1999/5/9）等，不論是詠史或敘事，在結構上，皆力求臻於史詩的格局，以國族寓言方式拆解史事，用意不在重述歷史，而是以反思的手法想要重組歷史話語的情境——再現想像的南洋；可說是具有遠大企圖與敘事策略的作者。

　　作家筆下再現的「南洋」，來到林健文的手上，在形成與解構之間卻產生了新的面貌。在林健文的〈古城系列〉（招魂、廿一世紀航行式、古廟，2000/3/19）、〈葉亞來〉（2001/4/15）、〈南洋1957〉（2001/6/10）、〈南洋1985〉（2002/6/9）、〈不再南洋〉（2002/10/27）、〈巴生河水黃又黃〉（2002/12/29）等詩作中，詩人在召喚「南洋」的同時，也一一穿插了民間傳說、歷史資料、文學典故、傳統文化、神話故事、口述事件等不同聲音——解構了「南洋」，其實一如歷史記憶的不可靠不可得，再現的南洋成了一種局限扭曲的認知（過去），只能是「想像」。

　　至於更年輕一輩的林頡轢，「南洋」只是其生也晚，來不及趕上的最後一班的歲月列車。他的〈我的南洋〉（2002/1/20）、〈祖，你幹嘛過

番？〉（2002/12/15），不時以不屑輕蔑的口氣想要與南洋／過去劃清界線
——那不是我的「南洋」——透露的是年少詩人對歷史記憶的無從指認，
對過去歷史文化的刻意埋葬與遺忘，投射對未來遠景的探索期待。

其次，是建構地方人文圖志的地誌書寫：

陳大為在《赤道回聲：馬華文學讀本II》（萬卷樓，2004）的序文〈當
代馬華文學的三大板塊〉中提及幾篇以檳城為書寫對象的散文和小品時，
贊揚這些作者「顯然意識到檳城作為歷史古城的書寫價值，並以一種記錄
人事、節慶、風俗，回顧歷史，進而建構都市空間質感（或地方感）的策
略，來描寫他們的故鄉檳城。這是西馬散文最值得發展的強項。西馬的
幾座重要都市——檳城、馬六甲、怡保、吉隆坡、柔佛巴魯——都是殖民
史、族群文化等集體記憶的沖積層，很值得一寫。」

對此課題，《文藝春秋》在上世紀九〇年代末至本世紀初就有所發
揮。例如邝眉的〈尋找白獸〉（1999/7/18）、〈豐收〉（1999/9/5）、
〈傾聽河水〉（1999/10/17）等「熱帶雨林手記」，即深入雨林，描寫土
著的種種習俗與生活；而她的〈奇異城〉（2000/7/23），亦早在陳大為提
及的那些作者群之前，就建構檳城人文圖像的地誌書寫，此後，才有陳志
鴻的小品〈光大和當日孩童〉（2004/2/29），以及杜忠全一系列有意（或
不經意）經營檳城地誌書寫的〈我的老檳城〉（2003/8/10）、〈喬治市巡
禮〉（2003/9/21）、〈過港仔橫街，惠安小菜〉（2003/10/26）、〈路過
義興街〉（2003/11/16）、〈渡海以後〉（2003/12/7）、〈閒逛小印度〉
（2004/2/15）、〈追尋一段月琴傳奇〉（2004/5/9）等作品。

除了檳城，《文藝春秋》也積極鼓勵作者開拓馬華文學地誌書寫的面
向，「打造另一座嶄新的地標」——馬六甲。二〇〇二年六月二、九日兩
期「馬六甲文學導覽：六月詩情・古城行腳」特輯，便收錄了方路的〈海
關亭〉、傅承得〈鵬志堂〉、小曼〈明朝的天空〉、賴碧清〈尋找鎮國山
碑〉、劉育龍〈而我重來，只為了尋覓一首詩？〉、楊嘉仁〈趨近〉、溫
任平〈李歐梵夫婦在古城門前跳舞〉、梁靖芬〈青雲亭〉、曾翎龍〈閹
割〉、林健文〈水羅盤〉、莊若〈越行越遠〉，以及葵盛、蔡深江、希尼
爾、向明、盛惠齡等新加坡詩人的作品。

　　陳嘉榮的〈搖呀搖，神恩浩蕩耀南天〉（2004/11/14、21），則以虛實交替的筆法，書寫柔佛巴魯柔佛古廟正月二十遊神活動的歷史和盛況，頗有報導文學的功力。而游以飄的〈牛車水〉（2000/9/17）、方路的〈火山口庭院：峇厘島簡記〉（1997/7/6），更是把地方人文書寫的場域，擴展至新加坡和印尼。

　　其中方路的〈茨廠街〉、〈陳氏書院〉（1997/9/14）、〈茨廠街店鋪之書〉（1999/6/13）、〈茨廠街食譜〉（2003/1/26），直指吉隆坡的文化文臟心帶，捕捉城市蒼桑的一角；而〈單向道〉（2000/10/22）、〈鄉關有雨〉（2000/12/24）、〈一紙原鄉〉（2001/4/22）、〈七月鄉雨〉（2003/11/23）、〈二十九歲的童年〉（2004/5/30）等，雖都言及親情懷鄉，但行文中對鄉土的著墨極深，文中頻頻出現的城鎮老街和人情流轉，在充滿傷逝的筆調中，勾勒出作者對家鄉大山腳一景一物的剪影。

　　林金城的〈雞仔餅傳奇〉（2003/4/27）、〈檳榔嶼紀食〉（2003/10/26）等，則另闢蹊徑，透過飲食文學和遊記的書寫策略，追溯地方人文和歷史身世，深化了地誌書寫的文化內涵。

　　雖然這些年來，馬華書寫在建構地方人文圖志上的創作成果，不可謂不豐盛，但陳大為也提出他的警告：「要充分開採這些珍貴的歷史資產，除了仰賴個人的才情與生活經歷，以及相關史料的研讀，恐怕還得借助都市空間理論、文化地理學、地誌學、甚至消費文化理論等學術研究成果與視野，免得浪費了如此珍貴的資產。」[25]此確是先見之明。蓋如果缺乏內涵，甚至來來去去就那幾手的表現技巧，那麼，曾經開拓馬華書寫新視野的地誌書寫，最終也不免流於「風景的介紹」而已，看多幾篇就讓人悶到抽筋了，殊為可惜。

　　除此以外，馬華文學書寫的內容就沒有其他的可能性了嗎？其實不然。最起碼在反映都市大眾文化的消費美學或凝視死亡的哀悼紀事，乃至女性主義書寫方面，都還有很大的開拓空間。

　　在資本主義高度發展的社會下，消費即是人類存在的唯一目的。工業化提高了商品的產量，新產品和新服務不斷出現，而商家則利用各種各樣的

---

[25]　〈當代馬華文學的三大板塊〉，《馬華文學讀本II：赤道回聲》，萬卷樓，2004。

生產機制來刺激消費人的購買慾，改變了市場舊有的性格，都市中每一個人的心靈、人性、感情、理念都逐漸被消費市場化，喪失了人本身的主體，心甘情願的消費也被消費，在物質的迷思中，尋找感官的刺激享樂，成了大眾流行文化的集體認知。翁弦尉的〈棄物祭文〉（2000/1/30）、張光達的組詩〈流行時尚‧消費美學〉（2002/9/22）等，即是對此的刻畫與反詰。

此外，張瑋栩的〈尋找Orchad的出口〉（2001/11/11）、〈夏日終結的意義〉（2002/3/3）、〈到任何地方的聲音：mijave3〉（2002/4/7）、〈一切從MyPlace開始〉（2002/4/21）、〈如果我們曾經在一起〉（2002/5/26）、〈剛好我們都是天使〉（2002/6/30）、〈綠光〉（2003/7/27）、〈無聊的闋歌〉（2003/8/17）、〈總算回來了〉（2003/10/12）等，或直接或間接的表露出對時尚流行文化的崇尚與嚮往，文中大量充斥感官情慾與生活反思的矛盾感受，已經到了自我耽溺迷戀、甚至戀物拜物的縱情地步，這個內在情感的自然流注，生動詭異的形象書寫，透過新世代獨特自我的語言魅力，看出的往往是與物質對應的自我世界、情感價值。

黃錦樹在其最新出版的小說集《土與火》（麥田，2005）序〈台灣經驗？〉中提及：「有時生命經驗本身會送來故事，大概都是些最古老的母題。譬如親友的死亡。幼兒的誕生……然而一代又一代，不都是如此嗎？生者埋葬死者，女人以豐沛的生殖力生下新的世代。」即是其〈亡者的贈禮及其他〉（2003/3/2）一文的內容主題。他在近期的專欄文章中曾多次談及死亡的不可預測，新書的序言當然也不例外：「生命的微妙就在大多數人其實無法預知終點，那時間歸零處，抵達之謎。」即然如此，逼近那時間歸零處，凝視生命抵達之謎揭曉的過程中，見證死亡的降臨，便成了生者不可的替代的使命。

在這一方面，許裕全則選擇以不同的方式來面對死亡在親人身上的降臨。他的〈長夜將盡〉（1996/3/31）、〈招魂〉（1997/12/21）、〈三代摩羯〉（2003/1/26）、〈亡靈的送行〉（2003/10/19）等，以嘲諷嗤笑的語氣，來呈現死亡降臨的種種荒謬和突兀，或多或少都表現出黑色喜劇病態或恐怖的成分。

張光達在〈女性書寫、語言意識與主體建構——《有本詩集》中的女詩人評論補遺〉（2003/8/10）中提及馬華新世代女詩人的作品時說：

「在父權話語中，女性書寫常常被看作抒寫小我、被動、感情用事、缺乏內涵，因此女性只能書寫小我的浪漫愛情，往往走不出大我的格局，被指責為與現實社會脫節。」但劉藝婉的〈我思念的長眠中的南國王子〉（2003/1/5）、〈我的豬頭男友〉、〈奏樂！郎來了〉（2003/1/12）、陳燕棣的新詩〈一個女巫，與島：「之類的，你懂」〉（2004/10/17）以及散文〈1929年以降，女巫的空間〉（2004/12/12）等，卻「創造出一種擺脫傳統穩定結構的語言文體，擁抱並讓女性自身的經驗與感受銘刻在書寫文字裡，翻新或重寫了傳統上視女性身體為被動無助的客體，也釋放了女性長久遭受壓抑的情慾想像與主體意識。」都屬不可多得的女性主義書寫。

　　雖然以上所論的，在整體的比例上仍不足以成為氣候，只能算是一個很好的開始，卻是值得繼續經營的方向之一。當然，馬華文學還有很多有待開發的範圍，有待大家去嘗試，這樣才能豐富我們的書寫場域，繁花盛開。

七、打開另一扇窗口

　　早在「馬來文壇巡禮」系列推出前，《星洲日報》即與國家語文出版局合作，由創譯會供稿，在《文藝春秋》版合刊《文匯》雙月刊，介紹馬來作家創作的文學作品。進入一九九六年之前，已刊出了三十三期。可惜後來也許是來稿不穩定，[26]也許是版面資源有限，這一系列在這一年年底之後，即告中止。

　　雖然如此，在譯介馬華以外的文學作品這項工作上，《文藝春秋》並未因此而停頓，除了有心人如莊華興不時翻譯林天英、Tengku Alias Taib、Latiff Mohiddin等馬來文壇優秀的文學外，還擴大至西方作品的介紹上，如許加毅譯莫里斯吉布森的小品〈冬夜之燈〉（1997/8/31）、溫祥英譯Alice Walker的小品〈花兒〉（1999/8/1）、Jamica Kincaid的極短篇〈女孩〉（1999/8/22）、陳政欣譯Julio Cortazar的極短篇〈庭園的延續〉並附賞析（2002/6/9）、Margaret Atwood的極短篇〈麵包〉並附賞析（2002/6/16）、

---

[26] 這可從1996年2月4日第34期後的每期刊出時間——3月17日第35期、6月2日第36期、12月22日第37期——中看出，雖名雙月刊，實已不定期。

張依蘋譯雷蒙・亞伯拉罕的詩作〈探掘之眼（一個宣言）〉（2003/3/2），以及張香華介紹南斯拉夫詩作的專文〈密密的雨，落在草原上：跟南斯拉夫有關的詩〉（1999/6/13）等。

　　當然，也少不了每年頒佈的諾貝爾文學獎。從一九九六年的津波斯卡（或譯辛波絲卡，1996/10/13），到一九九八年的荷西・薩拉馬戈（1998/10/11）、一九九九年的鈞特・格拉斯（1999/10/10）、二〇〇〇年的高行健（2000/10/29）、二〇〇一年的奈波爾（2001/11/4）、二〇〇三年的JM柯慈（或譯庫切，2003/11/2），《文藝春秋》都或刊出專文或組織特輯，以介紹其人文學風格作品摘錄等。

　　二〇〇四年底，香港浸會大學舉辦「國際作家工作坊」，邀請了加勒比海、印度、南非、中港臺馬等地多位作家參與，《文藝春秋》也在是年十一月廿八日配合推出一期集合了「加勒比海作家小輯」和「印度作家小輯」兩大單元的作品展，再次為本地的創作者和讀者打開了另一扇窗口，窺探窗外的另一片天空，不同的文學風景。

　　至於在打造馬華文學本身獨特的景致上，《文藝春秋》也定時推出各種主題式的專輯，從一九九六年至二〇〇四年即有：

■作家個人專輯——「馬華作家韋暈紀念特輯」（1996/6/16、23）；「第二屆花蹤世界華文文學獎：陳映真特輯」（2003/12/21）；「翁弦尉創作輯」（2004/7/4）；「六六國際詩人節個展：甲申方路」（2004/6/6）；「中秋月圓詩人特輯：甲申呂育陶」（2004/9/26）等。

■應節詩輯——「1997開年詩展：詩的嘉年華會」（1997/1/5）；「農曆五月詩連展」（1998/5/31、6/7、6/14）；「6月6日國際詩人節：大展詩力」（2000/6/4）；「端午：三生有辛詩展」（2001/6/24）；「辛巳中秋詩聯展」（2001/9/30）等。

■作品聯展——「旅台網路詩展」（1998/8/9）；「陳強華、林幸謙雙人詩展」（2000/9/3）；「小說專號」（2000/7/2）；「極短篇小展」（2002/9/1）；「散文專輯：描寫我的情緒」（2000/7/30）；「沙巴寫作人特輯」（1997/9/7）；「在婆羅州的文學叢林，相遇：婆羅州文學特輯」（2003/5/25、6/1、6/8）等。

■主題創作——「旅遊與文學專輯：歷史曾在這裡駐足」（2000/1/23、
1/30）；「咖啡心情創作專輯」（2000/8/27）；「當美食被文學料
理：第二屆華文報國際文藝營特輯」（2000/11/5）；「誤讀的可能：
詩再創作專輯」（2001/3/4）；「跨世紀的華麗與蒼涼：書寫張愛玲專
輯」（2001/4/1）；「詩與漫畫的邂逅」（2001/6/3）；「馬六甲文學
導覽：六月詩情‧古城行腳特輯」（2002/6/2、6/9）；「飲食心情小
輯：新春饗宴，好菜上桌！」（2003/2/16）；電影「不見不散特輯」
（2004/8/15）等。

　　此外，文壇的發展不能沒有後繼的力量來支撐。《星洲日報》除了
為花蹤增設了新秀文學獎、自一九九八年十月至一九九九年九月間，在
《文藝春秋》另闢「新秀特區」[27]，以發掘文壇新秀、培養創作新力軍
外，也不時為具有潛力的新人製作專輯，如「馬大中文系學生作品小展」
（1996/2/4）、「推薦新人：測量23歲——張瑋栩小輯」（2001/7/8）、
「2000新詩代作品展」（2000/12/31）等，以資鼓勵，因為今日的後浪，假
以時日後便能蔚為股股壯觀的巨浪，湧現為馬華文學日後的另一窗風景。

八、前方尚有還待開拓的處女地

　　記得大約八年前，王潤華教授在「1997年馬華文學國際學術研討會」
的閉幕總結〈世界性文學批評與馬華文學的尖端對話〉[28]中說：「中國文學
的傳統給我們提供一個文學的根源。而我們的土地、人們、風俗、習慣、
文化和歷史以及特殊生活經歷自然形成我們所擁有的本土文學傳統。」如
果馬華文學是受五四新文學運動影響而發軔於一九一九年的話，那麼至今
也有八十六年的歷史了，不少較具自覺的創作者儘管已淡出中國影響，但
更深沉地擁抱腳下這片土地，則似乎還有很多發展的空間。

---

[27] 後逐漸轉型為《新新人類》週刊〈夢想家〉版。
[28] 收錄於江洺輝編《馬華文學的新解讀——馬華文學國際學術研討會論文集》，馬來西
　　亞留台校友會聯合總會，1999年7月16日。

　　在探索馬華文學要如何完成自身的「本土化建構」，形成一套獨特的語言、風格、主題和技巧上，若只是偏重於單純的文學想像，則所謂的「回歸本土」、「把南洋色彩放進文藝裡」、「寫周圍發生的事」云云，則無異於「添色」的行為，徒具外在色素，流於在作品中加插幾句土話、出現幾位異族人物、營造蕉風椰雨的異國情調而已。因此，我們還得進一步提問：甚麼是「只有我們才能寫」的？

　　檢視一九九六至二〇〇四這八年間《文藝春秋》上的馬華文學，不能說是完全沒有進步；無論是語言、技巧、形式上，乃至題材的開拓，馬華文學創作者已交出了不少新的嘗試，但僅於如此？除了想像南洋的歷史話語、建構地方人文圖志的地志書寫、挖掘人性黑暗之心的情慾描攀、碰觸別再提起的敏感話題之外，前方應該還有一大片還未開發的原始森林在等待，問題是，我們得先掌握足夠的「在地知識」才行。

　　沒有人比我們對自己的「土地、人們、風俗、習慣、文化和歷史以及特殊生活經歷」這些「在地」的「知識」更有認識的條件，也只有這些「在地知識」，是「只有我們才能寫」，並且可能「寫得好」的。在這方面，近年來有好幾位作者在報章專欄上開疆闢土，如張景雲的「炎方叢脞」；歐陽珊的「明日遺書」、「笑看古城」；李永球的「田野行腳」等；有者也已結集成冊，如張木欽的《荷蘭街頭夕陽紅》（大將）、楊藝雄的《獵釣婆羅洲》（大將）、張少寬的《檳榔嶼華人史話》（燧人氏）等，在挖掘具有「在地知識」的本土內容上，皆卓然有成。

　　篇幅所限，僅舉楊藝雄的《獵釣婆羅洲》一書為例說明。作者生於砂拉越拉讓江河口的小漁村，自小山獵水釣，無一不精。本書即是他「透過獵釣，讓砂拉越的人事與飛禽走獸、河川和南中國海的游魚，還有許多植物花果，如數家珍般向讀者展示他的知識和涵養。」[29]讀來不乏珍奇和情趣，如偷雞狀元如何從樹梢把甘榜雞騙下來、印尼工人如何在一夜之間捉獲百多隻米雞、甚麼魚只要輕撫其肚腩便能輕易捉到、海豚群如何挽救誤陷漁網的幼豚、野豬群是怎樣渡河的、如何用小石和峇拉煎輕鬆捉拿四腳蛇……等等，若非具有親身經歷累積而成的「知識」，是不可能寫得出如

---

[29] 傅承得〈五年獵釣楊藝雄〉，見《獵釣婆羅洲》「婆羅洲系列」出版緣起，大將出版社，2003年11月10日。

此原汁原味的本土內容的。在楊藝雄筆下的大自然,「是生命賴以生存的神聖疆場,又是一種強韌充沛的競爭對象」[30],不管文學不文學,其充滿濃厚的人文思索和關懷,已是馬華書寫最佳的「寫實主義」了。

　　馬華文學的本土性建構,本來就是一個複雜的系統工程,以上所議,也僅是個人不成熟的一點「初論」,有待斟酌之處尚多。綜體而言,從馬華文學史書寫的論述,到批評體系的建設,近十年來的文壇已奠下堅實的基礎,還待有志者繼續發展;至於創作的實踐,在強調「南洋／本土色彩」的同時,更不能忽略厚植馬華文學的本土內涵,以「知識」為墊底。如此,方有可能在面向世界時,發出完完全全屬於自己的聲音。

參考書目:

李錦宗:《馬華文學縱談》,吉隆坡:雪隆潮州會館,1994年4月。

張永修、張光達、林春美編:《辣味馬華文學:九〇年代馬華文學爭論性課題文選》,吉隆坡:雪蘭莪中華大會堂、馬來西亞留台校友會聯合總會贊助出版,2002年12月。

張錦忠編:《重寫馬華文學史論文集》,埔裏:暨南大學東南亞研究中心,2004年。

黃錦樹、張錦忠編:《別再提起:馬華當代小說選1997～2003》臺北:麥田,2004年。

鍾怡雯:《垂釣睡眠》,臺北:九歌,1998。

22詩人自選:《有本詩集》,吉隆坡:有人出版社,2003年6月。

陳大為、鍾怡雯、胡金倫編:《赤道回聲:馬華文學讀本II》,臺北:萬卷樓,2004年。

江洺輝編:《馬華文學的新解讀──馬華文學國際學術研討會論文集》,馬來西亞留台校友會聯合總會,1999年7月16日。

楊藝雄:《獵釣婆羅洲》,吉隆坡:大將出版社,2003年11月10日。

---

[30] 田思〈悠悠天地獵者心──序楊藝雄的《獵釣婆羅洲》〉,出處同上,p.10。

中國[1]學界的馬華文學論述（1987～2005）

陳大為

前言：馬華文學的學術版圖

　　當前馬華文學研究的版圖，主要分為三個根據地：馬華本地、馬華旅台＋台灣、中國大陸。馬華本地評論界對本國文學發展動脈的掌握，當然是最直接且完備，尤其九〇年代以降的評論水準已大幅超越以往，從讀後感式的「文章批評」進入理論運用的「學術評論」，雖然未成大氣，同時嚴重缺乏學術學論文的發表管道，但逐漸累積的論述成果對當代馬華文學的詮釋權，有一定的護國／守土效用，不再像九〇年代初期那樣依賴中國學界的評析與評價。尤其年輕一輩的本地學者或評論家，如張光達、莊華興等人的評論文章，無論在現代性或國家文學定位等重要議題上，都有非常深刻的討論。

　　真正讓馬華文壇擺脫中國學界評價機制的力量，主要來自台灣。

　　以張錦忠、林建國、黃錦樹等旅台學者為主的馬華文學論述，自九〇年代始，主導了每個重要議題的討論，而陳鵬翔等人則針對重要作家，援用各種文學理論進行精闢的文本分析，深化了馬華文學作品的詮釋。旅台的馬華文學研究，在很大的程度上反過來影響了中國學界對馬華文學的論述向度。這方面的論述，在張錦忠〈馬華文學論述在台灣〉[2]和劉小

---

[1]　本章所謂的「中國」，專指「中國『大陸』地區」，不含台、港、澳在內。為了兼顧本章所論及的所有文獻名稱、事件和敘述語境，「中國」一詞較為合適。

[2]　收入戴小華編《扎根本土・面向世界——第一屆馬華文學國際學術研討會論文集》（吉隆坡：馬華作協／馬大中文系畢協，1998），頁90-106。

新〈近期馬華的馬華文學研究管窺〉[3]二文中，有詳盡深入的討論，在此不贅。

不過，從大環境的現實面來考察，馬華文學論述（跟當代大陸文學一樣）在台灣幾乎找不到市場。我們先從兩個重要的觀測點，來檢驗馬華文學在台灣學界的研究實況。第一個當然是學術期刊的論文。張錦忠曾經就此作過統計與分析，最具體和扼要的結論是：馬華文學研究以旅台學者為大宗，真正出自台灣學者之手的論文，沒幾篇[4]。全台灣有心於馬華文學研究的本地學者，只有中央大學的李瑞騰，以及佛光人文學院的楊宗翰。研討會的情況也好不了哪裡去，元智大學曾在二〇〇一年舉辦「第一屆新世紀華文文學發展國際研討會」，論文涵蓋世界各地的華文文學（其中只有一篇跟馬華相關），會議規模和出席人數都不錯。但暨南大學在二〇〇四年主辦的「重寫馬華文學史」研討會，參與者卻寥若晨星。其因有三：地點實在太過偏僻、專注在馬華文學實在太冷門、當年全台灣的研討會實在太多。儘管它催生出歷來最豐富的馬華文學評論成果，但場面的冷清確實是一個殘酷的事實。

楊宗翰在〈馬華文學在台灣（2000～2004）〉[5]一文中，提到另一個很關鍵的觀測點：大學裡開設的華文文學課程。他就讀博士班的佛光大學文學所，已連續四年開設「世界華文文學」課程，二〇〇四年起大學部亦開設「世界華文文學作品選讀」。二〇〇三年，李瑞騰在中央大學中文系開設「東南亞華文文學專題」；二〇〇四年，陳大為在臺北大學中文系開設「亞洲華文文學專題」。雖然這三門範疇大小不一的課都包含了馬華文學，但畢竟不是獨門獨戶的「馬華文學專題」。

台灣中文學界這些年來全力投入本土化運動，對域外中文文學（含中國大陸在內）的熱度完全冷卻，馬華文學自然不能倖免。反而是中國學界逐漸累積出成果，從量化及影響力的角度來看，它的「產值」絕對不容忽

[3] 《華僑大學學報》（社科版）1997年第4期，頁53-57，（下轉67）。
[4] 比較令人欣慰的是，楊松年在佛光人文社會學院的文學研究所開設了一門「世界華文文學」課程，對馬華文學研究的「境外培訓」開始累積出一些研究成果，在二〇〇五年「多元的交響：世界華文文學作品評論研討會」（2005/03/27），就有三位台灣本地的博士研究生發表了馬華文學論文。
[5] 《文訊雜誌》第229期（2004/11），頁67-72。

視。南京大學的劉俊曾經發表一篇〈台灣文學研究在大陸：一九七九～一九九九——以「人大複印資料」為視角〉[6]，從各層面探討中國學界的台灣文學研究。可是我們不宜從人大資料來審視馬華文學的曝光率，因為那是冷門中的冷門；而且以篇為單位的大資料庫，勢必錯過其他的文學史專著，以及正規學術論文以外的佐證資料。後者對解讀學者的研究這個冷學門的心態很有幫助。

　　中國學者對馬華文學研究的種種負面行徑與態度，在馬華文壇幾成「常識」，但真正的實況卻沒有任何學術層面的具體討論，道聽塗說，很容易淪為某種成見。早年那批始作俑者，應當受此惡名；但近年的幾位新進研究者，不該遭到池魚之殃。故本文將以最具規模和代表性的「世界華文文學（系列）研討會」、最早創刊的華文文學研究期刊《台港與海外華文文學評論和研究》（後來更名為：《世界華文文學論壇》）、馬華文學研究論文累積發表量最大的學報《華僑大學學報》（社科版）、篇幅最大的文學史論著《海外華文文學史》（四冊）、幾篇跟本議題相關的重要論文，以及學者們的「研究自述」，多層次地交織出近十餘年來中國學者在研究馬華文學，所面對的問題和所抱持的態度（屬於「接受史」的討論），以及研究方法（屬於「詮釋」的範疇）。

第一節　接受與進貢：高度被動的進出口貿易

　　在本文之前，共有三篇文章從較正面的角度敘述了中國學界對馬華（或新馬）文學研究的歷程，分別是：欽鴻〈略談中國大陸對馬華文學的研究〉[7]、古遠清〈馬華文學研究在中國〉[8]、朱文斌〈二十世紀後期中國大陸對新馬華文文學的研究綜述〉[9]。欽鴻那篇短文章屬於泛論，大略描述了

---

[6]　劉俊《從台港到海外——跨區域華文文學的多元審視》（廣州：花城，2004），頁88-104。

[7]　此乃第六屆世界華文文學研討會論文，刊載於《台港與海外華文文學評論和研究》1993年第2期（總第7期），（1993/12），頁42-45。

[8]　收入戴小華編《紮根本土·面向世界——第一屆馬華文學國際學術研討會論文集》（吉隆坡：馬華作協／馬大中文系畢協，1998），頁108-116。

[9]　收入壽永明主編《世界華文文學研究·第一輯》，（南昌：百花洲文藝，2004），頁

五四以來中馬兩國的文學交流情況，其中提到一九九一年六月，雲里風率領馬華作協訪問團到北京、上海、廈門等城市與學界交流，對中國學界的馬華文學研究，有不可估量的影響。這一點，古遠清在論文中更清楚指出「影響中國學者研究馬華文學的三個因素」：第一個，即是戴小華等人在一九九〇年九月馬來西亞政府開放中國旅遊之禁令之後，將馬華文學作品正式引進中國學界；在資料極其匱乏的九〇年代初期，她（們）的贈書遂成為中國學者首選的研究對象，從那幾年中國學者發表在各種期刊和學報上的論文，以可印證這一點。當時作為「資料交流大會／市集」的世華研討會，正好成為馬華作協進貢出版品和訊息的重要「節日」。

世華研討會的前身是一九八二年「第一屆台灣文學學術研討會」（暨南大學主辦），一九八四年加入香港文學，成為「第二屆台灣香港文學學術研討會」（廈門大學）；一九八六年加入東南亞和北美地區，成為「第三屆全國台港及海外華文文學學術研討會」（深圳大學），一九八九年（復旦大學）刪去「全國」二字；一九九一年加上澳門文學，成為「第五屆台港澳及海外華文文學學術研討會」（廣東社科院）；到一九九三年第六屆才正式改稱「第六屆世界華文文學國際研討會」（江西盧山），沿用至今，從一九九四（雲南玉溪）、一九九六（南京大學）、一九九七（北京中國社科院）、一九九九（華僑大學）、二〇〇〇（汕頭大學）、二〇〇二（復旦大學），到二〇〇四年（山東大學），共十三屆。前兩屆跟馬華無關，不必討論，但第三屆會議就值得一提，因為它勉強算是中國學界對馬華文學論述的第一個「比較顯著」的起點。

一九八七年的第三屆會議，分香港文學（十七篇）、台灣文學（四十篇）、海外華文文學（十七篇）三個專題進行，其中屬於馬華文學範疇的只有一篇半：李君哲[10]〈馬華文學滄桑〉和馬陽〈方北方論〉，兩位發表人當時都是所謂的「新馬歸僑」，本身跟新馬文壇就有很深的淵源，所以在眾多學者投入台港文學研究的熱潮中，他們選擇了第二故鄉。可惜二人的文章都只是篇名存目，沒有收錄在會議論文集當中。在同一場研討會上，

261-277。原作者表示本文的完整版原有三節，第三節以〈論海外華文文學研究的方法論轉換問題〉之名，獨立發表在《人文雜誌》第24期（2004/09），頁3-7。

[10] 原書寫作王君哲，應該是李君哲，另有筆名蕭村，為新馬歸僑，後來陸續以李君哲和（或筆名蕭村）發表了多篇新馬文學的評論文章。

新華文學論文卻多達七篇半，其中半數出自中國學者之手，包括後來分別撰寫海外華文文學史的陳賢茂和賴伯疆，共四篇收入會後論文集中。撇開量化的統計，仔細閱讀這四篇完整保存下來的論文／文章，依序為：陳賢茂〈新加坡華文詩壇的歷史回顧〉[11]、楊松年〈八方風雨會星洲——建國以來的新加坡華文文學（1959-1984）、劉筆農〈新加坡重要華文文藝副刊傑出編輯人簡介〉、賴伯疆〈中外文化意識融合和衝突的形象反映——新加坡作家趙戎小說初探〉。楊、劉二人的論述，著力在描述新華文學各環節的發展脈絡，以及各時期新華副刊之興衰；陳、賴二人則分別以文學史的宏觀論述和以個論的微觀分析，來呈現他們的研究成果。這四篇論文，讓新華文學有了相當好的「能見度」；加上在中國各大學海外華文文學研究中心的新華藏書支援下，後續新華研究的論文遠超過馬華。

從實質意義而言，馬華文學在中國學界還不算找到自己的位置。比較具有學術深度與價值的論文，出現在一九九一年第五屆會議，由印尼歸僑蘇衛紅發表的〈戰後二十年新馬華文小說概論〉[12]，同一屆的另有馬陽、陳賢茂、欽鴻、王振科等人的馬華論述，大多屬於泛論或作家個論。馬華作協從本屆開始長年參與會議，戴小華在該屆會議上發表〈八十年代馬華文學思潮〉，第六屆就輪到雲里風發表〈邁向二十一世紀的馬華文學〉，接下來的幾屆又陸續發表了〈海外華文文學的前途〉（戴小華／第七屆）、〈近年來馬華文學出版的狀況〉（雲里風／第八屆）。馬華作家在大會上發表的「泛論」積沙成塔，終成古遠清所言的第三個影響因素。

這種急於出口的心態是可以理解的，也不是什麼壞事。它披露了兩個事實：馬華文壇／學界的評論能力低迷（或低下），沒有幾個學者投入馬華評論的行列。一個沒有出版與發行機制的文學市場，找不到大眾讀者已經夠寂寞了，如果連評論者（精英讀者）都沒有回應他們創作成果，一定非常苦悶。所以求助於中國學者，也合情合理。編撰《世界華文文學概

---

[11] 這篇約八千字的論文，討論了二〇年代到一九八四年間的數十首新華詩作，就當時中國學者對海外華文文學的掌握能力而言，十分罕見。後來陳賢茂將此文修訂為《海外華文文學史初編》（廈門：鷺江，1993）的「第二章·新馬華文文學（上）·第七節：新加坡華文詩壇的歷史回顧」（頁113-130）。

[12] 同一九九一年十一月，蘇衛紅以蘇菲之筆名，出版了《戰後二十年新馬華文小說研究》（廣州：暨南大學，1991）。

要》（北京：人民文學，2000）的公仲教授，曾提到在世華會議上一些東南亞作家「呼籲國內學者和報刊、出版社伸出援助之手，提供廣大文學園地，對他們的華文創作給予充分的關注、評論和全面深入的研究」[13]。可見這並非馬華的個別問題。

其次，當馬華作協發現新華作協比他們早了幾年「進貢中原」，幾年累積下來，新華文學進貢的資料數量遠勝於馬華，所以在各種華文文學刊物上的研究論文，最早都以新華文學為主，甚至出現「新華優於馬華」的普遍認知。當年海外華文文學的重要研究學者，暨南大學台港暨海外華文文學研究中心主任潘亞暾，在一九八八年發表〈東南亞華文文學〉時，如此評價：「馬華文學雖不如新華，卻比菲、泰、印尼華文文學為佳。……限於客觀條件，對外交流不如新華頻繁，特別與母國較少溝通交流，致少為人知」[14]。馬華作協豈可落人後？從旅行解禁開始，立即向「母國」報到。

可是，正因為沒有馬華學者的評論援助，到世華研討會發表「文章」的，全是沒有學術能力的馬華作家，他們的泛論（以及其他「貢品」）為中國學者提供了一項「有限」的研究指引——將所有研究焦點都擺在作協會員身上。其次，世華會議對中、馬兩國的文學交流，確實起了決定性的作用，譬如蕭村在〈沐浴在友誼的暖流中——記同新、馬華文作家歡聚的日子〉[15]一文中，對鄉親的款待與踴躍贈書，就有詳細的描述。它可作為中、馬文人交流的一次抽樣觀察。

從單篇論文的撰述方向，無法看出中、馬交流的成效，陳賢茂主編的那套兩百萬字的《海外華文文學史》[16]，是最好的觀測對象。一九八三年三月，陳賢茂從報刊上讀到蕭乾發表的〈救救新馬文學〉（《羊城晚報》）和〈為新馬文學呼籲〉（《時代的報告》），這兩篇文章替他打開一扇窗戶，初次窺見新馬華文文學的存在；往後更多的涉獵，讓他產生一個念

---

[13] 公仲〈信是有緣——我與世界華文文學〉，收入陳遼主編《我與世界華文文學》（香港：昆侖製作，2002），頁173。

[14] 潘亞暾等著《海外奇葩——海外華文文學論文集》（廣州：暨南大學，1994），頁86。

[15] 《台港與海外華文文學評論和研究》1991年第1期（總第2期），頁71-74。

[16] 陳賢茂主編《海外華文文學史》（廈門：鷺江，1999）。關於這部文學史著作的專文討論，詳見：陳大為〈世界華文文學與「中國中心論」思維——論《海外華文文學史》的學術視野〉，《書目季刊》第38卷第2期，頁143-149。這篇論文重新修訂後，融入本書「第一章·第一節、命名背後：世界華文文學的範疇與思考」。

頭：如果將來條件具備，他將轉向從事對海外漢語文學的研究[17]。從陳賢茂陸續發表的研討會及期刊論文看來，他對海外華文文學研究，的確下過一番功夫，探討的議題也能夠抓得住方向。但他在撰寫／增訂／主編《海外華文文學史》（廈門：鷺江，1999）時，再度犯下《海外華文文學史初編》的學術錯誤：「被動」，而且是「高度被動」。「被動」是中國學界和文壇最普遍、最不自覺的傳統毛病[18]。

就文字篇幅和涵蓋面而言，《海外華文文學史》絕對是空前的一部華文文學史「鉅著」，可是隨手瀏覽，即可發現撰史學者的資料來源非常被動，尤其論述分量最大的第一卷、第二卷，都把當地作協擺在卷首，再進一步評析其會員作品，這個論述架構暴露了新、馬、泰三地作家協會的圖書／資料支援，而作協以外的作家大都隱形了。這群學術資源匱乏的中國學者，要掌握全球各地華人社會及華文文學的概況，本來就是天方夜譚，所以這部文學史在先天上就是一次「蛇吞象」的行為。別的不說，最起碼他們必須親自到各地走訪，蒐集[19]第一手的資料。從最終成果看來，他們顯然沒有這麼做。

先從論述篇幅來突顯第一個問題：【第一卷】（華文文學導論〔49頁〕、一九六五年分家以前新馬〔162頁〕、新華文學〔549頁〕）、【第二卷】（馬華文學〔273頁〕、汶萊部分〔36〕、泰華部分〔328頁〕），【第三卷】（菲華部分〔228〕，其他暫且不計）。由此可以發現，（分家後的）新華文學的論述份量，剛好是（分家後的）馬華文學的兩倍，而且馬華的份量尚在泰華[20]之後，略勝菲華。這絕對是一個天大的學術笑話。正

17　陳賢茂〈我與海外華文文學研究〉，收入陳遼主編《我與世界華文文學》（香港：昆侖製作，2002），頁77-78。
18　這個可怕的毛病在編選集或大系時，特別顯眼。多種中國年度詩選都是以徵稿方式，取代主編主動蒐集資料的工作，不然就是反覆選用某些經典篇章。這種不負責任的態度，絕對編不出好書。
19　這裡指的是親自到各大圖書館閱讀、影印文獻，到書店去採購圖書，而不是在接受當地文學社團的盛情款待下，蒐羅「名家」的鉅著與人情。
20　這是最不可思議的部分，根據泰華作家暨（唯一的）評論家泰曾心所編撰〈泰華文學著作書目（1927-2000）〉，這期間正式出版的泰華文學書籍約三百六十種（本人讀過其中一百四十種），無論從質或從量的角度來評估，都不該擁有跟馬華文學相當的篇幅。

因為陳賢茂等撰史者閉門造車，沒有親自到各國大學圖書館蒐集資料，導致馬華文學的論述分量出現嚴重的偏差。

我們暫且不去討論這部文學史的史觀問題，我們也不討論它的論述架構[21]，那不是本文的重點；單從內文來檢視，《海外華文文學史》最嚴重的疏漏是：徹底錯過八〇年代中期以後（近二十年來）馬華文壇真正的創作主力[22]——六字輩作家。以散文為例，竟把整個八〇年代最受矚目的「前六字輩」馬大作家群——何國忠、祝家華、潘碧華、林春美、禤素萊、程可欣——完整地忽略，彷彿不曾出現過。從論述結果來推斷，撰寫者根本不知道曾經有過這一股曾經引領文壇創作風潮的大專生／知識分子散文，相關出版品的質量，足以改寫馬華文學的篇幅。如果再加上九〇年代隊伍更龐大的「後六字輩」及「前七字輩」作家群，馬華的篇幅可以再暴增一倍。

關於原始資料的缺失，撰述者辯解說：「無論是馬華文學發展的高潮，還是低潮，在小說和散文的園地上，始終是鬱鬱蒼蒼、人才薈萃。八〇年代以來，更是新人輩出，薪傳有人，顯示出良好的發展前景。然而，由於資料不足，還有為數不少的作家我們無法進行詳細的評述，只能在下面作一些『蜻蜓點水』式的簡要介紹。」[23]結果我們只看到艾雁、黃葉時、黃群楓、黃子、文采、閏土等幾位能見度不高的散文作家。既然是「資料不足」（只夠「蜻蜓點水」），又何來「新人輩出，薪傳有人」之說？他

---

[21] 從各卷的章節安排，即可發現陳賢茂等人並沒有真正掌握各國的華文文學發展脈絡，在卷首完成文學史的簡短概述之後，就進入作協的歌頌階段（第一節），接下來到個別作家論（小說散文為先，新詩殿後），每一節大約評述二～三位作家，各小節的標題是：（第二節）雲里風、夢平；（三）慧適、馬漢、愛薇；（四）陳雪風、甄供；（五）陳政欣、葉蕾；（六）小黑、朵拉；（七）戴小華、商晚筠；（八）曾沛、融融；（九）梁放、雨川、洪祖秋；（十）鄭良樹、伍良之；（十一）駝鈴、碧澄、李憶莙；（十二）年紅、潘雨桐；（十三）其他散文小說家；（第二章・第一節）吳岸；（二）吳天才、孟沙；（三）田思、韓玉珍；（四）李宗舜、小曼；（五）田舟、冰谷；（六）其他詩人。熟悉馬華文學的讀者，一眼就可以看出上述名單的排序根本沒有史觀的成份，也看不出其中的合理性，更談不上架構。就小說部分而言，缺了李永平、張貴興，當然也少了溫瑞安、方娥真、溫任平、陳強華、傅承得等重要中生代作家。

[22] 根據各世代作家的出版品數量、在各大副刊的發表量、最具代表性的花蹤文學獎推薦獎得獎名單、評論文章的對象，都可以輕易看出六字輩作家群，已經成為馬華文壇真正的「主力」所在。

[23] 陳賢茂主編《海外華文文學史（第二卷）》（廈門：鷺江，1999），頁180。

們手頭上的資料根本就是嚴重匱乏；明知資料缺漏依舊貿然下筆，這是非常錯誤的治學態度。

　　為了忠實呈現問題，我們列出新詩部分的論述名單。此章各節討論的詩人，按實際討論的順序羅列如下：

　　第一節：吳岸（1936～）；第二節：吳天才（1937～）、孟沙（1941～）；第三節：田思（1947～）、韓玉珍（1937～）[24]；第四節：李宗舜（1954～）、小曼（1953～）；第五節：田舟（1940～）、冰谷（1940～）；第六節：其他詩人——顏龍章（1925～）、莊延波（1945～）、草風（1944～）、李壽章（1939～）、章欽（1945～）、瀟楓（1942-）、周錦聰（1971～）、關渡（1950～）、方昂（1952～）、夢羔子（1955～）。上述詩人的出場順序，既沒有出道時間的先後關係，也不照出生年，當然更談不上任何詩史或詩學發展的相承脈絡，只是撰寫者依個人好惡（或所謂的「評價」高低）來排隊。細讀之下，便發現被討論的詩作，主要集中在六〇～八〇年代，九〇年代的只有寥寥幾語。這也暴露了撰寫者的「資料期限」問題很大。而且非常神奇的是——整個六字輩徹底蒸發！形同文學史的巨大斷層。更神奇的是——跳過六字輩，突然出現一名七字輩的周錦聰。這還像是一部文學史著作嗎？我們總算領教了中國學界的文學史觀和撰史能力。

　　種種怪象，只有兩種解釋：（一）陳賢茂手上沒有半本六字輩的詩集[25]；（二）九〇年代馬華文壇創作質量最高的六字輩，在陳賢茂看來，根本不重要。

---

[24]　此節的內文並沒有註明她的出生年，只說她是六〇年代的重要詩人。

[25]　我這篇論文的原稿在吉隆坡宣讀後，很快就聽到陳賢茂的不滿，第一個修訂版在朱文斌編《世界華文文學研究（第二輯）》（北京：新星，2005）刊出時，緊隨在論文後面的是陳賢茂的書信體回應，他提到一九九六年重新增訂文學史的時候，面對六、七字輩的崛起，「除了零星篇章之外，我手頭竟連一本這一作家群的作品集都沒有」（頁259），準備在九七年到吉隆坡參加馬華文學研討會時向作者索取，「但是，當我在會上目睹了黃錦樹目空一切的傲氣和不可一世的霸氣和源於政治偏見的偏執，竟有點手足無措。先是目瞪口呆，繼而臨陣怯場」（頁260）。陳賢茂不回應還好，這篇短文結結實實地暴露了他糟糕的治學態度。身為文學史家，絕對不能因人廢文，必須忠實地記述文學史的活動，六親不認地去評議重要的作家和作品。結果我們看到他對作協的人情回報，以及對我輩的怯場與逃避。我身為六字輩一員的筆者，雖有瓜田李下之嫌，但實在沒有必要為了自身的缺席，而抨擊此書，因為下一部馬華文學史的撰述工作，終究還是掌握在我輩手裡，完全沒有缺席的焦慮。只是這項重大的缺失，非但產生人為的馬華斷層，更大大減損了馬華部分的論述篇幅，實在說不過去。這個

從馬華卷所論述的作家及作品來判斷，這部一九九九年出版的文學史著作，討論的焦點（等同於資料的掌握）主要滯留在八〇年代前期，不但缺漏十分嚴重，更抓不到馬華文學各文類、各時代的創作思潮、風格與重心。一連串的作家個論，無從展現馬華文學的主體價值，以及文學史的發展脈絡。最糟糕的是整體論述過度偏重／集中於馬華作協。

這個「作協化」的現象不只發生在這部《海外華文文學史》，公仲主編的《世界華文文學概要》對馬華的瞭解，也深受馬華作協的資料主導。

公仲論及八〇年代以後的馬華文學，只有區區五百多字的綜論，其中一百字轉述當時馬華作協主席雲里風的看法，其餘敘述全是馬華作協的叢書出版和活動內容[26]；接著論及馬華「代表作家」三人：方北方、雲里風、戴小華，論述篇幅最小的戴小華部分也有兩千字。其餘作家都消失了，連名字羅列的機會都沒有；九〇年代以降的馬華文學論述，更別奢望了。公仲最大的敗筆在「新馬不分」，將兩者合而為一，文學史發展的脈絡混淆不清，作家的國籍歸屬也是一片泥濘，暴露了他對兩國文壇的掌握能力嚴重不足。其根本問題首先出在「蛇吞象」的急功心理，在非常有限的時間和學識能力之下，勉強以廣大的世華文學為對象，可惜他們這支「研究生撰史團隊」，根本不具備撰述《世界華文文學史》的能力，比起陳賢茂的團隊實力，差了好幾大截。強行名之為「概要」，基本論述架構問題依舊很大。

先天篇幅不足，卻硬要填塞整個世界，本來就是一大錯誤；他們應該以各國文學史的主要發展輪廓為軸，再探討各時期的思潮、議題、現象，實在沒有必要在極有限的篇幅內，作掛一漏萬的作家簡介。無論是小孩玩大車，或小鞋塞大腳，都是很不負責任的學術行為。最要命的是──它竟成為中國境內若干大學相關課程的教科書。而且是一部長期誤人子弟的長暢書（從版次估計，銷售逾萬本），非常要命。

身為主編的公仲，雖然「深感資料的匱乏，時間的倉促」[27]，但他終究沒有到各地實地考察、蒐集資料，僅在「一九九七年初，便組織人馬專程到廣州中山大學、暨南大學、廣東社科院文研所進一步查找資料，還特

學術公道，必須討回。
[26] 《世界華文文學概要》，頁498-499。
[27] 《世界華文文學概要・後記》，頁612。

請國內這方面的資深專家饒芃子、王晉民、潘亞暾、許翼心、王劍叢等教授審閱書稿」[28]。很遺憾的，中國境內的資料顯然相當匱乏（就其論述成果來判斷），而且這群名教授對馬華的瞭解跟公仲不相上下，幫不上忙，只好讓僅有的作協作品集牽著鼻子走。「嚴重作協化」與閉門造車的治學態度，再次導致馬華文學研究在世華平臺上的徹底失敗。這種不負責任又好高騖遠的學者，根本沒有資格編撰文學史。

上述兩部華文文學史在第一手資料蒐集上的「高度被動性」和「嚴重作協化」現象，造成論述和評價上的落後與偏差（新華、泰華的情形也一樣），對他們構築出來的東南亞華文文學版圖，必須持保留態度，不可全盤接受。當然，這並非馬華作協的錯，反而因為有了他們及時的進貢，馬華文學的篇章才不致淪落在菲華和越華之後（真不敢想像這些中國學者會寫出什麼東西來）。從上述兩部文學史的教訓，我們發現：文學史主編跟各地作協靠得越近，偏離實況就越遠[29]，一切研究都必須親自、實地蒐集第一手資料，否則非常危險。

福建社科院的年輕學者劉小新認為：「在海外華文文學研究領域，深度的文學史寫作為時尚早。……文學史料的準備還遠遠不足以撐起一部文學史的宏大敘述」；況且「文學史必須從紛繁雜亂的文學現象抽繹出其演繹的內在邏輯。然而世界不同地區的華文文學其歷史文化政治背景差異甚大，如何歸納出並同的規律？一種海外華文文學的整體文學史是否可能？」[30]。說穿了，所謂《世界／海外華文文學史》便是一種「大一統」思想和「急功」心態下的產物，在沒有能力掌握各國文化政經教育實況，沒有主動蒐集足夠的創作與評論資料，便貿然下筆，去撰寫一部大而無當、

---

[28] 《世界華文文學概要》，頁612。

[29] 從論述的作家樣本顯示，公仲所謂「（新加坡）華文作協與中國大陸交流頻繁」（《世界華文文學概要》，頁25），其實是指跟新加坡作家協會，而不是跟後者勢不兩立的新加坡文藝協會，所以公仲只讀到半壁新華文學。各國作協可能被大陸學者視為當地文壇的創作主流，其實不然。譬如越華作協，根本就是官方對民間文壇的宰制機關，另有一股被埋沒在官方論述以外的在野力量；泰華作協日趨老化，無法吸引年輕作家；（泰、越兩國的文學，我曾經實地考察和研究，接觸了不同陣營的聲音和論述，有足夠的資料可以瓦解公仲的敘述）。至於馬華作協，大部分作家已經非九〇年代文壇的主流創作者，但被熱情接待或鼎力支援的大陸學者可能渾然不察。

[30] 劉小新〈海外華文文學研究的幾個問題〉，收入陸士清主編《新視野新開拓──第十二屆世界華文文學國際學術研討會論文集》（上海：復旦大學，2002），頁98-99。

掛一漏萬的超級文學史。它的真正意義不在文學史的功能,也不談不上蓋
棺論定的公信力,但作為一座各國文學史料的「倉庫/大賣場」,確有其
實用價值,我們可以從中認識許多陌生國度的作家和作品,但對其中的評
價必須有所保留。

　　從馬華作家或學者的角度去看這兩部文學史,感覺非常複雜。我們
相信──由具備在地生活經驗的馬華學者來撰寫自己的文學史,比較中國
學者更能夠準確、完整地勾勒出文學和歷史的真相與價值。但這一部馬華
文學史,不管由誰來撰寫,都只能呈現一己的史觀,以及本身較擅長的文
類和時代脈動。最理想的組合是:分別由馬華本地學者或評論家、馬華旅
台學者、中國大陸學者,以不同的角度和架構,各自撰寫一部馬華文學史
(或文類史),多部史書的相輔相成,才能夠讓馬華文學史在多元視角或
眾聲喧嘩中,獲得最完善的論述。

第二節　必然的誤差:世華文學架構下的馬華詮釋

　　從文學交流的角度來看,世華研討會確實是一項非常熱鬧的「文學嘉
年華」或「文學博覽會」,同時又是一座很重要的「文學貨櫃碼頭」──
輸入各國的文學原料,輸出各國文學的評論成品。其實中國學界對海外華
文文學的評論與研究,存在許多相當嚴重的問題。在第三屆世華研討會
上,後來出任中國世界華文文學學會會長的饒芃子教授曾表示:「在目前
手頭資料都不足的情況下,強調微觀研究尤其重要,只有把微觀研究搞得
紮實,才談得上宏觀研究的把握」[31]。很遺憾的,四屆(八年)下來,情況
卻更糟,欽鴻在綜述第七屆大會時,開宗明義地指出這次會議以「團結、
交流、友宜」為宗旨,文中如此記述代表們的看法:「迄今對海外華文文
學的研究方法還較陳舊,評論海外作家熱情鼓勵有餘,深入分析不足,特
別是較少進入學術探討理性分析的層面;會議開到第七屆,但停留在交流

---

[31] 饒芃子這段在會議上的發言,轉引自潘亞暾、徐葆煜〈國際共研學術‧相互促進提高
　　──第三屆全國台港及海外華文文學學術研討會綜述〉,收入大會學術組編選《台灣
　　香港與海外華文文學論文選》(福州:海峽文藝,1988),頁412。

資料的初級階段，未能達到應有的深度。有些代表則認為，海外文學發展很艱難，對他們真正意義的批評較為困難，還是應以鼓勵為主，否則容易挫傷他們的積極性。」[32]

在同一期刊物當中，林承璜談到東南亞華文文學的質量問題，打抱不平地表示：有人對此地的作品不屑一顧，是不對的，他所接觸到的黃孟文和雲里風的部分作品，「都是思想性和藝術性和諧結合的佳作，可列入世界華文文學精品之列」[33]。這文章裡所謂的「世界華文文學」至少涵蓋台、港、澳三地在內，那是很高的評價[34]！我們暫且不去質疑兩國作協主席的作品是否達到頂尖水平，但這段辯駁未免過於草率，作為一篇學術論文，林承璜必須指出哪幾部著作具備如此高妙的藝術水平，才不會流於印象式空談。

眾所皆知，在世華文學研究領域，學術良知與人情壓力之間的拉鋸，是資料匱乏之外的另一個超級難題。誠如賴伯疆所言：在華文文學的研究和評論工作中，「也存在『人情性』甚至『商業性』的研究和評論。有的是從良好的動機出發，主觀上是想鼓勵和扶持華文文學的發展，或是應人之情，人情難卻，出於禮貌或其他原因，把一些水平、品位不是很高的作品，拔到不應有的高度」[35]。這種「不辨魚龍，混雜拿來」[36]的華文文學研究論文，不但逐漸引起海華作家的不滿，連中國學者都看不下去。

其中一個被點名批評的例子，研究老舍的學者宋永毅，把戴小華的《沙城》譽為馬華文壇的《子夜》，而遭到其他中國學者的抨擊：「《沙城》無論在反映社會的廣度和深度上，還是藝術創造的成就上，都無法與《子夜》相提並論。這種過譽中固然有著出於對他國華文作家創作的尊重而導致的差異，但評判尺度上缺乏充分的科學依據不能不說是主要原

---

[32] 欽鴻〈華文文學已經走向世界──第七屆世界華文文學國際學術討論會會議綜述〉，《台港與海外華文文學評論和研究》1995年第1期（總第10期），（1995/03），頁23。

[33] 林承璜〈漫談世界華文文學〉，《台港與海外華文文學評論和研究》1995年第1期（總第10期），（1995/03），頁53。

[34] 這段空泛的文字，正好說明新馬作協在交流上的努力，確實「成果斐然」。

[35] 賴伯疆〈世界華文文學研究中幾個問題的管見〉，收入陳遼主編《世紀之交的世界華文文學──第八屆世界華文文學國際學術研討會論文選》（南京：台港與海外華文文學評論和研究編輯部，1996），頁15。

[36] 潘亞暾〈世界華文文學發展中未盡理想的幾個方面〉，收入《世紀之交的世界華文文學──第八屆世界華文文學國際學術研討會論文選》，頁31。

因」[37]。劉小新也呼應了這個批評：「華文作品的藝術水準參差不齊，以
往學界隨意比附已經傷害了本學科的學術聲譽，諸如把戴小華的《沙城》
譽為馬來西亞的《子夜》或者贈送某作者荷馬的桂冠，都是不智的」[38]。
我們不必去追究宋永毅是否看過大部分的馬華戲劇創作，戴小華的《沙
城》即使寫得再好，被如此胡亂吹捧一番，只會造成傷害。這種學術惡
行，經少壯派學者的反省和反彈，近幾年總算稍稍收斂。

　　如果馬華文壇跟其他沒有自身學術評論能力的海外華文壇一樣，持
續仰賴中國學界的評論，是很危險的。所幸到了九〇年代末期，三場先後
由馬華作協、留台聯總、南方學院舉辦的馬華文學國際學術研討會，有效
驅動了馬華本地與旅台的評論動力，為二十世紀馬華文學評論留下一個強
而有力的結尾，足以構成自我評量的實力。雖然年輕一代的馬華學者已經
具備足夠的評論力量，但放任這種純粹以作協／前行代作家為主的「進出
口貿易」，對馬華文學的國際交流不是一件好事。也為中國學者虛耗的心
力感到惋惜。這個失衡的現象，唯有透過更有吸引力的產品，才能逆轉整
局勢。從九〇年代中期以來，先後出版了陳大為編《馬華當代詩選1990～
1994》（臺北：文史哲，1995）、鍾怡雯編《馬華當代散文選1990～
1995》（臺北：文史哲，1996）、黃錦樹編《一水天涯：馬華當代小說
選》（臺北：九歌，1998）、黃錦樹《別再提起：馬華當代小說選1997～
2003》（臺北：麥田，2004）、陳大為、鍾怡雯編《馬華文學讀本I：赤
道形聲》（臺北：萬卷樓，2000）、陳大為、鍾怡雯、胡金倫編《馬華
文學讀本II：赤道回聲》（臺北：萬卷樓，2004）等重要選集，從一九九
六年始，便陸續在各種學報和研討會上，讀到以此為對象或主要依據的論
文[39]。最好的成果驗收，就在二〇〇四年九月山東大學與馬華作協合辦的

---

[37] 陳紅妹〈關於海外華文文學研究中的標準選擇和資料搜集芻議〉，《華僑大學學報》
（社科版）1996年第4期，頁69。

[38] 劉小新〈海外華文文學研究的幾個問題〉，收入陸士清主編《新視野新開拓——第
十二屆世界華文文學國際學術研討會論文集》（上海：復旦大學，2002），頁95。

[39] 就在《馬華當代詩選1990-1994》、《馬華當代散文選1990-1995》出版後的一兩年內，
就出現好幾篇討論的論文。其中包括：劉小新〈解構與遁逃：馬華新世代詩的一種精神
向度〉，《華僑大學學報》（社科版）1996年第3期，頁82-86；劉小新、黃萬華〈九十
年代馬華詩壇新動向〉，《華僑大學學報》（社科版）1997年第2期，頁37-40；楊匡漢
〈熱帶韻林：生存者呼喚至深者——馬華詩歌的精神投向及藝術呈現〉，《台港與海
外華文文學評論與研究》1997年第4期，頁3-8；王振科〈一道亮麗的文學風景——關

「第二屆馬華文學國際學術研討會」，中國學者的主要討論對象已經轉移到六字輩作家，並頻頻引用上述選集的資料，對馬華文壇現況的掌握，有明顯的改進，也更新了他們腦海中的馬華文學版圖。

世華研討會只是一個形而下的學術架構，馬華文學的「中國處境」可以先從專論篇章作量化統計，再初入論述內部。但我們絕對不能忽視在各屆大會中，討論得最熱烈的主題——世界華文文學的定義。「世界華文（或華人）文學」在名義上包含了「中國現當代文學」，但從實質的研究行為和學門界定而言，後者並不納入所謂的「世界華文文學『研究』」範圍之內[40]；不過每當這個名詞被討論時，中國現當代文學都暫時納入，虛晃一招。他們對世界（海外）華文文學充滿了敬意，討論命名時都小心翼翼、不傷和氣（畢竟是聯誼大會），問題反覆討論了十幾年，還在原地踏步。

二〇〇四年，廈門大學的周寧在主持一項世華文學圓桌論壇時，提出一個很霸道的世華文學版圖概念。他認為世華文學分可成：中國、東南亞、歐美澳等「三個中心」，以及「一個仲介帶」（台港澳）；但三個中心的意義不同，東南亞華文文學屬於半獨立狀態，對所屬國家有依附性；歐美澳則是初始狀態，未成氣候；所以「中國內地文學，在傳統與淵源上處在世界華文文學的中心」[41]。換言之，中國大陸文學才是號稱多元中心的世界華文文學實質意義上的「終極中心」。周寧不但矮化了台灣文學（淪為一個仲介區／過渡地帶），而且各國的華文文學最後都得

於馬華文學「新生代」作家群〉，《世界華文文學論壇》1998年第3期，頁14-17；黃萬華〈馬華新世代的話語實踐〉，《文化轉換中的世界華文文學》（北京：中國社科：1999），頁224-233。在《赤道形聲》和《赤道回聲》出版後，短期內便出現幾篇專題討論的論文：劉俊〈「歷史」與「現實」：考察馬華文學的一種視角——以《赤道形聲》為中心〉，《香港文學》第221期（2003/05），頁64-70；袁勇麟、李薇〈盤旋的魅影——試論馬華散文中的鬼魅意象〉，《華文文學》2004年第5期，頁61-68；黃萬華〈兩種文學史視野中的馬華文學——《馬華文學大系‧評論》和《赤道回聲》的對照閱讀〉，收入黃萬華、戴小華主編《全球語境‧多元對話‧馬華文學——第二屆馬華文學國際學術會議論文集》（濟南：山東大學，2004），頁14-27；馮昊〈馬華文學的記憶與想像空間〉，收入《第二屆馬華文學國際學術會議論文集》，頁160-168。

[40] 關於「世界華文文學」命名與定義問題，討論的文章很多，其中兩篇觀點較全面且深刻的是：劉登翰〈命名、依據和學科定位——關於華文文學研究的幾點思考〉，收入陸士清主編《新視野新開拓——第十二屆世界華文文學國際學術研討會論文集》（上海：復旦大學，2002），頁9-18；饒芃子、費勇〈海外華文文學的命名意義〉《本土以外——論邊緣的現代漢語文學》（北京：中國社科，1998），頁7-21。

[41] 周寧〈走向一體化的世界華文文學〉，《東南學術》2004年第2期，頁155-156。

「走向一體化」，「以民族語言為基礎，建立一個『想像的疆域』，一個『文學中華』」。華文文學「大一統」的思想痕跡，處處可見。所謂的馬華文學，只是「東南亞（次）中心」裡的一部分（如同小包裹裡的一件小東西），無論怎樣看，都不是跟中國大陸文學對等的文學主體。最要命的是：這種「大中國中心」思想，讓許多（年長的）中國學者以為海外華文文學都是中國文學與文化的延伸，而且海外華社都同樣處於一種惡劣的文化處境，「伸出評論的援手」便成為一項恩澤，這些學界大老對海外華文創作常帶有「鼓勵」的良善言詞和心態，形同先進國家對第三世界國家的佈施。從他們的實際批評文字中，可以發現大多是泛泛之談，真正深入的論文不多[42]。

對於「中國內地文學，在傳統與淵源上處在世界華文文學的中心」這種族群沙文主義的心態，早在二○○一年，福建社科院的蕭成就提出一種比較符合事實（海外多元文化）的觀點。他大力推薦文化人類學的研究成效，並指出：「在海外華人的社會生活裡，不僅源於中國的儒、釋、道等思想流派多元共存、相互滲透；而且基督教（包括新教和天主教）、伊斯蘭教，甚至印度教、猶太教，以及一些地方神道（譬如媽祖信仰、關帝信仰等）的思想文化也是多元共存，互相滲透的。它們無法被普遍化為一種中國文化的共識」[43]，他甚至呼籲華文文學的研究者，「補上異質文化『田野作業』這一遲來的必修課」[44]。

「田野作業」或「實地／田野考察」是世華文學研究最重要，卻經常被忽略的一環。

在研究馬華文學的眾多中國學者當中，劉小新和黃萬華的評論質量最高，其餘學者如蕭成、朱文斌、劉俊，在史觀與論述角度上較客觀而且紮實，朱崇科的論點雖然比較偏激，但他勇於深入核心問題，提出異議。

---

[42] 前行代學者特別喜歡泛論或綜論，或在所謂的宏觀論述中，隨手夾帶點評幾篇「佳作」，表示他們真的有在看書。這種論文在各屆世華研討會上俯拾皆是。中堅及少壯輩的學者對理論的掌握較佳，比較能夠切入重要的議題或創作文本，展現出他們日益成熟的評析與詮釋能力。

[43] 蕭成〈文化人類學與世界華文文學研究一體化的可能性〉，《人文雜誌》第10期（2001/07），頁100。

[44] 《人文雜誌》第10期（2001/07），頁104。

　　劉小新評論馬華新世代詩歌那幾篇論文，頗能抓住馬華詩史／詩壇的革變與脈動，堪稱佳作。然而，當他選擇黃錦樹（現象）為論述對象時，便出現以下的偏見／成見：「馬華旅台文學有一種與台灣文學不太相同的另類品格。在一個喜歡文化消費的社會，旅台作家的南洋情調或馬華性是打入台灣文化市場的最佳賣點。潘雨桐、張貴興、黃錦樹等旅台作家的小說，一再描繪渲染南洋熱帶雨林的神奇和異國情調。在旅台作家筆下，熱帶雨林故事的傳奇魅力和婆羅洲家庭秘史的獵奇性表現得淋漓盡致。以異國情調、『他者』身分和『另類』美學成功介入台灣文學場是旅台作家的生存策略。」[45]

　　劉小新完全不瞭解台灣以文學獎、評論和媒體運作三合一的文壇生態，更不瞭解台灣喜新厭舊的書市，便貿然下判斷，導致嚴重的詮釋偏差——將台灣讀者的品味膚淺化，將台灣文壇的生存機制簡單化平面化——完全略去雨林小說本身的藝術性、創造性，和思想深度，好像只要寫雨林就一定得到肯定。最致命的因素就是：缺少「實地／田野考察」。如果旅台作家「以異國情調、『他者』身分和『另類』美學」當作「生存策略」，早就被淘汰了。從來沒有一個寫書潮流可以光憑本身的素材／議題，支撐十餘二十年。雨林固然是一個旅台文學的重要地景，但它並不是成功的唯一憑藉或保證，經過數十個文學大獎反覆磨練、肯定的寫作能力，才是核心支柱。劉小新只看到劍器，卻沒有看到劍手的劍技。

　　除去諸多成見不談，這篇論文還算是華文文學研究中罕見的類型。透過一個年輕作家（而不是德高望重的作協主席或文壇大老）的全面性分析，進而勾勒出文壇的變革因素，並正面迎擊許多爭議性的問題。這種寫法很大膽，劉小新必須很有自信地掌握當前馬華文壇的論戰與紛爭，否則會鬧笑話。尤其馬華文壇的論爭多半發表副刊上，蒐集不易。據瞭解，福建境內的社科院和幾所東南亞（政治或文化）研究中心，都有訂閱馬華重要華文報刊，所以劉小新才能夠將馬華作家在雜誌和副刊上對文學史分期、續編大系、國家文學等問題的爭論，寫進〈近期馬華的馬華文學研究管窺〉。劉小新對馬華文學的基礎研究，讓他清楚感受到黃錦樹對九〇年

---

[45]　劉小新〈論黃錦樹的意義與局限〉，《人文雜誌》第13期（2002/06），頁91-92。

代以降馬華文壇與學界的影響，所以他才會這麼說：「從更深層更廣泛的
視域看，所謂『黃錦樹現象』是由一特定的文學社群的文學活動構成的。
這個群體大多出生於六十至七十年代並大多有旅台文學背景，人們習慣稱
之為『新世代』。新世代的崛起已成為九十年代以降馬華文壇的重大事
變，表明馬華文學開始進入世代更替和美學遞嬗的新時期。『黃錦樹現
象』便是馬華文壇思潮嬗變、範式轉換和話語權力遷移的某種聚焦性表
徵」，深入研究黃錦樹的創作和評論，即是「把握九十年代馬華文學思潮
的一種契機和途徑」[46]。雖然我們不一定完全認同這篇論文內部的學理辯
證，但劉小新在馬華文學研究方面，以逐步累積、建構的治學態度，應該
給予肯定。

　　山東大學的黃萬華是一位非常重要的馬華文學研究學者，他的重要著
作《新馬百年華文小說史》（1999）具有相當高的學術價值。在這裡，我
們要討論的是一篇研討會論文〈兩種文學史視野中的馬華文學──《馬華
文學大系‧評論》和《赤道回聲》的對照閱讀〉，因為它同時處理了兩本
分別代表「馬華作協」與「旅台學界」視野的論文選集。黃萬華很敏銳地
選擇了這個對照組合，這兩種截然不同的聲音，都不足以代表當代馬華的
全部內容，但加起來正好相輔相成，拼湊出一個更完整的馬華文學（史）
面貌。

　　這兩部論文選的每頁字數不相上下，但收錄年限較小（一九九〇～二
〇〇四）的《回聲》比《大系》（一九六五～一九九六）多了一百頁，換
言之，《回聲》在呈現九〇年代以降的馬華文學史面貌，遠比《大系》來
得結實、豐富。黃萬華指出：從作者構成看，《大系》更多呈現的是馬來
西亞本土視野，而《回聲》則力圖呈現出多元視野。而且《回聲》致力於
建構一種新的文學史觀（部分論文根據預設的文學史藍圖所需，而撰寫或
修訂），《大系》則以「舊文照錄」來反映三十二年來的馬華文學評論狀
況。這是兩者最根本的差異之一。黃萬華接著鉅細靡遺地分析、比對了兩
書論文在議題上的不同，最後他歸納出──《大系》著重於見證過去，記
錄了馬華文學與社會的發展歷程。而《回聲》則梳理了當前的問題，同時

---

[46] 《人文雜誌》第13期（2002/06），頁91。

又焦慮於馬華文學的前景。尤其，《回聲‧重要議題》卷的前瞻性，存在著某種歷史的無奈感，那些充滿危機感的思辨論述，讓他感受到這些議題對馬華文壇的未來至關重要[47]。黃萬華的評比相當客觀、超然，完全跳出中國中心論者的窠臼，直接面對當代馬華文學評論的兩項重要成果，並看出雙方可以互補（而不是互斥）之處。

　　另一篇重要論文〈馬華文學八十年的歷史輪廓〉[48]，是其小說史的延伸研究，約二萬四千字的篇幅中，洋洋灑灑地敘述了馬華文學的發展脈絡，各時代與各世代的重要作家及特色，都涵蓋在論述範圍之內。雖然作為一部馬華文學史的雛型，還有一段很長的距離，但也可以從中看出十分務實的治學態度。這種針對單一文壇的長篇綜論，遠比世華研討會上最常見的（三、五千字的）泛論，來得有意義；不但可以讓我們知道論者究竟下了多少功夫，它對（未來的）馬華文學史的建構，也比較有實質的參考價值。

結語　評價與方向

　　所有的詮釋，都是主觀的。學者資料掌握方面的誤差，尚可修正；觀點上的異同，就有待更多的學術辯論。馬華文學在當代中國學者的詮釋下，誤差日益縮小，只有少數半路出家或臨時客串的論者，會寫出令人啼笑皆非的馬華論述。大體而言，近年較活躍的幾位學者，都能夠展現一定的嚴謹度和準確度，不再出現太過空泛的溢美宏詞，或評價時嚴重的輕重失控。

　　至於歷久不衰的世華文學研討會，它在一定程度上代表了中國學界對世界華文文學研究的生產機制和態度，如果從嚴格的學術研究角度來看，前十屆的論文當中，有很大一部分根本不及格，頂多算是「文學印象批評」或「文壇活動報告」；直到近幾屆的會議，多位年輕學者的參與，才真正提升了學術研究的水平。作為一場重要的國際學術會議，它應該只接

---

[47]　黃萬華〈兩種文學史視野中的馬華文學——《馬華文學大系‧評論》和《赤道回聲》的對照閱讀〉，收入《全球語境‧多元對話‧馬華文學——第二屆馬華文學國際學術會議論文集》，頁14-27。

[48]　收入《全球語境‧多元對話‧馬華文學》，頁32-63。

納正規的學術論文，各國文壇的活動報告，轉移到類似作家大會的舞臺。其實，世華會議最大的敗筆就是沒有長程的計畫，去推動各地區華文文學的研究工作。每次大會都找不出真正具體的成果，各方學者各自經營了二十年，結果各地區的華文文學沒有獲得專注或全方位的討論。它應該擬定每一屆的主題，並集中研究人力與資源去進行某個國度華文文學的重點研究。雖然馬華文學無需依賴它的經營，但學術力量的虛耗，未免可惜。

近十餘年來中國學界對馬華文學的論述，值得討論的層面和方向不少，譬如個別作家的專論，應該可以讀出一些發人深省的訊息。這方面的研究往往比較能夠有效運用不同的文學理論和批評方法，論文的深度當然比綜論或泛論來得可觀，譬如九〇年代初期對小黑小說的研究、二〇〇〇年以來對林幸謙散文的研究，以及二〇〇四年山東大學對新生代作家的研究（計畫），可以看出方法學上的沿革。以林幸謙的逸和散文為例，他在文化鄉愁、中國性、離散、文類疆界方面，很能夠吸引各種理論的「套用」，以致出現多篇理論先行的論述。這個現象，很值得關注。限於篇幅，僅止於此，其餘未了的問題，留待日後再行處理。

馬華散文的「浪漫」傳統

鍾怡雯

前言

　　在論述馬華散文的「浪漫」傳統之前，首先必須指出馬華作者，尤其是散文作者，面對華社的思考和感觸。華社問題是個「試劑」——只要是馬華創作者，用華文寫作，對華社有或深或淺的使命感，稍一碰觸，則悲觀或感傷的書寫模式便顯色。華社問題早已成為創作者的痼疾或隱疾，一碰就痛，從早期的溫瑞安，到後來八〇、九〇年代的馬華校園散文寫手，乃至從校園散文寫手出身而各自成家的林幸謙、祝家華、何國忠等，皆有這個面對華社議題「感傷」的特質，潘碧華稱之為「憂患意識」，並指出這種意識裡涵蓋「憂慮、孤憤、沉痛、壓抑性的情緒」[1]。放在世界華文文學的範疇來看，「憂患意識」以文學回應時代，是馬來西亞時空下的特有現象，亦有其時代和文學史意義。

---

[1] 潘碧華〈八〇年代校園散文所呈現的憂患意識〉收入陳大為、鍾怡雯、胡金倫編《馬華文學讀本II：赤道回聲》（台北：萬卷樓，2004），頁293-294。潘碧華以「憂患意識」論校園散文，肯定校園散文關懷社會的勇氣，主要在說明大學生並非是象牙塔裡的追夢人，她主題式的論述不涉及寫作美學。然而就散文而論散文，這卻是一個更大的「問題」。「大」散文，即題材跟文化社會扯上關係的總是先獲得肯定，怎麼寫，寫作難度和高度在哪裡等更細緻的問題總是被忽略。「憂患意識」很容易跟「中國性」牽扯不清，大馬華人艱難處境往往被過度引伸為華社將亡，這種情緒性書寫又總是被大部分的論者所肯定，如此漸漸形成「傳統」——不管寫得好不好，只要關懷社會，總是不太壞的，至少比寫個人小事好。按照這種推論，趙樹理將比張愛玲的文學成就高，因為只要處理民族國家「大」事，在題材上先就贏了。這種「現實主義」、「主題先行」的貧乏老論常常出現在馬華，尤其是散文。

　　固然「一個（華社）議題，各自表述」，表述的方式容或不同，可是當感性太過，理性傾斜，如溫瑞安或林幸謙等，以高度「傾訴性」的書寫方式處理「集體意識」，是否也造成了書寫的窠臼，構成既定的書寫模式，或者成為創作者的因循藉口？因襲既久，「感傷／抒情」表述常常（不自覺）變成模式。感性不斷被挖掘的同時，也不斷耗損，「感時花濺淚，恨別鳥驚心」的時代創傷和人世滄桑，被一而再的書寫，極易變成空洞的符號，動人的內在或許早被耗盡：作者固然一再驅動沉重的文字演繹「感時」和「恨別」，卻收不到「花濺淚」、「鳥驚心」的草木鳥獸同悲效果，那個被包裹在文字和無奈底下的「問題」已經被反覆重寫多次，再也挖掘不出新意。

　　本論文試圖建立自溫瑞安以降的「浪漫」[2]傳統，並論述「浪漫」的幾種類型，以及所衍生的散文美學，可能造成的侷限。這個浪漫傳統放在中國文學裡可以用「感時憂國」代之，只是「感時憂國」是個「正面」的主題式解讀，它高度肯定了作品的正面評價，較不論及表現方式，因此本文擬以「浪漫」取代，溫瑞安的《龍哭千里》尤其可視為這個概念下的代表作。此外，本文的主要論述對象尚包括林幸謙、祝家華、何國忠、潘碧華、辛吟松等，在八、九〇年代感受到「內憂外患」的校園散文寫手群等。

　　本文分四節，第一節界定選文標準「浪漫」（非等同於浪漫主義）定義；第二節論述溫瑞安和林幸謙，二人風格不同，卻有類似的「詞庫」遙相呼應，作為固定情境的敘述模式；第三節以「傳火」為重點，論述大學校園散文寫手伴隨著文化使命而生的時代關懷；第四節是看似「反浪漫」的「浪漫」書寫，實則淡定的文字底下是被壓抑的文化託命，亦是浪漫的另一種敘事方式。

2　這個靈感來源是李歐梵的論文〈五四文人的浪漫精神〉，收入周陽山編《五四與中國》（台北：時報文化，1979），頁295-315。李歐梵的「浪漫」除了涵蓋五四文人的感時憂國傳統，更直指他們受西方浪漫主義影響下的放浪形骸，以行為和文字反道德及批判封建禮教。這種悖反古典主義的思考和行為模式，其實逸出了西方浪漫主義的個人主義色彩，而以整個社會歷史背景作為思考起點，可視為浪漫主義在中國的「本土化」。馬華散文的「浪漫」精神亦經過「在地化」的特質，和中國頗為類似。本論文以溫瑞安為起點，並不排除在他之前絕無可供論述的零星案例，而是溫的散文質量兼具，且整體表現可視為「浪漫」的座標，允為本文定義下的「浪漫」奠基石。

一、浪漫主義與「浪漫」

　　浪漫主義一般視為對十八世紀理性主義和新古典主義而生的反抗，理性對文藝造成極大的束縛，因而一種張揚個性，訴求直覺的書寫風格，追求思想和情感的自由決定了浪漫主義的藝術特點。艾布拉姆斯完成於五〇年代的浪漫主藝代表作《鏡與燈：浪漫主義文論及批評傳統》，以「鏡」與「燈」隱喻浪漫主義的兩種特質，即「把心靈比作外界事物的反映者」和「把心靈比作發光體，心靈是它所感知的事物的一部分」[3]，同樣強調人格對文學風格的浸透，二者互為表裡，他的論述方式（以鏡與燈作為象徵）本身也是浪漫主義使用的創作方式。艾布拉姆斯把「浪漫主義」同時作為一種批評方法兼創作方式，他把浪漫主義詩人華茲華斯的「詩歌是詩人思想感情的流露、傾吐和表現」等說法視為「表現說」──文學是內心世界的外化，激情支配下的創造，是創作者的感受，思想和情感的共同體現──因而浪漫主義是一種表現主義。梁實秋在〈現代中國文學之浪漫趨勢〉甚至說浪漫主義就是不守紀律的情感主義，不節制必然流於頹廢主義和假理想主義[4]。雖然浪漫主義至今為止沒有一個能被普遍接受的標準定義[5]，從艾布拉姆斯到朱光潛、梁實秋、蔡源煌、羅成琰等人論浪漫主義，卻大體上可以歸納為以下兩點：

　　（一）它強調「情感」在文學的作用，換而言之，「抒情」是浪漫主義的特點。浪漫主義論者就把抒情詩視為浪漫主義的最高成就。法國文評家有時把浪漫主義稱為「抒情主義」。席勒把「浪漫的」等同於「感情的」；歌德則把「浪漫的」稱為「病態的」。

---

[3]　M.H.艾布拉姆斯著，酈稚牛等譯《鏡與燈：浪漫主義文論及批評傳統》（北京：北京大學，1989），頁2。

[4]　梁實秋一九二四年進入哈佛師事白璧德，態度從擁抱浪漫主義到變成抨擊，其思想變化詳見鍾怡雯〈論梁實秋的散文譜系與時代意義〉，《無盡的追尋──當代散文的詮釋與批評》（台北：聯合文學，2004），頁9-23。

[5]　羅成琰的結論是浪漫主義最早期是指騎士精神，雨果視為自由主義，海涅認為是對中世紀的思考，其他如視為夢幻乃至感傷情調等不一而足，見羅成琰《現代中國的浪漫主義文學思潮》（長沙：湖南教育，1992），頁1-2。利里安‧弗斯特在《浪漫主義》這本重要的小書轉述E.B.Burgum的話，指Burgum曾發出警告，誰試圖為浪漫主義下定義，誰就在做一件冒險的事，它使許多人碰了壁，見利里安‧弗斯特著，李今譯《浪漫主義》（北京：崑崙，1989），頁1。

（二）個人與社會的對立是促成浪漫立義誕生的要因，憂鬱則是生命必然基調，形成浪漫主義作品強烈的主觀性和情緒性。

以上兩點歸納主要作為本文檢選「浪漫」散文文本的依據。所有理論的挪用都必須經過削足適履，歷史情境和文學傳統歷來中西迥異，這種歸納是權宜作法。其次，本文並不認定馬華創作者「以浪漫主義寫作」，或以浪漫主義強加創作者，只是就馬華特殊的文化環境催生的「浪漫」傳統提出論點和觀察。「浪漫」作為一種表現美學，並不具褒貶高下意義。楊牧從「葉珊」到「楊牧」，並未揚棄其浪漫的抒情基調，其風格轉變主要表現在題材和寫法上的扭轉，這轉變背後是一連串複雜漫長的，對散文的思考和反省[6]。因此問題關鍵在於創作者本身的視野和學養，以及創作自覺。

當然，在「後」時代回看「浪漫」（或浪漫主義），它顯得不合時宜了。倒是中國文論那種偏向感覺性、體悟性的文論方式，強調人格特質等因素，跟浪漫主義有極為相似之處，跟散文這個非常「中國」的文類亦非常契合。實際上，中國文學自屈原開始的「浪漫」傳統，背後亦有一個「感時憂國」的時代思考。

二、失控／磅礴的抒情

作為神州詩社的領導人，溫瑞安實踐浪漫的方式，一是結社，二是練武，兩者均為中國想像的產物，再加上兒女情長，簡而言之，武俠世界的「俠骨柔情」是他的生活寫照[7]。溫瑞安把生活當成文本──他的生活就是以自身實踐的創作，這是一個有趣的個案，連他自己也宣稱「沒有人能忍受我這種貪得無厭的浪漫」[8]，因此可稱之為「浪漫的典型」。其浪漫風格源自對中國的想像，因而延伸出「為中國做點事」的使命感，此其一；其

---

[6] 特別以楊牧為例，除了他的抒情散文風格是極佳的浪漫範例外，溫任平和何國忠都曾在散文裡提及楊牧，楊牧那種籠罩著淡淡憂傷的抒情風格成為不少初寫者的散文典範，幾乎成了跟我同期的留台大馬學生的散文「經典」，言必楊牧之外，尚以楊牧為師，模仿得幾可亂真。

[7] 詳論見鍾怡雯〈從追尋到偽裝──馬華散文的中國圖像〉，《無盡的追尋──當代散文的詮釋與批評》（台北：聯合文學，2004），頁196-246。

[8] 溫瑞安〈衣缽〉，《龍哭千里》（台北：時報，1977），頁235。

二，中國想像只有透過象徵符號與歷史連結才能發揮，於是他以文學的磚瓦所建構的中國藍圖，必得避開真實／現實，或至少把真實／現實涵蓋到想像中，才能再造抽象／個人的中國。

溫瑞安有一個構成「浪漫」的詞庫可供調動：血、狂、死亡、苦愁、唯美、輕愁、孤寂（孤獨和寂寞）、雨水（或風雨，可能交織著淚水）、殘缺的意象（如殘月）等等不一而足。〈龍哭千里〉有一段寫聽〈滿江紅〉的經驗頗具代表性：

> 那整個晚上歌聲都迴旋在你心上、腦上、神經上、響在你每一根骨節上，你雄性的喉音上。激昂處，把你的脊髓骨抖得筆直，如一座驕傲了幾十年的大山。嗓子如弦絲一般地微微顫動著，胸腔裡也頓浮起幾許激情，透過你的雙眸，漾著薄薄的淚光。一座斷崖。一輪殘月。一座怒海呵不息的海高高低低嘆息的海。一幅畫，黑墨與白紙。從此刀便成了你的象徵，每出鞘必然沾血。[9]

這段大量調動意象加強敘述效果的文字，是溫瑞安常用的敘述模式，他擅長用強烈的情感「渲染」或「煽動」讀者，讓讀者進入他塑造的情境去感受他所感受到的。這段文字有「血」有「淚」有「激情」有「驕傲」，怒海高山輔以刀劍等陽剛意象，把「意象」和「情感」的極限揮霍到極致。不止如此，〈龍哭千里〉還佐以奇幻想像，把社會喻為黑森林，把環境的各種阻力寫成十三名劇盜，然後把自己化成一匹「追殺中的狂馬」，「且不能退後，且要追擊」[10]。這種「騎士」式想像是浪漫主義最典型的寫法。或者這樣悲壯的畫面：

> 從厚厚高高的書本中逃出來，你有嘔血的感覺。你輕輕地咳嗽，一聲聲，一聲聲，你用手帕掩住口，你甚至想到當你把白巾自唇邊移

9　《龍哭千里》，頁14。
10　《龍哭千里》，頁14。

開時，在上面已染滿一大堆淒艷的鮮血。美麗的血。一直在你胸中翻騰如今卻凝在手巾上的血；一種無法被補償的驕傲。[11]

林黛玉咯血的哀淒，被溫瑞安改寫成書生式的「無法被補償的驕傲」，他並且對死亡有著美麗的憧憬，甚至想「冒險一試」[12]。對比〈龍哭千里〉，〈八陣圖〉更是充滿死亡的意象，演繹「生命是悲哀的，死亡是可嘆的」這個浪漫感嘆。寫到詞庫疲乏，乾脆以一連串的「死亡」直言死亡，或者出之以「吶喊」；〈大江依然東去〉有「我歿時是誰家漢女哭倒在我底青塚」[13]。大抵溫瑞安的散文潛藏著「想像的古老中國」作為對話對象，因為有（想像的）對象，他常用「傾訴體」，如〈這一路上的星光〉。或者寫給白衣，如〈振眉五章〉、〈振眉閣四章〉、〈聽雨樓二章〉、〈洛水五章〉和〈更鼓〉雖是散文，近似情書或札記，充滿小兒女的私情密意。

動不動便悲歌（〈河在千里唱著悲歌〉），動不動就寂寞（「我一直很寂寞，我志在江湖，背負功名，卻仍一身寂寞」[14]），要不便是「美麗的蒼涼」。語言的極限就是思想的極限，這類泛濫的抽象形容寫多幾遍，最終導致的是閱讀的彈性疲乏。

相較於溫瑞安近乎失控的狂放情感，林幸謙的兩本散文[15]則出之以酒神式的狂亂（對林幸謙而言是狂歡），一樣情感磅礴，以情緒驅動感染力。溫瑞安以氣使才，完全抒情，林幸謙則在散文裡加入大量的後殖民理論術語，這使得他的散文看來像是意象堆疊太過的感性論述[16]，二人同樣擅長長文，同樣有固定的修辭模式，不同的是，林幸謙的散文總是以「個人代表集體發言」，誠如艾布拉姆斯所揭示的，「把心靈比作外界事物的反映者」和「把心靈比作發光體，心靈是它所感知的事物的一部分」，那鏡與

---

[11] 《龍哭千里》，頁11。

[12] 《龍哭千里》，頁13。

[13] 《龍哭千里》，頁95。

[14] 〈衣蛛〉，《龍哭千里》，頁235。

[15] 實則上算是一本半，《狂歡與破碎》之後的《漂移國土》，是部分新稿加上早年習作編輯而成。

[16] 我曾在〈從追尋到偽裝──馬華散文的中國圖像〉指出「林（幸謙）以其論述和抒情雜揉的散文風格反思華人的身分……突顯一種被壓抑的存在」，收入《無盡的追尋》，227。

燈式的書寫美學卻被賦予代言人的言論，敘述被合理化，於是所有的海外
華人一網打盡，全被視為「流放是一種傷」的龍的遺族。他自言「我選擇
了一套較為沉重悼輓的敘述語言，一如我的人生觀，我是較為難以樂觀起
來的那類」[17]，悼輓之詞和後殖民論述同時存在，造就了表面看似理性駕馭
感性，實則以沉鬱的感性撐起理論辭彙的敘述模式。

　　儘管溫林二人風格迥異，林幸謙的「詞庫」卻跟溫瑞安十分接近：
幻象（或幻影）、邊緣之外，殘破、生與死、夢幻、憂鬱、淚、雨水、晚
風、花凋，這些反覆出現的意象，躁動的文字，「種族本身就充滿了哀
愁」[18]宿命式的認知，一再強調的「邊緣」身分，病態的敘述者口吻（不論
事件本身是真實或虛構）等等融鑄而成的長文均架設在宏大的理論性標題
之下，於是他必須以滔滔雄辯展演抽象命題。只是以大量形容詞、副詞或
術語雄辯抽象命題的衍繹過程，並沒有讓他接近符旨，形而上的故鄉反被
推展到更遠處，終究成了如他所言「燦爛的幻象」──燦爛華麗的修辭，
內容所指涉的卻是「幻影」：

> 　　真理的雨聲淋漓，在黑暗和光明交替的縫隙間正視生命，發出
> 生命與時代的千般嘲弄。無數有價值與無意義的幻象在歷史海岸上
> 翻騰、低泣，接著竟幻滅了。[19]
>
> 　　憂鬱的華麗世界，分秒都有葬禮在進行。送行的人群，看到了
> 遺落的憂傷；破落的荒塚，收藏了屍骨所遺棄的寂寞。……此生的
> 神話在璀璨中逐年破碎，狂歡，掉淚。[20]
>
> 　　縱然有美好的夜晚……只剩下幻影和煙雨來慰藉靈魂的憂傷。
> 心事在歲月裡累積，累積成一座龐大的迷宮──別人無法走入，而
> 自己卻無法走出的死城。[21]

---

[17]　林幸謙〈選擇題〉，《漂移國土》（吉隆坡：學而，2003），頁313。
[18]　林幸謙〈過客的命運〉，《狂歡與破碎》（台北：三民，1995），頁91。
[19]　〈群雨低濕的海岸〉，《狂歡與破碎》，頁53。
[20]　〈歲月：燦爛的幻象〉，《狂歡與破碎》，頁15。
[21]　〈飄泊的諸神〉，《狂歡與破碎》，頁37。

　　以上所引三段引文分別出不同的篇章，主要用意在說明林幸謙常常使用同樣的修辭模式，重複使用的意象，換個題目，內容所述相差不遠——大抵是生之幻滅、流放是一種傷的反覆演繹，憂傷情感的重複抒情。有時段落甚而可以任意調動，刪減，篇與篇之互為補充（故意的「互文」？），然而文字的橫征暴斂，以極為主觀的個人情緒「置入式書寫」則一。雖然林幸謙表示「我的書寫自然也無法滿足於淺薄抒情文筆」[22]，抒情文筆未必淺薄，他的論述式浪漫抒情便是最好的演出。把後殖民搬入散文，雖然符合全球化的論述潮流（就這點而言，林幸謙所選擇的位置不但不邊緣，反而是主流中的主流），也提供評論者最方便（也是偷懶的）的解讀方式，然而以文字捕捉幻象，終究成就的亦是文字的幻象。

三、傳火人的憂鬱

　　「傳火」是個特別的象徵，火者，華人文化之謂也。「傳火」象徵文化傳承，它的時代意義和使命感不言而喻，就像「風雨」象徵時代飄搖，黑夜則是華社的處境，這三個約定俗成的意象，亦是大學校園散文的關鍵詞。作為八〇年代校園散文寫手之一的潘碧華，她第一本散文就叫《傳火人》。〈傳火人〉有句話特別能指出「火」的弦外之意：「傳與接的豈是燭火那麼簡單？」[23]，又說傳遞燭火時「把傳與接的人的擔憂都表露無遺。傳的人小小心心，接的人也殷殷勤勤。我們都把手掌彎成呵護的手勢護著燭火。」[24]

　　十幾年前的華社，大學生被視為知識分子，能突破「固打」擠入大學之間的華人是「天之驕子」[25]，讀中文系的人理所當然是被賦予「文化使

---

[22]　〈寫在國家以外〉，《漂移國土》，頁294。

[23]　潘碧華《傳火人》（吉隆坡：澤吟，1989），頁158。

[24]　《傳火人》，頁157。

[25]　何國忠在〈疏忽了的關心〉一開始便說「大學生是天之驕子。沒有人會反對這句話，尤其是華裔社會，在『固打』制度下，身受其害而被犧牲的學子可說不計其數。」見《班苔谷燈影》（吉隆坡：十方，1995），頁50。禤素萊則在〈不寄的家書〉自言「我想起『大學生』這個名詞所賦予的期望，想起它代表著多大的使命與責任。在我終於可以換上『大學生』這個身分時，又有多少人因固打制度得不到它而失望著？」

命」的傳火人，早在出版個集之前的合集《熒熒月夢》序文裡，潘碧華便說過：「我們只是傳遞著一把不大亮的火炬而已」[26]。傳火一直是潘碧華在茲念茲的意象，我們或許可以稍稍理解為何她把「憂患意識」加諸八〇年代的大學校園散文：

> 八〇年代是大馬華社憂患意識特強的時代，無論是政治、經濟、教育，或文化，華人的權益如江河日下，維護母語教育和捍衛中華文化的堡壘，一一兵敗如山倒。招牌事件、茅草行動、政府機構行政偏差，華社人人皆能感受到勢不如人，任人左右而無能為力改變的局勢。[27]

這樣的時代背景使得大學生（不得不）意識到大學並非作夢的象牙塔，他們是傳火人，於是寫作和出書（以中文抵抗風雨、以中文傳「火」）、成立華文學會、辦活動，務求有所作為，念中文系尤其有些飛蛾撲火的壯烈。中文系的學生必須說服自己超越現實（不賺錢，但具文化傳承意義），棲身「中國字」建構的文化烏托邦。象形文字和情感構成的神話，那是對原生情感的追尋和傳承，因此顯得神聖而超然。馬大中文系更是當時唯一設有中文系的大學，中文系又是華文教育的最高堡壘，文化傳承的象徵物，因此中文系的課程非常有效地召喚出學生寫手的文化認同，傳火人的「榮光」和「激動」對比的時代背景是「外面下的雨比我們想像中還大」[28]，華社在風雨中飄搖的狀況，既是現實的，也是象徵的。風雨不是詩情畫意，它大多以負面意象出現，辛吟松的〈夜征〉便是。

〈夜征〉一再被論及，不在於辛吟松寫得多麼余光中，技巧多麼〈聽聽那冷雨〉，而在於「傳火人的憂鬱」和閱讀的想像結合，為甚麼是余光中的影子而非楊牧？其中一種解釋是，余光中的中國情懷提供了一種參照系。以下引兩段文字：

此文收入潘碧華編《讀中文系的人》（吉隆坡：澤吟，1988），頁81。

[26] 潘碧華〈序〉，收入孫彥莊、化拾編《熒熒月夢》（吉隆坡：澤吟，1987），頁3。

[27] 潘碧華〈八〇年代校園散文所呈現的憂患意識〉收入《赤道回聲》，頁292。

[28] 潘碧華〈雨聲之外〉，《傳火人》，頁154。

他也已沒鄉，他是哭不回鄉的孤魂。洞庭湖，巴山雨，祖國的小手在雨中招他，招他回去。那水鄉呵水鄉煙水茫茫旋轉復旋轉，遠年的事了，遠了。[29]

下在昨天下在今天下在明天下在中國也下在馬來西亞的歷史上，歷史呵歷史像哭過了的天空。天空浸滿了淚水，哭一個多災多難的民族，哭一個民族的折腰求全呵求全像江岸上風過低頭的蘆葦。[30]

這種題材其實可以有多種思考面向，然而在「傳火人」這個前題下，「哭鄉」、「哭民族」、「哭歷史」的寫法便出現了。任何一種思維模式都有其歷史性，這種思考模式是華人面對華社問題、身分時一種「自然」反應，或者也是整個華社（報紙、「大人物」、雜誌）共同塑造的氣氛，已成為華人的集體意識，語言與現實相互衍生與建構，我們如何閱讀現實，就會決定我們的行為與思想。「不愛華社」、「沒有文化使命感」其實是被合理化的語言暴力。況且中國文學自屈原以降一直存在著感時憂國傳統，儘管時空轉變，民族主義式的思考仍然制約著華人（創作者）。

祝家華是另一個例子。他的散文集《熙攘在人間》從書名看來熱鬧非凡，實際上多的是「生年不滿百，常懷千歲憂」[31]的感懷，憂者，華社也。從以下的題目或許可以略窺一二：〈風雨飄搖了天涯路〉、〈悠悠綠水〉、〈尋覓天涯九宵愁〉、〈孤臣孽子〉等，何國忠在序裡指他「為自己的時代自覺地寫了他心中的所感所觸，充滿了感性和情緒」[32]，這種感性和情緒時而憂傷時而痛苦，譬如：

就好比關心民族國家的前途。當你年少氣血方剛的時刻，理想如浴火的鳳凰叫人熱血奔騰，但是當你發覺裡頭一切的醜陋與無恥，你聖潔的靈魂幾乎止不住抽痛與哭泣。[33]

---

[29] 辛吟松〈夜征〉，收入《熒熒月夢》，頁58。
[30] 《熒熒月夢》，頁60。
[31] 至少出現兩次，分別在〈悠悠綠水〉，以及〈尋覓天涯九宵愁〉，均收入《熙攘在人間》（吉隆坡：十方，1992），頁44、50。
[32] 《熙攘在人間》，頁14。
[33] 《熙攘在人間》，頁45。

　　追溯痛苦的來源，除了華社之外，大抵是對生命意義的叩問，自我身分的定位，跟林幸謙不同的是，他並沒有給出答案，林是答案寫好了，不斷從各個角度去演繹，因此予人主題多所重複的閱讀印象，祝家華一則是散文量較少，二則他的散文多的是「追尋」或「疑惑」──拋出問號，沒有答案，更多時候是抒發壓抑的情感。

　　大學校園散文當然並不只是感時憂國情懷，亦有大學生活的記述，如詼諧幽默的瘦子寫《大學生手記》，或者葉寧的《飛躍馬大校園》便把大學生活寫成美好的烏托邦，做夢的象牙塔，傳火人的憂鬱亦非生活的全貌，只不過，借傅承得在《傳火人》的序所說的：「政治的風雨、經濟的風雨與文化的風雨，其實早已浸透象牙塔的夢，便像潘碧華這樣的大學生，再也不得不探出頭去，看看象牙塔外的氣候變化了」[34]。這些大學校園散文運用文字時或漫漶不知節制，常有野馬脫韁之弊，「感時憂國」的內容相似，卻是可以與七〇年代台灣的神州詩社和三三成員遙相呼應，成為另一個值得論述的題目。

四、反浪漫的「浪漫」方式

　　李歐梵在〈五四文人的浪漫精神〉有一段對知識分子／文人的高見：一個「文人」比世上其他人「敏感」，可以感觸到別人覺察不到的事物，因為自己是「先知先覺」而大眾是「不知不覺」，所以總覺得懷才不遇，於是開始在文章裡自哀命薄。「自憐自醉」（Narcissism）是古今中外所有浪漫文人的標誌，他們的「敏感」也就成了他們的「優越感」，用以掩飾自己在政治社會中的無能為力[35]。這種「文化託命」亦是何國忠散文的重要特色。例如收入《塔裡塔外》的〈理性和感性之間〉寫王國維：

34　《傳火人》，17。
35　李歐梵〈五四文人的浪漫精神〉，收入《五四與中國》，頁309。

> 王國維就是想得太過深沉，所以注意到許多別人觀察不到的事物，
> 但也由於他的敏銳，結果許多事情讓他無以釋懷。[36]

這段觀察和李歐梵的見解如出一轍，中國文人常因不合時宜而與時代格格不入，無法釋懷的結果，一是如李歐梵說的「自憐自醉」，自哀命薄；二則寄語著述，在現實裡使不上力，就以筆為劍吧！然而筆下仍不免有淡淡的感懷，何國忠雖在晚近的散文集《文化人的感情世界》表示：「我如今志在安寧，希望可以讓多情的細胞放假」[37]，「希望」二字耐人尋味，留下頗大的想像空間，希望的背後常是「並非如此」，那表示「多情的細胞」仍然常被撩撥而起感情波濤。

《文化人的感情世界》寫的不是文化人的經國大志，而是他們的「感情」，或是以此對比個人的心境，從王國維、辜鴻銘、伍連德到林文慶，背後都有個人人生體驗作為參照，浪漫主義詩人華茲華斯的「詩歌是詩人思想感情的流露、傾吐和表現」，在何國忠亦可作如是觀。例如，他論知識分子則以「歷史中不經意流露出的血和汗才是真乾坤」[38]，「他們沒有城府，不說假話，他們對生命認真，但是眼淚卻是因情而流」[39]，大抵可以讀出他的感性傾向。如果林幸謙是把三分的感情渲染成十分，那麼何國忠則是把十分的感情壓抑成三分，有趣的是，這個對比的反差結論都是，他們都是「浪漫」的信徒。或許，這跟何國忠要求文章帶情感有關：

> 沒有感情寫不出好文章，學術和非學術都是如此，才識重要，學問重，但也要有感情，讀來才有味道。[40]

這番話令人想起他多次提及的散文家董橋。董橋認為文章應講究「學、識、情」，他的專欄涵蓋天文地理，出入古今，可謂無所不包，以其旁徵博引之筆悠遊流行文化、經濟財經、政治科學、文學文化和哲學領

---

[36] 何國忠《塔裡塔外》（吉隆坡：十方，1995），頁40。
[37] 何國忠《文化人的感情世界》（吉隆坡：嘉陽，2002），頁155。
[38] 《文化人的感情世界》，頁30。
[39] 《文化人的感情世界》，頁31。
[40] 《塔裡塔外》，頁45。

域[41]，下筆亦常帶感情。何國忠早期的散文《班苔谷燈影》多的是直訴胸臆，呈現的是「很多時候我們都無法展顏歡笑」的苦悶[42]，「這個年齡充斥的是以天下為己任的情懷」[43]，讀胡適而能落淚，是因為胡適一生許多事不能如他所願，到晚年已經沒有夢。借何國忠的朋友祝家華說的，那裡面是「一個知識人要介入社會而又未能那種無力感所攜來的痛苦與難堪」[44]，李歐梵的說法則是他們「敏感」。敏感，卻對現實使不上力，無法改變現狀，於是只好回到文人的本行——把文化託命寄語文字，如此則難免筆下常帶感情——文學是內心世界的外化，激情支配下的創造，是創作者的感受，思想和情感的共同體現。然而傳統的教養不允許他們大聲疾呼，遂造就了何國忠反浪漫的「浪漫」書寫方式。

結語

馬華散文的「浪漫」傳統可視為創作者跟現實的對話，如果華人（知識分子／作者）無法改變現實，只有用中文「反求諸己」去抵抗／回應。心靈是外界事物的反映，也是發光體，本文以「浪漫」取代「憂患意識」，從溫瑞安以降的浪漫傳統，失控的抒情、傳火人的憂鬱，到反浪漫的「浪漫」，論述「浪漫」所衍生的散文美學，以及可能造成的侷限和美學上的缺乏，目的在指出馬華文學評論一直存在著「大」主題迷思。不過，這個「浪漫」傳統在七八字輩的創作者身上似乎斷裂了，華社的教育和政治問題並沒有改善，時代沒有變好，以「傳火人」自許的這一代校園寫手卻消失了，或許，這是一個更值得探討的文學議題。

---

[41]　詳見鍾怡雯〈帝國餘暉裡的拾荒者——論董橋散文〉，《無盡的追尋》，頁24-40。
[42]　〈苦澀的歲月〉，《班苔谷燈影》（吉隆坡：澤吟，1989），頁62。
[43]　《班苔谷燈影》，頁62。
[44]　〈懷念一個江湖的游離〉，《熙攘在人間》，頁6。

參考書目

M.H.艾布拉姆著，酈稚牛等譯《鏡與燈：浪漫主義文論及批評傳統》（北京：北京大學，1989）

朱光潛《朱光潛全集（第五卷）》（合肥：安徽教育，1997）

何國忠《文化人的感情世界》（吉隆坡：嘉陽，2002）

何國忠《班苔谷燈影》（吉隆坡：澤吟，1989）

何國忠《塔裡塔外》（吉隆坡：十方，1995）

何國忠編《那人卻在燈火闌珊處（吉隆坡：澤吟，1992）

利里安·弗斯特著，李今譯《浪漫主義》（北京：崑崙，1989）

李歐梵〈五四文人的浪漫精神〉，收入周陽山編《五四與中國》（臺北：時報文化，1979），頁295-315。

周華山《「意義」——詮釋學的啟迪》（臺北：商務，1993）

林幸謙《狂歡與破碎》（臺北：三民，1995）

林幸謙《漂移國土》（吉隆坡：學而，2003）

林茹瑩、溫麗琴主編《六個女生》（吉隆坡：嘉陽，2001）

林茹瑩編《我的記憶中有你》（吉隆坡：嘉陽，2001）

洪貴蕊編《只在此山中》（吉隆坡：澤吟，1989）

孫彥莊、化拾編《熒熒月夢》（吉隆坡：澤吟，1987）

特倫斯·霍克斯著，瞿鐵鵬譯《結構主義和符號學》（上海：譯文1987）

班納迪克·安德遜著，吳叡人譯《想像的共同體：民族主義的起源與散佈》（臺北：時報，1999）

祝家華《尋找鳳凰城》（吉隆坡：佳輝，1992）

祝家華《熙攘在人間》（吉隆坡：十方，1992）

張永修、張光達、林春美主編《辣味馬華文學》（吉隆坡：雪蘭莪中華大會堂，2002）

郭麗雲編《翦翦風迎來》（吉隆坡：嘉陽，2001）

陳岸瑛、陸丁《新烏托邦主義》（臺北：揚智，2001）

陳國恩《浪漫主義與20世紀中國文學》（合肥：安徽教育，2000）

陳鐘銘編《十五星圖──星城文友散文合集》（吉隆坡：自印，1994）

程可欣編《舒卷有餘情》（吉隆坡：文采，1989）

溫任平《黃皮膚的月亮》（臺北：幼獅，1977）

溫瑞安《龍哭千里》（臺北：時報，1977）

葉　寧《飛躍馬大校園》（吉隆坡：文采，1987）

潘碧華〈八〇年代校園散文所呈現的憂患意識〉收入陳大為、鍾怡雯、胡金倫編《馬華文學讀本 II：赤道回聲》（臺北：萬卷樓，2004），頁292-304

潘碧華《我會在長城上想起你》（吉隆坡：學而，1998）

潘碧華《傳火人》（吉隆坡：澤吟，1989）

潘碧華《當年沒見到你》（吉隆坡：嘉陽，2002）

潘碧華編《涉江採芙蓉》（吉隆坡：馬大中文系畢業生協會，1997）

潘碧華編《馬大開門》（吉隆坡：嘉陽，2001）

潘碧華編《錯過站的時候》（吉隆坡：佳輝，2000）

潘碧華編《讀中文系的人》（吉隆坡：澤吟，1988）

瘦　子《大學生手記》（吉隆坡：人間，1983）

蔡守湘編《中國浪漫主義文學史》（武漢：武漢，1999）

蔡源煌《從浪漫主義到後現代主義》（臺北：雅典，1991）

禤素萊《青山河水去無聲》（吉隆坡：佳輝，1993）

鍾怡雯《亞洲華文散文的中國圖像（1949-1999）》（臺北：萬卷樓，2001）

鍾怡雯《無盡的追尋──當代散文的詮釋與批評》（臺北：聯合文學，2004）

羅成琰《現代中國的浪漫主義文學思潮》（長沙：湖南教育，1992）

饒玉明《馬大女子》（吉隆坡：澤吟，1993）

巨人言筌：
星馬六七十年代現代詩語言的一則閱讀

黃琦旺

楔子：回去那家落伍了的批評公司走一趟

　　新批評在二十世紀四十年代在美國完成批評之大業，很快的在六十年代歐洲批評軟體的進口則取代了這個大公司[1]。然而其鼓動客觀批評，把文學作品獨立起來自我完成的批評目的確實有效的扭轉了以外部（現實）世界解釋／支配文學的批評法門。這一個在文學批評上的突破，埃文・沃特金斯（Evan Watkins）《批評行為》有相當好的說明：

> 在對待文學上，一方面它正確地使我們擺脫了認為文學是面對自然的一面鏡子、在作品與它所模仿的現實生活中間有一種直接的對等關係那類反應；任何認真讀過當代文學的人都知道我們小說的虛構性。另一方面，它使我們擺脫了把主要的批評目光放在個別具有超凡魅力的個性上的那類反應，這些人的吸引力與其說在於他們的創作成就，不如說在於他們的生活經歷本身。通過超越某些概念化了的欣賞形式，通過改變那種認為文學研究只能採取歷史、版本或語文研究形式的一度十分普遍的觀點，新批評以我們無法迴避的邏輯迫使我們轉向理解文學作品的內在的和有機整體的動力，並使我們面向文學研究的唯一可靠客體（這一首詩、這一部小說、這一部戲劇）。[2]

---

[1]　約翰・克婁・蘭色姆（John Crowe Ransom）1972年有一篇文章：〈批評公司〉。
[2]　埃文・沃特金斯《批評行為》（The Critical Act），參史亮〈外國學者論新批評〉節譯，《新批評》，四川文藝出版社，成都1989，頁288-289。

　　不管新批評所尋求的文學標準和閱讀的準確性可能不可能，今天針對文學形式、文學語言天花亂墜的理論，使許多人幾乎忽略是I.A.理恰茲（I.A.Richard）首先把文學語言區別開來，就語境開發了作品的空間再不是時間。當我們慣用或濫用（近乎僵硬的）批評詩歌的文學修辭術語：張力、象徵、反諷、相悖／弔詭、含混時，早已忘了它們是激進的新批評賜予詩歌語言的聖典，欲鼎力將文學語言／詩語言的特質闡明。包括蘭色姆（John Crowe Ransom）在內的新批評，是想把過分強調了的作品外延（extention）的知識轉到作品本身。因此不管是「意圖謬見」（intentional fallacy）、「意釋謬誤」（heresy of paraphrase）或「感發謬見」（affective fallacy），主張忽略作者意圖和讀者反應，強調突出作品內延（intention）結構和因素的重要性，都是隔開先入為主的外延進而達到文學的「客觀的」批評。就作品本身，強調敘述者「我」不再被當作詩人自己，布魯克斯（Cleanth Brooks）認為，詩不是一種陳述（statement），它具豐富的言外之意，意釋幾乎是不可能做到的[3]。布萊克默（R. P. Blackmur）甚至宣稱：意釋之外「所剩餘的東西，無論是什麼，均只可意會而不可言傳。」[4]

　　於是新批評進行了作品是有機的統一的理論實驗。蘭色姆闡明詩是立體的：「一首詩是帶有局部肌質的邏輯骨架。」按照他的說法，詩中佔據中心地位的陳述或議論即是所謂的「邏輯骨架」（logical structure），如房屋的樑柱和牆；而附於「骨架」之上的任何東西，包括詞語、語音、意象，以及詞語內載物所暗示的蘊涵等等，即是所謂的「局部肌質」（local texture），如房屋牆上的壁紙、顏色或飾物。[5]布魯克斯認為，讀詩時不僅僅要把它當作詩去讀，而且要把它當作生機勃勃的「一個整體」。[6]於是，新批評建立了種種有關內在因素相互平衡的理論，如「張力」（tension）、「反諷」（irony）、「悖論」（paradox）、「戲劇化」（dramatism）等

---

[3]　參見Cleanth Brooks,The Well Wrought Urn (London,Dennis Dobson Ltd.,1947), p.179。

[4]　轉引自愛琳娜‧馬卡里克（Irena R. Makaryk）,Encyclopedia of Contemporary Literary Theory: Approaches, Scholars, Terms, (Toronto, University Of Toronto,1993), p.121。

[5]　參見蘭色姆〈純粹思考推理的文學批評〉一文，張毅若譯。趙毅衡編《新批評文集》，百花文藝出版社，天津2001，頁92。

[6]　參見Cleanth Brooks ,The Heresy Of Paraphrase, The Well Wrought Urn (London, Dennis Dobson Ltd.,1947), p.176。

等。燕卜蓀（William Empson）《朦朧的七種類型》一書，更以大量實例對語言的歧義（ambiguity）現象做了分析和歸納，展示了文字分析的可行性和有效性。

新批評可以說脫胎自理恰茲的語境（context）說，就一個詞語常與其所在語境中的前言後語相互映照，其意義也常由後者來決定，因此更確定了作品的獨立的空間而非歷史的時間，「細讀法」（closing reading）於是成了新批評的重點。

新批評就此構成了完整的「本體論批評」就作品本文的閱讀法來作文學批評，摒棄創作動機、歷史背景、社會影響為主的外延批評，脫離作品的形式內容二分的傳統，轉而根據「張力」、「反諷」、「悖論」等結構原則，直接分析作品的語言和語象，從中深探情感內容和思想意義，堅持認為作品是一個獨立自足的有機體。

就因為這樣引致許多學者對新批評的斥責，以為作品自我完成的行為切斷歷史與現實是新批評的罪惡[7]。其實新批評以本文為閱讀根本的理念並沒有結構主義走得徹底，「把握住一首詩的現實存在的本質與意義，絕非意味著否認詩人的生平或歷史的意義」[8]。新批評最終能達成的僅是從「一首詩的現實存在的本質意義」去理解所謂的外在世界，與傳統把圍繞在詩／作品周圍的事物作為評斷詩／作品的視野相反，就這一點或者用韋勒克（Rene Wellek）自己的解釋會更好：

> 然而，應該明白，絕不能把大學裡歷史研究的否定理解為是對詩的歷史性的否定。克林斯・布魯克斯在許多文章中，大多是在解釋十七世紀的詩歌時表明，批評家「需要歷史學家的幫助——需要他能夠獲得的一切幫助。」他說「很明顯，批評家必須知道詩的文字意思是什麼，這使他立即處於一種受惠於語言學家的地位；還由於許多詞是專有名詞，這就又使他們處於受惠於歷史學家的地位。」
> 然而要駁斥那種缺乏歷史感的說法單靠指出對用歷史闡釋的興趣或甚至是對理解適當的文學史的興趣是不夠的。我更同意說新批

---

[7]　參見〈外國學者論新批評〉，史亮《新批評》，頁287。

[8]　羅伯特・潘・沃倫（R. P. Warren）給史亮的信，《新批評》，頁322。

　　　　評具有一個完整的歷史體系，信奉一種歷史的哲學，並把它作為一
　　　　個評價的標準。[9]

這是「本體論批評」的終極：建立一個完整的歷史體系——一種歷史的哲
學。就文學語言的形式建構的歷史哲學，在閱讀上提醒了我們對世界的一
種非現實的認知。把作品當作有機的獨立個體閱讀，摒棄創作動機、歷史
背景、社會影響為主的外延批評，脫離作品的形式內容二分的傳統，是為
了要重構。

　　這個重構的意義可以從新批評與現代主義[10]的關係探知。A・沃爾
頓・利茨（A.Walton Litz）認為：「新批評派當時在很大程度上是為了
解釋和證實現代主義作家的突如其來的成就而創建的……」[11]。從艾略
特（T.S.Eliot）「非個性化」（impersonality）、理恰茲的「偽陳述」
（pseudo-statement）到布魯克斯和沃倫的「不純詩」（impure poetry），
都嘗試從語言形式和修辭的意義與傳統區別，而對戰後存在於現代文學的
變革、叛逆、解體、崩潰現象予以一套客觀的解脫掉傳統觀點的審美理論
（相對於傳統的主觀的審美觀念）。這一套審美觀認為，詩人必須能使現
實抽象化，置現實於想像之中，並給它一個虛構的實體或意義；宇宙有
其不足之處，人身上亦有無可預知不能磨滅的創傷，但藝術家通過技巧的
處理超越歷史和現實，創造喬艾斯式的「審美快感上清明沈默的靜態平
衡」。[12]這樣的論說不是偶然為理論而理論的，反表現的繪畫、機遇音樂、
自由詩、意識流小說，它們是藝術家於戰後混亂情景的經驗反應，「它是
由海森伯格的測不準原則而產生的藝術，是第一次世界大戰中文明和理智
遭到毀壞的藝術，是為馬克思、佛洛依德和達爾文所改變的和重新解釋的
那個世界的藝術模式，資本主義和工業不斷加速發展的藝術，是人們感到

---

[9]　參見韋勒克（Rene Wellek）〈新批評：是與非〉，史亮《新批評》，頁333。
[10]　取馬爾科姆・布雷德伯里及詹姆斯・麥克法蘭（Malcolm Bradbury & James
　　McFarlane）的說法，這個所謂現代主義，是十九世紀九十年代後：理性和無理性、
　　理智和情感、主觀和客觀的相互滲透、調和、聯合並融合——形成一種可怕的爆炸性
　　的融合的時代。參馬爾科姆・佛雷德伯里及詹姆斯・麥克法蘭〈現代主義的名稱和性
　　質〉，胡家巒等譯，上海外語教育出版社，上海1997，頁34。
[11]　參見〈外國學者論新批評〉，史亮《新批評》，頁296。
[12]　同註10，頁10。

自己的存在無意義或不合理的藝術」[13]，而引起的一場世界性運動，它雖不是唯一的潮流，卻近乎主流。從這裡可以意識到新批評的客觀實為這個不確立自己普遍風格，因為確立自己的風格就等於否定自己的現代性[14]的含混時代充滿歧義的藝術現象而特別建構並不停止探試的新的文學次序。可以說它被命名「新」是與「現代」的指稱互補的，這與新批評家有許多亦是詩人[15]不無關係。

我們或者可以用布魯克斯所謂精緻的甕來象徵新批評審美的整體概念。布魯克斯對濟慈的《希臘古甕頌》裡古甕的本體敘述和其中確認的美與真做了精闢的鑑賞，說明了詩的獨立個體就像古甕一樣：古甕上雕刻的男女不會像有血肉之軀的男女那樣變老，「等暮年使這一世代都凋落」，石雕的男女卻可以置身時間範圍之外，他們裝飾的古甕也會保存下來。所以古甕像「林野史家」會把它那種「構成的經驗」那樣的歷史講給其他世代的人聽。不僅如此，這位「林野史家」揭示的「真」是我們地球上可能得到的唯一的一種真，並且還是我們需要得到的唯一的一種真。姓名、日期和具體細節，大量資料——所有這些都被這位「林野史家」無聲的抹去；「但無論如何我們永遠也不可能得到所有事實——事實是永遠也搜羅不完的」，再說單純地聚集事實毫無意義——我們這一代剛剛開始認識到這一點。

這一隻古甕是一個「沈默的形體」，「沒有註腳的歷史」，有畫有樂有劇場，寫成了既是一種實而無言，存在於石頭上的詩。

本文就是要以這個「沒有註腳的歷史」觀點來閱讀星馬六八世代（張錦忠語）的兩位詩人陳瑞獻先生和張景雲先生的詩集——以牧羚奴為筆名的《巨人》和以張塵因為筆名的《言筌集》。

---

[13]　同上，頁12。
[14]　同上，頁14。
[15]　如蘭色姆、退特、沃倫、燕卜蓀、維姆薩特等等南方逃亡詩人。

一、認識《巨人》與《言筌集》—千年挑剔與誤墮塵網

從一間批評公司走馬過來，如果我們不忘甕的千錘百煉構成它個別的真，《巨人》乃經過「千年挑剔」形構「可在指尖上旋動的雕塑」（牧羚奴1968：〈恒在求索〉）。這個「雕塑」在一九六八年由五月——一夥先鋒派格調（avant-garde）的文友組成的出版社[16]——出版：淡綠的封面靠右下側有隸體赤褐色（真巧，英文maroon有逃亡黑奴之意！）——書「巨人」二大字，人字底下牧羚奴詩集五個中號字，偏左下角一拓比字體粗大一倍的「重磅指印」烙出封面以外，而封底右下角（聊有趣味的）留一張肩背肌肉賁張的男人側像。（見圖）

這樣的設計就表面來看既具有相當鮮明先鋒派諸如達達，超現實等激進、創新的理趣——予以擺脫傳統或更確切地說擺脫束縛，表現出離異既定的秩序，從中宣佈自己主體的風格。這個「打下重磅指印」（牧羚奴1968：〈自序〉）的主體／巨人，印證「我是煉鋼廠／生產著硬度／生產著岳武穆的節操／我的動力很宇宙／一完竣，即現／瀰天的工程」（牧羚奴1968：〈巨人〉）。這樣一個巨人的熔鑄顯然可以就蘭色姆本體論所謂的：一首詩的邏輯架構（structure）負載其肌質（texture）[17]來為其創作做整體觀。

---

[16] 五月指一群星華詩壇的新生代，當時的年齡在二、三十歲之間，所收的作品主要是作於獨立之後，顯示出一個詩的新世代已經來臨。

[17] 參蘭色姆《純粹思考推理的文學批評》，張毅若譯。見趙毅衡編《新批評文集》，天

　　《巨人》組成三十八首詩，其中超過三十行的詩有二十一首。三十八
首詩中，以巨人為複題的有三首，三首不同層面的〈巨人〉其實可以作為
區隔三十八首詩成三大部的關鍵。

　　張塵因《言筌集》是一隻沈默黝黑古甕的裡面，而敍述者不是甕或甕
的雕刻，不彩繪不作出色的林野史家捕捉痕跡以迄永恆的美，它是與甕本
體相同但始終站在外面的敍說者，生命碰上而留痕——

　　　　我孩子似的微小的靈魂／彷彿站臨於那古廟堂的門欄／懷著對未知
　　　　的將來的恐懼／向內張望／又若鶴立於時間的中流，咀嚼著周際的
　　　　「逝者如斯」

「微小的靈魂」，在古廟門檻不越過，懷著恐懼「向內張望」，而「又若
鶴立於時間的中流，咀嚼周際的『逝者如斯』」，始終在本體外。「張
望」和「咀嚼」的都是時間，一個是未來一個是逝者，鶴唯一的本能僅僅
是咀嚼那叼到的魚（逝者如斯），這些魚從語境上讀起來，可能是古廟裡
頭微小的靈魂張望的「秘密」。故《言筌集》的整體審美乃是這些「周際
的魚」，得「魚」（語）而忘筌。筌在佛家語似有塵網之意[18]，作者或因
此以張塵因為筆名來辨明自己的位置，同時也於詩集〈扉識〉引《莊子‧
外物》：「筌者所以在魚，得魚而忘筌；言者所以在意，得意而忘言」來
說明語言的意義。於塵網中得其「魚」，「語」中得所「言」（語言系
統），然與「意」遠矣，乃以「言筌」自嘲！作者所謂「意」為何？我們
得先介紹這一本詩集。

　　《言筌集》是一本六吋小書，用比中小學生練習簿更薄的土褐色牛
皮紙作封面。封面右上角是一個黑色（不知是否作者繪）似「蠣」樣的符
誌，左下中號黑字張塵因言筌集分上下兩行；封底靠右近書脊處直排一行
黑字：言筌集。張塵因人間文藝叢書第一種，左上角一個墨印人頭影像，

　　津2001，頁92。
[18]　筌象：指未超脫塵世的景象。見《漢語大詞典》，漢語大詞典編輯委員會，上海
　　2002，頁5213。

戴（近視）眼鏡，露出右邊一隻（諦聽）大耳（快速翻轉封面封底，面右上角的「螭」和底左上角的人頭影像似乎可交疊）。

〈扉識〉四則古今中外文人「語錄」，兩則從右邊直排，中文字書莊子言及卡夫卡：「在真際之前，我們的藝術是一片令人迷惑的掩飾。」下面是另兩則，以英文書寫：

> What a gulf between the self which experiences and the self which describes experience.
>
> ——Edmund Wilson

> It doesn't make any sense／to me，either……this business of poetry.／Who the hell cares／ if an entire／ life time is burnt up in a page?／……／ The true poet suffers from aphasia.
>
> ——R. Parthasarathy.

　　從四則扉識大約可以閱讀到上文提的所謂「意」的指涉有真際（宇宙本體、佛境、真諦），也有經驗、實在的意義。作者似乎從經驗和敘述，詞語與意義之間探尋著真際，而一個真正的詩人在失語症中受難。

　　詩集分四部：少年軌跡十六首；聽夜錄九首；避秦篇十四首；歷練之歌十首，共四十九首。詩大多短，最長二十八行。詩頗注重音節及旋律，辭風樸質似直書，但是仔細讀會發現悖論和反諷的功夫，帶給讀者深刻印象。

1.千年挑剔：初入《巨人》之境

　　《巨人》作者以牧羚奴作為敘述，就羊與牧人的悲愴和放發希臘風格的奴隸體格的英偉，以華麗的辭藻刺繡一張現代的先鋒旗幟。仔細閱讀《巨人》自序，詩作者乃是選擇若先知（vatic）[19]般感靈之路，自主而非落入死境（cul-de-sac）（牧羚奴1968：〈自序〉），可知巨人一面面的文字肌理的鋪成是渡越我們到現代的健壯的「體魄」，如「搖撼鐵屋」的五四先鋒，在整個像一間老舊屋子的詩壇「我們，星馬少壯的一群，我們身體健壯，走了進來，自然只有苦悶和不能自如的感覺」，因此為了重建，「我們只好把一間風來搖雨來漏的老屋拆掉」（牧羚奴1968：自序），用體魄／詩的預言衝擊那「老舊」。就這樣一個詩的前提，作者開拓了巨人和「老舊」的一場戲劇性的激鬥。所謂「老舊」的形態，也可以從自序中組構而得：

　　「我們的詩壇混亂」實在不是什麼新鮮的調子，甚至沒有人有權利阻止第八流的詩人們去寫詩。一個詩壇之不「混亂」，原因它已經時間的過濾。多少年來，在我們的詩壇上，一直有人在努力要使詩成為某種特定意識的附屬品，他們喧囂叫喊：不是這種模式製出來的，都不是詩；另一些人，一樣從外地運來一些第三手的理論，鼓勵所有寫詩的人去依模制作。這些毫無自尊的模式主義者，給我們的詩壇帶來了嚴重的陰悒和不自由的空氣。對於一個prisoner in a small box，我們很難教他睜眼看看世界詩的大花園，以及百花存在

---

[19]　自序中並沒有把先知譯為vatic，然讀其上下文可知這個先知偏指vatic：謂詩人或吟遊詩人有神靈授意，因此是一些能預言來年吉凶的先知。

的理由；我們很難教他瞭解：若他幻想把一條詩的定律變成法律，
他同時也該幻想自己是個暴君。

（牧羚奴1968：自序）

　　如果把「暴君」理解作語言或意義統一的「暴君」（詩該怎麼寫的
固執來自不區分文學語言與工具語言的意識，因此認為詩歌必然得履行其
語言的社會功能），那我們就很可以明白到巨人語境的特殊意義，極度強
調詩語言的精製錘煉和意義的寬闊度，以相對於將語言作為單一陳述面
的傳統修辭觀念。故面對這樣的「暴君」的侵略，「刀俎君臨」（牧羚奴
1968：〈臨行的話〉），詩語言練就一身肌肉若「革命事業」一樣「勞思
著英雄之母／以及跪在泥土的兒男背肌上的青墨／我們的歌是液體／因你
洶湧，用熱血／鮮豔你海岸般壯闊的巴掌（牧羚奴1968：〈巨人〉），岳
武穆般的忠義壯烈。因此自序中強調：

　　在詩的宇宙裡，沒有一個寫詩的人不恒在求索……在求索的過程
　　中，我們欣賞別人，研讀他們的藝術結晶，分享他們的感受與經
　　驗，參考他們的人生觀宇宙觀創作觀，吸取他們的長處，為了更充
　　實自己。不過，認可絕非尾隨，這是苛求在一定基礎上把自己建立
　　起來的基本認識；也只有這樣，才能享受創作的苦痛、欣喜與尊
　　嚴，才能在獨立之後構成自己的一番風貌。就風格而論，一番風貌
　　可以成之於一種風格的持續，或風格多樣化的展示。一番風貌具足
　　了一個詩作者之所以存在的人證與物證，這猶之他的指紋，高度個
　　性化，永遠可資辨認，任何複製，都不能傳真。

（牧羚奴1968：自序）

　　用詩語言抵抗傳統語言，乃詩作者欲借牧羚奴來形構的現代詩美學意
義。這一個美學的語境在其前提上突出並誇大了語言文字的悖論，成為巨
人特殊的的詩歌力量，或者說開拓了巨人特殊的詩歌語境。理恰茲給語境
的解說是：語境除了是共時「與我們詮釋某個詞有關的某個時期的一切事
情」也是歷時「用來表示一組同時再現的事件的名稱」，而一個詞語的意

義就是「語境中沒有出現的部分」，這些部分都被詞語頂替了，頂替是一種特殊的節略形式。或者我們可以說語境具有外在環境的制約也具有內在詞語之間的制約，理恰茲特別注重內在詞語制約的特殊性質，一個詞語的聲與形構成一個語境的「有」，但卻是一個符號，意義隱藏在聲形之中，是語境中的缺無。於是理恰茲強調一個詞是掛一漏萬的，要指實這個頂替部分是困難的，因為有許多選擇的可能，所以認為把一個符號看做只有一個實在意義，是「迷信」。這個概念使理恰茲建構了一種文學語義學，點明「複義（ambiguity）是語言能力的必然結果」，並宣稱那是一種「新修辭學」。[20]於是新批評就語境的遼闊意義發現詩語言的特殊性：在文學語言中，這具體環境很特殊，邏輯環節可以省略，語法可以棄之不顧，詩趣又大可違反常情，這既造成詩歌語義的複雜性，又造成它豐富的表達能力，語言沒有柔軟性也就沒有精巧性。[21]複義讓我們意識到詩歌在某個極端上必須就詞語來表現，而另一個極端卻是經驗著那語境的缺無，於是詩語言必然是隱喻的，並以強烈的張力、悖論、反諷架構起語言的柔軟和韌性。如果仔細觀察牧羚奴《巨人》詩歌語言的激越的悖論和戰鬥，他既是在練就語言的柔軟性，展示那精巧以顛覆「老舊」的語言視野。如此說來《巨人》其實是一則詩語言的實驗，以先鋒派似急劇變化的風格題材，試圖瓦解傳統（或第八流的）詩及傳統語言模式：

> 我們必須自建，自造一座自己的有現代化通風設備的大廈。在這座空氣流暢的建築裡，詩人可以好好佈置他與繆思同居的住處，創造他獨特的小千世界，在詩的大千世界裡。於是我再也不迷信了，我要創造我自己的世界。創造，不過是在一定根基上獨立地對未知作出一連串的探照、推測、實驗與追求。
>
> （牧羚奴1968：自序）

---

[20]　參I.A.Richard，〈論述的目的和語境的種類〉，章祖德譯。見趙毅衡編《新批評文集》，天津2001，頁324-342。

[21]　參I.A.Richard，〈實用批評〉，轉引自趙毅衡《新批評》，中國社會科學出版社1986，頁125。

閱讀《巨人》是否得意識到巨人是在這樣的語境——在語境外在環境上，詩語言和「老舊」語言的顛覆，而在語境的內在則極盡的鋪展詩語言的複義特質——而成型的。在此境，「由於創造，你能成型從未有過的可能，或發明一種太陽，或塑起一座星雲，或繡成一面新旗，或雕刻一排趕月的山；打下你重磅的指印，任何暴力，也不能擦去你的存在」

（牧羚奴1968：自序）

2.誤入塵網：一則語言的逃亡

布魯克斯在〈反諷——一種結構原則〉一文中提到語境壓力的問題：語境賦予特殊的字眼、意象或陳述語一意義。如此充滿意義的意象就成為象徵；如此充滿意義的陳述語就成為戲劇性發言。也有一些語句中的部分，接受語境的壓力而被修正（qualification），因此語境對陳述語的明顯歪曲，我們稱之為反諷[22]。張塵因《言筌集》的整體語境無疑是置放在這樣的語境壓力的修正之下的，剛好我們也可以借用布魯克斯文中的例子來突顯出「言筌」語境的反諷姿態：

彩畫的甕，栩栩如生的雕像／能把消逝的呼吸召回府邸？／榮譽的聲音能喚起沈默的塵土？／捧場能安慰死亡冰冷的耳朵？

（葛雷Thomas Cray：〈墓園輓歌〉）

彩繪雖則栩栩如生，然則似乎作為虛無的掩飾；是否臨近消逝的呼吸、沈默的塵土和冰冷的耳朵纏是真象？相對於絢麗的詩風，這樣的語境本身正是一種自問自答的荒謬對話，因此作者臨近塵因，直接面對言與筌的本質。就新批評，言與筌的本質恆有自然的語境壓縮的反諷結構，故布

---

[22] 參克利安思・布魯克斯〈反諷——一種結構原則〉，袁可嘉譯。見趙毅衡編《新批評文集》，天津2001，頁378-379。

魯克斯提問：「一個完全沒有反諷可能性的陳述語會是怎樣的呢？」是那種抽象而純粹表意的陳述嗎？而詩歌，最樸質的臨事直書「都得承受語境的壓力，它的意義都得受到語境的修正。所有陳述語——包括那些看來像哲學概念的陳述語——必須作為一齣戲中的臺詞來念」。[23]既然語境的壓縮使詩像一齣小小的戲，越華麗的戲、掩飾的性質越深，越離不開言筌，那麼「意」就難以顯形了。張塵因於是受難於不得不用形式又不得不被形式掩飾的困境，而選擇謹慎命名墮入最基本的詩原則——反諷，它警覺於詞語的強制性和難制性，於是依靠言外之意（implication）和旁敲側擊（indirectness）。塵世／現實的語境和詩歌的語境交疊就很清楚地看到所謂的壓縮，塵世語境強調其「合理性」，除非警覺這個「合理性」，否則我們讀不到甚或組構不到反諷的巧妙，反而使詩流於幼稚、油滑、傷感，所以警覺詩中的詞語是詩語境產生出來的而非邏輯，才不會錯過其中一閃而過的「意」。張塵因的反諷格調看似傷感，然其中的傷感常閃過一抹幽默，像「叼」魚一樣，相當巧妙。就讀這一首看似簡單的詩吧：

> 我用生命寫詩／寫愛，寫懺悔，寫懷念／寫恨與憤懣／寫憂鬱與哀傷／中夜從睡裡醒轉／驚悟我所寫的／全是死亡、死亡、死亡
>
> （張塵因1977：〈寫詩〉）

如果習慣於只讀「邏輯骨架」以尋找其與現實合理的性質，我們看到一個鬱鬱寡歡的詩人的落拓頹廢，可是這個是不具意義的。從語境上閱讀，一個「用生命寫詩」的「我」，怎麼會寫的全是死亡？用筆寫字，我們知道筆是會被消耗掉的，那麼「用生命寫詩」必然寫出死亡來了；因此「中夜從睡裡醒轉」進而「驚悟」，在語境的壓縮下就很自嘲了，於自嘲當中「寫愛，寫懺悔，寫懷念／寫恨與憤懣／寫憂鬱與哀傷」，看起來很沉重的情感因素就被扭曲成一種被作弄的意味了。這樣的一個似非而是的戲劇性產生的意義是大於那合理性的感傷印象的。

---

[23] 參克利安思・布魯克斯〈反諷——一種結構原則〉，袁可嘉譯。見趙毅衡編《新批評文集》，天津2001，頁380-381。

　　新批評認為所有詩都是反諷，即使是簡單的抒情詩，反諷是一種用修正來確定態度的辦法。在現代，當語言學已經開啟了一個新世紀，這種壓力顯得特別突出，現代詩人負載著使枯竭的語言復活的任務，使它再現生命力而可以準確地表達意義。

　　於是我不免又想起張景雲二〇〇三年在《有本詩集》，題為〈語言的逃亡〉的序裡的兩句話：

　　John Berger說：For us to live and die properly, things have to be named properly.
　　百年後的世界，萬人之中一人是統治階級，一人是自由思想逃亡者，其餘都是奴隸。

　　《言筌集》正是一個語言逃亡的行為。而我們的閱讀亦不可不作為一種肉身逃亡的行為！

二、巨人語象（verbal icon）：一則絢麗的刺繡

　　上文說過《巨人》三十八首詩中，以巨人為複題的有三首，三首不同層面的〈巨人〉其實可以作為區隔三十八首詩成三大部的關鍵。如果說巨人語境的內在是牧羚奴極盡鋪展詩語言複義的特質而成型的，那麼其中語象既是《巨人》詩歌美學實踐的肌理了：本文篇幅小小，因此不會對《巨人》三十八首詩作細讀，只能集中於探索巨人主體在怎樣的語境，形構怎樣的特殊意義。故閱讀的目的僅僅是：這個獨立自主的詩本體就其語境存在的意義。故將以三首複題的〈巨人〉為主，評析它是如何推展出其中的張力，如何刺繡其中的激情和誇大缺無的意義的重量而予以印證。

　　語象是語言形象，人們用語言把回憶之象或由感覺殘留組成的象描寫，產生語言形象。語言形象通過語言再進入人的頭腦又成為另一種意象。布魯克斯和沃倫在《理解詩歌》中大致說明這其中的關係：「血淋淋的手在現實中的感覺比任何用文字描繪的感覺強烈，因為詩歌語象存在於

文學中，而不存在於直接的感覺中，它的功能不在於與感覺印象在生動性上競爭，而在於通過戲劇性地表現事物或人物來激發我們的想像」[24]按布魯克斯的說法：戲劇性既是詩性。戲劇性對布魯克斯來說是詩的原則，詩中的任何成分，哪怕是哲理概括，都是戲劇臺詞，因此形成詩的張力關係的各種成分在衝突之中發展，最後達到一個「戲劇性整體」。這一點很能說明《巨人》詩歌語言的整體美感，牧羚奴的表現特質是很具「戲劇性整體」的。這種戲劇性牽引著其中語境，如刺繡一樣翩躚著神話傳說乃至於童話意象（夸父、蚩尤、大禹、桑達路齊亞、丘比特、魚美人、巨人阿特拉斯、大力士赫爾克理斯、薛斯佛士等等），宗教意念，中外詩歌的普遍語象（里爾克的豹、梵樂希的海、惠德曼的草葉、郭沫若的火鳳凰、余光中的神話意識等等）及格調（余光中的反覆修辭、瘂弦的歌謠童趣、惠德曼的歌頌呼告、艾青的鋪排等等）甚至一些互文，這些語象在《巨人》的語境當中時而狂歡，時而沉吟，偶爾沉靜潛流突而濤聲動魄，組構成「一齣嶙峋的詩劇」（牧羚奴1968：〈思鄉病〉）。戲劇性的組合就如勃克（Kenneth Burke）所說的：「是人生障礙的表現和象徵性的解決」[25]，牧羚奴以絢麗的刺繡繪出其象徵性的解決，有意無意的駁雜語象推展詩的張力和語言的超現實空間，突現與傳統語言相左的修辭。

　　方桂香《巨匠陳瑞獻》認為三首〈巨人〉，第一首寫陳父，第二首寫國父，第三首寫陳嚮往的巨人形象（方桂香02：252）。這在詩的外延意義上是沒錯的，陳瑞獻也告訴過方桂香，「我父親是小巨人，孫中山是中巨人，佛陀是大巨人（方桂香02：252）。然，觀《巨人》詩劇整體的語境，三首〈巨人〉或者得合起來才閱讀到其中理趣（wit）。牧羚奴的悲愴形象和《巨人》詩風的絢麗狂歡並非是反理性的，或者其中的審美概念不強調理性或感性，它突顯的是直覺（intuition），表現超現實空間，以為此直覺即「美」：

---

[24]　參Descriptive Poems,Cleanth Brooks and Robert Penn Warren, Understanding Poetry, (New York,Henry Holt And Company,1950)，頁74。

[25]　轉引自趙毅衡《新批評》，中國社會科學出版社，北京1986，頁72。

　　心是畫筆／把形與象描入心房／指尖是筆尖／臨臨金不換草／畫畫
佛蓮　我沒有金字塔／沒有智慧女神廟／我什麼都沒有／而母親的
畫／賜我萬有一鑰／開露浮宮／開敦煌

（牧羚奴1968：〈母親的畫〉）

因此三首〈巨人〉的內延意義要比字面指涉來得強烈，合起來閱讀才看得
到其中的巨人語象。

1.〈巨人〉一的語象：液體氣態的姿勢

　　第一首〈巨人〉即使作者的意圖是父，文本的張力所強調的語象卻不
是父，甚至有意模糊掉個別的父的形象：

　　你的時代，黃沙星散／看不見芊綿和碧綠的影子／你迢迢地來，濤
聲動魄／生存縮為日月的苦

芊綿和碧綠相對於黃沙星散，乃是安平與流離的衝突，而你迢迢的來，那
個形象是很強烈的「濤聲動魄」；仔細一點看，時代「黃沙星散」與你
「濤聲動魄」矛盾但共存，突出生存「縮」成的苦：生存如此渺小，能繼
續全因那動魄的濤聲。而濤聲的「巨像」是什麼？請讀第二段：

　　你把靈魂把胸膛交給浩淼／面對海盜的長髮與短劍／煎熬下，半個
燠熱的世紀／昇華了你無盡的愛和大義

你的「靈魂」和「胸膛」交給「浩淼」，你的「巨像」就上段的「濤
聲」好像海的形象，而「海盜的長髮和短劍」作為野蠻的轉喻，你能熬過
這個燠熱，所擁有的生命力必超越野蠻，相對海的形象力，這種力量的本
質是原始的野性的血的無窮的動力——在燠熱的世紀煎熬的火的力量。詩
第三段陳述這樣的力量使黃沙「鞏成不破的磐石」，而「你」的巨像也
點出來了：

> 你的血汗遍育翠樸的家園／嗓門齊開，海的兒女／歌一偉大人格的
> 完成

「你」的巨像其實就是「血（火／靈魂）汗（海／胸膛／體魄）」——
「濤聲動魄」，「浩淼」液體氣態之體，在燠熱中煎熬而將黃沙鞏成不破
的磐石，故「海的兒女」歌頌你「偉大人格的完成」，原始、野性、無盡
的海和火的堅固的語象。面對這液狀體：

> 我背負如山重恩／耿耿於你年邁而宏亮的嚴訓／我拙於刻劃你崇高
> 的形象／巨人啊巨人

一連串「我」的憂慮的詞語情境出現：背負、耿耿、拙，反襯「你」的堅硬
的不可磨滅。後兩句對巨人的呼號彷彿形象化了「我」因此血緣而必然繼
承的原始、野性和無盡力量：巨作為合體象形字，像人手握持正方器依矩
求存，對此「聲濤動魄」的巨人的「重恩」和燠熱中煎熬出來的「嚴訓」，
「我」是帶著恐懼的。此詩用轉喻（各種液體氣態的姿勢）來分散掉父的完
整形象，顯然有意模糊其形體，以突現血緣這個帶給「我」不可抵禦的，自
然野性無窮盡的生命力量的氣勢，等待著另一個時代巨人的建構。

　　故海和血是《巨人》語象的最基礎，可以說是牧羚奴的悲愴情結的
原型[26]。這個原型開展了其熱烈的生命探索，因此作者在第一篇〈巨人〉
以後的十五篇詩，很戲劇性的展現其對存在、對美、對生命經驗的思索，
針織著其中熱烈的、反叛的、衝動的野性思維。這些經驗的展現正是〈巨
人〉一那「半個燠熱的世紀」昇華了的你的無盡的「愛」和「大義」語境
的鋪展。本文無法對這一組詩作細讀，只挑其中很突出的語象來說明這些
詩與「愛」和「大義」交錯的語境顯現的張力。換句話說，這十五篇的
語象乃是與第一篇作戲劇性的辯證而產生牧羚奴敘述的整體張力。張力
（tension）是新批評強而有力的讀詩標準。退特（Allen Tate）認為詩是外

---

[26] 原型（Archetype）原型批評中所謂每個人的「無意識」深處都沉澱著人類世代經驗
　　的記憶所展示的一組「原始心象」。原始心象乃由祖先長期反覆獲得的心理經驗形成
　　的，它通過神話、宗教、夢、幻想和文學作品表現。參見布魯克斯、衛姆塞特著，顏
　　元叔譯《西洋文學批評史》，志文出版社，台北1975，頁642-665。

延與內延的總和:外延可以理解為詞語的「辭典意義」或指稱義,而內延是詞語的暗示義附屬於詞語的感情色彩。其中的關係是語義學的關係而非邏輯的關係。詩既倚重於內延也倚重於外延,正因為外延的明晰意義,豐富的聯想意義才得以開展,忽視外延則詩歌結構散亂並晦澀。[27]《巨人》的整體美既是在它各篇的語象的交錯,使在一個題材上無法滿足的張力,連綴而成一體,以不同的象徵性達成飽滿的張力。

這十五篇詩以原始性的血緣為語境,分作兩種語象。一種是沉靜溫和由點滴的愛構成的美(〈素馨花束〉、〈黑風洞〉、〈母親的畫〉、〈家書〉、〈侍者〉、〈野孩子〉、〈拈花者〉、〈蜘蛛〉、〈花鐘〉),是屬海的語境的,是液體的;另一種則是狂野激越充滿原始血性打造的義構成的美(〈夸父〉、〈烤月火〉、〈仙人掌〉、〈自焚〉、〈逃亡曲〉),是屬血和火的語境,是氣態。這兩種美在狂歡和沉靜的兩極交替是牧羚奴所謂的「海的性格」(牧羚奴1968:海的性格)。在海和火的語境中又產生各種大小語象:大可以大如涅磐,小可以小如淚或一點血紅,戲劇性的辯證著。

i. 海的語境與液體的語象

海的語境是母性之象,也是愛之象,在〈巨人〉一後面的詩篇我們可以感受到許多大大小小的液體的語象,這些語象互相交替、剪接以顯出愛的無限個角度:

> 看到旭日升自父親手中的碗／碗中的蕃薯酒映著朝霞的顏彩／母
> 親,你的灶火溫暖我／你的慈光照耀我
>
> (牧羚奴1968:〈家書〉)

碗中蕃薯酒映著的朝霞乃轉喻旭日在海上的照映,如母親的灶火,如慈光,從這裡母親和海是一體的。碗中的酒就以小轉喻海的大,灶火以小轉喻旭日之照,慈光又以大收攏其語境。

---

[27] 參艾倫‧退特著,姚奔譯〈論詩的張力〉。見趙毅衡編《新批評文集》,天津2001,頁120-175。

　　母親，諒你正在望鷗／望我臥鷗背歸去／而鷗背小，而我的意
志重／海更褶皺了我的無知／浮沉在你的愛之外恩之外／我匍伏，
如大海，匍伏在你跟前／聽潮聲澎湃我的孝思／我含淚，如大海，
含淚在你膝下／以濤音壯歌你的康泰
　　……
　　燈下無海，感受是海／我流浪，我乃一尾憤怒的刺蝟魚／直斬
著眼，逆泳向生存的山洪
　　……
　　母親，你殷待，你的白髮似浪／我粗安，你呼喚的湛藍／你的
愛，我的低微，海的鳴咽

（牧羚奴1968：〈家書〉）

我、母親和海，語象交織出之間難分的密切和其中蘊藏的愛，大小語象相
對，擬人擬物之間我和你交替成一體。而相對與海的語境的無限，詩當中
常出現許多小小的轉喻：圓的語象，如母親的「大淚珠和小淚珠」、「我
收妳一顆初孕的淚」、「妳掛熱淚於我赤裸的胸口／驕傲的熱淚，透明的
瓔珞」，「雲如棉，給妳攤得很勻很薄／我將一丸月搓得又圓又亮」，都
是從海的語境中得其愛的意義，即使詩裡「吻」的語象亦是自淚換喻以顯
示海賦予的無所不在的愛：

　　多謝木麻黃和含羞草的紫球／庇護一件吻的雕塑

（牧羚奴1968：〈素馨花束〉）

ii. 火的語境與氣態的語象

　　火的語境，是父性的，是義，然後換喻為太陽，延伸為黃花葵花、猛
獸、星月風雨等等駁雜的語象。最明顯的是以神話英雄為題的〈夸父〉：從
「茹毛的人捱在膻騷的凍穴／痛洪荒又完全遺失，上古遺失／而我恐怖地拉
住一條波動的水平線／苦候一個偉大的半圓」，乃因「我拗不死頑生的黑
夜與妖巫／我是夸父，我是共工氏的後代／自萬里外向你衝來」，「我烏

髮一疋，兇猛地飛行／逼近不可企及的煉金之所在／但你不升不落，害我目盲」，以一個未燃的火種的形象追日如煉金，「自一個輝煌的擁抱翻落／金石流於大旱，我血已沸／是你的濃焰頹廢了我厚實的膏肉」，夸父已燃並成灰，成「一帶密密麻麻的太陽」。〈烤月火〉更是激越的火的狂歡：

> 我們粗著氣吹，火，吹活火／我們揮著臂扇，火，扇活火／從古老的曆法算出來的／這火。愛竹的族人以智慧鑽出來的／這紅髮的火火火。我們用木炭疊起的／一昂藏的男性的火／我們吹活扇活的追風的火呵

這魁梧的火象，烤那穹蒼那樣的大魚之目（月亮），更轉化為里爾克的豹：「被鐵欄杆纏得那麼疲倦的困獸」，崩作「烤月的巨人」。〈自焚〉中「一筆佛火，含一滴佛火／要寫億萬光年」的「照五濁的火炬」乃是讓鳳凰浴火的淨火，如寺裡塔裡的舍利子，如十字架下的血花，都是義的語象。

義，這個自焚的語象是「挺立著對毒鳩說話的悲思者」，像「愛罌粟花的少女」，「你被藏毒的美誘入絕谷」時時走在慾念的邊沿，但「你在燃燒，你已超凡／不抖動半寸肌膚／而生命的鳳凰死於不死」，義的具體鑿鑿如生。另一個鮮明的義的語象乃〈逃亡曲〉裡的浩然自由之胸懷，逃亡或者就是一種飄泊：「孤立在第一根炎熱的緯線上／富貴的雲彩，無常於你的足下」，而「你把白皙的腳種入紅土／以剖刀劃開了第三個國度」，於是「當晚霞在天邊垂下了金手臂／一個忘了籍貫的小我瀰留／當燈芯艸舐乾了生命的燈油／一個人類的大我今在永在」，「他們（土著）不再以黑奴的契約出賣終身」，「你以大智的愚昧歸化入貧瘠的異土」，當「逃亡曲不停播著／你是有限，你是無限」，在在容納了飄泊的生命真理。

火的語象縮小既以孩提的血紅或「一點紅」、「小黑蛇」、「丁香煙」作轉喻。〈野孩子〉詩中就是以這些小小的星星之火作為燎原，就「野孩子」這個語象本身就很傳神的把原始烈性突顯，曲意高張力大。

從這些因血緣而存有的愛慾經驗以液體氣態凸現，其語象更精確的刺繡出第一篇〈巨人〉的語境，點明那巨人之象乃血緣裡如海如火那般的愛欲凸現的各面所組構成的生命原型，借父的象徵，戲劇性的積聚。

可以說這個巨人之像是模糊——確切的說是液體氣態——而抽象的，認識到這個形態我們又閱讀到這十五首詩中的另一組常出現的硬質的尖銳狀、線狀的語象，如像「石筍」的「鐘乳石」，「古甕」，「枯骨」，「石蟹」，「蟊蟈」，「劍」，「琴弦」乃至於「漁網」，「蜘蛛網」在巨人的液態氣狀的語境裡產生相悖的意義，它欲於其固體或可裝載，可連接的意義上尋得固定的形骸，這個相悖的語象在第二篇〈巨人〉當中得到疏解，而塑得巨象。

2.〈巨人〉二

〈巨人〉二，不再是模糊的液體氣態的姿勢，巨人「你」是一個「不築壩」，「有容海的大腹」是「與大禹孿生」的「洪水的剋星」，有很清楚的具象。因此在被「現代辮子」織著「懺悔」的「我們」這些奴隸般的「黧黑的巨像」，在氾濫當中迷失（這個氾濫似乎連著巨人一的語境而來），「你」「溝洫那井井的脈絡」即可疏導「我們」氾濫若洪水的方向，即使「就娶災禍為妻」，「守纏綿的禍害」，「你」的疏導良方「在一片浮腫病的葉之內外，疏導、顛簸、衝刺、飛揚」，只待「冰河凋謝，當十字星在大地燃燒」，「我們」已經準備好「肩扶著未竣的建築」，「勞思著英雄之母／以及跪在泥土的兒男背肌上的青墨／我們的歌是液體／因你洶湧，用熱血／鮮豔你海岸般壯闊的巴掌」。清清楚楚的有筋有骨的巨人形象（大禹、岳飛），裝載著那液體氣態，那原始自然血性的生命力不再是渺小而依附於海之間的火之內，巨人的筋骨架構起來了。從液體氣態的血／野性巨人戲劇性的組構起筋骨的巨人，二篇〈巨人〉之後的十二篇詩的語象格調與前面的詩即展現不同的風貌了。有別與前十五首大量的自然景、物的語象，這十二篇的張力是更韌的，而其可讀性和可寫性更難。現實景、物替代了自然在這一系列詩的語象中流離，說是流離因為詩處在許多貶抑、割裂、離析、孤獨、憤怒的醜的語境當中。

i. 貶抑、割裂、離析、孤獨、憤怒

我們讀到〈啞子〉：

　　　　必須學貓的腹語／來讚頌這虐待他的造化

　　　　　　　　　　　　　　　　　　　　（牧羚奴1968：〈啞子〉）

「讚頌」「虐待」很弔詭／相悖，乃至反諷，故「天賦著雙重的悲劇／
不知誰的歌聲又淒涼如泣」。啞子「靈感於他人口唇的節奏／幻想著言
詞的洶美和神奇」，「潛意識湖中的慾念／浮起，泳向他的肌膚表層」，
然而「看貓的眼瞳反映晝夜／而眼瞳長流著黃連的苦汁／誰願詮釋他的目
語」！貶抑之感鑿鑿。第四段一轉：

　　　　他沒有蜂的毒矢／無聞於撼地的雷／絕緣自人性的醜面

　　　　　　　　　　　　　　　　　　　　（牧羚奴1968：〈啞子〉）

「讚頌」的相悖又得之平衡了。反諷的是當我們用語詞表現，相對於啞
子，我們是避免不了「人性的醜面」的。（穿鑿附會一點，「目語」和
「母語」在語境的外在或許帶出更大的一齣反諷！）

　　除此之外，原在前十五首中隱喻愛的語象「淚」、「吻」、「母
親」、「海」都與不自然的壓迫似的語象悖合。淚變成月臺上火車離站的
「叮噹」，「拿母親的淚珠劈火，自燒」，「母親的手搖著一搖籃的烽
火」，海成了廣播，浪濤齊仰頭「看我啼哭著母親的痛苦」，而吻是戰鬥
的行為，「去吻真實的意志」，不再是一球雕塑。

　　ii. 毒太陽

　　原作為義的語象的太陽成了「毒太陽」，「嘔吐一根火柱」。整個世
界是：

　　　　煙塵。吐血的天爐／我的心，爆炸／我的肺葉膨脹，膨脹著殺機

　　　　　　　　　　　　　　　　　　　　（牧羚奴1968：〈巴士站〉）

與此「旭日必為我輸血」，「我」以旭日的血孤獨作畫。

> 我將歸去，以旭日的血／孤獨地作畫／一塊寂寞的石頭也好／一束
> 炊煙也好／或者畫一隻沒有籍貫的鳥
>
> （牧羚奴1968：〈孤石〉）

那個相對於海而渺小的野孩子，卻想要如海一樣匍匐於母親腳跟的天真放任的刺蝟魚，也成了一尾身若甲冑的金鯉：

> 刺破海的韌網／嘩然，我鏢了出來／前衛在瀑布之上，山洪之上／
> 那響亮的風景，令我感動／非鱸，非鯽／我背蒼黑而鱗厚大／孔
> 武，金裝／火的珠點在我的身軀霓虹／我是鯉，請看我璀璨的雄姿
>
> （牧羚奴1968：〈金鯉〉）

iii. 絕望

這種突變的語境在〈棄嬰〉最絕望：

> 把你放在小小的舞臺上／讓許多傳統的卑視／刺激。看你像荊
> 棘一般地／歪曲地長大／要看你表演一齣更悲慘的戲／在沒有風箏
> 和椰糖的年代裡
> 不知道種姓制度也算了／今日星期幾／若朋友們邀去參觀父親
> 節的盛典／明日又星期幾／你可要任性地爽約了／而且記不起誰為
> 你切腹／為你血崩，而且不必跑去殯儀館／去焚一些黃古紙／去撫
> 一個女人的棺木
>
> （牧羚奴1968：〈棄嬰〉）

這個絕望是一個割裂幾近死亡的語境，在現代的場景當中。表現得最典型的〈巨人〉二語象，是十二首裡面的〈健身室〉：

> 造山運動／我們建築著肌肉／我們提煉青春／恐龍地頂起／山的重
> 量／懸崖般的巨背／有危岩起伏

　　這是火季／健身室內，沒有胭脂／前瞻是白熱的鏡／回首閃爍
的水銀／我們的豹眼／噴出血氣／交射的光華／放映著力的造型
　　用大巴掌／用蚩尤的臂／抓舉，狼的嗥叫／鐵在鏘響／我們的
胸膛／瓣結著扛鼎的祕辛／我們的腿是榕樹／盤筋曲皮／種在亞鈴
鋼鈴中

　　這首詩鋪展了或回應了〈巨人〉一那句「我背負如山重恩／耿耿於你年
邁而宏亮的嚴訓／我拙於刻劃你崇高的形象／巨人啊巨人」的語境，煉字如
造山，煉字如煉金以抵禦現代場景中傳統的破裂。「現代的辮子」不在有海
盜的長髮，不是「妳伏耳的愛思的長髮」，結了辮就是一種訓練一種組構一
種形式，有意的形式，叛逆變作革命，美成為藝術，詩作為先鋒運動，創造
是一種煉金（祕辛）。現代的形態，工業的形態使所有事物不得不精煉，濃
縮成綱，沉重如山，已非〈巨人〉一中「不破的磐石」所能比。這種沉重使
〈催眠歌〉中的啤啤（巨人二心中越來越渺小的啤啤，其手如壁虎的手，小
草龜的手）「這麼疲倦」，〈葉笛〉的「性格非常熱帶」的孩子得倒掛「像
一隻蝙蝠」，「熱血倒流，滿臉青春與流火」。〈在柔道場上〉幾乎明喻巨
人，像大禹一樣疏通洪流如岳飛一樣精忠報國，在角鬥場上創造：

　　不燒菊酒／不論劍／我們繫根在現代
　　智力在拉鋸／不可扭曲，也要拗彎／我們蹂躪／我們要創造／在角
　　鬥場

到這裡，前面所謂的牧羚奴用辭語作戰，強調詩語言，現代詩修辭的意義
就顯突，詩的血脈筋骨練就，內在語境中極盡破壞陳述語詞，外在語境當
中極盡破壞傳統藝術概念。精煉沉重密度深度無限的詩語言是推衍出詩內
延意義的力量，詩的內延、辭語卻是超越理性的。〈海的性格〉作為十二
篇的最後一篇，用聖經似語錄體敘述，如此寫到：

　　強盜的冤魂，如穿心劍，穿肌而出／千仞下的鏽戟，開始翱翔／必
　　如此變形蟲地，變態地扭死愛扭死美／一如扭死那些想在我曲髮中

啄魚族的／嗅我萬鈞的嘆息的鷗群／我知過，但我恆巨大，巨大的
犯錯／我已如瘋僧，必須狂哭於今夜明夜後夜

（牧羚奴1968：〈海的性格〉）

3.〈巨人〉三

　　從〈海的性格〉，詩過度到第三篇〈巨人〉。這篇〈巨人〉比前兩
篇長，但各行句子卻短很多，也較超現實更具廣度，似乎有意如先知一
般說辭：

　　　　赤熔岩，流出／自轉生盤／流入生之模型／鑄三度空間，然後
立體／凹凸我的體格
　　　　我是煉鋼廠／生產著硬度／生產著岳武穆的節操／我的動力很
宇宙／一完竣，即現／瀰天的工程
　　　　從Atlas肩上／移來地球／到Hercules的搖籃邊／怡然逐蛇／在
Prometheus的血胸上／殺鷹，以鷹翎／傳火，我的傲骨／如此田橫／
五百士以外／齊以外／沒有田橫／即只一吻，也重量了千斤／千斤
的吻，也壓扁／壓扁所有的玫瑰
　　　　膽，如蜂巢／密麻著炙手的火山群／我心常雲霄／一收腹，即
有獅首昂起／而在紫色的華蓋下／坐著一個，兩個／坐著億億萬萬
的釋氏
　　　　我是巨人／在現代誕生

（牧羚奴1968：〈巨人〉）

這是帶著血挺立筋骨賁張肌肉的巨人，轉生自赤熔岩的提煉被鑄成硬度高
的煉鋼廠，《巨人》的戲劇性組合終於完成——在現代誕生，扭曲詭異／
魔幻（膽如蜂巢密麻著火山，收腹有獅首昂起），卻在心中準備備戰受考
驗的坐著億萬個佛的巨人。《巨人》的語境於此完成，「我是巨人」中的
巨人語象是超現實的，巨人從液態氣狀，經脈兀立到有「凹凸的體格」，

好像確立了實像，然從其具有「移來地球」、「怡然逐蛇」、「殺鷹」、「傳火」、「傲骨田橫」，「一吻也重量了千斤」的超現實力量，煉金的意味彰顯。牧羚奴〈自序〉有謂：

> 在技巧方面，我曾經受走在我前面的詩人們的許多影響。在精神上，這些債若能還清，我不必再寫詩。我要再寫下去，因為我自信能夠成為一個靠獨資與人交易的不再告貸的人……

只有語詞的巨人可以實現牧羚奴悲愴的「放發希臘風格的奴隸體格的英偉」，《巨人》堆砌在它這場「嶙峋的詩劇」的華麗詞藻，既是那「一吻也重量了千斤」的現代語境，巨人不是受現代衝擊隨波逐流的一般現代人，而是現代語境熔鑄的賁張鋼的密度那樣的現代的、不可限量的、獨立自主的語詞組構成的生命體。經過這場放發希臘風格的奴隸體格的英偉，印證了某種現代的實踐。我們不妨可以說，《巨人》整體設計，讓人有身份屬性印證的身份證意象，甚或護照的意象。有了若指紋的高度個性化象徵（現代性）的詩人的詞語重組，或者詞藻的狂歡歷程後，真正的創造考驗才開始，煉鋼場恆有很大的考驗和求索。

由此可見〈巨人〉三之後，詩的風格走較沉靜的調子──苦思、冥想、思鄉，還置了一篇一百四十四行的〈菴羅樹園〉幾乎回思了所有之前詩章的語象，渾圓的回憶被雕刻了棱角。〈恆在求索〉更以「眼的X-RAY」射穿「一座頑抗的／大病後的姿身」，削去諂笑、削去狐臭、傖俗的脂肪，「仍將一條孤伶仃的假有／摔碎。或將枯椏／削成靈芝」。它欲組構的是「千年挑剔，復在大型的壓縮機下／人體瘦金。角和角／和小岩洞，原料／和極苦的腦汁／結成奇異的主義／及可在指尖上旋動的雕塑」。

這個雕塑乃從原地取材開始，故有〈古城〉「仍會／美如北歐海盜著火大燒的龍船」般重建璀璨輝煌，亦有〈椰花酒〉的「比琴聲更叮嚀一點的／比妻女們的囁嚅更酸甜一點的」獨特的醉，戲劇性的張力拉到最後一篇〈三月詩情〉，詩人「看到了樹園裡的音樂」，「但今朝濟慈死去／今夕我伏在牀上敘彭斯的離情」，宣稱「脫下上身的峇迪，在海峽邊緣／我已卸下肩上的圖書館／換上一批山貨，或一些海產／我是一個長髮的沙蓋

／皮膚太黑，汗斑太亂」。這個可以充當休止符的詩章，倒成了前面詩章的變調，相當刻意的使戲劇組構產生一種陌生化效果，精煉密度和深度欲以抵禦的缺無，欲以捕獲的意義，反若漁篩一般讓缺無成了焦點：

> 母親，我們的漁場／只有假人才真愛吃人的海洋／用魚篩篩太陽／
> 神的皮膚，像我們的／雪花膏也救不了的皮膚／午後，想起夜間的
> 皮影戲／去看鬼的手臂，槓桿地交錯，一齣嶙峋的詩劇
>
> （牧羚奴1968：〈思鄉病〉）

　　巨人的手臂交疊於鬼的手臂帶出的整體張力使整場詩劇從華麗的亂針刺繡取得印證又回歸而重新印證，它的「重量」，對一個二十五歲的年輕人來說的確踐了一場現代的經驗：絢麗多彩的詞藻很刻意的彰顯追求美的刺激，前衛先鋒針刺甚至於大刀闊斧砍伐現實社會語言的限度，於是這場建構移植了現代的語言，認識了現代言語開發的無限歧義，卻暗流著或揭開了言語的空洞，或者就新批評語境的缺無的說法，那個缺無在華麗的針織之下反引出了空洞（詩集裡有許多這種空洞的例子）。《巨人》的意義，就在這個空洞的引出，用它狂熱求索的光照。
　　《巨人》是現代語義修辭發現的一個巨大生命體。言語是行為，言語是活的個體，言語的特質是詩的文學性的，這個發現既是一種現代語境的發現，也是每一位現代詩人的前衛的覺悟點。從《巨人》的語境，牧羚奴的奴隸不是一種不自由，而是有意識的發掘詞語美的特質可以開拓的心的生命之境，但是離開美，詞語這個巨大的生命機體，棄於現實反映現實，怎樣在現代之後形構？

三、閱讀《言筌集》

　　《言筌集》中共四十九首詩，本文無法一一細讀，僅僅從整體閱讀中，嘗試點出其反諷與理趣。反諷的技巧自古以來極為普遍，然本文用新批評對反諷的論述，乃因與《言筌集》的基調頗吻合。普遍上，論者多樂

道反諷的諧謔諷刺意味，但理恰茲卻說：「還有什麼比悲劇更能明顯地說明『使對立和不協調的品質取得平衡或使它協調』的說法呢？憐憫（這是一種趨就的衝動）和恐懼（這是一種退避的衝動）在悲劇中取得協調」[28]。布魯克斯也在《現代批評史》中引許萊格爾兄弟（Schlegel Brothers）和索格爾（K.W.F.Solger）對莎劇中反諷的研究，認為莎士比亞把嚴肅的與幽默的、幻想的與平凡的因素相平衡，在悲劇中產生一種「自我欺騙似的反諷」[29]。《言筌集》就帶著感傷的基調，在黑暗的無邊企盼遞變的光芒之鋒，從中顛簸出平衡點。趙毅衡在《新批評》一書引英國十九世紀文學家德・昆西（T. De Quincey）在《自傳》中對悖論的分析：真理的所有有分量的方面……都是使人驚異的，都是悖論式[30]的，我們不用費力氣尋找悖論，相反忠於自己經驗的人，會發現他用全部氣力都難以把他所知的真理所包裹的悖論壓下去[31]。《言筌集》中感傷憂鬱的敘述者樸質而「站臨」個別經驗直書的語境，既是「忠於自己經驗，用全部氣力都難以把所知的真理所包裹的悖論壓下去」，因此顯現言語（論述）和經驗之間的矛盾鴻溝。下文乃按其傷感的基調及言語和經驗的相悖性質，閱讀其詩語言。

1.黑暗的無邊的浸濡：讀《言筌集》的反諷基調

　　《言筌集》以一個處在黑暗的「悲劇人物」為敘述，黑暗中他企盼著光芒。敘述者並非丑角，卻是一個嚴肅的執著的「人物」，這使他站臨在黑暗與光芒之間，真象和真理之間越顯出著實的張力。黑暗是深邃的，在夜和黎明交替的軌道運行，因此夜和晨在詩集中是敘述者引領讀者窺探黑暗的時空。我們可以從第一篇〈夜旅〉中讀到這個時空：

---

[28]　參見趙毅衡編《新批評》，中國社會科學出版社，北京1986，頁183。
[29]　參見布魯克斯、衛姆塞特著，顏元叔譯《西洋文學批評史》第4，志文出版社，臺北1975，頁508-535。
[30]　悖論和反諷：就修辭上來說，悖論在言語上作矛盾形式，如知者不言，言者不知；反諷則是沒道出的與道出的意義作兩個層次的對立，是口非心是的。但參閱布魯克斯的反諷，他不太去區分兩者的意義，或者說他的反諷是包涵悖論的。
[31]　參見趙毅衡編《新批評》，中國社會科學出版社，北京1986，頁184。

　　　　我曾聽過你的歡笑和低泣／在無數個暗夜——今夜呵／叢林在
冷冽晚風中微微顫慄……／列車在行進，聽軌聲／轟隆轟隆的奔向
黎明
　　　　我記憶你三百年的屈辱／在無數個暗夜——今夜呵／曠野濡浸
著濛厚的白霧……／列車在行進，聽軌聲／轟隆轟隆的奔向黎明

　　夜旅是動詞是行為，旅程中「我曾聽過你的歡笑和低泣／在無數個暗
夜」，「我記憶你三百年的屈辱／在無數個暗夜」，我們讀到「你」的歷
程。這個歷程是「列車在行進的一截，而今夜在「叢林」（在冷冽晚風中
微微顫慄……）和「曠野」（濡浸著濛厚的白霧……）」的空間，「在聽
軌聲／轟隆轟隆的奔向黎明」，「聽」這個詩眼顯出來了，一個時代繼續
穿越黑暗，在夜和黎明兩面交接的軌跡當中。黑暗——似乎是一個巨大的
生命本體，衝激著，它從敘述者的「聽」和「記憶」的大沈默中「轟隆轟
隆」傳達給我們。列車和這個轟隆轟隆放在一起原是普遍的，然在這首詩
的語境上，時代（列車）的渺小若低泣若歡笑若屈辱；黑暗的無邊（轟隆
轟隆）——讓「叢林在冷冽晚風中微微顫慄……」，讓「曠野濡浸著濛厚
的白霧……」——震耳欲聾！夜是「黑暗」的影子嗎？像歷史的大背影？
（大得只聽得，見不得）卻極度沉重。重讀一遍這首詩，我們會讀到細微
的聲音和詭譎的場景，無聲的記憶和神秘的場景，交疊在迎面而來的列車
行軌的轟隆巨響，夜旅的行為在這裡進行。
　　從這樣一個震耳欲聾的黑暗，《言筌集》開始了它以黑暗反為本體
主調的悖論來反諷，詩集裡充滿夜／黎明，暗／明，黑／亮的相悖意象，
在不同的語境產生個別的反諷美學。就詩題我們已經可以看到這兩個相悖
的語象：〈夜旅〉、〈夜思〉、〈夜聽潮〉、〈夜坐〉、〈晚炊〉、〈夜
央曲〉、〈無明〉、〈夜歸〉、〈夜裡的樹〉；〈晨的第一義〉、〈鋒
芒〉、〈晨陽〉、〈暴戾的歲月〉、〈憤世的星〉。
　　明的語象相對於黑暗則是一種短暫閃過，不可企及，記憶的、思緒的
卻凝固、堅定成的語象，這個整體在〈鋒芒〉組構得最美：

> 紅色的鞭爆燃著了／沒有痛苦的猶豫／於是迸開了包含著信念
和智慧的花
>
> 我的整個生命的企盼／豐富如時間之流的遞變的／也凝定成為
一朵向日葵的姿勢

鞭炮從點燃到迸開的時間極短，詩用紅色、沒有痛苦的猶豫、信念和
智慧之花（也是紅色）的堅定不移來誇大瞬間的巨像，形構瞬變和堅定聊
有趣味的悖論。另一則更鮮明：我的整個生命的企盼的豐富，像時間的遞
變，竟然凝定成向日葵的姿勢，向日葵的姿勢像一面太陽一般的時鐘，生
命的企盼凝定而無可企及，相悖意味大。

這種堅定和凝定讓我們讀懂了〈核〉，那造物保留給自己的「如此驚
鴻一瞥／那孕育過程的玄祕」；或那絕無僅有的「靈悟光照的瞬間／睨見
過他明晰又曖昧的側影／反映於自己明鑑者的心目」，和使我們自己塑造
自己的「那漸升漸降的拋物線」。我在這個企盼當中「那粒小砂石／那小
石是以前和以後的你」。又或者〈暴戾的歲月〉所謂「生命的眼開向內在
真實的陽光」，是一個包裹著生命爆發力的無可抵禦的慾力（意志）。如
果黑暗作為本體的主調，在《言筌集》，光的慾力（意志）即是真理，在
拋物綫之間自我完成。若叔本華（Arthur Schopenhauer）所謂終極的真實，
是一種盲目的力量，這種力量漫無目的僭奪了意志，那麼意志就是一種精
神力量；理性是意志在盲目掙扎時的一個工具，但人亦有力量拒絕為意志
的工具——他還可以置身與掙扎之外，寧靜沉思著真實存在的最深奧的本
性。黑暗若是看不到的真象，則《言筌集》的整體美既是一面在經驗黑和
明、夜和晨、真象和真理之間的離、向，拋、拉的力量和辯證的悲愴，另
一方面置身掙扎以外寧靜沉思著真實存在的最深奧的本性。

無邊的黑暗相對於堅定、凝固的真理，擊出人生的相悖或弔詭性質，
使在這之間行軌的敘述者憂鬱，如〈滯伏〉：

> 滯伏在我屋前的／一片醜陋的爛泥巴河床／那麼赤裸的／在等待充
滿歡樂的潮漲／而今，那麼赤裸的／沐浴在悽清的乳色月光裡／就
像我的思緒／我呢，在等待一個堅定的思想

這其中的憂鬱、傷感可以辨識為辯證過程中巨大潛沉的力量：

> 一瞬間，為我瞑忘已久的／明朗潑辣的生活和笑態／（那因夜的黑
> 暗的無邊的浸濡／而被遺落在時間的無痕跡的長流裡的）／都重現
> 在我的身上
>
> （張塵因1977：〈新人〉）

「瞑忘已久」：經過遊移、分歧、懷疑以至忘掉，「明朗活潑」再重現，括弧裡強調的「黑暗的無邊的浸濡和被遺落在時間的無痕跡的長流裡的」似乎不可置疑的是孕生這個重現的力量。因此我們可以說《言筌集》中感傷憂鬱的基調在黑暗和光明的悖論語境裡，敘述者「站臨」而「忠於自己經驗，用全部氣力都難以把所知的真理所包裹的悖論壓下去」，因此顯現其悲劇的堅實力量，〈述懷〉有言：

> 我既已許身於你／如果你負罪，真理哦／我也只能不置疑的／做你
> 的從犯。

2.「站臨」在真象和真理之間：歷練走漏真理的弔詭

　　作為一個鬱鬱的敘述，在真象和真理之間，《言筌集》表現了一個特殊的姿態：「站臨」。這個詞在集裡只出現兩次，但它所處的語境帶給讀者難忘的印象，不只因為這不是一個普遍的詞，還因這兩個語素的組合歧義很大：

> 我孩子似的微小的靈魂／彷彿站臨於那古廟堂的門檻／懷著對未知
> 的將來的恐懼／向內張望／又若鶴立於時間的中流，咀嚼著周際的
> 「逝者如斯」
>
> （張塵因1977：〈暴戾的歲月〉）

陰霾的天飄著細雨絲／（時間凝止在午後二時）／凌晨時我不是曾
站臨於／那向東的視窗／享受溫煦的陽光嗎／（然後就會驟然的越
進／深而又黯的夜晚）／此刻心情是被困室在／小咖啡店的嘈亂和
煙氣裡了　悒鬱的青春也會遭遇／它的午後雨的／人們就是如此老
去的吧／**沒有感悟而突然驚覺**

（張塵因1977：〈午後雨〉）

　　這兩首詩都跟時空瞬變有關，「站臨」是作者刻意選擇來描繪時空感
的詞彙，有點stand by侍觀的意味卻又無法不身臨的恍惚感，是「沒有感悟
而突然驚覺」的（不）動作或更貼切一點——姿態。這個不動而動，動而不
動的詞正是在真象與真理之間，人的歷練的感‧覺。在這樣的姿態和位置上
產生《言筌集》對政治、歷史、社會、人生、情感的各面諷刺。就如〈核〉
詩的末段寫道：「平衡於相對又絕對的天平／在他的意義範疇裡」，「而多
姿多彩的惟有那中段／因為他只塑造歸宿和起始」，「那漸升漸降的拋物線
／我們自己塑造自己」，「且說我是那粒小砂石／那小石是以前和以後的
你」。黑暗無邊就像一種拋離而光照卻又是一種向心，除了誕生和死亡我們
知曉，歷程——尤其是那中段最高點將會如何構成？你如何迎著「力」或
六月之息扶搏而上？在真象跟前我們只能站臨、諦聽，什麼也望不到，只有
在自己塑造自己的歷程我們假設讓自己看到的，原是無的形式。詞語和真實
之間是否也是存在於這樣的離、向之境，而詩語言既「無非是一種無聊又無
望的嘗試」（張塵因1977：〈棄筆〉），不管怎樣「曲意附會／它的命意」
（張塵因1977：〈棄筆〉），它「終歸是無字天書一本」（張塵因1977：
〈棄筆〉）。這就是我所謂的「甕」的裡面，我們以為形式可以組構出來的
意義，但它唯一的意義是缺無。看不到或者聽還可以，聽就是站臨的（不）
動作，因為它比看少了更多意志多了更多一無所知。
　　《言筌集》有四部曲：少年軌跡，聽夜錄，避秦篇和歷煉之歌，前兩
部在真相和真理的相悖中思索，屬於對歷史與生命的思索，作者在十八到
二十五歲的階段；而後二部可以說以經驗作真理的修正，對自身（脆弱的
肉身）與處境的諷喻，作者在二十五到三十七歲的階段。我們可以用以下
四點來認識其意義：

i. 無數個暗夜

第一篇〈夜旅〉在黑暗與黎明之間，「我曾聽過你的歡笑和低泣／在無數個暗夜；我記憶你三百年的屈辱／在無數個暗夜」，那三百年的屈辱在整個民族文明史上很自然的表現民族情感的壓力——語境壓縮下的弔詭——屈辱恆久的暗夜給你一個對黎明的方向？我們在東方，太陽升起之處卻恆在背光？還有「你問一百四十年前／來自印度洋上的巨大的貪慾？／將從我們的肩上抖落／像一身長途的疲憊與風塵」（張塵因1977：〈港〉），巨大貪婪帶給我們生命的沉重可以抖落如抖落疲憊和風塵那樣輕易？在弔詭當中我們除了站臨，還有什麼姿態？〈晚禱・群眾大會〉的「晚禱的鐘聲／一下，一下又一下」，「在停車場閒適嗻喋的西洋仕女們／踏過鋪滿雨露的草坪／走入教堂高大的拱門／心裡忖度著太陽下山後的黑夜」而「閃電的標誌旁／出現三兄弟民族堅定的形象」，「黑壓壓的人群／蜂簇、浪湧」，「鋼鐵般的聲音……召喚著明天」，兩個世界兩種金屬質的聲音，亮處的面向黑暗，暗處的企望明天，戲劇性的擺盪。然而我們卻讀到〈萊佛士坊〉：「先插上驕矜的奴役的旗幟／再種植櫥窗文明於東方的土壤／然後豎立起華爾街式的高牆」。

對於年輕的生命，「我走進陽光裡／像茹毛飲血的初民跨出巖洞」，因為「黑夜孕育著另一個白晝／沉潛的靜醞釀著生命的躍動」，「那樣古老，那樣蔥蘢」（張塵因1977：〈晨的第一義〉），黑夜白晝，時空都處在一個相悖卻回歸的軌跡當中，大時代的推移力量沉潛而靜，我的生命像茹毛飲血的初民的生命。但對敘述者的角色來說「我的聲音是這樣難耐，／讓黑夜遮蓋我形象的醜惡；明天太陽是否還會出來？……／但願我能永久無形和噤默」，對比下段「你的明亮說出了我的存在／我細味你無語的嚴刻／要我忘掉我密封的內心世界？／然後狂熱而忘形的起舞、歡歌……」（張塵因1977：〈夜思〉），在一個背光的處境站臨的姿態，「你」要我狂熱忘形的起舞歡歌，被擺弄的滑稽感在年輕的激情與憤怒當中使悲劇意味無窮。面對歷史的巨大面，一個龐大的黑象不等你清楚，你就得擺盪其中，這個角色是一個「走進一個深邃的黑夜」的乾硬的葉，他從參天高樹掉下來（張塵因1977：〈素馨花的記憶〉）。他有很高強的意

志，但這個意志在一種更強大的盲目力量當中，於是他沒有角色，不是一個現實的悲劇人物，而是處在一個相對的力量當中，因此對於他在現實的誕生和角色，只能是「我留下愁苦而悠久的等待／給那愛我生育我的人」。尤其當這些巨大的悲情包裹著青春歲月那浴火鳳凰似的慾望（張塵因1977：〈喚〉），那更是強烈的與力量構成的戲劇性，敘述者懷疑（對作者說、對讀者說、對大眾說）：「不要那樣的望著我」，接著用走在唱片鋪裡的氣氛／以及霓虹燈的情調背面，一段黑暗的後街的情（語）境，突兀的顯出年輕的受創、匍匐：「彷彿綠色的也不會成熟／年輕的也沒有希望」（張塵因1977：〈憂鬱的綠〉）。

ii. 聽夜

聽夜錄相對於少年軌跡的歷史悲愴，語象屬自我回索的形式：

> 夜呵，你是個深邃而不生風波的池沼／納棲蘇斯愛著自己年輕時的／激情與憤怒的身影／（遙遠了，彷彿隔室朦朧的兒語）
>
> （張塵因1977：〈夜坐〉）

因為在夜裡聽，那激情和身影墜落池沼的回響是很重的聲響。〈暴戾的歲月〉中「生命的眼開向內在真實的陽光」的少年青春已過，稚年與現時沒有橋樑，一切過往只是重溫的陌生感，然而我的微小的靈魂卻還是孩子似的。當「一切生命的內涵都在嘆息之外／我躺下來，諦聽著夜／祈望從我收斂的存在／苗生帶荊棘的紅花／然後在人世的冷漠中入睡」。這裡諦聽的夜不再是那轟隆的黑暗本體，而是一朵收斂的存在，像天光逐漸收斂成夜，我聽著個己生命的聲音而祈望它苗生成帶荊棘的紅花，這帶荊棘的花與基督的荊棘冠有相近的語境，生命的執著力透人世的冷漠。〈夜坐〉又重複那樣的意象，「閉起眼睛，我仍見到／冥黑的虛無裡劃動著血腥的手／我的小犢似的慾望在陽光裡開花」。相對於少年軌跡那在強烈的火鳳凰似的慾望和巨大歷史悲愴的悲劇感，這小犢似的慾望是連帶血性並要開花的，憤怒和激情似乎形構成與死為伍的犧牲，這個可以在〈悶雷〉裡讀到：對於那些羈在欄內的生靈們／像那鱟黑的人傑Luthuli／我的思維

將有什麼貢獻」，「那空白也像深夜的悶雷／我的痛苦啊，請把我／投入人的洪流裡」，於是「平展兩臂邊跳扭腰舞」的受難語象即出現了。然而處在站臨的姿態，譏諷似的花開成一朵〈憤世的星〉：「去歲那些充滿人性的聲色／掉落於今日的荒地／夜裡在漆黑的曠野／接待憤世的流星」，「強者們竄改著史冊，從潘朵拉禮盒飛出來的怪物／長與弱者們為伍」，黑暗再次震耳欲聾，「我愚昧的心啊，你在茲／有什麼發覺」。少年軌跡的巨大黑暗隨歷史的悲劇而來，沒想如今自我亦當下站臨黑暗，被丟棄在夜裡漆黑的荒地與充滿人性的聲色一起。黑暗光明的衝突越加突顯。在人的洪流當中，人性無法不步向受難的道路。

在這一階段的詩裡頭，「聽」的意義是很特別的，它提醒了我們那個「老是低著頭走路」（張塵因1977：〈玩世篇〉），一直「低首下心」（張塵因1977：〈夜聽潮〉）的敘述者，從不正視人間世。集裡幾乎很少用「看」字，好不容易有一個，卻是「閉起眼睛，我仍見到」（張塵因1977：〈夜坐〉），再來只有「回看」，回看的也是「自己的額紋與憂戚的眼神」，其餘用的都是「望」字，這個「望」可連接〈暴戾的歲月〉的「向內張望」來思索。就十九世紀語言學的概念來看，語詞連接的如果不是事物和名稱，卻是概念和音響形象，那麼除了聽和記憶我們可以看到什麼？

iii. 容顏上的荊棘冠

為什麼會有避秦篇，我想已經不言而喻。「在民主的回聲谷」，「空洞的諾言像Al Capp的無底深淵／你不會跌個粉身碎骨／然而又要到何時／兩隻腳才能踏實在地上」，於是「寫下幾行灰白的詩／標誌一個喑啞時代的開端，暫且寄身避秦的桃源／看街頭有人競逐炎涼」，血性的犧牲來到這個無底深淵不得不成了自嘲，「沒有感悟而突然驚覺」，可笑的是「我的詩思已經典當／罄盡而我的憤情／也像河床上圓滑的鵝卵石／被琢磨得鋒鋩盡失」，像覓食的貓，但「當我把兩臂平展／你會見到我額顏上的荊棘冠／見到我掌心猶未乾涸的血漬」（張塵因1977：〈無題〉）。生活本身既是受難，每一晚等著你豐盛的晚餐「說是最後的晚餐也無不可」（張塵因1977：〈晚炊〉），「最後，向造物發出一連串的／質問：以自己的白骨——／生命是一場纏綿的癡戀」（張塵因1977：〈社會瘋癲病者〉）。在「死寂樣

的醞釀」，人在黑暗中像核落在泥層底微漸潛默的發生，於此「我已倦於做邏輯的囚徒」，「像一堵白癡的短牆／慷慨的佈施給世界／陽光餽贈給它的陰影／我既已許身於你／如果你負罪，真理哦／我也只能不置疑的／做你的從犯」（張塵因1977：〈述懷〉）。在不可知的真象當前，渺小如種子的人給這位憂鬱的敘述者的唯一真理是長成一棵樹：

> 去愛那詩外的生活／那裡有深植的根／而只有葳蕤的葉叢／才能在
> 風暴的夜裡／向高處的星群／嘩啦啦的召喚
>
> （張塵因1977：〈樹的期許〉）

千萬別想瞭解生活，因為「生活之味即失卻於你／一旦你試圖去瞭解」，「詩懷越老澀，世味也越苦／而每一杯濃烈的口羔吪烏裡／都泛著一個existentialist anti-hero的影子」：

> 白天裡作夢／夜裡啃嚙自己的靈魂／我的肚子會告訴你我的一切經
> 歷／並且會把我出賣了　社會豈非一項陰謀／一項赤裸的對付自我
> 的陰謀／我既然拙於推銷自己／則豈能不安於一條狗的命運／而讓
> 自己哲人的那面性格／沉埋而欲哭無淚
>
> （張塵因1977：〈畸零〉）

生活原來是一個更大的黑暗本體，敘述者行軌之間開始自己欺騙自己，還看到自己被欺騙的具象。到這裡，那欲以嚴肅的生命態度認識並救世的情調完全被自己嘲謔掉了，說是一個存在個體的反英雄其實也是反理性（理性是一個意志在盲目掙扎時的工具）。

避秦的桃花源設在何處呢？哪裡可以讓一顆種子長成樹？我們或者要在聽夜錄的〈快樂的獸〉得悉：

> 讓我歸去我所自來的安那其／在那憂鬱的風景裡／清滌人造的價值
> ／在帝力之外種植米粟／種植一些不為什麼的花」，「去喲這沉思
> 內省的夜／太陽在我身裡／海洋在我身裡／土質的像個老農／熟悉

自己一塊小小的耕地／用男性的情慾與獸的敏感／選擇快樂而非知識／在這迷戀著組織表的人族裡／去喲這些玄泓的靈思／陽剛在我身裡／陰柔在我身裡」

這是一個歸於「野生」的處所，予以避秦。

iv. 無明的蘆葦

歷煉之歌是作者三十歲以後的作品，十首詩反諷的戲劇性到達高潮，相悖的句子很多，語詞也更白，好像越想脫離個別性。詞語自身放任，經驗著不知道何時停止的生活受難，在這組詩裡具象映現。黑暗已換了一個（無）智慧叫〈無明〉：「每天，死亡一點點／每天，新生一點點／不變那無名的核」，而我的嚴肅情意結換作玩世姿態：「自己恍然是個面具／背面不知寄宿著怎樣的靈魂／掏不出一顆心／掏掏不出一點心情」，「從來大死過兩次／第一回朝聞道而夕不死／第二回置之死地而後生／只好抄襲老天爺的詩句」（張塵因1977：〈獨醉〉）。幾近玩世的筆調，甚至狂癲的憤怒：「世界是個不回頭的虛榮市／給經驗強姦後／天真之歌不唱也罷」（張塵因1977：〈字裡行間〉）。詞語的自我在一張理髮椅上面看到「街的另一邊鋪著／一片好陽光」，也見到二十歲時的自己「他就站在路口的人流裡／踟躕張望」，而「眼前的鏡子裡／兩個三個自己，也都坐在理髮椅上」，給「白頭黑臉的老匠，正細細的密密的／為他們修著剪著」。思想被經驗老道的剪髮匠「修著剪著」，敘述者的鬱鬱帶出的悲愴在經驗跟前成了傀儡，在無自主的悲劇之下，歷煉走漏真理的弔詭。

最後一篇〈諷刺家與菩薩〉總結了詩集敘述者所有的歷煉，少年浪漫如蒲公英，「不解人間世何以獨多／諷刺家和永不能証道的菩薩」，十年後「看慣報紙天天板著正經臉」和「盜世者們的滔天大謊」，於是想見古來的諷刺家「那種不合時宜抗世違世情的感慨」，再顛躓十年「熟睹市廛裡酒肆裡／那無數會思想的蘆葦們」的空虛和孤獨，徹悟the flesh is weak。肉身脆弱如蘆葦，孤獨孤獨，敘述者不禁走向維末柯難陀之魂，問：「釋迦之前那二十四位無名真人／曾在眾生之河的源頭／散播過什麼歷劫不變的真知？」沒有任何其他人可以經歷個體的經驗，這是蘆葦一般的人體的

空虛與孤獨，只能由自身感悟。這樣說來，詞語的意義可以代替肉身嗎？詞義的意義有固定的意義嗎？諷刺家和菩薩，詞語與肉身，是否在離心力和向心力之間，和真象相對而恒久的逃離。

言筌，是一場詞語悲劇性的逃亡，也可以是詞語／肉身悲劇意味的逃亡，更是一則理性的逃亡。一場置身離心和向心意志，潛沉靜默的生。故得魚而忘（失）筌，得意而忘（失）言。〈無題〉有道：

> 曠野的風，赤子無邪的眼／母親子宮的血，都與我無緣／只有當我把兩臂平展／你會見到我額顏上的荊棘冠／見到我掌心猶未乾涸的血漬／你會哭泣，我是已經告訴你／愛與死都總是無聲

愛與死都總是無聲——那麼我們聽了什麼？

四、總結：野生的言語狀態

站在一張圖紋複雜的飛毯當中你會被其中肌理眩惑，凝望佛陀指上拈的花亦不得不默然。《巨人》實驗現代語義修辭發現的一個巨大生命體——言語是行為，詞語是活的個體，詞語的特質是詩的文學性的，這個發現既是一種現代語境的發現，也是每一位現代詩人的前衛的覺悟點。《言筌集》在一場言語符號的概念和形聲當中低頭穿越，置身離心和向心意志，潛沉靜默。兩則詩語言正是從相對的方向暗示著意義的缺無。就新批評的甕，甕的肚子裡是空有的。這兩本詩集的出版，正處星馬政治經濟轉型的關鍵期，殖民後的語境氛圍一方面多少含帶現代語言學開啟了的對言語的破解（尤其當我們處在一個語言多元，言語紛雜的萬花筒），另一方面又夾帶重建秩序之名而規範言語的重任（就國家形式得確認國語、母語的對等；就經濟形態倚重利於經濟發展的語言，並確定教育媒介語），詩語言在這充滿情意結的氛圍當中，從這兩則詩集的形式，我們可以看到一種言語的野生狀態——一則既捉緊詞彙、形殼、能指面欲以半島情境及多元語境賦予他的情感和想像滑動所指；一則卻欲修正那能指的掩飾功能就

他在此境的歷練解釋所指的惘然。整體呈現的可以說是殖民後遺留的多元言語狀態構成的言語的失序、割裂。換句話說，當他們用的是中文，但已不是傳統意義的詞語意義，而是在詩人審美歷程下的，不斷和傳統意義辯證的詞語本身。因此這樣的詩語言風格不是民族性的也無法本土性，反而是野生的，如《巨人》中的〈野孩子〉，或《言筌集》的〈快樂的獸〉那種任意與野性。於是我們或者想到現代和現實之間的紛爭，如果同樣是文學，現代的野性和現實的細緻，是兩面一體，真正對立的或者是規範化的語言世界，不區別文學語言不願意認識文學或藝術語言的，詩對這個樂園來說則是禁果。

　　這樣的詩語言引領了怎樣的文學經驗是閱讀的最終目的：這種誠如五四歐化風格甚或台灣現代詩橫的移植，傾向對抗傳統的純詩的或主流的「崇洋現象」，是否因殖民因素更有過之而無不及；交雜在星馬華人社會的民族胸懷中，這樣的詩語言的風格潛在中文字中會揮發怎樣的能量。此外，這樣的思潮隨即被淹沒曇花一現的現象是否乃僅僅因這種「崇洋」、「歐化」、「殖民後」的語境？抑或，這種語境的「非寫實」傾向除了衝擊著星馬「華社」認同的「寫實」的文學，事實上是否還因為詩語言對抗或叛逆揮發的能量及其思潮的衝擊，一直是星馬不管是哪一種語言表現的文學經驗所拒絕或逃避的，這一點是本論文的閱讀嘗試開始的視點。

參考書目

牧羚奴《巨人》（星加坡：五月出版社，1968）

張塵因《言筌集》（吉隆坡：人間出版社，1977）

方桂香《巨匠陳瑞獻》（新加坡：創意圈工作室，2002）

張景雲《見素小品》（雪蘭莪：燧人氏出版社，2001）

張景雲《雲無心，水長東》（雪蘭莪：燧人氏出版社，2001）

22人自選《有本詩集》（吉隆坡：有人出版社，2003）

張錦忠《南洋論述》（臺北：麥田出版社，2003）

趙毅衡《新批評文集》（北京：中國社會科學出版社，2001）

趙毅衡《新批評》（天津：百花文藝出版社，1986）

史亮《新批評》（成都：四川文藝出版社，1989）

布魯克斯、衛姆塞特著，顏元叔譯《西洋文學批評史》（臺北：志文出版
　　社，1975）

韋勒克、沃倫著，王夢鷗譯《文學論》（臺北：志文出版社，1987）

I.A.瑞恰慈著，楊自伍譯《文學批評原理》（南昌：百花洲文藝出版社，
　　1992）

燕卜蓀著，周邦獻等譯《朦朧的七種類型》（杭州：中國美術學院出版
　　社，1997）

取馬爾科姆.佈雷德伯里及詹姆斯.麥克法蘭著，胡家巒等譯《現代主義》
　　（上海：上海外語教育出版社，1997）

Cleanth Brooks，The Well Wrought Urn (London，Dennis Dobson Ltd.，1947)

Cleanth Brooks and Robert Penn Warren，Understanding Poetry (New York，
　　Henry Holt And Company，1950)

C.K. Orden And I.A. Richard，The Meaning of Meaning (London and New
　　York，Routledge，1923)

Ireana R. Makaryk，Encyclopedia of Contemporary Literary Theory:
　　Approaches，Scholars，Terms (Toronto，University of Toronto，1993)

搜尋者與再搜尋者：
馬華文學與現代性進程的一種類型

張依蘋

一、前言：尋找馬華文學的搜尋者與再搜尋者

　　本論文的重點不在於界定馬華文學（諸如國家文學，複系統文學、華馬文學，華人文學，華文文學），亦不在於鎖定一種特定的「現代性」（西方的或是中國的）定義作為馬華文學終極的目的地。論者毋寧是在「馬華文學」與所謂「馬華文學的現代性」皆為一種「現在進行式」計劃的假定下，檢驗一種已然出現的「馬華文學現代性進程」的類型，以文學為本位，以文學作為藝術品的必要特性，進行一種類型個案的分析，以作為思考馬華文學與現代性的關係，以及「馬華文學的現代性」如何可能的一種參照。

　　從馬來亞於一九五七年獨立，到馬來西亞成立於一九六三年（加進東馬的沙巴和砂拉越），一直到李永平的《吉陵春秋》於一九八六年出版為止，嚴格地說，這三十年的馬來西亞華文文學還沒有出現持續創作的「全面型文學工作者的創作者」[1]，這主要與客觀因素的干擾（包括華文文學創作在非中文語境的少數處境、社會人文空間的型態、國家政治、文化、教育策略的壓抑），創作資源的普遍匱乏（包括馬華文學的出版機構與經濟市場、培育讀者群的機制或管道、完善的圖書館／書店），以及國家發展的歷史階段皆不無關係。

　　上一個世紀的最後三十年，中文文學的創作在台灣的政治解嚴後，以銳不可擋的態勢復甦，在這個階段前往台灣留學的馬來西亞留學生，包括潘雨桐、李永平、商晚筠、張貴興、辛金順、林幸謙、黃錦樹、鍾怡雯、

---

[1]　集創作、研究、編撰、評論、翻譯等於一身。這在民國初期的中國是那些典範作者的特質。

陳大為等，在台灣相對自由、百花齊放的文學環境汲取養分，在當地開始（或繼續）中文／華文文學創作，並陸續在台灣獲得重要文學獎，也開始由台灣的出版社出書。

其中，黃錦樹、陳大為和鍾怡雯除了持續進行文學創作，也在個人學術研究範圍中納入「馬華文學研究」這個部份，並且進行階段性的馬華文學作品選集編選工作，因此兼具馬華文學的創作者、研究者以及編（史）者的身份。

黃錦樹的第一本小說集《夢與豬與黎明》，陳大為的第一本詩集《治洪前書》於一九九四年出版。鍾怡雯的第一本散文集《河宴》於一九九五年出版。除了陳大為同時經營詩和散文的創作之外，黃錦樹和鍾怡雯的創作、研究和編選工作，基本上都個別扣著小說和散文的脈絡開展。

從一九九四年迄二〇〇五年中，黃錦樹已出版四本小說集、三本論文集、編選了三本小說集和一本論文集；陳大為已出版三本詩集、兩本散文集、兩本散文繪本、五本論文集、一本人物傳記及編選五本文學作品選集；鍾怡雯已出版五本散文集、兩本散文繪本、三本論文集、一本人物傳記及編選五本文學作品集。從以上的工作成果，我們可以想見，黃錦樹、陳大為和鍾怡雯這十年分別從多重角度和身份介入文學的活動，進行大量的資料閱讀、思考、分析，乃至書寫。這種介入文學的方式，扮演著既是「搜尋者」（Searcher），亦是「再搜尋者」（Researcher）的身份。

搜尋者之搜尋，源起於創作主體對主觀情感符號（Art Symbol）的搜尋，再搜尋者的搜尋，則整合了創作主體的情感意象（Symbols of Art）。搜尋者兼為再搜尋者的創作身份，必然地模糊了創作者與評論者視野的界限，形成互相指涉、互相滲透的後設文本特質。

當然，既然搜尋者的創作目的是在於搜尋，文類的選擇就無關創作主體指涉之大旨，而往往反而是為符合作者的情感符號、置放情感意象的暫時性居所。本論文不擬以文類的特徵作為論述基礎，而是將作品置放在藝術形式的構成的標準上，通過創作者的情感符號與情感意象，來檢驗其建構的形式，以至書寫成果。

在文學資源豐富的台灣，這種文學工作者的類型已經成為其中一種典型，在馬來西亞，在（華文）文學的社會條件和資源相對拮据的情況下，

不易產生此類型文學工作者，也比較不易延續此類型的文學模式。與此同時，在台馬華文學的類型在進展的過程中，與台灣文學也有著一種弔詭的共生結構。

二、落雨的小鎮，失蹤的M的背影

作為大學時代開始創作的小說家，黃錦樹在初期作品裡的表現無疑是早慧的，這顯然與大量並系統化的閱讀與研究息息相關。

黃錦樹出版第一本書時，就清楚知道自己的「非寫不可的理由」是甚麼，也大概知道自己往後的「文學之路」的路徑大約是怎樣的，剩下的就是需要等待時間的技藝磨煉與機遇巧合。這其實有跡可循。因為，所謂文學路徑的發展，在個人天賦及客觀際遇皆充足的假定之下，不外與創作主體的身份以及選擇的藝術形式有關。

《夢與豬與黎明》時期的黃錦樹已經相當清楚自己「隱形族群」和「異鄉人」的身份之不可逆，從他選擇以（後設）小說的形式出發這一決定可稍見端倪。

> 小說是一種彈性很大的文類，可以走向詩，也可以侵入論文。它的特徵是諧擬、模仿、似真的演出，且具有無可抵禦的腐蝕性和侵略性。然而當技術層面的問題解決之後，剩下的便交付價值和信仰。
>
> ——《夢與豬與黎明》（頁2）

> 後設形式本身始終不是我的目的，它是讓某些事物得以存在、顯現的一種權宜方便。它是某些事物的居所。它或者是一組套箱、單一牆面上許多大小、樣式各異的抽屜、無限延伸的數列、不斷增殖的病原體、某隻壁虎一生中掉下來的尾巴的總和、畫壞了的一百粒富士蘋果、風流皇帝的三百個同父異母的親生（？）兒女……後設形式的趣味和意義不在於愚蠢的自我解消（保留了手而取消大腦），

　　　　而在於癌細胞式的、恐怖的再生產———再生產的恐怖主義———一種
　　　　難以壓抑的繁殖慾望，如我家鄉雨季膠園中嗜血的母蚊子。

　　　　　　　　　　　　　　　　　　　　———《夢與豬與黎明》（頁3）

　　從書寫的階段來看，出版《夢與豬與黎明》和《烏暗暝》之間雖隔了三
年，在情感符號上卻是屬於同一脈絡之作，宜視為黃錦樹同一階段之作。

　　作為黃錦樹於後記中自認「拖了許多年的一本小書」，《刻背》（又
名《Dari Pulau Ke Pulau》、《烏鴉巷上黃昏》）在書寫意旨的脈絡下，
是創作主體就形式實驗進行書寫的拓深與收束之作，象徵一個階段書寫
的完成。其中，作者對經營跨度約十年的書寫題材與意象作了一次再巡
禮，並在整本書由內到外的形式安排上，從封面設計、封底設計、書
背，及至目次編排，並且附上詳盡的作者創作年表及有關作品的評論索
引，從創作意圖、創作的過程、形式實驗、乃至解讀方式的參照，在作
品裡充份地呈現及開展，此為搜尋者與再搜尋者結合為一的創作類型極典
型的藝術形式。

　　黃錦樹的文學語言託付在小說書寫的脈絡上發展，創作主體大量使用
馬華文學史裡曾經被書寫的，諸如日據時代、馬共時代、華人文化議題、
族群關係、文化鄉愁、身份定位等題材，並注入一些中國作家、南來作
家、馬華作家以及當代馬華文學議題，以晦澀、戲謔、狂野的筆調在小說
書寫中展開後設式的雜糅、拼貼、顛覆，形成個人獨特的小說文體。

　　在前述題材的書寫過程中，搜尋者在《夢與豬與黎明》、《烏暗暝》
和《刻背》系列裡經營了以膠林深處為主要場景的一組語言符號，包括祖
父、失蹤者、追蹤者、龜殼、歸家者、記者、失蹤的文本、失蹤的作者、
精神異常者、亡者、施暴者、唾棄物、鬼魂、霧、黑暗、遺骸等。

　　其中，黑暗、霧、鬼魂為同一系列符號，祖父、失蹤者、精神異常者、
亡者另一系列，以及施暴者、遺骸、唾棄物又另一系列，可各自分成三個不
同系列的符號。因此，我們可以說再搜尋者已經為創作主體找到了一組書寫
的意象，一組可以互相指涉、拼貼、後設的意象。三組意象投射出一個陰魂
幢幢、精神分裂、狂暴壓抑的藝術世界，彷彿附魔者鬼魂上身或瘋顛似的狂
暴與絕望。在《夢與豬與黎明》、《烏暗暝》和《刻背》系列的最後一篇短

篇〈刻背〉中，創作主體最後以鸞先生的死亡和排泄物交代了這系列的小說結局，荒謬而感傷的氣氛流曳著，欲走彌留。既輕且重。

三、南洋魅影，暫且句號

在馬華現代詩的疆界，《治洪前書》的誕生是挾著類似台灣詩人羅智成宣告「鬼雨書院」或楊澤宣佈「薔薇學派的誕生」的氣勢與企圖而來的。詩人從學者治史的視野為自己的書寫埋下「史前史」的伏線，以研究者嚴格的要求和理性規劃，兼任自己的書寫者與研究者，或曰劍士與鑄劍者。劍在筆先，詩人大刀大斧、來勢洶洶的劍氣與洪水奔瀉前夕對峙，形成詩國之門開啟的張力。

《治洪前書》、《再鴻門》從神話與歷史出發，沿著敘事的手段，並以《盡是魅影的城國》收束，建構了文本下完滿自足的南洋。其中，《治洪前書》與《再鴻門》可視為開啟敘事結構的系列，《盡是魅影的城國》則為這一系列的再敘事與收束之作。

誠如陳鵬翔在為陳大為的創作初期作序一語貫之的，「陳大為似乎天生就是愛說故事型的人」，易言之，「陳大為似乎天生就是擅長敘事書寫的創作主體」，敘事手段於焉成為陳大為筆下主要的情感符號與意象。

從《治洪前書》階段開始，陳大為已經為自己的新詩書寫注入多聲部的架構，兵分三路，將文本分為〈風雲第一〉、〈堯典第二〉、〈太極第三〉三個敘事觀點，以螺旋的態勢出發，讓三個敘事觀點獨白並互涉，唯其時多聲部在和聲的形式上的統一性尚為模糊。在《再鴻門》裡，「治洪」裡的英雄以蒙太奇的手法重疊到鴻門宴的項羽形象上面，作了情感符號的延伸和擴大，〈堯典〉、〈治洪前書〉、〈屍毗王〉的修訂，除了是情感符號的再對焦，亦是劍士磨劍的劍痕，於形式上則形成後設的詩歌敘事迴疊的效果，整組符號因著敘事形式的迴疊，給出更多的動力與意象構成。陳大為善於調動歷史形象裡的龐大意象，以之重構書寫的歷史，因而構成個人雄渾磅礡、充滿霸氣的詩歌形式。

　　到了《盡是魅影的城國》，在《治洪前書》、《再鴻門》兩書的書寫成果上，陳大為開拓了新的敘事角度，於此，《治洪前書》、《再鴻門》兩書走入詩人書寫的歷史篇章。陳大為延續上一本詩集將前詩集的部份作品再納入內容的做法，〈會館〉、〈茶樓〉、〈甲必丹〉是三首從《再鴻門》收入四年後出版的《盡是魅影的城國》。不同的是，〈會館〉、〈茶樓〉、〈甲必丹〉並不是以修訂之名因而重現，而是在不同的目錄安排下予以再現，形式安排上的改變，給了詩歌敘事全新的境界，這貌似編者偶然之舉的安排，巧妙地收束了階段性的「治洪」書寫。至此，學者詩人在詩集後面列出以馬六甲王朝為始（1403年），一九六九年五一三事件為終的「六百年大事箚記」，讓簡短的歷史事件記錄與通過詩歌書寫予以重構的歷史篇章對峙。

　　在《盡是魅影的城國》裡，陳大為在每一首詩的前面加上說書人的敘事觀點，以新的形式安排，再次後設了先前的文本，詩歌的藝術形式於此作了沖力重疊的再擴大，這種一邊寫，一邊擦的後設敘事策略，讓真實與虛構在書寫中進行「再現、還原」的迴疊，藉著詩歌敘事結構疊疊的改變，把詩歌形式作了不同層次的擴大，也就給出更大的藝術空間。

　　在《治洪前書》、《再鴻門》、盡是魅影的城國系列長詩裡，陳大為從讀歷史／文學史以及詮釋歷史的角度起航。搜尋者調動了神話、佛典、史記、本紀、傳奇、鄭和下西洋、馬來亞歷史、屍毗王、大禹治水、鴻門宴、菩薩、英雄、屈原、曹操、麒麟、鄭和、會館、茶樓、甲必丹、說書人等龐大的符碼。不同系列的符號在《治洪前書》尚未出現互涉的交集和互涉，而《再鴻門》的出版成功把符碼帶入如真似幻的歷史、傳奇難分難解的新歷史時空，既加強了指涉的意象，也再構了《治洪前書》的書寫意義，成功型塑詩語言的規律。

　　而到了《盡是魅影的城國》，再搜尋者搜尋出來的意象，已然可以列成三大組：屍毗王、英雄、屈原，麒麟可為一組。神話、歷史、傳奇，海圖為另一組。鴻門宴、會館、茶樓又為另一組。整體意象給出的立體空間，又可以說書人的敘事空間和藝術形象總括之。

　　顯然，至此陳大為的詩歌形式已經構成一完整自主、繁衍再生的動力學，如果作者願意，它可以在書寫的架構裡繼續進行可預見式的膨脹。

然而，可預見性就代表了重複，重複不是搜尋者或再搜尋者的目的地，因此，當彷彿可以抵達之時，也就是搜尋者收束階段性的搜尋，而進行另一階段的「再搜尋」的時候。

陳大為的《治洪前書》、《再鴻門》、《盡是魅影的城國》系列書寫，展現了搜尋者如何在自己的書寫基礎上，進行再搜尋式的文本詮釋，通過文學的途徑，政治正確化了虛實、真假之間模糊、互涉、互換的可能性，也有力地置疑了歷史真實與虛／重構的界限。

二〇〇一年出版的《盡是魅影的城國》，與黃錦樹的《刻背》在同一年面世。

四、垂釣、豢養自己的宇宙

一九九五年出版第一本散文集《河宴》之後，緊接著，鍾怡雯以兩年一本的創作頻率，於一九九八年出版《垂釣睡眠》、二〇〇〇年出版《聽說》，以及二〇〇二年出版《我和我豢養的宇宙》，距離《河宴》的出版共七年。

鍾怡雯早期從寫詩出發，詩作〈河宴〉和〈我如此素描一鎮山色〉收入《赤道形聲》，詩筆明顯可期。其中，〈河宴〉更是兼作詩與散文之題。然而，鍾怡雯沒有朝這個方向繼續發展，這顯然有其書寫策略上的考量，以及在文類形式的定義下二擇一，以專注開拓散文書寫的路徑。這樣的決定，顯然不是一個單純的創作主體的抉擇，而是在學院裡的再搜尋者大量閱讀、消化各文類典籍後，針對書寫策略所做的決定。

《河宴》是鍾怡雯初試啼聲之作，其時創作主體的情感符號已經大致搜尋出來了，唯在形式上還處在遊移的狀態。《垂釣睡眠》在精神面貌上部份承接了《河宴》的書寫，在藝術形式上卻出現截然不同的風格。《聽說》延續了《垂釣睡眠》的藝術形式，可視為系列之作。到了《我和我豢養的宇宙》，《垂釣睡眠》和《聽說》的精神面貌由虛入實，實而化之，從《河宴》開展的書寫在此作了階段性的收束，易言之，至此，創作主體的情感符號已經各就各位，呈現完整的情感意象，構成一完整充份的藝術形式。

　　如果說黃錦樹第一階段的小說特色是在於形式的挪用，陳大為的詩歌策略在於敘事手法的開創，則鍾怡雯第一階段的散文追尋之路在於抒情語言的抽象融煉。鍾怡雯書寫的題材和內容顯示其慧心獨具，然而，顯然語言風格才是創作主體豢養情感意象的所在。

　　從《河宴》到《垂釣睡眠》，鍾怡雯的散文風格呈現截然不同的風格，就題材而言，《垂釣睡眠》仍然承續了《河宴》部份的符號，就形式而言，卻開發了全新視野下的新的符號，如果《河宴》的書寫是以虛寫實，則《垂釣睡眠》卻是以實寫虛。到了《聽說》的階段，抒情主體的書寫則嘗試從虛入隱，實驗近乎腹語術的隱匿。收束之作《我和我豢養的宇宙》，則從隱匿之虛嘗試進入隱匿之實，雖實實虛，虛虛實實自成系統。

　　鍾怡雯散文書寫的背景為抽象的時間，題材則為事物的抽象。從《河宴》到《我和我豢養的宇宙》，爬梳出來的意象包括河、時間、夢、井、死亡、狐狸、貓、鬼魂、回憶、島嶼、烏托邦、傷痛、藥草等，可以統一在時間以及「觀物、感官、心理」的虛象之下，投射出來的藝術形象包括女媧、哪吒、狐狸、貓，最後諸虛象又再重疊，幻化成鬼／狐／貓混合體的貍貓，讓散文的形式充滿貓的特性，虛構散文抒情的超現實時空。

　　散文的意象如此超脫事物的形體，專注於搜尋內在的感官經驗、心理經驗，以及想像現實界以外的這種的散文形式，其喻旨既非有形的外在世界，則可能，回到內在一己的精神世界，直指事物的核心。

五、馬華文學現代性進程的一種類型

(a)搜尋者與再搜尋者的個案討論

　　黃錦樹、陳大為和鍾怡雯各為小說家、詩人和散文家，這是文類的分類法，在藝術形式的定義裡，卻可以歸納到同一類型之下，因為，三人藉著自身長逾十年的文學教養的全面演練，呈現的是同一類型的詩藝，三人皆建構了各自充滿動力的詩意時空。文學創作最終記錄的當然還是個人的

文學歷程，以及，在這過程中和時代共用了甚麼。這整個進程，要求了創作者的高度紀律與嫻熟技藝，等於是一種創作動力學的示範。

> 為了提供讀者更精確的作者創作歷程，我們堅持以定稿日期為準，在詩末註明年份與月份，個人作品的排序也依定稿先後為據。所以，這是一部以個別作者為中心的詩選，再透過這十五位入選者的創作成果，拼出當代馬華詩壇的風貌。
>
> ——《馬華當代詩選》序（頁10）

這三位創作者在創作上都秉承了學者或編者對資料整理的嚴謹態度，為自己創作的所有篇章作了詳盡的類似研究的記錄和編排。例如陳大為，就按照了自己在編選集時立下的標準，忠實記錄個人創作的所有篇章的定稿日期。而同樣地，創作者也要求自己以對待文學作品的態度來經營文學評論，搜尋者與再搜尋者同時投入文學作品的創作，嘗試全面建構具「完整」形式的文本，由此可見一斑。

> 一直以來我都把文學評論視為一種創作，不但要流暢，清楚，準確，更重視語言的氣勢和論述的節奏感，而且每篇論文本身必須是完滿自足的。
>
> ——陳大為《亞細亞象形詩維》後記（頁247）

我們可以預見，三人已經完成的小說、新詩和散文，以及仍然繼續的書寫進程，可以為馬華文學注入一種比較深層的可能，建構一種文藝的線索，以及，開啟一種向幽微、更為細緻之處探索文化的創意精神。

作家對出生地題材的書寫，透露了一種銘刻鄉土記憶的動機，也顯見學術研究視野的人文關懷。黃錦樹對自己的小說創作做了坦言：「雖為玩笑之作，實為憂患之書」，「我寧願是一個魯迅型的現代主義者」。

創作和研究的過程，也是人文關懷視野的開拓。在散文的書寫上積極尋求突破的鍾怡雯，在學術研究和編者的崗位上，也顯示了一種尋求超越既有歷史的視野。

馬華文學不再是置於「地方色彩」的標準下才能研究的作品。我們不需要任何批評的優惠，馬華散文必須在公正嚴苛的、與中國和台灣相等的標準下，接受研究和批評。這才是馬華文學加速成長的最佳途徑。

——《馬華當代散文選》序（頁12）

明顯地，馬華文學作品的創作，以至馬華文學經典是否存在的議題，與馬華文學現代性的思考息息相關，兩者同樣是一個馬華文學批評史的時間命題，這將是整個大時代與文學工作者共同的進程。

(b)在台馬華文學V.S.在馬台灣文學

作為在馬來西亞出生，在台灣的土壤上進行創作的作家類型，其文學作品必然面對定位的問題，既是雙鄉（身份故鄉，文學故鄉），也是雙重邊緣（在台馬華文學，在馬台灣文學（？））。

搜尋者與再搜尋者經過台灣文學獎的嚴格審核、創作活力和文學視野的認證，當然和台灣的文學也有了一種結構性的共生關係。隨著這一類型作家的創作生涯和學術研究繼續在台灣發展，書寫的題材很自然也可能朝這個方向發展，例如陳大為就已經開啟了「在臺北」的書寫，鍾怡雯上個世紀的散文奠基之作《垂釣睡眠》寫的就已經是台灣的生活經驗。

在藝術形式的構成裡，遊移的位置、邊緣的視野都是可貴而充滿創造力的，它絕對可以讓文學的進程更有活力、也更自由。

或許，在台馬華文學作家的書寫，在未來，更應該是放在人類學的範疇下定位，代表了馬華文學系的開展和奔放生長的可能性。

小結

在藝術形式的論述脈絡下，本文所述的搜尋者與再搜尋者的這一種類型，基本上，成立了他們面向馬華文學這一板塊的階段性的最初的準備。

馬華文學與現代性的進程，是馬華文學群體共同面對的命題。如果類比五四運動，馬華現代性的進程還不只是文學運動，而是可以牽一線動全局的，一種全盤的文化運動。

引用及參考書／篇目

黃錦樹，1994，《夢與豬與黎明》，臺北：九歌。

——，1997，《烏暗暝》，臺北：九歌。

——，2001，《刻背》，臺北：麥田。

——，2005，《火與土》，臺北：麥田。

——，1996，《馬華文學：內在中國、語言與文學史》，吉隆坡：華社資料研究中心。

——，1998，《馬華文學與中國性》，臺北：元尊文化。

——，2003，《謊言或真理的技藝：當代中文小說論集》，臺北：麥田。

黃錦樹主編，1998，《一水天涯》，臺北：九歌。

黃錦樹主編，2004，《別再提起》，臺北：麥田。

陳大為，1994，《治洪前書》，臺北：詩之華。

——，1997，《再鴻門》，臺北：文史哲。

——，2001，《盡是魅影的城國》，臺北：時報。

——，1999，《流動的身世》，臺北：九歌。

——，2003，《句號後面》，臺北：麥田。

——，1998，《存在的斷層掃描》，臺北：文史哲。

——，2001，《亞細亞的象形詩維》，臺北：萬卷樓。

——，2001，《亞洲中文現代詩的都市書寫（1980-1999）》，臺北：萬卷樓。

——，2004，《亞洲閱讀：都市文學與文化（1950-2004）》，臺北：萬卷樓。

——，《詮釋的差異：當代馬華文學論集》。

陳大為主編，1995，《馬華當代詩選》，臺北：文史哲。

陳大為、鍾怡雯主編，2000，《馬華文學讀本1：赤道形聲》，臺北：萬
　　卷樓。

陳大為、鍾怡雯、胡金倫主編，2004，《馬華文學讀本2：赤道回聲》，臺
　　北：萬卷樓。

鍾怡雯，1995，《河宴》，臺北：三民。

──，1998，《垂釣睡眠》，臺北：九歌。

──，2000，《聽說》，臺北：九歌。

──，2002，《我和我豢養的宇宙》，臺北：聯合文學。

──，2005，《飄浮書房》，臺北：九歌。

──，1997，《莫言小說：「歷史」的重構》，臺北：文史哲。

──，2001，《亞洲華文散文的中國圖像（1949-1999）》，臺北：萬卷樓。

──，2004，《無盡的追尋：當代散文的詮釋與批評》，臺北：聯合文學。

鍾怡雯主編，1996，《馬華當代散文選》，臺北：文史哲。

何國忠，2002，《馬來西亞華人：身份認同、文化與族群政治》，吉隆
　　坡：華社研究中心。

林建國，〈為甚麼馬華文學〉，收入《馬華文學讀本2：赤道回聲》，頁
　　3-32。

張錦忠，2003，《南洋論述：馬華文學與文化屬性》，臺北：麥田。

許文榮，2001，《極目南方》，馬來西亞：南方學院、馬大中文系畢業生
　　協會。

──，2004，《南方喧嘩》，新加坡：八方、柔佛巴魯：南方學院。

張永修、張光達、林春美主編，2002，《辣味馬華文學》，吉隆坡：雪華
　　堂、留台同學會。

吳耀宗主編，2003，《當代文學與人文生態》，臺北：萬卷樓。

許文榮主編，2001，《回首八十載，走向新世紀》，柔佛巴魯：南方學院。

戴小華、尤綽韜主編，1998，《紮根本土，面向世界》，吉隆坡：馬來西
　　亞華文作家協會、馬大中文系畢業生協會。

黃萬華、戴小華主編，2004，《全球語境，多元對話，馬華文學》，山
　　東：山東文藝。

許維賢，〈在尋覓中的失蹤的（馬來西亞）人──「南洋圖像」與留臺作家的主體建構〉，收入《當代文學與人文生態》。

劉育龍，2003，《在權威與偏見之間》，吉隆坡：大馬福聯會、雪福建會館。

王德威，2003，《被壓抑的現代性》，臺北：麥田。

李歐梵，2002，《中國文學現代性十講》，上海：復旦大學。

齊邦媛，1998，《霧漸漸散的時候》，臺北：九歌。

柯慶明，1994，〈六十年代現代主義文學？〉，收入《四十年來中國文學》，臺北：聯合文學。

何寄澎，1991，〈永遠的搜索者〉，收入《台大中文學報》4期，頁143-176。

周策縱，1977，《五四與中國》，臺北：時報。

巴赫金著，白春仁、曉河譯，《小說理論》，河北：河北教育。

蘇珊蘭格著，劉大基等譯，1991，《藝術與形式》，臺北：商鼎。

沒有屋頂的小康之家
——從作者論看蔡明亮

許維賢

一、前言

　　到了這個時候，也許能真正對當代文化深層結構造成衝擊的人，大部分時候都已經緘默不語。蔡明亮總是說：「語言總是帶有一些讓我們無法相信的東西」[1]。在這喧鬧的時代，大多數人都以嘶嘶嚷嚷或者竊竊私語來放縱自己的舌頭，當每人都急著在屋子裡發言，其實每人都不想知道對方在說些什麼。我們不妨盼望一個不合時宜的人在這當兒出現，他沈默不語向我們微笑走來了，不動聲色就把我們棲身的房子的屋頂給拆了。陽光照了下來，雨點打落下來了，他提供給我們的是一種瞭望的姿勢——一種在屋子裡舉頭望天的狀態。但我們看到什麼呢？天邊一朵雲嗎？我們只看到貫穿蔡明亮電影的總是一座家庭的崩塌與生命的孤獨與沈默。他沒有什麼旗幟——如果有，那僅僅是他的身體，他的啟示：這個人署名蔡明亮，一如他的電影，並沒有多少對白，連漂亮一點的對白唱詞都沒有，甚至連稍微美麗的獨白姿態也沒有，人物只剩下粗樸的身軀和日復一日的動作——喝水、吃飯、遊走、排泄、自慰、做愛、睡覺。蔡明亮充滿善意的似乎要完全把我們帶回到現代性的日常生活自身。或許這是現代性至今為止給予我們的馬華文學最深刻而又是最斷裂的視覺體驗了——無關宏旨的身體敘事，慾望身體的爆破，卻伴隨著極度節制的美學慾望。

　　這正是蔡明亮作為「作者導演」（auteur）一貫不斷重複的身體敘事和電影語言，在這二十年期間已和歐洲電影節的特定觀眾群建立起特定的觀

---

[1]　Daniele Riviere：〈定位：與蔡明亮的訪談〉，收錄於Oliver Joyard等著：《蔡明亮》，林志明等譯，臺北：遠流出版社，2001年，頁90。

影默契。這以法國新浪潮（French New Wave）電影為美學趣味主導的觀眾群，推崇五十年代楚浮（François Truffaut）等人主張以導演為中心的「作者論」（la politique des auteurs，又譯「作者策略」）的製片模式，這種「作者電影」（auteur cinema）擺脫片廠制度和明星制度對影片的控制，主張編導合一，強化導演的藝術個性和個人印記。楚浮的精神之父安德列‧巴贊（André Bazin）認為作者論是指「在藝術創作中遴選個人元素作為參考標準，並假定在一部又一部的作品中持續出現，甚至獲得發展。」[2]

　　蔡明亮的電影，這二十年以來，堅持的不外就是「作者論」，甚至近年接受專訪，直接呼籲大家：「你必須相信電影有一個作者」[3]。「蔡明亮」這三個字本身已不僅是一個署名，它表現了法國電影新浪潮的作者導演論述在亞洲的流風餘緒。蔡明亮重複在不同場合強烈批判商業化的好萊塢電影模式壟斷全球的電影市場，他追求藝術個性的作者電影，和第一世界的好萊塢電影製片模式勢不兩立，正如早年楚浮斬釘截鐵地把自己的「作者電影」和當時非常討好觀眾的法國傳統素質的主流電影對立起來：「我可對『傳統素質』和『作者的電影』的和平共存沒有什麼信心。」[4]令人好奇的不在於蔡明亮對好萊塢電影的強烈不滿，而是蔡明亮對他心儀的楚浮的致敬和挪用，從理論到實踐的徹底性，從楚浮的作者論，到《你那邊幾點》和《臉》重複聘用楚浮電影鍾愛的男女主角出現在螢幕。楚浮在上世紀五十年代提出的「作者論」，即使連晚年楚浮的電影都無法一以貫之堅持下去，何以在半個世紀以後，它卻還能在蔡明亮的作者電影中借屍還魂？

　　從《青少年哪吒》到《臉》，二十年快要過去，蔡明亮的電影依舊堅持原班演員人馬，小康已從當年叛逆的青少年演到時至的哀樂中年，除了死亡帶走一些人，例如演飾父親的苗天，其他演員例如作為小康母親的陸奕靜、作為小康女友的陳湘琪，她們還是在蔡明亮的電影中若隱若現，維持著一座似有似無的小康之家：沒有屋頂的房子。這座小康之家的獨特之

---

[2]　安德列‧巴贊：〈論作者論〉。《當代電影》，李洋譯，北京：中國電影藝術研究中心，2008年第4期，頁48。
[3]　請參閱筆者和林松輝在鹿特丹訪問蔡明亮的專訪整理。Lim Song-hwee, Hee Wai-siam. "You must believe there is an author behind every film: An interview with Tsai Ming-liang", *Journal of Chinese Cinemas*, Vol.5, No.2 (2011), pp.181-191.
[4]　楚浮：〈法國電影的某一傾向〉，柯冠光、郭中興合譯。臺灣《劇場》第9期，1968年，頁41。

處在於家庭成員之間的關係，建立在影像機制彼此之間的身體敘事，並不具備傳統家庭成員之間所維繫的血緣關係。甚至小康之家的兩個主人公：蔡明亮和李康生，他們多年在影像上不離不棄的親密關係，可被視為是當年巴贊和楚浮的象徵性父子關係，以及楚浮和他後來鍾愛的男演員尚‧皮耶李奧（Jean-Pierre Leaud）的親暱關係在亞洲新浪潮影像的延續、繁殖和極致性的發展。這些帶有「非血緣性」的「類父子」傳承關係，正因為他們不是建立在傳統異性戀的男女關係上，意外為我們時代千人一面的異性戀「家庭」再現上，在影像機制中注入更多的異質性、多元性和可能性，也因此一直格外讓特定的觀眾群矚目和浮想翩翩。因此，從作者論重新思考蔡明亮的「整體作品」（oeuvre）是必要的，他「整體作品」的互文性（intertextuality）[5]，還需要從作者電影延伸到的八、九十年代在臺灣的電視單元劇、劇場作品和早期在馬來西亞砂勝越古晉（以下簡稱「貓城」）的文學創作。

二、身影出場：粗樸的步拍

沒有屋頂的小康之家──這是蔡明亮要帶給馬華這一世代「震驚」（shock）的現代性體驗嗎？一種啟動身體敘事的慾望必定是要付諸肉體的，它必定毫無節制地打開了人體所有的感官，但在蔡明亮的藝術創作裡，伴隨這種身體敘事的卻是一種極度節制的美學慾望，這是什麼一回事？蔡明亮的電影創作，經常讓人錯諤地覺得「低限粗樸」[6]。換一種較為學理的說法是：「他奉行極簡主義（minimalism），儘量減少電影敘事（diegesis）、以及戲劇化的元素……而以疏離的手法來逼近生活原貌。」[7]

[5] 有關蔡明亮作者電影「互文性」的詳細討論，參見Lim Song Hwee, "Positioning Auteur Theory in Chinese Cinemas Studies: Intratextuality, Intertextuality and Paratextuality in the Films of Tsai Ming-liang", in *Journal of Chinese Cinemas*, Vol. 1, No. 3 (2007), pp. 229-236.
[6] 聞天祥：《光影定格：蔡明亮的心靈場域》，臺北：恒星國際文化事業有限公司，2002年，頁165。
[7] 張靄珠：〈漂泊的載體：蔡明亮電影的身體劇場與慾望場域〉。臺灣《中外文學》，第30卷，第10期，2002年3月，頁76。

　　如果我們瞭解早期未成名的蔡明亮，也許我們不會這樣驚奇，他本來就是以一種「低限粗樸」的步拍上路的。他的整個童年和少年時代都在民風粗樸的馬來西亞貓城渡過。在蔡明亮初中一直到到赴台深造期間，他在當時的砂華文壇以筆名「默默」發表了不少的文字創作，體裁跨及散文、小說、新詩、劇本和廣播劇[8]。這些作品很多只是年少時期每個作者都會有的心情習作，稚嫩和青澀的元素在所難免，文字也簡單。值得注意的是這些取材的視角都是有關對社會底層市民日常生活的觀察，少年蔡明亮已經開始要把我們的目光帶回現代性的日常生活自身，其中有關對戲院撕票老頭的刻劃（散文〈這樣的一場電影〉[9]）、對陸達雅幫工的抒懷（新詩〈林中的鳥叫〉[10]）、對達雅族刀耕火種的敘述（劇本《八月的月亮》[11]）、對漁家男孩同學的細察（新詩〈再見漁郎〉[12]）、對擺麵攤父親的感慨（散文〈一樽明月古廟前〉[13]和〈一個深深的雨夜〉[14]）以及對收賬員際遇的憤慨（新詩〈我是一個收賬員〉[15]）等等。這些書寫面向大都較偏向對底層男性的觀察，顯然蔡明亮早期是從這些底層男性的生活觀察中，開啟他最初始的身體敘事，例如在〈再見漁郎〉最後有一段：「更忘不了的／是你／是你暢快傾談時／眼裡掀起的／驚濤駭浪」[16]。在年少情懷總是詩的時期，蔡明亮同樣把目光投向同齡男孩和老年男人，他的文字在面對前者時，似乎才開始生動起來，再舉另一首他寫給陸達雅朋友的詩〈林中的鳥叫〉：

8　參閱田思：〈文學蔡明亮〉一文的附錄。古晉《國際時報·星期文藝》所刊載的〈蔡明亮文學作品〉，馬來西亞《蕉風》復刊特大號，第489期，新山：南方學院馬華文學館，2002年12月，頁36-37。

9　刊登在古晉《國際時報》副刊〈星期文藝〉，1983年5月1日。

10　刊登在古晉《國際時報》副刊〈星期文藝〉，1980年8月24日。這首詩也收錄在田思和吳岸主編：《串串椒實》，居鑾：曙光出版社，1983年，頁67-68。

11　刊登在古晉《國際時報》副刊〈星期文藝〉，1980年7月13日。也收錄在田思和吳岸主編：《串串椒實》，頁191-218。

12　刊登在古晉《國際時報》副刊〈星期文藝〉，1980年7月27日。同樣收錄在田思和吳岸主編：《串串椒實》，頁64-65。

13　本散文曾獲1982年砂勝越「全州華文文藝創作比賽」散文組第一名，收錄在該比賽的結集第1-3頁。它也被收錄在《馬華文學大系。散文（二）》。

14　刊登在古晉《國際時報》副刊〈星期文藝〉，1980年6月30日。也收錄在田思和吳岸主編：《串串椒實》，頁62-63。

15　刊登在古晉《國際時報》副刊〈星期文藝〉，1977年2月20日。也收錄在田思和吳岸主編：《串串椒實》，頁60-61。

16　刊登在古晉《國際時報》副刊〈星期文藝〉，1980年7月27日。也收錄在田思和吳岸主編：《串串椒實》，頁64-65。

「你揮舞的巴冷刀／在每一步新砍伐的路上／閃閃發光」[17]。這些較為生氣的詩句，跟他那些書寫老年男性的詩句比較起來，就顯得後者的生硬了，例如寫父親的〈一個深深的雨夜〉：「父親再叨一口煙／火柴擦亮／又是那麼靜／歲月也是如此輕輕輾過嗎」[18]。基本上，這首詩只是分段的散文，敗句也甚多。

不管怎樣，從這裡頭已看出蔡明亮的文字和題材都是朝向粗樸的底子。這是蔡明亮早期的手工藝時代：他出身於小市民階層，這樣的背景導向了他創作的內容往市井的題材和小人物靠攏。他的外祖夫據蔡明亮說是當地第一個擺麵攤的：「古晉的麵是我外公從香港帶進來的，後來他把手藝傳授給我爸爸與叔叔……後來，他們又收了許多學徒，漸漸的就在古晉傳開了」[19]。蔡明亮從小就從旁協助家人做麵和賣麵，從做麵的手工藝到文字的手藝，蔡明亮顯然開始要學會以最低限的成本和最節制的原料配製出最有味道的產品：「這種具有手工藝性質的敘事藝術」[20]，文學在這裡並不僅僅是一套審美的藝術，它還是一門為了生存下去的手工藝[21]。而對蔡明亮來說，單是動手還是無法把他的藝術天份給展示出來。這位在他當年古晉

---

[17] 刊登在古晉《國際時報》副刊〈星期文藝〉，1980年8月24日。這首詩也收錄在田思和吳岸主編：《串串椒實》，居鑾：曙光出版社，1983年，頁67-68。

[18] 刊登在古晉《國際時報》副刊〈星期文藝〉，1980年6月30日。也收錄在田思和吳岸主編：《串串椒實》，頁62-63。

[19] 曼儀：〈賣粥的導演：蔡明亮侃侃而談「粥潤發」〉，《砂勝越晚報》，1996年9月11日。蔡明亮除了拍戲，也許有家族的飲食業背景，他對飲食業也頗有興趣，曾在臺北和古晉兩地開飲食店。在古晉開的是麵店和粥店。該粥店取名「粥潤發」，出自李康生的鬼主意。

[20] 班雅明：《說故事的人》，林志明譯，臺北：攝影工作室，1998年，頁29。

[21] 此初稿曾於2005年7月9日在吉隆坡的《馬華文學與現代性國際研討會》發表，由於筆者身在北京，無法赴會，初稿交由代表宣讀。事後聆聽錄音（感謝南方學院馬華文學館許通元提供錄音），聽到在場的許文榮發表意見，認為拙文應該突出蔡明亮創作中的「本土性」，而不是「現代性」。蔡明亮的個案，我認為他的「本土性」並非馬華現實主義作家的鐵板一塊，反而更多呈現一種「流動的本土性」，只能把他的作品置放在「現代性」和「後現代性」的脈絡裡，才能理清他的作品「既不在家國，亦不在異鄉」的曖昧位置。這不是說他更傾向於在台馬華作家的離散狀態。實際上，他經常往返臺北和貓城兩地，多年在貓城主持一個名叫「蟬劇團」的劇場，培養本土劇場演員，斷斷續續從臺灣請來一批藝術家助陣和訓練演員，完成一系列叫好的劇場作品。在臺北，蔡明亮也一直多年密切和臺灣本土藝術界產生互動關係，更屢次代表臺灣參加國際電影節和威尼斯雙年展；最近也有一部他導演的劇場作品《只有你》在臺北上映。這一切顯示了一種「流動的本土性」：它並不以本土話語作為排斥離散的理由，更不以離散的話語排除了本土性的可能。

中華第一中學的老師——田思看來「文弱、內向、功課中等」[22]的少年，在高中期間的教師節，突然背著吉他，帶領一群同學在舞臺上又唱又跳，演出某部電影的片段，讓老師和同學們都感到驚奇[23]，班上女同學都覺得「蔡明亮怎麼變了一個人？」[24]後來蔡明亮考上臺灣中國文化大學的戲劇系影劇組，畢業後在臺灣做過場記、副導、編劇，一路從基層上來，在劇場、電視、電影幕後整整磨了十年[25]，終於在九十年代以後的世界華人電影圈熬出頭。這一切都顯示蔡明亮當年完全是從底層默默爬上來的。他的臺灣經驗顯然也對他的藝術創作起了很大的衝擊。

八十年代他在臺北搞實驗劇場，在姚一葦受邀下參加了臺灣「實驗劇展」。其中自編自導自演的戲劇《房間裡的衣櫃》更是一流的文學劇本（容後分析），蔡明亮的手工藝才華成功結合舞臺才能，開始淋漓盡致地在實驗劇場空間得到了發揮。而最有象徵意味的是，他的身影在《房間裡的衣櫃》完全出場了，他的藝術才能結合了他身體力比多（libido）的衝動（容後分析），使得「所說的事物和述說它的人的生命本身同化為一」[26]。

早年出身底層的他，開始在臺灣得到矚目還得完全拜賜他的電視單元劇《海角天涯》和跟著的單元劇系列《小市民的天空》，這些介於通俗文化（mass culture）和民間文化（folk culture）之間的電視單元劇，拍的都是底層市民的生活趣味和困境。這樣的一個從當年古晉鄉下跑到臺北求學的創作者，他不可能擺脫原鄉的雨水帶給他藝術心靈的滋潤。在當年早期文化氣息完全受到主流通俗文化主導的居住環境，蔡明亮在經典文學資源匱乏的環境底下[27]，造就了他對通俗文化和民間文化的興趣又遠遠超過對高雅

---

[22] 田思：《黑暗裡一扇打不開的門·序》，收錄於田思：《六弦琴上譜新章》，砂勝越：華族文化協會，1992年，頁32-34。

[23] 田思：《黑暗裡一扇打不開的門·序》，頁33。

[24] 聞天祥：《光影定格：蔡明亮的心靈場域》，頁207。

[25] 張靚蓓：《夢想的定格：十位躍上世界影壇的華人導演》，臺北：新自然主義股份有限公司，2004年，頁257。

[26] 班雅明：《說故事的人》，頁29。

[27] 蔡明亮早年成長於馬來西亞古晉，當時那裏的書店販賣的都是市民愛看的言情小說和武俠小說，耳聞均是港臺與東南亞流行歌星例如白光和葛蘭的時代曲，戲院放映的大都是來自香港、印度和菲律賓的電影，這些打造市民通俗趣味的通俗文化商品，參與了蔡明亮對文化的想像。而五、六十年代香港娛樂圈的運作經費，例如電影製片的主要資金，很多來自星馬院商，尤其是星馬的邵逸夫家族、陸運濤家族和何啟榮家族。他們甚至在頗長的時間內奪取了香港電影的製片、發行到放映的整個主導權。參見鍾寶賢：《香港影視業百年》，香港：三聯書店，2004年，頁126-185。

文化（high culture）的敬仰，他的電影從《洞》開始，經常穿插五、六十年代流行於東南亞華人社區極度通俗的時代曲，即是印證。這猶如一個原住民以低限的資源在手拍和嘴巴所能提供的簡單配樂下旋開舞步，這樣的舞步必定是粗樸的，它很可能不是很高雅——但它卻是最真實的，首先來自他的身體性——它無限的資源來自舞者對自身身體、生命和生活的敏感度和自我觀察，這幾乎在以後形成了蔡明亮整個藝術生命的基調。

因此，在蔡明亮從早期到今天的整個藝術歷程裡，他的全部作品都和他的生命和生活有離不開的虛實辯證關係，用他的說法是「所有這些就是我自己」[28]。他當年正是從楚浮的電影中看到「生活和電影結合在一起的感覺」[29]。這是作者電影形成的條件之一。正如安德列·巴贊在〈論作者論〉早已指出：「作者自己往往就是他的主題。無論什麼樣的劇本，他向我們講述的總是同樣的故事，或者如果「故事」這個詞容易混淆的話，我們可以說在動作和人物中總是投注同樣的視角和道德判斷。」[30]

這也導致蔡明亮的作者電影作品一部比一部走向「身體性」，因為一個人沒有辦法脫離身體來觀察生命和生活，因此蔡明亮才會說「當我拍一個城市的時候，就好像是在拍一個人」[31]。社會的現狀，也只能從身體的思考開始——我們的身體其實即是社會的肉身。身體在蔡明亮的藝術創作裡既是苦難的載體，也是快樂的享用。但我們的社會是鄙視身體的，從古到今，「身體在道德領域中是罪惡，在真理領域中是錯覺，在生產領域中是機器。」[32]有學者評道，古代聖人提倡「殺身成仁」、「捨身取義」到「存天理滅人欲」，其實就否認了身體的意義，聖人通過推崇對身體的滅絕來成就「仁」和「義」，即是說為了體現人類的道德和價值，身體是首當其衝必須被犧牲的[33]。大部分馬華作家賴以棲身的民族傳統文化，當然也保留了這些價值觀，再加上在馬來西亞這座以回教價值觀為主導的「反身體」

[28] Daniele Riviere：《定位：與蔡明亮的訪談》，頁72。
[29] 陳寶旭訪問蔡明亮：〈「愛情萬歲」萬萬歲！〉，收錄於蔡明亮等著：《愛情萬歲》，臺北：萬象圖書，1994年，頁200。
[30] 安德列·巴贊：〈論作者論〉，李洋譯，頁48。
[31] Daniele Riviere：《定位：與蔡明亮的訪談》，頁79。
[32] 汪民安：〈導言〉，汪民安主編：《身體的文化政治學》，鄭州：河南大學出版社，2004年，頁1。
[33] 謝有順：〈文學身體學〉，汪民安主編：《身體的文化政治學》，頁193。

社會體制，我們的作家對「身體性」更是大多數持「不值一提」甚至是「鄙視」的態度。

眾所周知，政府對報刊有關「身體性」的文字描述也有一套嚴厲的管制[34]，直接書寫「身體性」的馬華文學作品即使寫出來，有幸被一些有膽識的編輯刊登，該文本也往往慘遭體制「動手動腳」——面目全非。這一系列結構性的問題也導致馬來西亞作家在創作的時候顧忌甚多，最普遍的現象是在動筆的時候，為了確保文章能被刊登出來，首先作者就要學會把自己的「身體性」隱藏起來——寫作在這裡很容易就滑向對社會現象的直接圖解或反映，或者是沉緬於民族創傷的宏大敘事，再不然就是變成一套跟身體意識沒有多少相干的文字表演。雖然現代主義文學的審美觀提醒了我們正視身體的存在，但這種精英主義的文學性審美又不斷通過既美麗又雕琢的文字，馴服了身體的本能和直覺。特里‧伊格爾頓曾對審美作了一個精采的譜系學分析，他認為審美源於哲學對於身體的控制，是對於主體的美麗操縱。這種審美的訓練不過最終是要把身體與法律制度合而為一，將某種統治更深地置入被征服者的身體中。但肉體中始終存在一種對權力反抗的本能，而最能引起統治一方恐懼的就是這種「身體性」。[35]那是因為被壓迫者的的經驗只可能完整呈現在他當下的肉體上，而不是一般我們以為的歷史文本或記憶書寫。特里‧伊格爾頓說：「對肉體的重要性的重新發現已經成為新近的激進思想所取得的最可寶貴的成就之一。」[36]而蔡明亮創作中所散發的「身體性」——那些粗樸的身體慾望又往往大於審美慾望，是不是能帶給我們的文學一些啟發：我們那些不是枯竭了或者就是過剩的美學慾望，是不是都源於我們

---

[34] 一些普遍流傳於報刊編輯裏的常識，例如舉凡文章裡出現的器官「陽具」或「陰道」，其實一律要以「生殖器」替代。性的愉悅功能非但在現實裡完全被傳統的繁殖功能替代，在文字的再現領域裡，性愉悅的生理功能也被國家機器否定和遮蔽了。再舉例筆者2004年編輯的文藝期刊《蕉風》第493期的〈性／別越界：愛人同志〉專輯，在籌辦過程前後屢次受到當局的「關注」和警告。期刊出版，當局來了一封信指控蕉風493期的專輯內含「rencana berunsur lucah」（「文章帶有污穢的元素」），命令《蕉風》承認錯誤和給予解釋。這裡我無意針對基於職責受到指使的執法者，只是要指出「身體性」在大馬媒體語境裡的重重困境：整個社會對身體性的蔑視和偏見，除了存在於根深蒂固的傳統文化和習俗，也主要來自於社會法律和文化打著「大多數人」利益的旗幟，賦予體制絕對的權力意識行使這種監視和規訓。問題是社會裡都是「沈默的大多數」，誰是「大多數人」？

[35] Terry Eagleton, *The Ideology of the Aesthetic*, Oxford: Basil Blackwell Ltd., 1990, pp.7-17.

[36] Ibid, p.7.

身體的怯場？我們到底害怕什麼？尼采很早就指出身體乃是比陳舊的靈魂具有更令人驚異的思想，他主張要以身體為準繩去重新審視世界[37]。與其說蔡明亮以藝術作品再現他的「心靈場域」[38]，不如說他要以身體為準繩重新去思考社會的現狀，嘗試重新賦予生命種種新的詮釋。

　　在蔡明亮電影中，經常出現的是「一具平凡而『日常的身體』」[39]。正如孫松榮認為其「人物主角首先是一具投閒置散的身體影像，到處漫步與閑走……構成了蔡明亮電影中人物身體在現代城市一系列的外在行動的具體表現。」[40]蔡明亮經常將電影人物、身體動作置於一種無剪接與緩慢的長鏡頭狀態下——「一種冗長而緩慢的真實時間的場景再現之中」[41]。為了達到巴贊的長鏡頭理論所追求的表現物件的真實、空間時間的真實和敘事結構的真實，作者電影中的敘事時間與故事時間或甚至是電影被放映的時間，常常疊合交接在一塊[42]，這以近作《不散》最為明顯（容後分析）。電影時代的蔡明亮延續了早期「低限粗樸」的敘事步拍，只不過更為緩慢和穩健，走向一種後現代的極簡主義，一種反敘事的「身體敘事」。有評者稱之為「一種脫逸敘述策略與貧血的情節發展……一種脆弱敘事的風格」[43]。其實，蔡明亮對身體、空間和時間的觀察和思考讓他的電影很容易就能超越現實線性的敘事——穿過歷史的空場。

　　電影《你那邊幾點》是蔡明亮思考時間與空間的集大成之作。電影中的小康，父親剛過世不久，他在天橋上賣手錶，邂逅了正要來買手錶然後要飛去巴黎的陳湘琪，在陳湘琪的要求下，他把自己戴的手錶賣給她。兩人分開後，一系列奇怪的事情在他們倆的身體和周圍發生。我們看到空間在不斷快速移動，但時間彷彿走得更為緩慢，甚至看似是靜止的。時間在這裡因為空間的變動和扭曲，變得似有若無。蔡明亮說：「通常我對空間比較敏感，和時間的關係則比較不敏感，這是因為我一直是想到現在，我

---

[37]　尼采：《權力意志》，北京：中央編譯出版社，2000年，頁37-38。
[38]　聞天祥：《光影定格：蔡明亮的心靈場域》，頁2-9。
[39]　孫松榮：〈蔡明亮電影中的身體影像——陌生和懷舊〉，《蕉風》第489期，2002年，新山：南方學院馬華文學館，頁54。
[40]　孫松榮：〈蔡明亮：影像／身體／現代性〉，刊登於臺北《電影欣賞》，臺北：國家電影資料館，2003年，頁39。
[41]　孫松榮：〈蔡明亮電影中的身體影像——陌生和懷舊〉，頁55。
[42]　孫松榮：〈蔡明亮電影中的身體影像——陌生和懷舊〉，頁55。
[43]　孫松榮：〈蔡明亮：影像／身體／現代性〉，頁44。

一直想到此刻。」[44]如果要論蔡明亮電影的後現代性，這句話「我一直想到此刻」是最鮮明的標識。現代性只可以在一種時間意識框架才能被構想出來，當人類開始意識到歷史性時間的線性以及其不可逆。[45]但對蔡明亮來說，時間雖是不可逆的，但他要努力留住「現在」——讓身體完全出場，竭盡全力通過電影長鏡頭的「定格」（freeze），留住身體影像、記憶和聲音。換言之，他在不自覺中通過身體——全力抵抗一種「稍縱即逝」的現代性時間概念，即使犧牲了波德賴爾部分開啟的美學現代性也在所不惜，蔡明亮以後現代的極簡主義和「低限粗樸」，替代了其中部分的「唯美」和「醜惡」，讓身體慾望的真實狀態毫無保留的出場，保留了美學現代性所有的頹廢。

三、社會真身：暴力、疼痛與災變

身體最初在蔡明亮的創作裡是以一種承受暴力與疼痛的狀態下展示的，施予疼痛與暴力的是社會真身——你看不到它的具體所指，但它無處不在。這在蔡明亮九十年代初編導的電視單元劇《小孩》已體現開來。[46]這是李康生第一次出現在蔡明亮的影幕裡，陸奕靜開始扮演他的母親，小康之家的雛形已顯露端倪。李康生扮演一位勒索的邊沿少年，被他勒索的是一名小學生（劉季鑫飾演）。李康生在第一次向劉季鑫作出勒索時，就有一個深具暴力意味卻絲毫不見流血的鏡頭：強行幫劉季鑫剪指甲，剪指甲的聲音響徹整個銀幕，最後把劉季鑫嚇到哭了。高中生李康生經常會強行把小學生帶到地下室勒索，攝影機透過地下室的水管集結，偷窺整個勒索過程，讓整個勒索畫面仿如小學生的噩夢，社會真身顯得光怪陸離。李康生勒索來的錢也是要交給幕後的主腦，換言之，他本人也被勒索。在劇中，施予暴力和承受暴力的主體，並不是二元對立的「正」與「邪」、

---

[44] Daniele Riviere：《定位：與蔡明亮的訪談》，頁84。

[45] Matei Calinescu, *Five Face of Modernity-Modernism, Avant-Garde, Decadence, Kitsch, Postmodernism*, Durham :Duke University Press,1987, p.13.

[46] 感謝蔡明亮與其電影製作人王琮提供我機會觀賞單元劇《小孩》、《海角天涯》和《給我一個家》。

「好」與「壞」。蔡明亮沒有草率地為邊緣少年套上僵固的刻板形象。雖然李康生表面上是個問題少年，但他卻是身邊阿義和阿強眼中共赴患難的摯友，母親眼中少不更事的孩子。他和劉季鑫在一起的時候分別扮演壓迫者和受害者的關係，但雙方回到家裡卻同樣要面對受到父母忽略的孤獨處境。蔡明亮與李康生聯手合作初試啼聲，即對傳統家庭的意義展開反思：「所有孩子都可能在家庭結構裡淪為一個表面自主但內心無依的孤獨個體。」[47]

我們會發現社會真身在蔡明亮的創作裡經常以一座家庭的災變命運拉開序幕。八十年代末蔡明亮在臺北初次編導卻從此讓他在寶島成名的電視單元劇《海角天涯》，蔡明亮「毫不逃避、毫無粉飾地面對了都市下層社會的冷酷現實，以臺北西門町一個販賣戲院黃牛票為生的家庭，縮影了那個荒蕪的廢墟世界，以及苟活於那個世界裡的社會邊緣人似乎被註定的、無路可走的悲哀命運」[48]。李黎則更進一步分析：「劇中人道德理念的矛盾混亂沒有被庸俗處理，而是在一種冷靜但感人的推移過程中被提升了：例如男孩對誠實寫作所付出的努力（竟是翹課）、姐姐在墮落邊緣所作出的掙扎（竟是傷人與自毀），都在反諷中蘊藏著不濫情的悲劇性」[49]。《海角天涯》深刻拍出了一座在都市縫隙裡掙扎求生的底層家庭，在八十年代末「電影文化」日漸沒落的西門町天空下，一家五口如何還能藉著賣電影黃牛票，不斷試圖混淆社會的秩序和衝破法律的底線，設法生存下去。該劇敘事主線是放在那兩位生長在這座家庭的姐弟：美雪和阿通──他們的無辜、宿命與孤獨無援。正當一般孩子的織夢年齡，他倆卻扛起了生活的擔子。除了要協助父母在戲院門口非法販賣黃牛票，他倆在家裡也要代父母照顧患上老年癡呆症的阿公；美雪除了要在補習班學習，平日也在電玩店兼差，回到家還要肩負繁重不堪的家務。

在劇中，社會的暴力和家庭的暴力是共生共存的，它們在蔡明亮的鏡頭裡以極度逼近「粗樸」的「新寫實主義」的形式在底層人民的日常生活顯現。例如在弱肉搶食的生存環境裡，販賣黃牛票的通父通母聯合一班

---

[47] 聞天祥：《光影定格：蔡明亮的心靈場域》，頁63。
[48] 郭力昕：〈無路可走的都市邊緣人〉，臺灣《中時晚報》1989年12月27日。
[49] 李黎：〈國產影劇中罕見的明珠〉，臺灣《中時晚報》1990年4月13日。

黃牛們,平日動輒就在戲院搶票,動嘴兼動手毆打那些阻止他們插隊買票
的觀眾。這種暴力關係既是環環相扣又是因果互為顛倒的。女兒美雪既自
卑於她出身的家庭背景,也憤怒於她暗戀的男同學(于光中飾演)藉此鄙
視她。她在男同學買了黃牛票攜同女友進戲院後,心碎地化愛成恨,舉起
手中的鐵鎖砸毀了男同學的機車,當刻她父親通父正聯合一群「黃牛」在
毆打一名之前在戲前阻止他們插隊的年輕人。蔡明亮通過這幕暗示觀眾,
孩子的暴力傾向不是與生俱來的,那是家庭和社會環境造就的結果。當有
一天美雪為了自保,誤殺了有意強姦他的皮條客,通母在毫不知情的情況
下,先把美雪狠狠痛摑了一頓。這對美雪是絕望的打擊。如果說:「社會
的不仁在於警察懷疑是父母親逼她接客,更大的孤獨則來自父母、甚至弟
弟阿通對她的誤會與不諒解。」[50]那麼最後蔡明亮卻願意給予這位被家庭和
社會遺棄的孩子一個極盡憐憫的長鏡頭追蹤:弟弟阿通在沒有駕駛執照的
情況底下,一面哭著,一面猛開著那輛和他的矮小體型形成強烈對比的機
車,在路上窮追著被警車挾走的姐姐。

值得回顧的是,這部在當年臺灣金鐘獎意外落選的電視劇《海角天
涯》,引發了文化界著名學者和作家的大力迴響和聲援。鄭樹森、楊牧、
焦雄屏和李黎等人當年特此撰文肯定這部電視劇,當年的《中時晚報》也
刊載了張大春與當時新聞局局長邵玉銘的對談。張大春在對談中「質疑新
聞局內部遴選金鐘獎評審時,行政官僚權充技術官僚所產衍生的問題……
同時也反映了決審群中普遍的文化素質的低落」[51]。鄭樹森認為「海角天
涯」是一股『逆流』,是反體制的本質性挑戰,與當前絕對商品化的電視
文化,圓鑿方枘,難以共存。」[52]楊牧以短文標題《扣緊現實的透視》寫
道《海角天涯》「有力的現實主題使我們動容、沉思,而於作品的藝術處
理上,它不落俗套,並且時有新意,最能激起我們審美方面的共鳴。」[53]這
些不管是從內容題材到審美藝術對《海角天涯》的積極肯定,反映了蔡明
亮當年不僅僅只是憑個人的技術風格立足臺灣,也憑藉他獨特的視角觀察
和再現臺灣社會現實問題有關。可見蔡明亮的崛起一開始就沒有跟臺灣的

---

[50] 聞天祥:《光影定格:蔡明亮的心靈場域》,頁54。
[51] 參見臺灣《中時晚報》,〈時代〉副刊,1990年4月13日。
[52] 鄭樹森:〈喜見反體制清流〉,臺灣《中時晚報》〈時代〉副刊,1990年4月13日。
[53] 楊牧:〈扣緊現實的透視〉,臺灣《中時晚報》〈時代〉副刊,1990年4月13日。

現實疏離。或許這會讓很多人驚訝：一個旅居臺灣的馬來西亞藝術家，何以憑著他當時十五年不到的有限臺灣經驗，扣緊對臺灣現實的透視（楊牧語），通過一部電視劇，在臺灣廣泛引起文化學界的共鳴？

我們只知道持著馬來西亞國籍的蔡明亮一直安以一種流離的狀態，至今在臺北留駐超過三十年，似乎一直都是住在出租的房子裡，沒有太固定的住址[54]，或許他可能並沒有要在臺北落土歸根的打算，但這一切並沒有妨礙他以一個貼緊土地的流民姿勢去傾聽一座島的脈搏和心事。在他另一部電視單元劇《給我一個家》裡，蔡明亮處理了一批大量散見於我們城市四周圍的第三世界建築工人的生存困境：他們的工作是為別人搭房子，但自己並沒有能力買房子，長年住在臨時搭建的工地裡，每次一個工地完工了，他們就得搬到另一個工地去。這部劇可以作為蔡明亮多年來自己「飄泊得像沒有住址的流民」[55]的強烈對照。不同的是，蔡明亮不是沒有能力買房子，而是他很可能不要一個固定的家：不要一個固定不變的居住空間，這意味著他潛意識裡不需要在現實裡尋覓著傳統意義上的「家庭」。他曾這樣寫道：「骨子裡天生害怕被捆綁的個性；工作、人、事、感情，一有了牽制，便設法逃跑」[56]。甚至蔡明亮也曾經承認，他是一個沒有國家觀念的人[57]。

我以為這讓蔡明亮時常能浸透在一種跨國界的後現代藝術狀態裡，這意味著一種沒有家國意識的自由創作狀態——一座沒有屋頂的房子：首先，他是以開放性的身體狀態去試敲社會真身，這緊緊聯繫著主體極致的慾望視角直接對焦到一個社群，以一種身體性去碰撞和觸摸社會真身所能顯示的現實——而不是啟動某種理論意識形態，或者家國政治話語。楚浮的國家意識也非常淡薄，他在受訪時，曾經表示：「我不去投票選舉。我試圖不與『官方』接觸打交道……法國電影如果有一天要被國有化，社

---

[54] 蔡明亮：〈我沒有網址〉，《蕉風》第489期，2002年，新山：南方學院馬華文學館，頁52。
[55] 蔡明亮：〈我沒有網址〉，頁53。
[56] 蔡明亮：〈我沒有網址〉，頁52。
[57] 蔡明亮曾說：「你可以說我是個沒有國家觀念的人，我到哪裡都是隨遇而安」，參見《壹週刊》2002年3月21日他的訪問。

會主義的或『自由主義』的，正像我們現在的這個體制，我認為，就我而言，這將是一個足夠的、到別處去的理由……」[58]

　　「家國」作為中華傳統長久以來發揮巨大效應的無意識話語機器，它不但源源不絕提供一種想像的愛國情操予藝術家，也長期把持著藝術家道德上的使命感，它是整個五四文學「感時憂國」傳統的基礎。「家」和「國」兩字無法拆開，不管「家國」或「國家」，說明了中國人眼中的「家」在辭源學的意義上是整座「國」的縮影，對家庭至上的重視是嫁接了對國的需要和效忠話語，父親在家庭的象徵意義完全等同於一個國家的統治者。在一項訪談中，蔡表示他難以接受華人在儒家的影響下，形成了一套對家庭至上的價值觀：「在這種尊敬父親、家庭至上的觀念為前提之下，結婚便成了傳宗接代、延續香火的義務。我想，在我的影片裡，我對這樣的價值觀提出了非常多的質疑。」[59]我們一點都不驚愕於蔡的這番表白，熟悉他電影的人都知道，蔡的電影鏡頭重複朝向一個名為小康的男孩和他似有若無的家——小康之家，頑固的父親和軟弱的母親，而小康的身體又是斷續向男孩女孩開放著，他也許是某種意義上的酷兒（queer），但蔡明亮卻從來沒有也不願打著這個旗幟宣傳他的電影[60]。

　　如果說臺灣這些年來的同志平權運動（gay rights movement）主張集體的論述實踐和爭取發言。相較之下蔡明亮不但獨立獨行，也似乎比較「緘默不語」——他只是在靜悄悄地把每一棟房子的磚塊給拆卸下來，把屋頂打開！但我以為這種「拆房子」的舉動，並不遜於那些同志平權運動的激烈主張。魯迅曾說：「中國人的性情是總喜歡調和、折中的。譬如你說，這屋子太暗，須在這裡開一個窗，大家一定不允許的。但如果你主張拆掉屋頂，他們就會來調和，願意來開窗了。沒有激烈的主張，他們總連平和的改革也不肯行。」[61]蔡明亮那種「拆屋頂」的動作不是魯迅那種策略性的

---

[58] 弗朗索瓦·特呂弗（楚浮）：《眼之快感：弗朗索瓦·特呂弗訪談錄》，長春：吉林出版集團，2010年，頁34。

[59] Daniele Riviere：《定位：與蔡明亮的訪談》，頁62。

[60] 蔡明亮近年開始有意無意向外界透露，其實李康生在現實裏不是同志（gay）。但這無阻於觀眾繼續把他們對小康的想像，從影像延伸到現實中。有關透露，參見 Lim Song-hwee, Hee Wai-siam. "You must believe there is an author behind every film: An interview with Tsai Ming-liang", *Journal of Chinese Cinemas*, Vol.5, No.2 (2011), p.189.

[61] 魯迅：〈無聲的中國〉，收錄在魯迅：《三閑集》。《魯迅全集》第四卷，北京：人民文學出版社，1973年，頁25-26。

方案，他是說到做到的一場藝術行動，一種破壞和顛覆社會真身的心理游擊戰。也許對蔡明亮來說，一個強大的「反身體」社會，你以論述實踐，跟它直面進行政治或文化上的對抗和嘲弄已經於事無補，這絲毫不能根本動搖這個施加給你身體監視和規訓的專制基礎。蔡明亮那「拆房子」和「拆屋頂」的動作，也許不過是為了重建居住本身，讓藝術和自我找回自己的身體。

　　我們也確實希望看到蔡明亮有一天能通過電影在一座超越善惡的方外之地「蓋一座房子」[62]，只是到目前為止我們暫時還沒看到那座房子完整的模樣，我們只看到他不斷在拆房子。這些房子都是以一種永遠未完成的怪模怪樣映現：它是一座沒有屋頂的小康之家。蔡明亮按時指派一群固定的演員班底在屋子裡重複吃喝拉撒。這棟房子——或稱之為小康之家，它在電影裡不斷漏水其實不過透露了——它切切有一種面向天空坦露的慾望，它是一種慌張失措的庇護，又是一份掩飾。這座房子具備了旅店的性質，你完全可能遇見各形各色的人，從這裡離開，或者回來，然後再次離開。在他們的身上銘刻了社會真身的「認知繪圖」（cognitive mapping），它把他們帶向暴力、疼痛與災變。小康代表了這群人的最重要一員，他的身體跟社會真身的相遇，我把它稱之為「小康的奇遇記」，那就是蔡明亮說他要通過一個人來觀察一座城市的實現方式。

　　小康在蔡明亮的第一部電影《青少年哪吒》出現，是不是意味著古代神話裡的哪吒在現實裡終於找到轉世？神話裡的哪吒上天下地遭遇到各色各樣的奇遇並且屢屢闖下了大禍，但畢竟出世背景顯赫，神通廣大，打遍天下，最終還能割肉刻骨還父；現代版的哪吒同樣到處惹禍，但他們的身世和面目是模糊的，不但被社會、家庭和學校所共同遺棄，而且處處碰壁，挨打的時候多，他們把身體祭奠出去，不是償還父親，而是獻祭給社會真身。讓人覺得既荒唐又真實的是，家庭在這裡和社會真身是處於合謀的關係，例如恐懼的母親誤信廟祝的說法，惟恐小康真的是哪吒轉世，把符水偷偷滲進小康的晚餐裡，以為這樣就可以解決掉小康將來的叛逆。小康吃下那頓晚餐，肚子反而痛得要命，跑進廁所瀉肚子，無意中竊聽到

---

[62] 林建國：〈蓋一座房子〉，收錄在臺灣《中外文學》，第30卷，第10期，2002年3月，頁42-74。

隔牆的母親跟父親吐露整件事端的緣由,小康出來後乾脆上演哪吒附身的舉態,以肚痛成全了神話的意志:所有吃過廟祝符水的少年都將會變成哪吒。這種肚子的激烈疼痛變成了是哪吒靈魂出世鬧事的預兆。他其實完全啟動了小康身體本來就處於蟄伏著的青少年騷動期,接下來現實中的小康真的亦步亦趨於叛逆,完全展開了他從今以後在外頭的「小康奇遇記」。

一如童話《小木偶奇遇記》,小康的離家出走,跟外面世界的精彩和誘惑當然也不無關係,例如小康最後放棄學業,跟小木偶在上學的途中,半途溜掉就極為相似。小木偶之後跟上了戲團,還被劇團主人賞識,現實中的李康生也是在電動遊樂場被蔡明亮發掘和重用,至此以後成為蔡明亮戲裡永恆的男主角。其實蔡明亮是把義大利童話家科羅狄的《小木偶奇遇記》搬到戲裡戲外來演。事實上蔡明亮自己也曾在早期把《小木偶奇遇記》搬上兒童劇場演出,那是一九八七年的臺北,演出前夕蔡明亮還為此寫下感言《很久很久以前》:「現在,我們將科羅狄的小木偶搬上舞臺……我喜歡他蹺家的所有經歷……」[63]。因此來到蔡明亮的第二部電影《愛情萬歲》,小康已彷彿成了無家的少兒,到處遊走,夜晚偷宿在一座待售的公寓裡。小康在蔡明亮的電影裡遭遇各形各色的奇遇,大多數跟疼痛有關,例如小康企圖割腕自殺。即使小康在自慰或者做愛,面部的表情也是處於一種快樂的痛楚中。在蔡的創作裡,性愛正是在無法救贖身體的狀態下,一直處於一種模仿的焦慮中。幾乎每次做愛或自慰,主人公都要對著一架播著色情影片的電視機,或者閉起眼睛聽著隔牆的呻吟,才得以進行。

在後來的《河流》和《洞》,這種疼痛以一種病變的樣貌出現,小康之家也在屋頂的不斷漏水中宣告意象的崩解。《河流》的小康在臨時飾演一具漂在淡水河上的浮屍後,在街上遇見了陳湘琪然後跟她去旅館猛烈做愛,之後脖子得了怪病,歪向一邊,劇痛無比。這種劇痛偏尋藥方皆無效,最後在小康站在陽臺上抬頭望天的電影最後一幕,彷彿宣告了它已經得到舒解。我們不太清楚舒解的原因是不是昨夜父子倆意外在同性戀三溫暖現身的結果:父親當時摑了小康一巴掌,意外地把小康的脖子給扭正了

---

[63] 這是蔡明亮至今寫得最好的散文之一,默默(蔡明亮):〈很久很久以前〉,刊登於古晉《國際時報》副刊〈星期文藝〉,1986年6月1日,頁12。

過來？還是之前父親在三溫暖從背後緊抱著小康愛撫呻吟，猶如「聖母慟子圖」[64]的一幕，讓小康的疼痛得以消除？我們只在影幕上看到正當父子在黑暗中進行的一切，母親獨守空閨的家在不停漏水，顯然這座家在處於岌岌可危的狀態中。蔡明亮借這一幕父子在三溫暖做愛的場景，牽動了儒家文化最深層的絕嗣恐懼[65]，也直接「侵犯了『家庭』在現代社會中的政治正確性」[66]。它意外為我們的文化象徵語言提供了一個文化影像的想像可能，不再都是佛洛伊德論述下的「弒父」場景，張小虹說：「這一次他與父親狹路相逢，他沒有殺了他，他只是和他做了愛」[67]。

蔡明亮顯然並不會輕易提供一個求贖的方案，他複雜的道德觀總是讓他的作品一再受到非難，為此他承受了很大的壓力。他說他拍這部電影「真的是為了和我自己對話……第一次，我真正感受到創作的快感。」[68]正如楚浮拍片時曾經說過：「有快感就可以了。快感比分析更重要。」[69]當蔡明亮說：「我聽到一種來自內心深處的聲音……」[70]這個表白似乎在說，我們內心深處的聲音都表述著一種獨一無二的聲音，我們無法按照社會真身的道德「同一性」（sameness）模式塑造我們的生活，在這裡，道德是一種內在的聲音，我們不需要涌過人的外在去尋找，我們只能在自身之內發現它。這種傾聽內心本我的聲音，是蔡明亮作者論的身體敘事基礎之一，也是社會真身和個體發生暴力和衝突的原由之一。

---

[64] 參見Kent Jones：〈粗糙與平滑：對《河流》的分析〉，收錄在焦雄屏、蔡明亮編著：《洞》，臺北：萬象圖書，1998年，頁169-76。

[65] 張小虹：〈怪胎家庭羅曼史：《河流》中的慾望場景〉，收錄在何春蕤編：《性／別研究：酷兒理論與政治》，NO.3/4，1998年9月，臺灣：國立中央大學英文系性／別研究室，頁176。

[66] 王墨林：〈被貶黜的家神——蔡明亮電影中的父與子〉。感謝蔡明亮傳真筆者此稿，從筆者和蔡明亮的談話中，知道他很喜歡此稿的一些觀點和分析。此文曾刊登於臺北《電影欣賞》，臺北：國家電影資料館，2002年3月，頁71-75。

[67] 張小虹：〈怪胎家庭羅曼史：《河流》中的慾望場景〉。周蕾也持同樣觀點，她在論文的開頭引用了張小虹的這段話。參見周蕾：〈頭頭、「亂倫」場景、及寓言電影的其他謎團：蔡明亮的《河流》〉，王穎譯，收錄在臺灣《中外文學》，第33卷，第8期，2005年1月，頁177-192。

[68] Daniele Riviere：《定位：與蔡明亮的訪談》，頁73-75。

[69] 楚浮：〈導演的話〉，收錄在梁良、陳柏生主編：《永恆的杜魯福：杜魯福逝世20周年紀念專集》，香港：電影雙週刊出版社，2005年，頁63。

[70] Daniele Riviere：《定位：與蔡明亮的訪談》，頁73-75。

這種衝突越演越烈，並以一個災變的身體在蔡明亮的電影裡作為敘事的引爆。一九九八年蔡明亮交出《洞》，電影時代背景是二十世紀末，不知名傳染病在整座城市蔓延開來。這是二十一世紀初非典型肺炎（SARS）的一個強烈的預言，身體的災變在這部電影裡前所未有地得到完整的形象表達。蔡明亮電影裡的小康是第一次從社會真身裡徹底退回到自己的身體，退回到生命的孤獨性裡，此時小康之家在《洞》裡完全消失了，剩下小康一個人活著：變成一隻蟑螂，或者跟另外一個患上同樣傳染病的女郎在懷舊的時代曲伴奏下翩翩起舞。

四、慾望之身：起飛的衣櫃

身體在蔡明亮的創作裡，不只是單純的表面，它「變成了一個發展虛構、幻念、慾望的場域。」[71]他的電影鏡頭時常觸摸到人類身體極其複雜的性慾望和頹廢性。其中經常令人爭論不休的是裡面多次浮現的同性愛元素。其實早期蔡明亮的文字創作也不乏這些元素，劇作《房間裡的衣櫃》和《黑暗裡一扇打不開的門》最為明顯。當年蔡明亮自編自導自演《房間裡的衣櫃》，這部劇作完全可視為蔡明亮的身體告白之作，他沒有否認他在演繹自己，他說：「創作本來就是很自私的，我其實是為自己而做」[72]。這些告白都直截了當承認了這部劇作的私密性。這種私密性是往後蔡明亮電影走向身體性的基礎。

《房間裡的衣櫃》[73]生動地展現了一個藝術工作者在工作、理想和情欲之間的受挫和困惑，我認為這個劇本的成就放眼於八十年代整個全球華人的戲劇舞臺上，它一點都不會遜色，論其前衛性和結構性，它甚至超越了同一代人。表面上，這只是一部一人自導自演的獨白劇，但它其實高度熟練地借主人公和外部聲音的互動，把整部劇作提升到「眾聲喧嘩」的氛

---

[71] Daniele Riviere：《定位：與蔡明亮的訪談》，頁52。
[72] 聞天祥：《光影定格：蔡明亮的心靈場域》，頁213。
[73] 蔡明亮：《房間裡的衣櫃》（戲劇交流道‧劇本系列12），臺北：周凱劇場基金會，1993年。該劇本也收錄在大馬《蕉風》復刊特大號《蔡明亮特輯》，第489期，2002年12月，頁38-50。

圍，裡邊的動作和聲音互為交織融合在一起。例如主人公頻頻打電話的聲音、電視主持人主持節目的聲音、女人在牆外和主人公對話的聲音、主人公和衣櫃無形人對話的聲音。這些各種各樣的聲音都跟主人公發生互動的關係，它們讓主人公的動作、情緒和表情都產生豐富又有趣的變化。整部看似主人公在一個封閉的空間—房間自言自語的劇作，卻讓我們看到了現代人既熱鬧又孤獨的生存處境。房間裡的那架衣櫃更是一個完全封閉的空間，它是主人公內心世界的一個形象體，裡邊藏著的那位衣櫃無形人，他是主人公「本我」（id）的一個隱喻，他不斷通過干擾主人公的起居生活，引發了主人公對他的注意和對話。

一開始引發主人公和衣櫃無形人對話的是一盒巧克力鐵盒，裡邊裝著男主人公過去寫給男友[74]的情書碎片。這些情書被主人公撕碎了，當第一幕男友突然來電說他決定要結婚，痛苦不堪的主人公在掛下電話後「蹲在浴室門口，撕信，撕了一地，一會，又愕愕地將信撿起，塞進巧克力鐵盒，扔進塑膠衣櫃裡」[75]。這一切動作除了細緻展示了男主人公對男友的眷戀，也微妙表明了主人公在經歷感情打擊後，只能更隱蔽地把自己的性傾向藏在內心深處。這盒巧克力鐵盒巧妙地帶出了衣櫃無形人在房子裡的存而不現。衣櫃無形人顯然不滿意男主人公如此處置自己的心事和性傾向，他開始在房間裡抗議和搗蛋：無故熄了房間裡的吊燈、在衣櫃裡自動亮其燈、自動在主人公眼前拉上和拉下衣櫃拉鏈。這些動作不但具有某種象徵的意味，也把整部劇帶入一種即超現實又恐怖的黑色幽默了。孤單無助的主人公從開始的害怕，到漸漸跟衣櫃無形人的對話，我們會發現整個進程其實是男主人公在真實面對自己的過程。這位衣櫃無形人在受到主人公冷漠對待的時候，他會把衣櫃裡全部的東西，包括那個裝信的巧克力盒給扔了出來。如果主人公善待他好一點，他不但會在深夜裡偷偷幫主人蓋被，還會走出來陪主人公坐在一起創作和對戲。當最後主人公終於排除艱難，把自

---

[74]　1984年此劇在臺北演出，很多觀眾似乎還沒意識到電話另一端的戀人是個男人。聞天祥後來對這個人作了精彩的性別分析和印證，參閱聞天祥：《光影定格：蔡明亮的心靈場域》，頁36-37。

[75]　蔡明亮：《房間裡的衣櫃》，頁12。

已搞劇場的理想付諸於實現,他既興奮又滿懷感觸地回來,把一朵玫瑰插在衣櫃的拉鏈上,衣櫃在最後的劇幕裡悄悄地飛了起來[76]。

這是作者慾望之身的一個飛越和超脫,也是蔡明亮面對同性戀議題所展現的一個緘默姿態:也許,他從來不說,但他讓自己的身體飛翔。他似乎很早就嘗試跨越西方同志平權運動所大聲倡導的「現身」(out)策略——「走出衣櫃(closet)」?(容後分析)他在八十年代的創作裡就已經讓整座衣櫃起飛了?衣櫃無形人不但能隨時拉開衣櫃拉鏈自由進出,他還懂得乘著衣櫃飛翔。這本身就是企圖對同志困境的一種超脫的姿態。《房間裡的衣櫃》男主人公和衣櫃無形人後來在蔡明亮電影裡就是蔡明亮(導演)和小康(角色)「共生共存」的一個隱喻,不過蔡明亮吹了一口氣:賦予衣櫃無形人一個形體:他在現實裡由一位名叫李康生的男生飾演,讓衣櫃無形人從衣櫃走向幕前,而蔡明亮自己卻在更多時候退居幕後——走進櫃裡工作。

這名「衣櫃無形人」從無形到有形,蔡明亮顯然並沒有能力立刻讓這個人馬上飛翔起來,他還是首先把他還原成常人那樣——貼著地面走,而且是不斷從一個場景遊走到另一個場景。在《青少年哪吒》裡,小康在後半部戲裡,在西門町從頭到尾跟蹤著阿澤,連夜沒有回家。有一幕,小康在發現阿澤(陳昭榮飾演)和一個女孩在旅館做愛,他莫名憤怒地把陳昭榮的機車給砸了。這個暴力動作設置,可作為之前同樣以拍西門町市景的《海角天涯》美雪砸毀男同學機車的互文性再現,那是作者導演的慾望暴力重複機制的再現,它讓觀眾看到小康砸毀阿澤機車,不純粹是為了報復阿澤砸破了小康父親的汽車,還挾雜小康對阿澤帶女孩上旅館開房的醋意,總歸來說是小康對阿澤的窮追不捨和莫名的愛恨交織。這背後牽制著他的都是一股對阿澤莫名的慾望。小康對阿澤的曖昧情愫,在《愛情萬歲》裡才得以展示。

在《愛情萬歲》裡,小康學會了在地上翻跟斗和易裝,並在床上偷吻阿澤,幫他洗衣服,一起吃火鍋——說穿了就是要和對方一起生活,這似乎和公寓女仲介(楊貴媚飾演)一進房間就跟阿澤上床形成了一個強烈

---

[76] 蔡明亮:《房間裡的衣櫃》,頁44-47。

的對照。姚一葦在分析這部電影時寫道：「所謂『愛情萬歲』裡的『愛情』，並不是存在於男女之間，而是男同性之間」[77]。顯然在蔡明亮的視界裡，兩個同性之間的愛情不僅僅是性，他們也有渴望一起生活的願望，但眼前的事實是現有的社會並沒有合法提供空間，讓這些人生存下來。小康偷住在一棟待售的空屋就說明了這一點，他在裡面險些自殺，如果不是出現阿澤，也許小康會喪失更多的生存勇氣。

在華人社會裡，對同性愛者的無形壓迫，一如西方女同性戀面對的困境，是「通過一種不可想像、不可命名的生產範疇來進行的」[78]，同性愛自古以來在華人社會沒有受到法律明文公開的禁止，很多時候不是因為中華文化對同性愛的寬容，而是因為在歷史長河裡，同性愛經常沒有進入可以被想像和被真誠描述的程度，甚至在今天也還沒能完全進入第三世界當下主流文學批評的公共視界——「一種可被合法命名的文化智力層次。」[79]

鑑於自古以來人們以各種各樣的侮辱和詛咒來解釋同性愛的存在，一開始就假定了這些邊緣族群在法律和倫理上並沒有一種承認的需要。每一代的同性愛者都要被迫重複面臨自我認同的危機。自我認同在這裡主要是指涉一個人對於他是誰，以及對於他慾望行為的特徵理解。無論是一個異性戀者或者同性戀者，他們的自我認同，有極大部分是需要他人的承認才足以構成，反過來說，倘若得不到他人的承認，或者只是得到他人扭曲的承認，肯定會對他們的自我認同造成扭曲、傷害和影響，這一直是西方主流的同志平權運動從六十年代末至九十年代在處理身份政治，向異性戀霸權喊話所構成的「承認的政治」模式[80]。

有些同志運動家批評蔡明亮總是通過電影鏡頭，從側面或者反面的角度，例如總以病變的身體、陰暗的三溫暖、骯髒的廁所等把同志帶到觀眾的面前，例如同志鬥士兼藝術家林奕華在九十年代，就曾撰文質疑蔡明

---

[77] 姚一葦：〈一部沒有家的電影——我看《愛情萬歲》〉，馬來西亞《星洲日報》，1994年7月10日。

[78] Judith Butler, "Imitation and Gender Insubordination", in Sara Salih ed., *The Judith Butler Reader*, Malden:Blackwell Publishing, 2004, p.126.中譯本參見朱迪斯‧巴特勒：〈模仿與性別反抗〉，收錄在李銀河編譯：《酷兒理論》，北京：時事出版社，2000年，頁328。

[79] Ibid, p.126.

[80] 有關「承認的政治」，參見Charles Taylor, "The Politics of Recognition", in Amy Gutmann, ed. , *Multiculturalism: Examining the Politics of Recognition*, Princeton, N.J.: Princeton University Press, 1994, pp.25-74.

亮電影的同性戀元素:「同性戀,真有必要麼?還是只為貪一點偏鋒的
風頭?」[81]此批評不但否定了蔡明亮電影對同志平權運動的正面意義性,
也涉及到同志該如何「現身」於螢幕。在林奕華看來,所有電影包括同
性戀電影,必須再現同志「健康」、「陽光」、「樂觀進取」的本真性
(authenticity),以達到同志平權運動的目標之一:糾正主流社會對同性
戀的刻板印象,例如「墮落」、「陰暗」和「悲觀消沉」。林奕華的批評
儘管不乏出於「愛之深,責之切」的好意,但基本上是持著同志平權運動
「承認的政治」之「策略性本質主義」,檢視蔡明亮電影中的同志形象是
否符合同志的本真性。蔡明亮則批評由林奕華主催的臺灣金馬獎電影節同
性戀專題,連續幾年「把它搞成流行甚至某種情調,我認為有點嘩眾取
寵」[82],他認為「同性戀不應被歸類及自我異化」[83],因此他一直很抗拒自
己的電影被貼上「同性戀電影」的標籤。

　　雙方的孰是孰非,攸關同志在現實和影像上的「現身」議題。臺灣同
志平權運動的話語基本上可被分類成「現身派」和「反現身派」[84]。前者認
為同志一定要「現身」,因為他們認為「同性戀的暗櫃處境並不是異性戀
壓迫的附帶結果,而是構成異性戀壓迫的重要(如果不是首要)機制。」[85]
後者卻認為「同志一定要掌握現身的自主權:要不要現身/現身到什麼程
度/要不要冒險……都該由同志自己決定」[86]早已在現實「出櫃」的林奕
華毋庸置疑屬於「現身派」。蔡明亮以作者論的方式含蓄再現個人性向
認同在其創作的蹤跡(trace):從早期劇場《房間裡的衣櫃》的衣櫃無形
人,到近作電影《臉》小康與法國同志(法國影帝馬修亞瑪希〔Mathieu
Amalric〕飾演)在公園裡互相手淫,蔡明亮多年在創作中對同性戀主題
「欲拒還迎」的緘默姿態,無疑讓他看起來更傾向於「反現身派」。

---

[81] 林奕華:〈小團圓——觀察《河流》〉,香港《明報》,1997年3月27日,D1版。

[82] 參閱陳寶旭:〈慾望‧壓迫‧崩解的生命——訪蔡明亮〉,焦雄屏主編:《河流》,
臺北:皇冠,1997年,頁25。

[83] 陳寶旭:〈慾望‧壓迫‧崩解的生命——訪蔡明亮〉,頁25。

[84] 有關引證論述,參見朱偉誠:〈臺灣同志運動的後殖民思考:論「現身」問題〉。收
錄於朱偉誠編:《批判的性政治:台社性/別與同志讀本》,臺北:臺灣社會研究雜
誌社,2008年,頁195-205。

[85] 朱偉誠:〈臺灣同志運動的後殖民思考:論「現身」問題〉,頁197。

[86] 王皓蔚:〈不要交出遙控器:同志要有「現身」自主權〉,臺灣《騷動》第3期1月
號,頁53。

　　從「現身派」的立場來看，所有同志都有義務無條件獻身於同志平權運動，這恰好是「反現身派」所抗拒承擔的不可能任務。「反現身派」認為鑒於同性愛的自我認同從來沒有得到法治的保障和承認，第三世界大多數的同志非但本來就沒有一個可供他們向主流社會展示他們「健康」、「陽光」、「樂觀進取」的現實空間，而且主流社會還經常居以維護「多數人的價值觀」為由，拒絕給予同志伴侶一個合法的私人領域進行結合和再現（例如容許同志伴侶婚姻，或至少在家庭倫理上把孩子的同性伴侶視為家中成員），這無形中進一步把同性愛逼向公共領域的陰暗死角。主流社會壓根兒拒絕考慮給予他們承認，其實已經構成一種壓迫，這導致很多的同性愛隱而不現，只能在「性貧民區」（sexual ghetto）出沒，才能跟其他同志產生互動和交往。蔡明亮電影裡的男同志頻頻出現在「性貧民區」，例如《河流》的同志三溫暖和《你那邊幾點》的男廁，這構成了當代「現身派」和「反現身派」所爭論的同志景觀。在「現身派」看來，這不能有效向主流社會展示同志「健康」、「陽光」、「樂觀進取」的本真性；但「反現身派」卻認為不能強求每個同志都具備這些本真性，即使異性戀成員都有他們「墮落」、「陰暗」和「悲觀消沉」的一面，為何卻不容許某些同志呈現他們的生活方式和現實處境？

　　正如美國非洲裔學者安東尼・阿比（Anthony Appiah）提醒大家，這世界並沒有只有一種同性戀者或純粹屬於一種黑人的行為舉止，而是存在著無數種黑人和同性愛者的行為模式[87]。可是所謂的「承認的政治」，卻經常處在一種敵我分明以及自我窄化的困境裡，它迫使各自的群體認同為了迫切得到政治性的承認，紛紛走向一種定型化的訴求裡——只有一種膚色和只有一種性別身體，這導致那些要傾向於自我面向的性別身體和不同膚色的個人都面臨了自我實踐的困難[88]。他認為在目前西方的多元文化社會，女人、同性愛者和黑人等一直以來並沒有獲得平等尊嚴的對待[89]。身為一名黑人同性戀者，如果硬要他在衣櫃（closet）的封閉世界和解放的同性愛者世

---

[87] K. Anthony Appiah, "Identity,Authenticity, Survival-Multicultural Societies and Social Reproduction", in Amy Gutmann, ed. , *Multiculturalism: Examining the Politics of Recognition*, Princeton, N.J. : Princeton University Press, 1994, p.159.
[88] Ibid , p.163.
[89] Ibid , pp.160-161.

界裡做一個抉擇，他雖然還是會選擇後者，不過他更希望他可以不需要做任何選擇，或者應該還有其他選擇[90]。他認為僅僅停留於同性愛者的現身權利是不夠的，還必須爭取到與異性戀者享有平等尊嚴的權利[91]。

顯而易見，對那些要走向身份政治的同志平權運動而言，活動的成員們有必要現身，這非但毋容置疑，甚至值得鼓勵。但同志平權運動是否非要把全部同志的生活實踐和藝術實踐，都一起牢牢綁在同志戰鬥列車的話語機制上不可？在蔡明亮看來，這無疑是值得商榷的。因為他的生活實踐和藝術實踐，再現更多的是「非身份政治」的曖昧生存狀態。正如朱偉誠指出：「模糊曖昧本身未嘗不也是一種政治，不現身是因為沒什麼好現身的（現身成什麼呢？）；既然人的情慾是有可能流動變異的，又何必去認同那些武斷而僵化的性相身份？更何況它們多半是承續自主流根據所謂的『性相』對人們所作的污名分類。」[92]這種比較接近酷兒的「差異政治」，也可以比較明顯在小康影像的雙性戀個案上得到印證。

因此與其說蔡明亮在拍同性戀電影，不如說他更關注當前的同性戀族群如何受到社會正反力量的「建構」──他們當中許多人一如《河流》裡的父親苗天那樣，結婚生子只是他們掩蔽自身性傾向的手段，婚後把性傾向轉向地下，老了就絕望地待在三溫暖等人自動上鉤；再或者就如《不散》和《你那邊幾點》裡那些徘徊於公廁裡的男同志，沉浸在「觀望走位的男同志釣人文化」[93]中。

在蔡明亮複雜的道德觀裡，他也從不輕易對同／異性愛者持任何價值的判斷模式，但也從來不掩飾慾望之身在面對當下愛情匱乏的極度渴望：「他們需要愛情。他們從來都不曾盛開過，因為他們缺乏一樣東西，那就是愛情⋯⋯」[94]。他為自己的電影經常出現的性愛場面辯解說：「我相信我經常處理這樣的主題，不是為了去展現性慾，而是去描寫對愛情的渴望」[95]。

---

[90] Ibid , pp.162-163.
[91] Ibid , p.162.
[92] 朱偉誠：〈臺灣同志運動的後殖民思考：論「現身」問題〉，頁210。
[93] 張小虹：〈電影院裡有鬼〉，收錄在張靚蓓：《不見不散：蔡明亮與李康生》，新加坡：八方文化創作室，2004年，頁6。
[94] Daniele Riviere：《定位：與蔡明亮的訪談》，頁96。
[95] Daniele Riviere：《定位：與蔡明亮的訪談》，頁78。

在《不散》裡，陳湘琪扮演的瘸腿電影售票員，他暗戀著電影院裡的放映師（李康生飾演），整部影片裡我們聽不到她對李康生的任何表白，我們只是震驚地看著她一拐一拐嘭嘭地拖著巨響的步伐（電影裡惟一從頭到尾久久縈然在耳的配樂），拿著半個心字型的紅壽桃，從樓下一步一步爬到樓上，偷偷放在放映師的機房裡。當戲院裡的電影將要放映到尾聲，她又爬上機房，發現那半個紅壽桃，李康生沒有碰過，心酸地抓起那個紅壽桃，砰砰地拖著沉重的步履離開。到了劇終，我們意外發現這個頑強的瘸腿少女顯然並沒有放棄最後一絲希望，她悄悄把紅壽桃放在售票櫃檯的飯鍋裡，躲了起來。最後既然意外盼到了李康生的回頭，把飯鍋連著紅壽桃帶走。外面傾盆大雨，瘸腿少女最後偷偷目送李康生騎著機車離去。蔡把古代中國彌子瑕獻餘桃於衛靈公的同性愛典故，翻轉成瘸腿少女和小康的分桃遺事，這裡頭大有文章。

林建國曾經對蔡明亮的電影表示過焦慮：「蔡明亮卻沒有真正處理過愛情；他大概沒有能力處理，因為他不太能處理人」，[96]林建國在委婉作出以上批評的時候，《不散》還沒開拍。在這部電影裡，也許我們可以說，蔡明亮完全展示了他處理愛情的能力，他借了一個瘸腿少女所發出沉重有力的腳步聲，把身體對愛情渴望的需要，通過電影語言強烈表達出來。但極其弔詭的是，在一幅瘸腿少女強烈渴望愛情的畫面上，一群男同志也在戲院和公廁間走來走去，莫非他們也是在尋找愛情？我們不知道蔡明亮把這群男同志放在這部戲裡的真正意義，因為他顯然非常猶疑，本來這部戲會出現兩個男孩做愛的場面，演員也找了，樣型也長得好，拍了多個鏡頭，到最後蔡明亮卻把這些做愛鏡頭全刪掉了。[97]理由是蔡明亮沒有辦法說服自己：「拍這場戲到底要幹嘛？」[98]

我以為這個拍攝過程其實洩露了導演的疑慮和顧忌：其實他是非常不想讓觀眾掉入一個參差對照的觀影慣性思維裡──這些肉體交歡的場面，不過強烈對照出異性戀者（瘸腿少女和小康？）精神性的超越。沒有理由我們會相信蔡明亮這十多年來的作者電影需要做出這個判斷。在他回顧八

---

[96] 林建國：《蓋一座房子》，頁69。
[97] 張靚蓓：《不見不散：蔡明亮與李康生》，頁33。
[98] 張靚蓓：《不見不散：蔡明亮與李康生》，頁33。

十年代編導的一部有關同性愛的戲劇《黑暗裡打不開的一扇門》中，他曾說過：「如果我一定要用個同性戀的題材，我一定要用得很感人」[99]這裡所謂的「很感人」，我更願意把它解讀成一種「男人的言情」。我們不要忘記蔡明亮當年在砂拉越，他第一本讀的小說是瓊瑤的言情小說《船》[100]，據他說「瓊瑤的小說我全看過」[101]。在《不散》裡，出現在瘸腿少女售票櫃檯的書，就是瓊瑤的言情小說《船》。但蔡明亮最大的焦慮也在這裡，顯然到今天他的電影還沒有辦法把同性愛納入到一個他理想中「很感人」的言情架構裡。即使在他那兩部最具有同性戀元素的電影《愛情萬歲》和《河流》裡，同性愛者到底始終是處在一種永遠不確定的自我認同障礙裡，這和蔡明亮在現實裡對同性愛者的觀察有關——他們還沒有能力在蔡明亮的電影裡談情說愛，就像我們無法想像把瓊瑤小說裡那些男女主角，通通改換成同性角色，普通讀者還會不會感動掉淚？也許這始終是困擾著蔡明亮內心的一個問題。

在《不散》裡，蔡明亮只能嫁接一個瘸腿少女，把一個「男人的言情」給寄託出去，那可是一個跛子轟轟烈烈的一場愛情漫步：砰砰地步步皆辛苦——向他暗戀的男孩走去。這個瘸腿少女左看右看都不似美麗的陳湘琪，因為在蔡明亮的要求下，她一點都沒有化妝。其實蔡明亮一點都不在意，最重要的是在電影裡——她那顆心也是蔡明亮的心，那顆心正借著一支殘缺的身體正步步邁向一生中所深愛的人走去。也許你可以懷疑他到底能走得多遠，但你不可以質疑他的愛情。這近乎是蔡明亮對愛情的一個基本立場和信念。但問題不出在這個過程裡，因為這個過程已經噴發出藝術的美麗，問題出在那個瘸腿少女一步一步邁向的目的地：機房，在放映電影的過程中，放映師小康有很長的一段時間裡不在裡面，他到底去了哪裡？在第二十三個場景，瘸腿少女在裡邊等了很久，不見英俊的放映師回來，整個偌大的戲院，都是男同志在那裡尋尋覓覓，我們不能排除放映師正徘徊於廁所和戲院之間—這句話意思是說——瘸腿少女在暗戀著一個永

---

[99] 聞天祥：《光影定格：蔡明亮的心靈場域》，頁211。

[100] 參見林建國對蔡明亮的訪談：〈蔡明亮閱讀〉，大馬《蕉風》復刊特大號《蔡明亮特輯》，第489期，2002年12月，頁10。

[101] 張靚蓓：《不見不散：蔡明亮與李康生》，頁17。

遠不可能會愛上「她」的男孩，這隱隱約約是整個老戲院命運揮之不去的夢魘和暗示。

　　現在我們得完全反過來逆向思考，我已經暗示了，瘸腿少女可以被想像成她本來就是創作者自己的化身，這麼多年以來，他的每一個竭力的邁步都是朝向機房，那裡有一個他心愛的人在為大家放映著電影，正如他時常說的，他的電影就是小康的電影。但如果有一天這個人在機房裡失蹤了呢？這對這位創作者來說近乎是一種失戀的打擊——很簡單，戲就沒辦法放映下去了，正如作者說的「如果有一天他（小康）不拍電影了，我也許就會不拍。真的，我想過這個問題，這問題非常詭異；我常常這麼說，聽的人真不知怎麼想。」[102]但為什麼有可能放映師會把戲放映到一半失蹤了呢？在現實裡我們不能排除他在不斷和比「瘸腿少女」更漂亮的小妞約會——這句話的言外之意是：「瘸腿少女」在暗戀著一個永遠不可能會愛上「他」的男孩，因為他只可能愛上她，永遠不會是「他」。這或許是創作者很早就意識到的問題，但他只能不斷通過電影企圖讓這場愛情無限延異（différance）下去，就像讓一間老戲院繼續固執放一些沒有多少觀眾願意有耐心看下去的黑白電影，除了它的演員們——在一場電影裡。那會不會是最後一場電影了？[103]在《不散》裡，這完全預示了創作者正處於一種巨大的焦慮——他要不時派遣一個「瘸腿少女」去機房瞧一瞧：小康還在不在那裏？正如導演會說：

　　　「萬一他不演了，我想很簡單。可能一切就沒有了」[104]

---

[102] 林建國對蔡明亮的訪談：《蔡明亮閱讀》，頁19。
[103] 《不散》裡那家老戲院當晚是放映著最後一場電影《龍門客棧》，接著戲院就關門大吉了。但在現實裡，2005年蔡明亮完成《天邊一朵雲》囊獲柏林影展的大獎，2006年和2009年分別完成的《黑眼圈》和羅浮宮首部電影典藏《臉》，廣受矚目。拙文曾於2005年7月9日在吉隆坡《馬華文學與現代性國際研討會》由代表宣讀。事後聽現場錄音，聽到在場的許通元發表意見，認為拙文應該把《天邊一朵雲》納入考察的範圍。事實上《天邊一朵雲》還是重複了蔡明亮作者電影的一貫主題和風格：身體敘事與懷舊的時代曲，以及主角從生理到心理對於愛情的饑渴。這次蔡明亮也不過是把影片注入了一些色情電影工業的操作想像，讓它看起來更貼近大眾而已。在我看來這部電影在本文中並不是非談不可——至少它所要表達的資訊和意象，已在之前蔡明亮電影裡重複多次了，要分析它，也不過是又多出一條引證而已。
[104] 林建國對蔡明亮的訪談：《蔡明亮閱讀》，頁19。

　　蔡明亮的作者電影，其實想要比楚浮的作者論實踐走得更遠。終其一生，楚浮跟他鍾愛的男演員尚・皮耶李奧，不過在二十年只斷續拍了五部再現尚・皮耶李奧從十三歲到三十多歲的「安東尼・達諾」（Antoine Doinel）系列電影，以及另外兩部演飾其他角色的電影[105]。雖然一些外國學者覺得是「安東尼・達諾」的幽靈附身在華人演員小康身上，這是「安東尼・達諾」的幽靈歸來[106]，不過楚浮除了七部電影，尚有十多部電影，並不是以尚・皮耶李奧為男主角。蔡明亮至今為止的每一部電影，卻都以李康生為主角。蔡明亮也同樣花了將近二十年的時間，卻為自己鍾愛的男演員李康生拍了九部電影，這還不包括一九九一年的電視單元劇《小孩》和數部短片，李康生從少年到臨近中年的容顏變更，電影鏡頭做了最忠實的記錄和銘刻。

　　早期楚浮提出他的作者論，預言明日電影「將會顯得比一部個人小說還要更具個人特性和自傳性，就像是一種懺悔或私人日記。年輕的導演們將以第一人稱來表達自己的思想感情，而且將向我們敘述發生在他們自己身上的事情。」[107]後期的楚浮卻表示早期的電影綱領，已不能滿足他了，他後期「會更喜歡用第三人稱來拍。我更喜歡用『他』來敘述故事，而不是『我』。」以「他」敘述故事，一般來說比較客觀，也是很多好萊塢電影更願意採取的敘事人稱，這可以解釋為甚麼後期的楚浮願意妥協，不再抗拒與英美的商業電影公司合作拍片。蔡明亮的電影，有始至今，卻比較傾向於以小康的第一人稱「我」，進行電影敘事，作品一部比一部來得具有私密性和個人性，仍然堅決把自己的作者電影和商業電影對立起來，蔡明亮有意無意延續了楚浮當年夭折的明日電影理想。

　　當然，這不是說蔡明亮的作者電影內容和形式，和楚浮的電影如出一轍。實際上，兩者的電影風格、手法和主題內容，皆大異其趣。楚浮電影

---

[105] 五部「安東尼・達諾」系列電影分別是《四百擊》（1959）、《二十歲之戀》（1962）、《偷吻》（1968）、《婚姻生活》（1970）和《愛情逃跑》（1979）。另外兩部電影是《兩個英國女孩與歐陸》（1971）和《日以作夜》（1973）。

[106] Bloom, Michelle E., "Contemporary Franco-Chinese Cinema: Translation, Citation and Imitation in Dai Sijie's *Balzac and the Little Chinese Seamstress* and Tsai Ming-liang's *What Time is it There?*" *Quarterly Review of Film and Video*, 22:4, 2005, pp.318-319.

[107] 弗朗索瓦・特呂弗（楚浮）：《眼之快感：弗朗索瓦・特呂弗訪談錄》，長春：吉林出版集團，2010年，頁29。

大致上都有故事和情節、對白頗多、主題內容主要圍繞著女人和小孩，溫情與憐憫。蔡明亮的電影，除了早期的電視單元劇和《青少年哪吒》是劇情片，後期電影並沒有多少具體的故事和情節，人物對白很少，主題內容主要還是圍繞著個人和情慾，冷酷與無情。蔡明亮對楚浮電影的致敬和學習，主要是汲取其作者電影的製片模式之神韻，捨棄其大部分的形式和內容。只有這樣，作為獨當一面的蔡明亮的作者導演身份，才能得以確立。

　　薩里斯（Andrew Sarris）在他提出的作者原理（auteur theory）中，首先認為一個導演僅僅掌握電影的拍攝技巧，他只能是「技師」（technique）[108]；即使他能在較後的一組電影中，展現其一定的電影風格特徵，他也不過是「創風格者」（personal style）[109]；一個真正有資格被授於「作者」榮譽的導演，他的電影必須具備「內在意義」（interior meaning）：「電影最大的榮譽在於它的藝術性，內在意義可以在導演個性和電影素材之間的張力中被推斷出來。」[110]蔡明亮除了多年一直捍衛電影作為一門藝術的獨立地位，也通過電影實踐，把電影作為一支筆，書寫自己對生命、愛情和自由的獨特想法。其電影的「內在意義」，主要體現在對「小康之家」的多年經營上。不僅一直堅持以小康作為他電影的男主角，也經常把拍攝場景，直接搬到小康現實生活的家庭。電影裡那個青色的電鍋，從《青少年哪吒》到《臉》，不僅一直是電影裡「小康之家」的道具，也是現實裡李康生在家裡煮飯的工具。李康生現實生活裡在家裡豢養的金魚，也一年比一年在螢幕裡顯得肥碩。「小康之家」是個怪胎之家。家庭成員的核心，沒有一般家庭影像出現的小孩和女孩。家庭成員之間曖昧不清的關係，一直是蔡明亮電影裡解不開的密碼：《河流》發生亂倫的父不父、子不子，發展到《你哪邊幾點》的父親去世，母親自慰；《臉》的母親臨終之際，強拉著小康的手：「往下推到她疼痛的部位，他的手幾

---

[108] Sarris, Andrew. "Notes on Auteur Theory in 1962", in Leo Braudy and Marshall Cohen (eds), *Film Theory and Criticism: Introductory Readings*, New York and Oxford : Oxford University Press, 6th edn, 2004, pp.562-563.

[109] Ibid.

[110] Ibid, p.562.

乎碰到她陰部」[111]，似乎要借著身體最後的快感，減輕自己生理在臨終之際的巨大痛苦。

這座小康之家的窘境，在《黑眼圈》裡彰顯出其外型：那是一座沒有屋頂的廢墟大樓。蔡明亮卻把它看成是一座「雄偉得像一座後現代的歌劇院」[112]，天上日以繼夜掉下的雨水積滿了樓底，形成「生命的湖」[113]。整棟建築物因為被發展計畫擱置和廢棄，不再有公與私、內與外和新與舊的界限劃分。當最後流浪漢小康、女傭和外蘿拉旺一起依偎在一張雙人床上，緩緩漂浮在這座「生命的湖」。兩男一女躺在床上，有可能孵育出什麼新品種的新生命嗎？沒有屋頂的小康之家，何以解憂？我們會感到這個「追問」本身已經構成了蔡明亮作者電影在現實裡的內在意義，他的電影從來不提供答案，因為蔡明亮喜歡說：「因為人生沒有答案。」[114]

五、結語

作者論，無論最初只是被楚浮視為一種電影製作的實踐（a film-making practice），或後來被薩里斯作為一種評估或闡明導演藝術作品「整體性」的思考（the wholeness of art and the artist）[115]。它最為後人詬病的莫不在於過於誇大導演在電影製作過程中的主導性，忽略了電影製作的分工合作性質。電影導演並不是一位沒有受到任何束縛的藝術家，他被來自方方面面的技術、攝影和燈光的嘈雜噪音所籠罩，作者論低估了電影產業制度和環

[111] 參見蔡明亮：〈《臉》劇本〉。收錄於蔡明亮等著：《臉》，臺北：典藏藝術家庭股份有限公司，2009年，頁72。（感謝蔡明亮贈予筆者此書）。
[112] 參見Tsai Ming-liang, Director's Note，收錄於蔡明亮：《黑眼圈》（DVD），Taipei: Homegreen Films，2006。
[113] 這是北島的短詩〈走吧〉：「走吧，我們沒有失去記憶。我們去尋找生命的湖」，被蔡明亮引用，參見Tsai Ming-liang, Director's Note。
[114] 吳素柔：〈蔡明亮談杜魯福〉，收錄在梁良、陳柏生主編：《永恆的杜魯福：杜魯福逝世20週年紀念專集》，香港：電影雙週刊出版社，2005年，頁200。
[115] Sarris, Andrew. *The America Cinema: Directors and Directions, 1929-1968.* Chicago: The University of Chicago Press, 1985, p.30.薩里斯對作者論的反思，可參見"The Auteur Theory Revisited", in Virginia Wright Wexman (ed.), *Film and Authorship*, New Brunswick, New Jersey and London: Rutgers University Press, 2003, pp.21-29.

境對作者的影響。[116]縱然如此，蔡明亮的作者電影，跟楚浮電影的不同，也在於對演員的互動。楚浮的鍾愛演員尚‧皮耶李奧在電影裡，完全把自己交給導演，他喜歡說：「我在想什麼一點都不重要，你應該問導演，他在想什麼。」[117]但在蔡明亮電影內外的李康生，卻相當有自己的看法。蔡明亮的作者電影並不是導演一手包辦的獨角戲，正如蔡明亮自言：「老早我就明白，導演不是上帝。」[118]李康生是蔡明亮電影拍攝過程中其中一個主導因素，他一直以對蔡明亮電影的演繹方法和「緩慢」（slowness）節奏，起著重要的主導。事實上小康的身份不只是蔡明亮的演員，除了幕前幕後對蔡明亮的電影劇本提供意見，讓蔡明亮覺得他的想法「很獨特，很有爆發力。」[119]李康生也多年在錄音室和剪接室協助電影後製，也在一些記錄片和短片擔任蔡明亮的副導。[120]二〇〇三年還在蔡明亮的協助和監製下，第一次執導第一部電影《不見》，囊獲鹿特丹影展「金虎獎」等，過後還完成第二部電影《幫幫我愛神》。

其實，要歸納和總結蔡明亮和李康生的小康之家是困難的，而且註定是尷尬的，不僅因為我們背向是一群道貌岸然的觀眾：這座小康之家在他們的現實視界裡找不到對應之物，也是因為我們面對的不再是那些斬釘截鐵的方塊字，而是一架流動的錄影機頭所生產的身體影像，背後掌鏡的才是蔡明亮和他的集體工作班底。在我們的馬華留台文學裡，我們已經習慣了很多知名小說經常都在重演主人公「失蹤／尋覓」的敘事意識[121]，但在蔡明亮的電影裡，同樣的演員和角色在每一部戲裡重現，他們不但不會在敘事裡跟觀者玩失蹤的遊戲，也似乎要讓我們相信他們永遠都不會消失

---

[116] Stam, Robert. *Film Theory: An Introduction*, Malden: Blackwell Publishing, 2000, p.90.

[117] 蔡明亮：〈導演手記〉，收錄於蔡明亮：《你那邊幾點》，臺北：寶瓶文化，2002，頁159。

[118] 蔡明亮：〈導演手記〉，頁155。

[119] 參閱李康生：〈過去〉，收錄在張靚蓓：《不見不散：蔡明亮與李康生》，新加坡：八方文化創作室，2004年，頁8-12。

[120] 雖然尚‧皮耶李奧也曾擔任楚浮和高達的助手或副導，但時間頗短，不超過三年。根據尚‧皮耶李奧的透露，那段期間大概是從1959年《四百擊》之後至1962年《二十歲之戀》為止。參閱林志明對尚‧皮耶李奧的訪問：〈新浪潮的迴旋：訪尚‧皮耶李奧〉，臺灣《電影欣賞》第109期，2001年秋季號，頁61。

[121] 例如張貴興的《猴杯》和《群象》，黃錦樹的《M的失蹤》等等。有關論證請參閱筆者：〈在尋覓中的失蹤的（馬來西亞）人：「南洋圖像」與留台作家的主體建構〉，收錄於吳耀宗主編：《當代文學與人文生態：2003年東南亞華文文學國際研討會論文集》，臺北：萬卷樓出版社，2003年，頁257-293。

的樣子。他們通過在每一部電影裡的投胎轉世，可能暫時換了一個身份和名字，但保留了形體和神韻——在現代性的時間之外，卻在電影框架的時間進程內，保存了他們不朽的身體性。小康作為蔡明亮電影裡永恆的男主角，他的失蹤對創作者來說近乎是不可想像的，敘事非但不會展開下去，甚至會可能永遠終止。

　　一開始小康的肉身既是創作者的「衣櫃無形人」的替身，但他在這十多年裡，其實他漸漸溢出了創作者所能完全馴服的範圍，他的形象和心理狀態，不是一成不變的，而是始終處在流動的變程之內。每一部蔡明亮的電影都是創作者和小康的一次交手，這是創作者為自己處的難題。沒有人會否認這個小康一如作者論，的確把蔡明亮給框住了[122]，但蔡明亮顯然也願意被這個人框在衣櫃裡起舞，因為這架衣櫃在這些年裡的確在眾目睽睽下起飛了，越飛越高，這也許是蔡明亮電影令人著迷的「內在意義」。這當然是一種反常規的藝術行動，一次身體性的出場，沒有人確定是這架衣櫃載著蔡明亮起飛，還是蔡明亮背負著這架衣櫃飛起。蔡明亮的外在形體雖然安於無家的狀態，但他在電影裡一直都很溫柔地做著一個很甜蜜的夢，在那夢境裡有一座小康之家隱隱浮現，這是他的衣櫃的另外一個隱喻，也許蔡明亮不是沒有家，或許是這位貓城之子騎遊著浮動的小康之家往返於臺北和貓城之間。無論如何，畢竟在夢境中飛翔的人是幸福的，他已經為後來者開闢了一條歪歪斜斜的航空路線，他向我們示範了有那麼一個人可以舞動著粗樸的步拍，撬開家裡的屋頂，藉著身體性的出場，一次性的起飛。

---

[122] 近年彭小妍從法國與美國作者論的論述和台灣新電影的脈絡，指出蔡明亮電影反好萊塢的盲點。參見彭小妍：〈《海角天涯》：意外的成功？——回顧台灣新電影〉。《電影欣賞學刊》總142期，2010年1月至3月號，頁124-136。

【研討會總結陳詞】

複雜多元的「現代性」
──《現代性與馬華文學》

溫任平

一

　　《馬華文學與現代性》研討會於二〇〇五年七月九日、十日召開，兩天內共有十四位學者提呈論文，加上何乃健先生的專題演講，研討會結束的四人文學座談，時間可謂十分緊湊。是屆研討會除了宣讀論文，主辦當局還安排每一場演講都特約專人負責講評，提出或正或反或補充的意見，就我所知，這樣的安排在國內還屬破題兒第一遭。

　　對於提呈論文的學者與評論家，這種安排是一種無形的壓力，大家下筆都務求言必有據，據必可稽，無懈可擊。另一方面，講評人必須事前細讀本文，找出文章的優點或瑕疵，以免珠玉當前，自己卻尷尬地失語，由於論文提呈者與講評人實力旗鼓相當，這就形成一種良性的知識互動。這次研討會過後，日後國內舉辦此類研討會，很可能會參照這種講評或特約討論的模式。

二

　　研討會的主題為「馬華文學與現代性」，這兒有兩個重點：一是馬華文學，二是現代性。前者不必闡釋，後者則需稍加說明。「現代性」

（modernity）並非「現代主義」（modernism）的同義詞，雖然現代性裡頭涵蓋了現代主義，而現代主義可以說不能沒有現代性這股動力。

中國文學的現代性可以追溯到晚清，甲午戰敗的中國政治窳敗腐化，乃有嚴復的提倡新小說，梁啟超甚至認為「欲興一國之民，不可不興一國之小說。」《二十年目睹的怪現狀》、《官場現形記》等社會譴責小說，梁啟超未寫完的《新中國未來記》的政治幻想小說都在針砭時弊，批判傳統。胡適的文學改良主張是追求現代性的另一波，陳獨秀激烈的文學革命論主張打倒貴族文學、古典文學和山林文學，攻擊的目標是散文的桐城派、文選派和以舊詩酬唱的江西詩派。魯迅的《野草》、《狂人日記》、《阿Q正傳》充分流露現代性焦慮。夏志清曾撰文指出二十世紀上半葉的中國文學普遍洋溢著感時憂國的精神。晚清以降，不管是現實主義、左翼的社會主義現實主義，主張個性解放的浪漫主義，城市化但作風超現實主義的新感覺派，源自法國繁複難解的象徵主義，以迄現代主義與繼之而起的後現代主義，都是挑戰傳統，企圖推陳出新的各種現代性實驗。

本屆研討會至少有五篇論文涉及現代性這概念。許文榮指出現代性具有文學技巧的含義，但不宜僅把現代性理解為現代主義或後現代主義。用許的話：「現代性還包括現代主義、現代生活及對現代化／工業化的反思和批判。」許文榮把馬華文學視為中國性、本土性、現代性的「三位一體」（以四十篇作品為佐證），這「通則」有欠周延，馬華詩人假牙的一行詩〈無題〉：「她在眾目睽睽之下走過馬路」並無中國性、本土性的瓜葛，連現代性也扯不上。北島的詩〈生活〉只有一個「網」字，漢學家要尋覓詩中的朦朧性、中國性、先鋒性、現代性、離散性、世界性等等，恐怕難矣。許維賢解讀蔡明亮的身體敘事，認為後者是以電影畫面的定格留住一些記憶和聲音，抵抗一種「稍縱即逝」的現代性時間，而現代性是一種時間線性不可逆轉的歷史性時間框架。許維賢的現代性析義與許文榮的焦點不同。他認為蔡明亮要把握和留住的可能是稍縱即逝的「當下」，「眼前」或「現在性（presentness）」。

黃錦樹在論文中提到在馬來亞建國之前，中國南來的文人，他們把「文學作為啟蒙教育、反殖反帝、階級鬥爭的武器。」黃錦樹認為這些作

品，不諳迂迴的暗示，直白的指涉使他們流於膚淺粗糙，但黃錦樹並沒有否定這些作品追尋現代性的努力。

張錦忠的論文首段即指出十九世紀西方列強掠奪弱國資源，但同時亦為殖民地攜來了西方的現代性這個事實。早年南來的中國知識份子，在新馬建立境外的舊文學傳統，這傳統提供了文學養成的溫床，弔詭的是，這個舊文學傳統後來卻成了新馬兩地新文學革新、顛覆的對象。

莊華興以活躍於三〇年代末以迄五〇年代末的馬共黨員金枝芒為例，詳析了作家如何通過文學宣揚以貫徹其鬥爭理念。金枝芒（即乳嬰）曾挑起「馬華文藝獨特性」的論爭，他的小說抗英反殖是另一種現代性的拓展。要之，現代性腹笥極大，左派右派（為了方便論述只能用這麼籠統的稱謂）作家都在尋求思想的出路，企圖奠立新的文學典範，影響一時一地的文學趣味。有些作家成功了，更多的是力有未逮的失敗者，即使作品寫壞了，仍屬馬華文學創傷（傷痛）現代性經驗的一部分。

三

馬華文學的現代主義蔚然成為一種文學運動，大約是五〇年代末、六〇年代初的事，那時新馬兩地尚未分家。新加坡的牧羚奴於一九六八年出版詩集《巨人》，馬來亞的張麃因的《言筌集》於一九七七年付梓。《言筌集》雖然稍晚印行，但裡頭收錄的四十九首詩，其中逾半完成於一九五八年以迄一九六五年期間。詩人／作家對自身的藝術開創行為無法立論，此點保羅。德曼（Paul de man）在他的《不見與洞見》（Blindness and Insight）的文章裡曾經論及。詩人／作家往往寫了一些自己也感到不解或震駭的作品，要等到日後有識之士給予評鑒始能凸顯其價值。

黃琦旺恰好是這匹千里馬的伯樂，她以新批評的手術刀剖析《巨人》與《言筌集》，從隱喻、歧義、反諷、語境、張力、戲劇性、矛盾語言、言外之意、旁敲側擊（indirectness）、局部字質到整體結構詳析了這兩部詩集。黃琦旺對源自耶魯學派結構主義的新批評瞭若指掌，把作品的內涵與外延衍義都一一點出。馬華文學評論向來貧瘠荒蕪，七十年代新批評能夠

勃興，主要是靠一小撮人向臺灣取經並且閱讀參照新批評的英文原著始能
打開局面。黃琦旺戲稱新批評是「一家落伍了的批評公司」，但是作者運
用新批評遊刃有餘，輔以原型批評，語言學與符號學知識，分析作品頭頭
是道。現代主義作品重精粹性與濃縮性，但要把它們闡發出來真是談何容
易，黃琦旺的苦讀細品有此成果，使人覺得新批評仍有可為，仍有可供擴
展的空間。

另一篇長論是張光達論七字輩詩人的後現代／消費美學。七字輩詩人
都是誕生於一九六九年五一三事件後的新生代，張光達臚列了九位年輕詩
人，從一九七三年誕生的林健文到一九七九年面世的許世強，探討彼等與
作品中流露的都市性、感官慾望、商品消費等後現代特徵。全球化、數碼
化、電腦化時代的蒞臨改變了當代人的生活節奏與內容。面對高樓大廈與
氾濫成災的資訊影像等文明亂象，後現代詩人採取了與現代詩人不同的書
寫策略，他們或戲謔或調侃或諷刺或質疑，就是拒絕像他們的前輩那樣斷
然的排拒與譴責。

在討論後現代詩的同時，張光達不忘以現代主義作為參照比較兩者面
對相同的題材，態度與回應的殊異。這涉及主體性的問題，詩不僅具有審
美的意義，也是存在價值的揭示。李歐塔（J.F.Lyotard）嘗謂現代性在本
質上不斷孕育著它的後現代性，後現代性雖說不斷消解現代的主體性（存
在價值取捨相異），但它仍是現代性整體的一部分。梅海爾（McHale）的
看法是「現代主義與後現代主義並非一個不可逆轉、單向開放的過渡與門
檻。」，指陳了兩者互斥互動的可能。

四

林春美與鍾怡雯兩人的學術聚焦都在散文。馬華文學評論一向以詩
與小說為對象，國內的散文論析相對貧弱，本屆研討會有兩篇論文討論散
文，彌足珍貴。

林春美是從舉辦了八屆的嘉應散文徵文比賽獲獎作品尋找作者的書
寫模式，她發覺半數以上的作品都以家庭、父母祖輩交織出來的親情為主

軸。林春美因此引申出作品的「父祖同盟──民族／歷史／文化」的架構，我本人也擔任過多屆大專文學獎的評審，發覺思親／思鄉確實是與賽散文作品的熱門主題。這種對父母的懷念／回憶，反映了作者生活體驗的貧乏，題材方面的局限。另一方面，年輕人離鄉背井在城市裡面對學業／工作的挫折，往往「母胎化」，退回親情的「枕墊」以減輕壓力，尋求心理庇護。孫隆基在他的《中國文化的深層結構》一書裡曾經指出中國文化裡面有許多這類枕墊。我想只有少數的作者意識到他們所從事的很可能是「父祖同盟」，涉及歷史、文化、民族的大敘述，所謂grand narrative。

　　鍾怡雯論馬華散文的「浪漫」傳統，她很小心地在浪漫兩個字上面加上引號，使它與浪漫主義區別開來。她留意到馬華文學的兩類「浪漫」散文，一種是溫瑞安「龍哭千里」、林幸謙「狂歡與破碎」氣勢磅礡時而感情失控的抒情，指出溫林兩人所用的詞庫驚人接近。另一類則是八、九零年代發軔的大專校園文學，那時期的散文好手包括潘碧華、何國忠、祝家華、林幸謙諸子，他們的作品洋溢著既感傷又激越的憂患意識，題材有大學生的心聲、文化的焦慮與對時局的控訴。鍾怡雯文末引用李歐梵談五四文人的浪漫精神，突出反浪漫的「浪漫方式」，此一悖論尤為發人深省。

五

　　關於個別作家的文學表現與角色扮演，張依蘋以黃錦樹、陳大為、鍾怡雯為例，說明前述作家兼具馬華文學研究者的雙重身份。學者從事文學評論，勾勒文學思潮的時代社會關係，這種知性工作甚易磨損當事人的感性神經，左右腦一樣發達的人畢竟是少數。張依蘋以黃錦樹的小說，陳大為的詩，鍾怡雯的散文，闡述學思歷程與書寫策略可以兵分二路，亦可互藏其宅。張依蘋顯然對探索馬華文學／馬華作家身份的多重可能性甚感興趣，論文最後部分綜論「在台馬華文學」與「在馬臺灣文學」，為文學的身份國籍、生產場域、文化認同的混雜性作出解讀。

　　張錦忠很早就思考這方面的課題，他提的論文討論的正是馬華作家的離散與流動的跨國現象。張指出在臺灣生產的馬華文學，同時具備臺灣文

學與馬華文學的雙重屬性，這種屬性錯位正反映了馬華文學的流離失所。
九〇年代以降，有跡象顯示馬華作家從臺北流向南京與北京。

高嘉謙論黃錦樹的寓言書寫。寓言允許不同層次的釋義，用詹明信的
觀察：「所有第三世界的文本均帶有寓言性，我們應該把這些文本當作民
族寓言來閱讀……」這句話對黃錦樹不無啟示。本屆研討會黃氏在論文中
指出，早期文學那種宣揚「為社會而文學」的創作失敗，是因為那些所謂
社會寫實淺白直露，不懂寓言的多重複義，這不啻是黃錦樹的夫子自道，
無意中透露了他的書寫策略的偏嗜。

高嘉謙認為黃錦樹的族群書寫，不僅是感時憂國遺緒下的道義負擔，
他還尋求「馬華」書寫的政治實踐位置，「馬華」在哪裡？「馬華文學」
怎樣寫？怎麼樣的形式承載怎麼樣的經驗？都是黃錦樹的縈心之念。

六

馬華文學的建制主要以報章文藝園地、書籍雜誌的印刷流通為基礎。
黃俊麟的《文藝春秋》掃描（1996-2004），把九年來發表的詩、散文、小
說、評論給予爬梳分類，讓大家看到這些年來這塊文藝園地曾經綻開過什
麼花卉。九年來《文藝春秋》刊載過的專輯、專題、主題論述、系列文章
還有與時局互動、反映社會政治動態的創作，黃俊麟都一一交代了當初組
稿的緣起於來龍去脈。他不無自詡的指出莊華興撰寫的「馬來文壇巡禮」
系列是《文藝春秋》的一座里程碑。

我最感興趣的是黃俊麟對地志書寫這方面的關注。他認為本土化不能靠
在作品中安排幾個異族人物，營造椰風蕉雨，還得憑豐富厚實的在地知識。
討論至此，黃俊麟忽然逸出《文藝春秋》的範疇，特別推介楊藝雄的新著
《獵釣婆羅洲》裡頭「原汁原味的本土內容」：砂拉越的飛禽走獸、植物花
草、釣魚狩獵的各種體驗與任務遭遇，楊藝雄筆下的大自然是「生命賴以生
存的神聖疆場，又是強韌的競爭對象。」楊氏的「深層生態學寫作」（deep
ecological writing）（陳映真稱為「環境文學」），必須要有充分的在地知識
與敏銳的觀察感受，才能寫出好作品，皮相的湖光山色描繪，很容易成了廉

價的旅遊指南。國內從事環境文學書寫的朋友包括了何乃健、田思、邡眉、林金城、還有年輕一代的杜忠全，他們的表現值得吾人留意。

從國內的園地到境外的出版，胡金倫的〈馬華文學在臺灣〉引錄了張錦忠發表於《中外文學》（2000年9月）的〈馬華文學在臺灣編目〉（1962-2000），胡另行整理了二〇〇〇年以迄二〇〇五年的新近出版數目作為補充，這樣一來，馬華文學在台的出版狀況可謂一目了然：從一九六二年到二〇〇〇年共出版各類詩文選集九十七種，翻查數目赫然發現馬華文學在台的始作俑者是一九六二年印行《夢裡的微笑》的小說家張寒。六〇年代中期星座詩社成員的詩集，相信都由作者自資出版。胡金倫整理書目以文類區分，得小說十七種，散文十六種，詩三種，共三十六冊，換言之，自一九六二年到二〇〇五年馬華文學在台總共出版了一百三十三本各類書籍，馬華文學在臺灣的版圖或許可從這數目略窺梗概，胡金倫提供的這份史料對研究「馬華文學在臺灣」的人應該大有幫助。

至於馬華文學在中國的處境，陳大為的論文多有闡發。一九九〇年九月大馬政府廢除了對中國大陸的禁令，翌年，馬華文學開始流入中國學界，主要是通過作協組團訪華，團員贈書給中國朋友這條管道。中國學界早期以這些贈書為研究馬華文學的文本，這就難免出現以偏概全的現象。

陳賢茂長達兩百萬字的《海外華文文學史》、公仲主編的《世界華文文學概要》，這些重要的文學史著作，裡頭遺漏之多，令人咋舌。中國學者對一些馬華作家的讚譽或過甚其詞、或搔不到癢處。馬華作家九〇年代出席多屆世界華文文學國際研討會提呈的都是些綜論、泛論，缺乏學術墊底，能提供給中國學者的研究指引微不足道。一直到九〇年代末旅台學者的馬華文學論述接踵出爐，這方面的研究成果才反過來影響中國學界的論述向度。中國學者中以劉小新、朱崇科、黃萬華對馬華文學的研讀最見工夫，劉、朱二人擅學術思辨，黃萬華最能整合綜論。

目前福建省的社科院與幾所東南亞研究中心，都有訂閱大馬的華文報刊。隨著資訊流通的日愈便利，中國學界在未來應該更準確地把握馬華文學的具體表現與動向。二〇〇四年九月，我赴山東大學參加世華研討會，提呈論文後，過來閒談的戴冠清、喻大翔、朱文斌，他們的學術興趣都兼及馬華文學。戴冠清現任泉州師範學院中文系主任，她是福建省台港澳暨

海外華文文學研究會副會長；喻大翔專攻散文研究，正在多方面搜羅海內外散文佳作，他刻下在同濟大學任教授，他也是海外華文文學研究所所長。朱文斌現任紹興文理學院世界華文文學研究所所長，交談之下，才知道朱是陳賢茂的高足。陳賢茂對《海外華文文學史》書中的疵誤顯然未能釋懷，特別囑咐其弟子朱文斌日後勘正補充。種種跡象顯示中國的馬華文學研究，處境有望逐漸改善。

　　以上總結，並非單純的文書記錄，把十四篇論文分成不同組別，為了方便討論一花多瓣的現代性。加上自己的觀察與心得點滴，是為了證明自己也有意見，是個願意思考的人。

作者簡介

何乃健

　　一九四六年生於泰國曼谷，一九五三年移居檳城，祖籍廣東順德。馬來西亞理科大學生物學碩士。著有詩集《碎葉》、《流螢紛飛》、《裁風剪雨》及《雙子葉》。散文集《那年的草色》、《淅瀝的簷雨》、《稻花香里說豐年》、《禪在蟬聲裡》、《逆風的向陽花》及《讓生命舒展如樹》。合集《含淚為大地撫傷》、《驚起一灘鷗鷺》、評論集《荷塘中的蓮瓣》、《陳瑞獻寓言賞析》、《阡陌上的遐想》、《水稻與農業生態》、《窺探大自然》及《水稻的豐產與穩產》。二〇一一年出版詩文全集五冊。

許文榮

　　一九六四年生於馬來西亞吉打州，祖籍福建南安。馬來亞大學文學榮譽學士、文學碩士，南京大學中文系文學博士。曾執教於吉隆坡韓江新聞與傳播學院、柔佛新山南方學院，現任拉曼大學中文系主任、博士生導師。著有《極目南方：馬華文化與文學話語》（二〇〇一）、《南方喧嘩：馬華文學的政治抵抗詩學》（二〇〇四）與《馬華文學與新華文學比照》（二〇〇八）三部學術論著，同時發表七十多篇學術論文於馬、新、中國大陸及臺灣的核心期刊、學術論文集及國際學術會議。

黃錦樹

　　一九六七年生於馬來西亞柔佛州，祖籍福建南安，國立清華大學中文系博士。現任國立暨南國際大學中文系教授。著有小說集《夢與豬與黎明》、《烏暗暝》、《由島至島》及《土與火》。散文集：《焚燒》。評論集《馬華文學：內在中國，語言與文學史》、《馬華文學與中國性》、《謊言或真理的技藝》、《文與魂與体：論現代中國性》。編書：《一水天涯：馬華當代小說選》、《別再提起：馬華當代小說選1997-2003》，與張錦忠主編《原鄉人：族群的故事》，與王德威合編《重寫‧臺灣‧文學史》，與張錦忠合編《回到馬來亞：華馬小說七十年》。

高嘉謙

　　一九七五年生於馬來西亞森美蘭州芙蓉，祖籍廣東潮陽，臺灣政治大學中國文學博士，現任臺灣大學中文系助理教授。主要研究領域為中國近現代文學、臺灣文學、馬華文學。著有博士論文《漢詩的越界與現代性：朝向一個離散詩學（1895-1945）》。近年期刊與專書論文包括〈骸骨與銘刻：論郁達夫、黃錦樹與流亡詩學〉、〈帝國、斯文、風土：論駐新使節左秉隆、黃遵憲與馬華文學〉、〈城市華人與歷史時間：梁文福與謝裕民的新加坡圖像〉等。另主編馬華文學的日本翻譯計畫「臺灣熱帶文學」系列（京都：人文書院，2010-2011）。

張光達

　　一九六五年生於馬來西亞吉打州，祖籍福建同安，畢業於馬來亞大學。著有《風雨中的一枝筆：當代馬華詩人作品評述》（二〇〇一）、《馬華當代詩論：政治性、後現代性與文化屬性》（二〇〇九）、《馬華現代詩論：現代性質與文化屬性》（二〇〇九）。編有《辣味馬華文學：九〇年代馬華文學爭論性課題文選》（二〇〇二）。學術論文收錄於馬華作協編《馬華文學大系：評論卷》、陳大為等編《赤道回聲：馬華文學讀本II》、《海峽兩岸現當代文學論集》、《中國現代文學半年刊》等。

林春美

　　一九六八年生於馬來西亞檳城，祖籍福建福州。新加坡國立大學中文系博士。曾任文學雜誌《蕉風》主編，現任博特拉大學外文系副教授。編著有《給古人寫信》、《性別與本土：在地的馬華文學論述》《鍾情11》、《辣味馬華文學：九十年代馬華文學爭議性課題選》、《我的文學路》、《週一與週四的散文課》、《青春宛在》等書。

張錦忠

　　一九五六年生於馬來西亞彭亨州關丹，一九八一年赴臺。國立臺灣大學外國文學博士，現任教於高雄國立中山大學外文系。著有短篇集《白鳥之幻》、詩抄《眼前的詩》及論文集《南洋論述：馬華文學與文化屬性》，編有馬華文學與臺灣文學研究論文集多種。

黃俊麟

　　一九七二年生於馬來西亞霹靂州太平，祖籍福建南安。畢業於國立台灣政治大學中國文學系。曾任《學海》編輯、星洲日報副刊副主任，現任《星洲廣場》主編兼《文藝春秋》編輯，著有小說集《咪搞蒙古女郎》。

陳大為

　　一九六九生於馬來西亞霹靂州怡保，台灣師範大學文學博士，現任台北大學中文系教授。著有：詩集《再鴻門》、《盡是魅影的城國》、《靠近羅摩衍那》，散文集《流動的身世》、《句號後面》、《火鳳燎原的午後》，論文集《亞洲閱讀：都市文學與文化》、《風格的煉成：亞洲華文文學論集》、《中國當代詩史的典律生成與裂變》等。

鍾怡雯

　　一九六九年生於馬來西亞霹靂州怡保，台灣師範大學文學博士，現任元智大學中語系教授。著有：散文集《河宴》、《垂釣睡眠》、《聽說》、《我和我豢養的宇宙》、《飄浮書房》、《野半島》、《陽光如此明媚》，論文集《無盡的追尋：當代散文的詮釋與批評》、《馬華文學史與浪漫傳統》、《經典的誤讀與定位》等。

黃琦旺

　　一九六六年生於馬來西亞雪蘭莪州雙溪威鎮，祖籍福建南安。一九九一年臺灣中興大學文學士，一九九四年新加坡國立大學文學碩士，二〇〇九上海復旦大學文學博士。研究領域為現代文學及文學理論，近年嘗試研究明清小說與現代小說的演變貫通。現為加影新紀元學院中文系講師。

張依蘋

　　一九七一年生於馬來西亞砂拉越州詩巫，祖籍福建閩清。現任教馬來西亞拉曼大學中文系。亞洲區時尚雜誌（吉隆坡）《都會佳人》（cittàbella）創刊編輯之一，首屆在馬來西亞的國際詩歌節（2010 KL Poetry Island Poetry Festival）負責人。著作包括《隱喻的流變》（楊牧作品研究1961-2001），《暗戀》（口袋詩集），《吉隆坡手記》（小品），《哭泣的雨林》（文集），編有《來自遠方的拷問》（哈維爾自傳），《哈維爾圖像詩集》，《玫瑰之約》（2010詩島詩歌節手冊），譯著有《詩意地生活，或憂鬱而青春》（顧彬詩手冊），《終究玫瑰》（顧彬德中對照詩集），《白女神‧黑女神》（顧彬4語詩集）等。

許維賢

　　一九七三年生於馬來西亞霹靂州太平，祖籍廣東紫金。現任新加坡南洋理工大學助理教授。代表著作有兩篇發表於臺灣《中外文學》，即〈「性育」的底線：以張競生主編的《新文化》月刊為中心〉和〈現代中國「同志」的修辭學：從郁達夫的〈茫茫夜〉到王小波的〈革命時期的愛情〉和〈東宮‧西宮〉〉；另外，論文也見於臺灣《電影欣賞學刊》、北京大學陳平原主編的《現代中國》和新加坡《南大語言文化學報》等等。業餘，亦以筆名翁弦尉，在香港文藝期刊《字花》以及新加坡、馬來西亞和中國文學期刊發表小說、散文和新詩。個人出版著作有短篇小說集《遊走與沉溺》和新詩集《不明生物》。

溫任平

　　一九四四年生於馬來西亞霹靂州怡保，祖籍廣東梅縣。曾任天狼星詩社社長，馬來西亞華文作家協會研究主任，馬來西亞華人文化協會語文文學主任，推廣現代文學運動甚力。曾於一九八一年與音樂家陳徽崇策劃出版國內第一張現代詩曲的唱片和卡帶《驚喜的星光》。著有詩集《無弦琴》、《流放是一種傷》、《眾生的神》、《傘形地帶》（華巫雙語）、《戴著帽子思想》，散文集《風雨飄搖的路》、《黃皮膚的月亮》，評論集《人間煙火》、《精緻的鼎》、《文學觀察》、《文學‧教育‧文化》、《文化人的心事》、《靜中聽雷》。《大馬詩選》主編、《馬華當代文學選》總編纂。二〇一〇年十月獲頒第六屆馬來西亞華人文化獎。

新鋭文叢01　PG0695

新鋭文創　馬華文學與現代性
INDEPENDENT & UNIQUE

主　　編	馬來西亞留台校友會聯合總會
策　　劃	楊宗翰
責任編輯	鄭伊庭
圖文排版	鄭佳雯
封面設計	蔡瑋中

出版策劃	新鋭文創
發 行 人	宋政坤
法律顧問	毛國樑　律師
製作發行	秀威資訊科技股份有限公司
	114 台北市內湖區瑞光路76巷65號1樓
	電話：+886-2-2796-3638　傳真：+886-2-2796-1377
	服務信箱：service@showwe.com.tw
	http://www.showwe.com.tw
郵政劃撥	19563868　戶名：秀威資訊科技股份有限公司
展售門市	國家書店【松江門市】
	104 台北市中山區松江路209號1樓
	電話：+886-2-2518-0207　傳真：+886-2-2518-0778
網路訂購	秀威網路書店：http://www.bodbooks.com.tw
	國家網路書店：http://www.govbooks.com.tw

出版日期	2012年3月　初版
定　　價	420元

Printed in Taiwan

國家圖書館出版品預行編目

馬華文學與現代性 / 馬來西亞留台校友會聯合總會主編. --
　一版. --　臺北市：新銳文創, 2012.03
　　面；　公分
　BOD版
　ISBN　978-986-6094-60-6（平裝）

1. 馬來文學　2. 現代文學　3. 文學評論　4. 文集

868.707　　　　　　　　　　　　　　　101001176

讀 者 回 函 卡

感謝您購買本書，為提升服務品質，請填妥以下資料，將讀者回函卡直接寄
回或傳真本公司，收到您的寶貴意見後，我們會收藏記錄及檢討，謝謝！
如您需要了解本公司最新出版書目、購書優惠或企劃活動，歡迎您上網查詢
或下載相關資料：http:// www.showwe.com.tw

您購買的書名：_____

出生日期：_____年_____月_____日

學歷：□高中 (含) 以下　　□大專　　□研究所 (含) 以上

職業：□製造業　□金融業　□資訊業　□軍警　□傳播業　□自由業

　　　□服務業　□公務員　□教職　　□學生　□家管　　□其它_____

購書地點：□網路書店　□實體書店　□書展　□郵購　□贈閱　□其他

您從何得知本書的消息？

　　□網路書店　□實體書店　□網路搜尋　□電子報　□書訊　□雜誌

　　□傳播媒體　□親友推薦　□網站推薦　□部落格　□其他_____

您對本書的評價：（請填代號　1.非常滿意　2.滿意　3.尚可　4.再改進）

　　封面設計____　版面編排____　內容____　文／譯筆____　價格____

讀完書後您覺得：

　　□很有收穫　□有收穫　□收穫不多　□沒收穫

對我們的建議：_____

_____

_____

_____

11466
台北市內湖區瑞光路 76 巷 65 號 1 樓

秀威資訊科技股份有限公司　　　收

BOD 數位出版事業部

....

（請沿線對折寄回，謝謝！）

姓　　名：＿＿＿＿＿＿＿＿＿　年齡：＿＿＿＿　性別：□女　□男

郵遞區號：□□□□□

地　　址：＿＿＿＿＿＿＿＿＿＿＿＿＿＿＿＿＿＿＿＿＿＿

聯絡電話：(日)＿＿＿＿＿＿＿＿＿＿(夜)＿＿＿＿＿＿＿＿＿＿

E-mail：＿＿＿＿＿＿＿＿＿＿＿＿＿＿＿＿＿＿＿＿＿＿